Dea
I'
and
tou
Con
to
I
Fe
If
so,
sh
translation of <u>The Benefactor</u>.

I am grateful for all your
work and loyalty —
helping to make my books
known to Chinese readers.
  Very cordially, Susan Sontag

SUSAN SONTAG

上海出版资金项目
Shanghai Publishing Funds

苏珊·桑塔格全集

在美国
In America

〔美〕苏珊·桑塔格 著 廖七一 李小均 译

上海译文出版社

献给我

萨 拉 热 窝 的 朋 友

前　言

　　1876 年,波兰赫赫有名的女演员海伦娜·莫杰耶夫斯卡移民美国,与她同行的有她的丈夫卡罗尔·查波斯基伯爵,15 岁的儿子鲁道夫,青年记者、日后《你往何处去》的作者亨利克·显克维奇和其他几位朋友。在加利福尼亚的阿纳海姆小住一段时间之后,莫杰耶夫斯卡在美国开始了红极一时的舞台生涯,改名海伦娜·莫杰斯卡。小说《在美国》的灵感就源自于此。

　　这就是整个小说……的灵感。小说中绝大多数的人物是杜撰的,但与现实生活中的原型并无太大出入。

　　然而,小说中的素材和轶事(经过改动)要归功于莫杰斯卡和显克维奇的著作和文章,以及有关他们的著述。我要感谢保罗·迪洛纳尔多、卡拉·埃奥夫、卡西亚·古尔斯卡、彼得·佩罗诺、罗伯特·沃尔什,特别是本尼迪克·约曼,是他们帮助我澄清了一些史实。我还要感谢明道·雷·阿米兰、雅罗斯瓦夫·安德斯、斯蒂文·巴克利、安·霍兰德、詹姆斯·莱弗里特、约翰·马克斯通-格雷厄姆、拉里·麦克默蒂和米兰达·斯皮勒。1997 年,有机会在洛克菲勒基金会贝拉乔中心专事写作一个月,为此我深表感激。

　　　　　　　　　　　　　　　　　　　　　　　苏珊·桑塔格

"美国将如我所期!"＊

——兰斯顿·休斯

零

我犹豫不决,不,我战战兢兢地闯进一家旅馆的私人餐厅,里面正在聚会。室内同样是寒气逼人,充满严冬的气息。然而,在狭长而昏暗的房间里,身着晚礼服的男男女女往来如梭,似乎并不在意室内的寒气,我便独自享用角落里的火炉;火炉镶有花砖,圆乎乎的,一直升到天花板。我抱住火炉,把些许温暖揉进我的面颊和双手。我倒更喜欢燃烧着熊熊火焰的壁炉;但在这个地方,房间里都用火炉取暖。等我感到暖和了一些,或者说镇静了一些,便壮着胆子从房间中我呆的这一头走过去。窗外,雪花像厚厚的棉絮悄无声息地飘落下来,背后是月亮的光环。俯身眺望,下面是一排雪橇和马车,马车夫裹着粗毛毯在座位上打盹,马儿耷拉着脑袋,僵硬的身体上飘落着星星点点的雪花。我听见附近教堂的钟声敲响了十点。一些客人聚集在窗户旁那只巨大的栎木餐具柜周围。我半转过身,开始留心他们的谈话。他们的语言我大多听不懂(我只到这个国家来过一次,那还是十三年前的事),但是从他们的谈话中我多少琢磨出一些意思,是什么原因我也不想知道。人们似乎在热烈地议论一个女人和一个男人,根据片言只语我立刻推测这两个人是夫妇。随后他们又议论起一个女人和两个男人,情绪同样热烈,所以我毫不怀疑女人还是原来的那个女人,我想,如果第一个男人是她的丈夫,那么,第二个男人必定是她的情人。我责备自己的想像太俗气。但是，不管是一个女人和一个男人还是一个女人和两个男人，我弄不明白这有什么值得议论的。既然事情已经家喻户晓，就没有必要再作议论。不过，说不定客人的目的就是要含糊其词，因为与之有关的女人和男人，或两个男人，如果真是两个男人的话，眼下都在场内。这使我不由得想到要逐一观察屋里的每个女人，看看有没有谁与众不同。女人都戴着鲜艳的帽子，据我对当时服饰的判断，个个都穿着新颖时髦。一旦我怀着这样的念头来观察，我立刻找到了她；我感到奇怪起初我为什么竟然会对她视而不见。在那个年代，漂亮的女人一过三十岁，人们就会说她已经不再是如花似玉；她也是如此。她中等个子，腰背挺直，一头浅亚麻色的头发，我看见她紧张不安地将几缕飘散的头发塞入发中。她长得并不特别漂亮，但是，我越看就越发现她有魅力。她可能就是，她肯定就是大家议论的女人。不论她走到哪里，人们都簇拥着她；不论她讲什么，人们总是侧耳倾听。我似乎听见有人叫她的名字，不是海伦娜就是玛琳娜。我想，如果能发现这两个，或这三个人，而且给他们都取个名字，这会有助于揭开这个谜，我决定权且称她玛琳娜吧。接着我开始寻找那两个男人。一个看起来像她丈夫的男子首先进入我的视线。如果这个男子是个溺爱妻子的丈夫，我想像海伦娜，我的意思是玛琳娜应该有个钟爱她的丈夫，那么我会在她的身旁发现他，他决不会因其他女人而心猿意马。我的目光一直跟随着玛琳娜，可以肯定，她就是晚会的东道主，要不晚宴就是以她的名义举办的。我看见玛琳娜身后老是跟着一位留着胡须的瘦削男子，一头漂亮的栗发往后梳着，显露出线条有力、宽阔而高贵的前额；他和蔼可亲，对玛琳娜唯言是听。我想他一定是她的丈夫。现在我得找到另外那位男子，如果是她的情人，他或许要比那位相貌和蔼的贵族年轻一些。如果说他不是她的情人，这同样很有意思。如果她的丈夫三十五六岁，比妻子大一两岁，当然他看上去要大得多；我猜想她的情人可能二十五六岁，英俊潇洒。因为他还年轻，没有安全感，再加上可能社会地位低微，他穿戴有些过分考究。让我猜猜看，他可能是记者或律师，事业正蒸蒸日上。在晚会上，有好几位男子符合这些特征，我认为最有可能的是一位强壮的年轻人，戴着眼镜。此刻他正和一个女佣套近乎，女佣在房间的另一头，在宽大的桌子上一一摆开宾馆收藏的精美银器和水晶制品。我看见他冲着她的耳朵喃喃低语，抚摩她的肩头和辫子。我在想，如果他就是浅亚麻色头发美人的情人，那真是太有意思了：他可不是个羞涩的单身汉，而是个厚颜无耻的登徒子。就是他，肯定是他；我十分确信地认为后，感到一阵轻松。然而，如果我认为一位道德更加高尚，或者说更加谨慎周到的求爱者更符合那对夫妇的身份，我决定再找一个年轻人作为候补，这是一个身着黄色背心，身材修长的男子，看起来有些像少年维特①。随后我将注意力转向另一群客人，他们也在议论；我静静地偷听了几分钟，还是没法弄清楚议论的内容。到这个时候，你会想我已经听说两个男子的名字了。至少是听说她丈夫的名字了。离我不远的那个男子如今加入到人群当中，紧紧地跟在那个女人身旁，我想他肯定是她的丈夫；但是，与她丈夫交谈的人谁也没有提到过他的名字。既然我在无意之中已经听见了她的名字，是的，我想可能是海伦娜，但我认定她应该是，或者说必须是玛琳娜，不管能不能从谈话中听出一些蛛丝马迹，我决心弄清她丈夫的姓名。他，我是指那位丈夫，可能叫什么呢？亚当？简还是西格蒙特？我尽力想像一个适合他的名字。因

---

① 歌德小说《少年维特之烦恼》中的主人公维特就身着黄色背心。

为人人都有一个那样的名字,通常是人们给他或她取的。最后,我听见有人叫他……卡罗尔。我没法解释为什么这个名字不能让我满意:也许是因为我不清楚他们议论的内容而感到气恼,我只好向这个脸形略长、端正而苍白的人发泄心中的失意,他的父母竟给他选了这样一个悦耳动听的名字。所以,我对自己的听觉深信不疑,虽不能说自己没听真切,正如我听见他妻子的名字叫玛琳娜或海伦娜一样,我还是认定他不叫卡罗尔,认定我肯定没听清楚,因此允许自己再给他取个名字,叫他波格丹。我明白,在我创作的语言中,这个名字没有卡罗尔动听。但我会慢慢习惯,希望这个名字能变得顺耳。随后我开始思忖另一位男子,此刻他坐在皮沙发上,在笔记本上写着什么(他写得很长,似乎不像是在给那位女佣写便条)。我肯定还没听出他的名字,既然一点暗示也没有,不管是正确的也好,错误的也好,我便随心所欲,决定就叫他里查德;里查德在他们的语言中叫里夏德。我现在必须叙述得快一些,我叫穿黄背心的替角塔德乌斯。现在我倒觉得他对我意义不大,至少在这个角色中没用;既然我取名的兴致正浓,眼下给他取个名也不费力。随即我又回过头来聆听客人的谈话,他们的谈话听得更清楚了,我极力想从晚宴邀请的客人们最伤脑筋的话题中理出一些头绪来。他们谈论的主题至少不像我推测的那样:女人为了另一个男人要抛弃丈夫。对此我深信不疑,即使坐在沙发上写东西的男子果真是浅亚麻色头发美人的情人。我知道晚会上总会有些风流韵事和不忠的行为;在任何房间里,只要挤满了打扮得花枝招展、衣着迷人的朋友、同事和亲友,都是如此。虽然一说到一个女人和一个男人,或一个女人和两个男人,人们马上就会想到风流韵事,但这却不是今晚客人们感到激动不已的原因。我听见有人说,但她对这个地方负有责任。这太不负责,而且没有……还有,但他要求他继续。他是对的……还有,不过,崇高的观念似乎都很愚蠢。她毕竟……接着,有人坚定地说,愿上帝保佑他们。说最后一句话的是一位老太太,头戴一顶紫红色的天鹅绒帽,她说完在胸前画了个十字。人们不会像这样来议论风流韵事。不过这和某些爱情逸事也有些类似,都带有不顾后果的莽撞色彩;有人谴责,有人祝愿;似乎各占一半。起初这件事似乎只牵涉到一个女人和一个男人(玛琳娜、波格丹),或这个女人和两个男人(玛琳娜、波格丹、里夏德),但现在好像涉及的人更多,不仅仅是两个或三个人;因为我听见站在屋里的客人一只手端着盛满温酒的高脚杯,另一只手比划着说我们(而不仅仅是他们)。我开始听到其他一些名字:巴巴拉、亚历山大、朱利安、旺达,这些人似乎都不是评头论足的旁观者,而是整个事件的一部分,甚至还是策划者。也许我现在讲得太快,但是,不论是不是策划者,我脑海里一下子冒出了阴谋这个词。这些人尽管温文尔雅,生活舒适,但他们出生的国家数十年来三度被外国统治者占领,受到种种报复性法令的限制;许多正常的活动,我的意思是,许多在我们国家被认为是正常的自由活动在这里都可能带有阴谋的性质。即使他们的所作所为,或者计划安排完全合法,我都得想办法理解,其他很多人都参与了这个女人和一个男人,或这个女人和两个男人的事件(你知道他们的名字),其中包括附近那些继续争论"是非曲直"的客人。我不知道我干吗要在是非曲直这些词上加引号,原因倒不仅仅是这些都是听别人说的词;肯定是因为在我所处的时代,只要不是自鸣得意的偏执狂或杀人害命的复仇狂,人们尽可以非常公开地讨论这些词,甚至可以进行辩解。这些人,这个时代让人着迷的地方是,这些人知道,或者说自以为知道事情的"是非曲直"。如果没有了"是"和"非","善"和"恶",他们就会感到像赤裸着身子,毫无保护。这些观念在今天还苟延残喘,只是变得没那么动听,转变成了"文明"与"野蛮","高尚"与"粗鄙";而在他们的时代则成了难以理喻的"无私"与"自私"。原谅我使用这些引号(我马上就停止使用引号),我只是想强调这些词,想给予这些词应有的重视,给人印象更深。我想这或许可以解释我到这间屋里来的部分原因。他们使用这些词语的方式,以及认为这些词是他们行动的准绳,这些都深深地触动了我。我们应该,他们不应该,他怎么能,她怎么能,如果我是他们,她仍然无权,然而荣誉要求……从他们轻柔地说出的这些话语中,我听见的只有热情和真诚。我欣赏这些反复出现的词语。我敢说我与他们心心相印吗?几乎可以肯定。那些可怕的词语,那些让其他人(不是我)感到可怕的词语,仿佛是一阵阵爱抚。我感到乐陶陶飘飘然,仿佛沉醉在音乐之中……后来,一位长着尖角胡须、秃顶的男子说道:只要她愿意,他们当然能办到。他很富有。这多少与现实有关。不论他们在争论什么,似乎都离不开钱,需要大量的钱。而且,在场的人当中,即使有人,即我认为是她丈夫的那位男子拥有贵族的头衔,可能也没有谁能称得上非常富有;每个人看起来都只能算是一般的殷实而已。此外,还有一些迹象可以证明他们的社会地位:谈话中偶尔出现的零星外语,不外乎都是我能流利使用的那一门外语。因为我知道,这个时期在他们居住的国土上,凡是贵族或从事自由职业的人,常常用遥远的法国的语言交谈,法语是权威的象征。我承认,偶尔听见有人讲法语我就感到十分欣慰;我听见浅亚麻色头发的女人,我的玛琳娜嚷道:啊,咱们别再讲法语啦!真是太遗憾了,她的法语充满活力,语调深沉,声音优美地停留在结尾的元音上。她讲话的节奏与众不同,她一边走一边讲,总是在每一个流畅的手势结束、在她已不再苗条的身体每一次敏捷地转身之后停顿,仿佛是在接受一群又一群客人的敬意。不过，她偶尔也会显得焦躁不安，她的倦怠有时会被我看到，不知道其他人是不是也能看出来。我想知道她近来是否生过病。除了对一个小男孩之外，她不常笑。我还没提到屋里还有一个男孩，他目光成熟，一头粉白色的头发。我猜他是玛琳娜的儿子。他长得非常像玛琳娜，一点也不像我称为波格丹的男子；我把波格丹当做玛琳娜的丈夫，我有些纳闷是不是找错了人。但是，有的人小时候像父母中的一个，长大成年以后又像父母中的另一个，而不表现出父母双方特征奇妙的结合，这是常有的事。小男孩竭力要引起玛琳娜的注意。他的保姆在哪儿？他不过七岁，小小年纪这么晚还不睡觉？一个个疑团使我意识到，在这间宽敞寒冷的屋子之外，我对这些人的生活毫不了解。在晚会上观察这些人，根据他们杰出的表现，动人的机敏，我仍无法知道晚会结束后夫妻俩是躺在一张大床上或躺在拼在一起的两张单人床上，还是两人分别睡在两张床上，中间是铺上地毯的过道，甚至由门隔开。如果我非得推测不可的话，我想玛琳娜和波格丹没有睡在同一间屋里，这是遵从波格丹家族的习俗而不是玛琳娜的习惯。我仍然无法弄清楚客人们争论是非曲直所涉及的行动或计划，虽然我又得到一些零星的线索，但我想他们讲得太快；他们的话我也要用引号标示出来，但只是为了帮助记忆。如"抛弃她的公众"、"民族的象征"、"精神崩溃"、"不可逆转"、"高尚的野蛮人"，还有"尼普"。对了，尼普。对了，我碰巧看过一本叫《尼古拉斯·威兹德姆历险记》①的书(法语译文)，书中描写了威兹德姆在一个理想的、与世隔绝的社区短暂逗留的经历，尼普实际上是一个小岛的名字。

---

① 波兰启蒙运动的著名作家 I·克拉西茨基(Ignacy Krasicki, 1735—1801)的作品，一七七六年出版后立即被翻译成德语，一八一八年被翻译成法语。

我没有想到在这间屋里竟有人会提到他们民族文学中的这部经典作品，从这部作品的写作到今天正好一个世纪；如今客人们聚集在旅馆的私人宴会厅里，而我则在琢磨这些客人。这本书明显受到伏尔泰和卢梭的影响，描绘了人在完美社会中的生活，反映出从前那些人离奇有趣的幻想。这些人肯定觉得那些启蒙主义的思想，大写的启蒙思想，非常遥远。在历史上，他们的祖国被无情地肢解，我想这使他们无法对人性的完美和理想社会持有坚定的信念。（这使他们彻底放弃了其他大写的强烈幻想：诚如他们最伟大的诗人曾经宣称的，苦难的经历教育了这个国家，"欧洲的词语没有政治价值。在可怕敌人的侵略面前，这个国家拥有的只是所有的书籍、所有的报纸和欧洲所有雄辩的语言；而所有这些词语并不能激发出丝毫行动"。①）然而，在这座美丽而古老的城市中央，在这间灯火通明、铺着波斯地毯的豪华大厅里，他们谈论着尼普，为完美的乡村社团中质朴的生活设计严谨的蓝图。我开始怀疑，我是否赶上了一次姗姗来迟的浪漫主义者举行的聚会（浪漫主义时代早已成为过去），我为他们担心，为他们仍然珍爱的幻想担心。不过，他们也许是一群危言耸听的爱国者。也许我应该提一下，我几次听到祖国一词，但从未听到有人说所有国家的基督——那个时代的爱国者习惯于这样称呼自己灾难深重的祖国。我知道，他们的国家已经从欧洲的地图上消失了，这个惨痛的记忆渗透了这些人的情绪。在我这个时代，民族主义者的致命起义和部落情感使我感到震惊，特别对（在一个时候你只能在一个地方）欧洲一个弱小国家的命运感到震惊；在欧洲列强的默许或纵容之下，一

---

① 这段话出自诗人密茨凯维奇一八四四年四月三十日在巴黎的一次讲演，题目为《永恒的人》。

个由部落组建起来的小国被灭亡也理所当然。我不知道他们是否会像我一样,被民族的问题,被欧洲的背信弃义和欺骗弄得心力交瘁。然而,把某个人称为民族的象征可能意味着什么呢?这肯定是指浅亚麻色头发的女人,指我决定称为玛琳娜的那个女人。如果她不是因为是某人的女儿或遗孀,而是因为自己的成就而受到特别的珍爱,那么,她的成就是些什么呢?我无法改写历史:我得承认在她那个时代和国家,为大众所知晓、得到大众崇拜的女人很可能是位演员。因为在那个时代——我孩提时代最杰出的女英雄玛丽亚·斯克罗多夫斯卡,即后来的居里夫人,刚刚才出生八年——几乎没有什么令人羡慕的职业可供妇女选择(她既不愿意当保姆,不愿意当家庭教师,也不愿意当妓女)。她年纪太大,不太可能是舞蹈演员。不错,她可能是歌唱家。但是,如果她是演员,我肯定她是演员,那她就会显得更加突出,更有爱国精神。这就可以解释她宜人的相貌何以能给人美的感受;可以解释她娴熟的姿势,威严的目光,以及毫无造作、偶尔沉思和犹豫的神态。我的意思是,她看上去就像个演员。我告诫自己需要给显而易见的事物留有更多的余地:在绝大多数情况下貌如其人。我也一直在观察另外一个人,决定称他为亨利克。他是个瘦削的男子,因为喝得太多,现正躺在安乐椅上。他留着山羊胡子,不修边幅,神态忧郁,就像契诃夫的戏剧《万尼亚舅舅》中的阿斯特罗夫;他可能就是个医生,因为在这个时代,在所有文化场所中,你很容易找到一位医生。如果玛琳娜果真是个演员,我就会在此地找到剧场中的其他人:比如她正在上演的剧中的男主角,尽管女演员,至少是与玛琳娜同时代的其他女主角不太可能在场(她们可能成为竞争对手)。我将一位个子高高的男子选做男主角,他没留胡须,声音清脆响亮。我不明白他怎么会开始威胁塔德乌斯。很可能我会发现这座城市主要剧场的总导演，玛琳娜每年的光临都会使演出季节增色不少。她会在朋友当中选一个戏剧评论家，并指望他在评论中给她应有的推崇（他早年是她的追求者，被玛琳娜委婉拒绝）。再有，像这样一个世俗的聚会，在场的还应该有银行家和法官……也许我叙述得太快。我回到火炉旁，深深地吸了一口气；虽然我现在一点儿也不觉得冷，但我仍将手放在发烫的深绿色花砖上；随后又走到窗前，仰望夜空。雪花夹杂着雪子，噼噼啪啪地打在窗玻璃上。我转身望着屋里的客人，一位结实的男子手里拿着长柄眼镜，说道，静一静。几乎没人停止谈话。孩子们，他高声嚷道，那简直像雪子的声响。哪里像干豌豆掉进铜鼓！玛琳娜莞尔一笑。我也笑了，但笑的原因却不尽相同（我不在乎是否得体）：这样我也成了剧场里的一员。我断定他肯定是舞台导演，因为他对效果非常在意。在世的诗人，我最喜欢的是切斯劳；为了表示对他的敬意，我把舞台导演叫做切斯劳。现在我信心大增，自言自语地谈及其他演员。我还得弄清楚其他女人的身份，其中六个女人可能分别是男主角、剧场导演、评论家、银行家、法官和舞台导演的妻子。这位邂逅的医生，因为他看起来像《万尼亚舅舅》中的阿斯特罗夫，所以我猜想他是个医生；我觉得他不仅没有结婚，而且不适合结婚。（我也需要让里夏德没有妻子，这样他就更能理所当然地卖弄风情、拈花惹草。不过我担心随着年龄的增长，将来他不仅会结婚，而且会结三次婚。）随后我又回过头来观察其他女人；我踌躇了一会儿，想知道我对玛琳娜的判断是否正确。倘若玛琳娜已经走红舞台，身边就不再需要一位导师：虽然她年龄也不算太大，还不至于对年轻人的威胁掉以轻心，即便如此，她的朋友当中仍然可能有一位年轻的女演员。我很快就发现了这位演员，她面色苍白，身体纤弱，胸前挂着一只硕大的纪念匣，不停地向后梳理一头褐发，姿势和玛琳娜非常相似。啊，还有个妇女可能是某位客人的亲戚，我想她的确长得很像波格丹，可能是他的姐姐；此刻她正靠在医生的椅子旁跟他聊天。我想，她发现医生微微有些醉了。我还想知道是否能找到一个名叫雅各布的犹太人，一个青年画家；他到罗马都市艺术协会去了两年，刚刚回国。但是，就我看来，这里只有一个画家，叫米歇尔，他不是犹太人，红头发，三十来岁，步态僵直，十八岁时在起义中失去了一条腿。最后（暂时），我似乎觉得像这样规模和这类人员构成的晚会，至少应该有两个外国人。不过在我仔细打量了屋里的客人以后，我只找到一个外国人。我已经注意到他：一个胖胖的男子，满脸胡子，领结上别有一颗钻石，一些人在另一扇高大的窗前和他讲着德语。他可能是个剧团经理，正要雇用玛琳娜那位年轻的女门徒，让她明年春天在维也纳的剧团中扮演一些次要的角色。我推断他来自维也纳，根据是我听出了他的口音。我的德语讲得不好，理解能力也不行，但我记忆口音的能力却特别强。当然，我对他们的语言天赋并不感到惊奇；这个国家在欧洲地图上得到恢复才八十年，凡是受过教育的人都能讲几门语言。我只了解几门拉丁语系的语言（我初涉德语，能记住二十多种鱼的日文名称，略懂一点波斯尼亚语，对这个客厅里能听到的语言却几乎一个字也听不懂）；但是我还是设法听懂了他们交谈的大部分内容。而且，我还必须弄懂具体的内容。即使我猜得不错，我的意思是，即使我知道谁是女演员，谁是舞台导演等等，这也无助于解开疑团：这个女人玛琳娜和这个男人波格丹，或者两个男人，波格丹和里夏德，现在所做的一切，或者将来计划要做的一切，是对还是错。（你看，我已经扔掉了我的小拐杖，不再用引号。）然而，即使是那些反对的人，一旦谈到玛琳娜，他们似乎也在重新考虑自己的判断。显然，不仅仅是她的丈夫和那个或许是她情人的男子(里夏德,可能还有塔德乌斯)对她崇拜有加,所有人都对她佩服得五体投地。我敢肯定,所有的男子和好几个女人至少都有几分喜欢玛琳娜。不过,有的人还不仅仅是爱,有的人还谈不上爱。他们为她着迷。如果我是他们当中的一员,而不仅仅是想弄清来龙去脉的旁观者,不知道我是不是也会为她着迷。我想我有的是时间,我会了解他们的情感,了解他们的经历,也了解自己的情感和经历。他们看起来不屈不挠,为了弄清原由,我发誓也要不屈不挠。但是,这并不能使我摆脱急躁情绪。我期待着尽快知道结果:听到一些线索,一句话,使我了解他们关心的焦点和情绪的变化。我想我也许听得过于急切。也许,我想,我不应该过于专注,而应该反复思考已经听到的内容。(精神崩溃这个短语开始在我脑海里嗡嗡作响。)也许我应该一走了之。(抛弃她的公众意味着什么?)也许我只有下楼出去,在鹅毛大雪中漫步一段时间(要不,就让自己在雪地里呆一会儿,与高坐在驾驶座上的车夫和静静等候的马儿为伴),才能理解他们全神贯注议论的问题。我还得承认,我盼望着呼吸一些新鲜空气。起初,在进屋的时候,谁也不在乎屋里的寒气,而现在似乎谁都不理会屋里太热。附近教堂的钟敲响了十一点,我隐隐约约地听见市内其他教堂的钟声在远处回应。一个身材肥胖,满脸通红,系着一条绛红色围裙的女人抱着一大捆木柴与我擦身而过,她打开火炉的小门往里添加木柴。我不知道烟道是否畅通,我知道在使用天然气以前,气焰灯很容易出问题,如果煤气供给不均匀,煤气常常会泄露和喷射出来。我从小就习惯了霓虹灯和碘灯,不可避免地会对煤气灯的形状产生极大兴趣,但是,与屋里的其他人不同,我不习惯煤气刺鼻的气味。还有,许多男人都在抽烟。里夏德在给客人画漫画,逗乐小男孩,我肯定他是玛琳娜的儿子。里夏德拿着一只硕大的雕刻精美的海泡石烟斗,正在抽烟,一看就知道那是地位尚不稳固但又野心勃勃的年轻人才拥有的东西。几个年长的男子点燃弗吉尼亚雪茄烟。玛琳娜此刻坐在高背椅上,一只手没精打采地夹着一支长长的土耳其纸烟——这种不太体面的事对一个名演员来说也无伤大雅。如果她愿意,她甚至可以像乔治·桑一样穿着打扮;我完全能够把她想像成罗莎琳德,尽管年龄大了一些,她扮演罗莎琳德会非常出色;年龄不会妨碍著名的演员:五十岁的人还登台扮演朱丽叶,而且大获成功。我还会看到玛琳娜扮演娜拉或赫达·加布勒①,这是个易卜生风靡戏剧界的时代……也许她宁可扮演麦克白夫人也不愿扮演赫达,这意味着她还不是个伟大的演员,伟大的演员不怕扮演魔鬼。我希望她不要因为心地高尚或自尊而无法成为优秀的艺术家。她正在与维也纳的剧团经理交谈,他谨慎地笑了笑,其余的人也凑过来倾听。塔德乌斯终于摆脱了喋喋不休的男主角,现在站在玛琳娜椅子旁边,我听见他们讲的最后几个词:简直是愚蠢(男主角说),没有什么事是不可逆转的(塔德乌斯说)。塔德乌斯将大拇指伸进黄背心的袖孔,姿势一点也不像少年维特;他一旦站在玛琳娜的身旁就有些失态,得意忘形,踌躇满志;但是,谁又会因此而责备他呢?里夏德站得稍许远些,他又掏出笔记本。玛琳娜抬起头,问道:你在写什么?里夏德赶紧将笔记本塞进口袋,嗫嚅道:对你进行描述,我将把这些写进小说——他摇摇头——如果我有时间写小说的话,我要描写我们现在做的所有事情。我认定的那个戏剧评论家拍了拍里夏德的后背。年轻人,这是你别干傻事儿的另一个理由,他愉快地说。但玛琳娜已经低下了头,正在和剧团经理交谈,态度沉着冷静。啊,那并不理想,她说。我

---

① 易卜生戏剧《赫达·加布勒》的女主人公。

越看越发现她是个专横的女人，她不必去开导别人，她的话就是法律。我想起第一次在近处看见女歌剧演员的情形。那是在三十多年以前，我刚到纽约，不名一文；一个富有的追求者带我到卢特斯共进午餐。当第一道佳肴刚刚放进我的碟子，一个相貌熟悉的女人一下子吸引了我（你想一想），高高的颧骨，乌黑的秀发，丰满殷红的嘴唇。她和一个年长的男子就在邻桌进餐。她高声对那个男子说道："宾先生。[停顿。]要么按卡拉斯的办法干，要么什么也别干。"宾先生沉默了一会儿——就像我一样。现在我知道，如果玛琳娜是我所说的那种人，她肯定也有过类似卡拉斯的时候。今天晚上她不会这样，我猜想和朋友在一起，她宁可动之以情。但是我看得出，她那蓝灰色的眼睛因愤怒而睁得大大的。我开始了解她了，她多么想，多么盼望从椅子上站起身，走出门去，弄得众人心烦意乱。摆脱晚会，逃离现场，而不是像我，只是想出去呼吸一些新鲜空气。我通常比较怕冷（我在南亚利桑那和南加利福尼亚长大），不过我不在乎溜出去一刻钟，即使是雪子当头。但我不敢离开，我担心离开房间会错过一些让我了解整个事情经过的谈话内容。我知道还不是时候，我不能下楼到满是积雪的街上去。在狭长餐桌的另一头，领班小心地给波格丹发出信号，他的手下几乎同时弯下腰点燃四盏三叉银烛台。玛琳娜站起身，一手抚平灰绿色礼服的前胸，另一只手掐灭烟头。亲爱的朋友们，她开始说道，让你们等得太久了，你们真有耐性。她顽皮地瞥了波格丹一眼。对，他说。波格丹脸上不仅洋溢着丈夫般的表情，还有倦怠和温柔，他挽起玛琳娜的胳膊。我真庆幸打消了出去的念头，坚持留了下来。我希望一旦客人坐下来就餐，我所听到的零零星星的谈话就会连贯起来，我最终会把握他们议论的问题。因为我认为，每个人转身、起立、逗留或悄悄地靠近旅馆一楼（在我国应该是二楼）客房一头的狭长桌子,都可能与行动和计划密切相关。对于这件事的是非曲直人们仍然议论纷纷。不论我最终发现有多少人参与了这件事,只要有两个人参加的事,其中总得有一个人负有更大的责任(只要赞同就负有一定责任,谁也不可能没有丝毫责任)。既然有二十人,实际上我计算了一下有二十七人,那么,问题就不是谁的责任更大,而是谁在指挥;不管那个人,或者那个女人会怎样否认领袖这个名称,她实际上都是在把握方向。然而,必须解释清楚为什么人们会跟从一个人。或者说,为什么有人拒绝跟从,这同样让人迷惑不解。(写作的感觉是既跟从又领导,而且是同时进行。)我观察到每个人都准备服从等待已久的命令,坐下来就餐。我不在乎只是观察和倾听,特别是在集会上我从来都不在乎。我也曾想像,如果晚会上的客人注意到我,注意到一个外国人闯了进来,他们会在餐桌旁边给我安放一个座位。(我从来没有想过他们会把我推到室外,推到堆满积雪的街上。)既没有被邀请,又没有被发现,我可以随心所欲,慢慢地观察,甚至注视他们;通常我不能这样没有礼貌,因为这可能招致别人回敬的白眼。小时候,我的意思是就像许多孤独的孩子一样,常常希望能隐身,以便更好地观察别人——我的意思是不被别人发觉。但是,我也经常假装什么也看不见。大约在十三岁那年,我们家收拾起不多的几件东西从图森搬到洛杉矶。回想起来,在新房子里,每当一个人在家,或者没人注意的时候,闭着眼睛到处乱走成了我最喜欢的游戏。(记忆最深的是,有一天半夜,我闭着眼走到卫生间,当时正好发生地震。)我喜欢那种孤立无援、完全依靠自己的感觉。喜欢别无他法只能自己应付的感觉。是时候了。法官不耐烦地低声对他妻子说。她微微一笑,把两根指头贴在嘴唇上。有冰淇淋吗?小男孩问道。客人们都朝长桌靠拢,里夏德挤到前面,迫不及待地想弄清楚自己的座位离玛琳娜有多远，塔德乌斯紧随其后，但是里夏德加快了脚步，首先到达桌子跟前。我看见他的目光在搜索自己的座位卡，然后咧嘴一笑，我知道他对自己的座位还比较满意。客人们各就各位，打开浆洗过的、竖直的餐巾，侍者开始分发丰盛的第一道菜。我也向前移动，跷着双腿坐在房间另一头高大窗户的斜面墙边。我极力想听清楚他们在餐桌上最先说的话，我得让脑海里的有些词语安静下来："开胃汤"、"犹太风味鲤鱼"、"奶酪丝烘鳎鱼"、"樱桃酱野猪肉"……我用引号是表示我目前没有耐心来描述这些东西；等我弄清楚事情的经过以后，我会有足够的时间来描述。我知道他们等得太久（另一方面我也等得太久），但大家不慌不忙、尽情享用的场面仍让我吃惊。我是不是指望他们该在饭前祷告呢？我想是的。实际上有一个人，即波格丹的姐姐，在拿起叉子以前，的确自言自语说了好些话。我敢肯定她在背诵祷告词。此刻每个人都专心享用精美的晚宴，我希望大家不要因此而对议论感到厌倦。眼前是饮食行为的全景图：从温文尔雅、文质彬彬到狼吞虎咽，其中还穿插着对食物，甚至对暴风雪精彩有趣的评论。天哪，别再谈天气了！回到主题上来吧，我用魔法把你们从过去的时代召唤回来，你们这些高贵的理想主义者。可以肯定，不是每个人都在吃，我看见医生更喜欢香槟酒和匈牙利酒而不太喜欢第二道菜。（"核桃填火鸡"、"烤黑松鸡和鹌鹑"……）年轻女演员的目光一刻也没离开过玛琳娜珍珠般光滑的面孔。她细嚼慢咽，碟子里的东西几乎没动。她和其他客人都把玛琳娜当做注意的中心，我也如此。我真想知道她的实际年龄，她毕竟当过演员。如果她目前还是演员，我会说她在四十五岁左右（丰满的胸脯，下巴松弛，举止慎重端庄，服饰宽松）。但是，我知道在那个年代，即使是生活优裕的人也很容易苍老。凡是家境不太贫寒的人，按我们的标准来看，都显得过胖，如此看来，我想她不会超过三十五岁。我忘了说，我一直在暗暗揣摩屋里每个人看上去的年龄：里夏德看上去有三十好几，但实际上肯定只有二十五岁，等等。回想起来，我的估计有些失误（高高耸立、炉火封闭的火炉而不是齐腰高、熊熊燃烧的壁炉），需要做若干调整（在推算大于二十五岁那些人的年龄时，要减去十岁），还要进行一些明显的补偿和说明。他们开始是评论晚宴如何丰盛可口，接着又对玛琳娜今晚的表演热情赞扬。她谦逊地接受着大家的恭维，不卑不亢，楚楚动人。太精彩了，里夏德说，洋溢着爱慕的神情。如果真有这种可能的话，你简直超越了自身，年轻的画家说道。玛琳娜历来如此，男主角温文尔雅地说，口气中带有一丝责备。玛琳娜吃得不多，喝得也很少；她端坐在那儿，用细丝手巾捂住左脸颊，几乎没有呼吸。她永远是无与伦比，医生悄悄地向一位迷惑不解的侍者吐露，侍者正在往医生的酒杯里重新斟满酒。餐桌上安静下来，大家又开始享用晚餐，似乎更加专心致志，当然，我盼望的并不是这个。此刻，戏剧评论家摇摇晃晃地站起来，一手端着伏特加酒。祝贺你，夫人。除了玛琳娜以外，所有的人都举起了酒杯。为今天晚上的成功干杯。医生将酒杯慢慢地移向嘴边。停一停，不要太急，亨利克，评论家故作严肃地嚷道，你没看见我还没讲完吗？医生嘟哝了一声，收回胳膊，又回到祝酒的姿势。评论家清了清嗓子，吟咏道：你用美和天才给崇高的爱国艺术带来荣耀，为戏剧干杯。玛琳娜向评论家和其他人点点头，噘起嘴，随后向坐在她右边的剧场经理轻轻地耳语。这不公平，这应该是三次祝酒，不能算一次，医生快活地说。三次祝酒，满满的三杯酒，绝妙的伏特加！他招呼一位侍者。亲爱的玛琳娜，我衷心赞同刚才表达的情感，他说道，酒杯里又斟满了酒。接着他又举起酒杯：为你明天的演出干杯。他一饮而尽。接着,波格丹在桌子的另一头站起身。朋友们酒兴正浓,我不想让朋友扫兴,他说,我个人只敬一次酒,为我们的友谊——他将酒杯举到空中——干杯。说得对,说得对,里夏德喊道。对了,波格丹说,也为我们的团结干杯。团结,我想,这是什么意思? 看哪,他也喝起来了。医生喊道,伏特加已经到了他的唇边,他贪婪地喝着,一些酒洒在亚麻布衬衫上。他有些失态啦,法官笑起来,高声叫道。谁,我有些失态? 医生说,抹了抹嘴。除了玛琳娜和波格丹,所有人都笑起来。我想说,波格丹严肃地继续说,为我们将来共同取得的成就干杯。鼓掌。说得好,说得好,塔德乌斯说,我已经整装待发。一阵尴尬的沉寂,大家都转向玛琳娜。她伸手端起杯子,紧紧地贴在眉头上。随后她将杯子举过头顶,但没有站起来。我只能敬一杯酒,不能把三杯酒当成一杯酒。她温柔地朝波格丹微微一笑。为一分……为三干杯。有朝一日将合三为一。她戏剧性地停顿了一会。为祖国干杯。全场爆发出一阵掌声。好啊,画家喊道。这是令众人都感到愉快的祝酒,其主要结果似乎是使大家都感到忧郁和伤感。那个小男孩(皮奥特?罗曼?)离开座位,蹑手蹑脚地走到玛琳娜跟前,对她喃喃低语;我听不清他的话。她摇摇头,显得有些生气(很抱歉告诉你这些);他又回到波格丹姐姐旁边自己的座位上,波格丹的姐姐将他抱上自己的膝盖,他躺在她怀里睡着了。至于后面模模糊糊的谈话,我记录的不多。我想我当时只是想好好想一想,于是闭上眼在黑暗中思索。你让我思考的东西太多了,一个阴沉的声音说道。当然,我想拓展我的视野,一个轻快活泼的声音说。你就没有一点疑虑,一点也没有? 一个辛辣自信的声音说。我真心爱慕你,一个悲伤的声音说。不可更改,我又听见这个词。我睁开眼。这可能是医生的声音,他两只手捧着头。我是不是遗漏了一些东西? 愚蠢的念头开始在我脑海里翻腾。我听见有人谈话的声音越来越轻（我能听见的就这一句）……跟我的奶兄弟一起，马雷克，他们的儿子。我听出讲话的人是一位男子，他坐在银行家妻子的旁边，肥胖的脸颊上连胡须也没剃。我在想：当年躺在乡下奶娘怀里的时候，你肯定是个贪吃的小家伙！晚宴似乎永远没个完，我不想一一记录每一道菜，想来这应该是法式晚宴，像戏剧一样至少有三幕。如果愿意，我可以窥探每个座位前手写的菜单，让你了解每一道菜，就像剧院的节目表，让人知道后面还有些什么节目。我在看波格丹面前的菜单，他似乎看出了我的心思，自言自语道：我们用不着这样奢侈，至少我个人喜欢吃得简单些。我希望是快到吃餐后甜点的时候了。波格丹已经放下手中的刀叉。你向何处去？法官说。你上哪儿去？里夏德笑了笑，掏出笔记本。上哪儿去，说得对。还有怎么去，银行家说。必须瞻前思后，没有丝毫理由要匆忙行事。大家一度安静下来，似乎真在思考。接着我听见有人在吟诵：

从群山中，扛着沉重可畏的十字架，
他们可以眺望远处的希望之乡。
他们可以眺望山谷中的蓝光，
他们的部落朝山谷前进——①

这是戴着紫红色帽子的老太太在诵念。我们需要一台钢琴，舞台经理插话说道。除了在肖邦的作品中，再也听不见这首诗了。老太太显得有些恼怒，我一直不能断定她是不是某人的妻子，或者是某人未

---

① 这是波兰诗人克拉辛斯基(1812—1859)《乐曲》的英文译文，由肖邦谱曲。

结婚的姑姑,说不定是波格丹的姑姑。继续往下念吧,年轻的女演员克雷斯蒂娜说。我忘了说,我已经推断出女演员的名字。我很想往下念,老太太尖锐地说。下面是什么呢?画家喊道,下面是什么?你非常清楚。他用洪亮的男中音接着念道:

> 然而他们永远也无法到达!
> 永远也不会坐下来享受生活的盛宴,
> 而是被人遗忘,被人遗忘,被人遗忘。

他是个杰出的演说家。正是这样,老太太说。接下来发生的事有些让人吃惊。玛琳娜举起双臂,用热情的女中音念道:

> 像波浪滔滔不息地滚向沙滩,
> 我们的光阴息息奔赴着终点;
> 后浪和前浪不断地循环替换,
> 前推后拥,一个个在奋勇争先。①

过了好一会儿我才意识到她是用英语在朗诵。我说不清我最初听到这首诗有什么想法,因为在这样的集会上听见什么语言你都不会感到吃惊。(除非是俄语;俄国人是这个民族三个压迫者之一,人们最憎恨俄语。)另一种外语我不会,但不知怎么的我今晚竟能听懂?此时,年轻的女演员突然念道:

---

① 莎士比亚《十四行诗》第六十首的前四句。

所以,跟我商量我们怎样飞走,

奔向何方,带上些什么。

不要因世事变迁而独自伤心,把我撇下,

对着因同情我们而变得苍白的天空我起誓,

不论你说些什么,我都将与你同行。

嘹亮而婉转的声音最后停了下来。如果你熟悉《皆大欢喜》①,你会听出这些诗句;这些诗句乍一听几乎无法辨认,因为她的口音甚至比玛琳娜还要浓重。当然,如果玛琳娜扮演罗莎琳德,她会扮演西莉娅。玛琳娜看上去并不愉快。我是在糟蹋莎士比亚优美的英语,我听见她对坐在左边的戏剧评论家说。不,不是这样,他大声说,你朗诵得非常漂亮。朗诵得不好,玛琳娜回答,口气尖锐。事实上也是如此,她的朗诵并不漂亮。如果他们多讲一些英语,我希望会好些;如果说我听懂了他们谈话的内容,我猜想他们将来会讲英语。毫无疑问,他们的英语会继续带有口音,就像我们国家的许多人那样,就像我的曾祖父母(母系)和我的祖父母(父系)那样,当然,他们的孩子不会带口音。应该说明,我的四个祖辈都出生在这个国家(因而出生在一个八十多年以前就已经不复存在的国家),但他们不是出生在这座城市;我在脑海里追溯着他们出生的年代,惟有这样我才可以置身于这间屋里,倾听早已过时的谈话。当然,我的祖父母和这些人完全不同,他们是贫穷卑贱的村民,从事小本生意、经营小店、砍伐木材,要不就是研究犹太法典。我估计屋里没有犹太人,希望我不会听到反犹太人的激烈言论,这是我刚刚想到的念头。我没有听见什么反

---

① 莎士比亚的剧作。

犹的言论,不知怎么的,凭直觉我倒觉得他们对犹太人会很友善。我的先辈自愿乘坐拥挤的底舱离开这个国家,这很难使我与这些人联系在一起;但是,一听见这个国家的名字仍不免使我心动,这是可以理解的。这是我到这里来,到这间屋子里来,而不是到其他地方去的原因。我原试图在萨拉热窝寻找一家宾馆,但没有成功,只好随遇而安。过去毕竟是最广阔的领域,人们常常把过去作为故事的背景,一个重要的原因是:几乎所有美好的事物似乎都发生在过去。也许这是一种幻想,但是,对出生以前的每个时代我都有一种怀旧感;也许是因为人不需要对过去承担责任,所以没有现代的压抑感;有的时候我简直为自己生活的时代感到羞愧。过去也将成为现在,因为我是处在这家宾馆的私人餐厅里,撒播着预言的种子。我只是个外来者,不属于这里,得学会仔细倾听,我不是什么都能听懂。但是,只要是有关我生活的时代而不是故事发生的时代,即使是误会,其中也会有某些真实的东西。我们必须时时刻刻更严格地要求自己。我听见玛琳娜严厉地说。时时刻刻。或者说我是对自己而言? 哈,那意味真让人疼爱。我有偏爱真挚和奋发上进的弱点。如果把玛琳娜想像成小说中的人物,我喜欢她具有多萝西娅·布鲁克的气质(记得我第一次看小说《米德尔马契》①的时候,我只有十八岁,看了三分之一便号啕痛哭,因为我不仅意识到我就是多萝西娅,而且我和卡索邦结婚才几个月),但是我能看出,这个有浅亚麻色头发和率直热情的蓝灰色眼睛的女人,性格并不顺从,也不想自我埋没。她愿意助人为乐,但绝不至于忘却自己。对于立志要步入戏剧界的人而言,女性并不是

---

① 英国女作家乔治·艾略特(George Eliot,1819—1880)的小说。女主人公多萝西娅·布鲁克的丈夫叫卡索邦。

障碍:生活充满竞争,但她赢得了胜利。只要她有自我完善的愿望,我想我能够忍受她的虚荣和自爱;她脸上的表情急躁,过分警惕,这与她保持非常矜持的特有姿势形成鲜明的对照。根据我的观察,我猜想她会始终保持自我完善。我奇怪地想到,也许有人舒舒服服地藏在窗户背后观察我,就像我观察她一样。事实上,我有些冲动(我认识卡索邦才十天就和他结婚),喜欢冒险;但是我也喜欢长时间地蜷缩在角落,老是顾及责任和义务,眼看时光白白流逝。(过了九年我才决定我有权,在道义上有权跟卡索邦离婚。)所以我能比较宽容地对待这些沉溺于晚宴的人,沉溺于为将要采取的行动议论纷纷的人。同时,我很容易对他们的延宕感到愤怒。没有人感到烦躁不安,我没有发现有人在偷偷摸摸、打情骂俏。也没有人开始感到兴趣索然,当然那个小男孩除外;他蜷曲在另一个女人的双膝上,揉着眼睛。他本该躺在家中温暖的被窝里。他肯定是个独生子;在过去两个钟头的晚宴上,母亲一直无暇关注他,但她肯定希望今晚儿子能在自己身边。在我看来他们偶尔也因争论出现过躁动,但他们过于老成持重。他们干吗迟迟不采取行动?是因为一道又一道烹调过火的菜肴没完没了地端上餐桌?是因为思想阶层老是无所事事的流弊?是因为十九世纪后期特有的呆板?或者是因为我自己缺乏更丰富的想像力?不错,还有时间,真正生动的事情还可能发生。也许有人会犯心脏病,或在同伴头上猛击一拳,或哭泣、呻吟,将酒杯砸向惹是生非的人的脸上。但是这种可能性微乎其微,就像要我从窗户边的座位上冲出来,跳到桌子上去跳舞,往汤里吐唾沫,抚摩膝盖或咬某人脚踝一口。我感到思维呆滞,需要呼吸新鲜空气。波格丹给侍者做了个手势,让他把房间另一头的窗户打开,刚进屋的时候我就躲藏在那儿。我听见街道上一阵喧哗,还有马的嘶叫声。教堂的钟声刚刚敲过凌晨一点（不错，我的表也是一点；我承认我有些坐立不安）。今晚七点我没有到剧场去看演出，就像他们一样，我当然希望去。他们当中有些人肯定也有点坐立不安。但只要玛琳娜没动，谁也不会站起来。无论他们在讨论什么，无论他们在餐桌边还要呆多长时间，我几乎不再指望他们关于是非曲直的议论今晚会达到高潮；我在旁边注视他们的一举一动，倾听他们的谈话，揣摩他们的心思。因为这种辩论的性质就是如此；对于是与非的辩论你始终心存疑虑，到了第二天你又会冒出新的念头，回想起前一天晚上的谈话你会感到很惊讶，自己竟然说出那样的话，竟然同意那种想法，真是个大傻瓜。是不是受了这样那样的影响，是不是喝得太多，是不是太欠考虑，或者道德原则失去了作用？所以到了第二天你的想法完全相反。（也许想法相反的原因正好是因为前一天晚上的辩论，原来的想法需要表达出来，以便为现在的想法、更好的想法铺平道路。）这就像道德上的宿醉，但你心地坦然，因为你知道你是对的，同时你仍有些不安，担心明天你又会有新的想法；此刻，你反复权衡，决定是否要采取行动的时间慢慢到了。现在也许是时候了。随即，玛琳娜真的站起来，从镶满金珠的手提袋中掏出一支纸烟，悄无声息地走到屋子中央。其余的人也站起来，我想他们现在要走了。但只有里夏德一个人在亲吻玛琳娜的手，然后依次亲吻在场每位女士的手腕，我想他今晚最后一个节目就是期待着散会以后到他最喜欢的妓院去。接着剧场导演和夫人告辞了，后面跟着银行家、法官和他们的夫人，接下来是男主角、舞台经理和其他一些人。剩下的人似乎还不想离开。医生打开餐柜上的一瓶匈牙利葡萄酒，小男孩皮奥特（我最后给他取了这个名字）被唤醒准备回家，正坐在高背椅上等着。玛琳娜靠在椅子旁边，露出懒洋洋的迷人神情，波格丹、塔德乌斯、年轻的女演员、剧场经理、波格丹的姐姐、医生和一条腿的画家都围在周围。谈话得有个结果,得做出决定,这是最后一次机会,就像收紧钱袋一样。当然啦,玛琳娜刻意地笑着说,我有时也拿不定主意。令人鼓舞的想法。他们继续小声地谈话。我要继续倾听。小时候我承认我的学习还不错,但涉及到书本知识或传记什么的,肯定我的天资并不"聪颖"(请别管引号),我周围的人似乎也没有谁天资"聪颖"(同样别管引号)。但我仍然认为只要执意要做,什么事都能做好(我当时想当个化学家,像居里夫人那样),坚定不移的决心,比其他人立志更加高远会使我所向披靡。所以我想,只要我耐心听,仔细观察,反复思考,我会理解这间屋子里的人,我自然会明白他们的心事;我怎么知道这一点我也不清楚。事情的可能性很多,很难说为什么会这样而不是那样,肯定是因为只有这样你才能解释许多其他的可能性,其中有其必然。我知道我没有解释清楚。我也没法解释清楚,就像恋爱一样。无论怎么解释选择的原因都不能说明问题,这的确与童年的悲哀和愿望有关。一个故事,我的意思是一个很长的故事,一本小说就像八十天环游世界:等到故事结束的时候你很难回忆起故事的开头。但是,即使是一次漫长的旅行也必须从某个地方开始,比如说,从一间屋子开始。我们每个人心中都有一间屋子,等我们去摆放家具,准备住人;如果要认真倾听,你得让自己屋子里所有的东西都安静下来,这样你就能听见你头脑中另一间屋子的声音。你会听见火噼噼啪啪燃烧的声音、滴滴答答的钟声、马车夫的吆喝声(如果窗户打开的话)或者小巷里摩托车的轰鸣声。如果房间喧闹嘈杂,你就什么也听不见。声音沙哑或轻言细语的人坐下来就餐,讲述一些你不太能听懂的话,听不懂的原因希望不是屋里开着电视,而且音量开到最大;你是要抓住要旨。开始只是一些片言只语,一个名字,一阵急促的低语或哭喊。如果有哭声,不,尖叫声,你还看见床一样的东西,你就可以想像这不是折磨人的房间,而是婴儿降生的地方,虽然声音也让人难以忍受。你可以指望周围都是富于同情心的善良人。激情非常美好,理解也是如此;逐渐理解也是一种激情,也是一次旅行。侍者将玛琳娜和其他人的围巾、外套拿过来,现在他们准备动身了。想到室外已是冰天雪地,我不禁打了个寒战;我决定跟随他们走向外面的世界。

一

下午五点过几分,她挨了加夫列拉·埃伯特一记耳光(我没看见),也许这才使有些事情,不,才使所有的事情(我对此也一无所知)变得更加明了。玛琳娜从来都非常守时,她在演出开始前两个钟头到达剧场,径直走进自己的化妆室,明星的小窝,脱得只剩下内衣和胸衣,化妆师佐菲娅帮她穿上软毛条纹的长袍和拖鞋,然后她打发佐菲娅到隔壁房间替她熨烫服装。她将蜡烛推向镜子两边,桌子上是一大堆已经打开盖的、五颜六色的化妆瓶和化妆盒,她俯身凑近镜子审视自己真实的面容,审视演员面具下面的那张脸;她对演员的面具再熟悉不过了。就在这时,身后的门啪的一声打开,从面前的镜子里,她看见凶狠的舞台竞争对手迅速向她冲来,脸涨得通红,满口莫须有的辱骂。玛琳娜一屁股坐在椅子上,转过身,只见一条手臂从空中挥舞下来。她不由自主地扭曲了脸,闭紧双眼,龇牙咧嘴,皱起鼻子。一只戴着戒指的粗大手掌猛地打在她的脸上,火辣辣地疼。

这一切来得那么突然,声音那么嘈杂。她一直紧闭双眼,门啪的一下关上了。小屋里到处是星星点点的阴影,咝咝作响的煤气灯突然变得如此安静,就像一场噩梦:近来她常常做噩梦。玛琳娜用手捂住挨打的脸。

"佐菲娅?佐菲娅!"

房门轻轻打开。波格丹万分焦急,语无伦次。"她到底想要什么?假如我没有和简一起到楼下过道去,我一定会阻止她。她竟敢闯到这里来撒野!"

"没有什么,"玛琳娜睁开眼放下手说,"没什么。"她指的是脸上火辣辣的疼痛。她的偏头痛现在开始发作了;昨晚演出结束以前,她一直试图靠意志力来克服头痛,这是她惯用的办法。她俯身用一条毛巾把头发挽起来,随后站起身,走到盥洗盆前,使劲涂抹肥皂,擦洗面颊和脖子,再用软布揩干。

"我早就知道她不会——"

"没关系。"玛琳娜说。此刻她不是在对波格丹说话,她是在安慰佐菲娅;佐菲娅忐忑不安地站在半掩的门边,手里举着熨好的衣服。

波格丹挥了挥手,让佐菲娅进来,随后稍稍用力把门关上。玛琳娜脱下长袍,穿上带有织穗的勃艮第礼服("不,不,别扣后面的纽扣!"),在穿衣镜前缓缓地转了一圈,两圈,对着镜子里自己的形象点了点头;然后她让佐菲娅去修一修松动的鞋扣,加热卷发器,自己又坐在梳妆台前。

"加夫列拉·埃伯特到底想要什么?"

"她什么也不想要。"

"玛琳娜!"

她撩起底下的一束头发,在面颊和脖子上抹上厚厚的一层珍珠粉。

"她是来向我祝福,祝我今晚好运。"

"真的吗?"

"她真是宽宏大量,你说是吧。她原以为该由她来扮演这个角色。"

"非常宽宏大量。"他说，心想加夫列拉可不是这样的人。

他看着她涂抹了三次珍珠粉，用兔脚①将胭脂抹到颧骨、眼下和下巴上，又描眼线；随后一次又一次拿起海绵，把眼线擦得干干净净。

"玛琳娜？"

"有时候我觉得这一切都毫无意义。"她麻木地说，又用眼线笔重新描眼线。

"这一切？"

她将细驼毛刷蘸进盛着煅棕土的碟子，在下眼睫毛下画出一道线。

波格丹觉得眼影粉用得太浓，使她美丽的眼睛充满悲伤，要不就显得很苍老。"玛琳娜，你看着我！"

"亲爱的波格丹，我不会看着你。"她又将一些眼影粉轻抹在眉毛上，"你就是不听我的话。对于我的神经质，现在你应该习惯了，这是演员典型的神经质。今天稍微厉害一些，不过这是第一天晚上的演出。别理会我。"

那怎么可能！他俯身将嘴唇贴在她的后颈窝上。"玛琳娜……"

"什么？"

"你记得我已经在萨斯基定好晚宴，演出完后我们几个将去庆祝——"

"替我叫一声佐菲娅，好吗？"她开始调和指甲油。

"请原谅在你准备演出的时候我已定好晚餐，不过可以取消，如果你觉得太……"

"别取消。"她喃喃地说。她正把黄色颜料、锑粉与增白粉混合起

---

① 旧时用来敷胭脂的。

来,涂抹在手和手臂上。"波格丹?"

他没有回答。

"我正期待着这次聚会。"她说,向后伸出手,将波格丹戴着手套的手放在自己肩上。

"有事让你心烦。"

"什么事都让我心烦,"她毫无表情地说,"最好让我自己来对付,像我这把年纪的蹩脚演员需要有一点刺激,这样我才能保持最佳状态!"

玛琳娜对波格丹说谎,但并不开心。事实上在爱她的人当中,或者声称爱她的人当中,她惟一信任的人只有波格丹。但是,他义愤填膺,急于安慰她,这样的好意她反倒不愿接受。她认为,把这件令人震惊的事埋在心里或许对自己更好。

人有时真需要挨一记耳光,这会使自己的感觉变得更加真切。

当生活给你几巴掌,你会说,这就是生活。

你感到坚强。你希望感到坚强。重要的是要一往无前。

由于她心无旁骛,或者说几乎是义无反顾,其他许多事情就没法顾及了。如果你生性不以苦乐为意,有自尊的禀赋,努力运用上帝赋予的才能,勤奋和坚毅就会获得回报;这是你斗胆期望得到的回报。事实上,成功常常会不期而至,比预料的来得迅速(或者你私下认为成功理所当然)。到这时你就会觉得,念念不忘自己经受的轻蔑,因委屈而闷闷不乐都显得毫无意义。感觉受到冒犯是虚弱的表现——就像担心别人高不高兴一样。

如今疼痛突如其来,麻木的感觉会变得清晰可辨。

你得让理想略微飘离地面,不让它受到亵渎。你还得铲除不幸和屈辱的幼苗,否则它就会深深地扎根,窒息你的灵魂。

　　就把它看成是一记耳光吧;这不过是妒忌的竞争对手对不可企及的成功所作的疯狂评价。成功倒可以与波格丹分享,然后置之脑后。权且把它看成是一种象征,回应几个月以来她内心需求的一种召唤——这值得悉心保存,甚至珍藏起来。对,她得珍视加夫列拉给她的这一记耳光。如果这记耳光是婴儿的微笑,每当回忆起来她就会报以微笑;如果这记耳光是幅图画,她会给它装上画框,放在梳妆台上;如果这记耳光是一缕头发,她会用它定做一副假发……哎,我明白了,她想,我疯了。这不是太简单了吗? 随即她暗自笑了,厌恶地发现她把指甲油涂抹到了自己嘴唇上,她的手在颤抖。痛苦是错误的,她自言自语地说,我所受的痛苦并不比加夫列拉轻。她只是想得到我所拥有的东西。痛苦始终是错误的。

　　这是女演员生活中的危机。表演就是效仿其他演员,随后你会惊奇地发现(实际上一点也不惊奇),你比其他演员更加出色,其中包括打你一记耳光的可怜人。那还不够吗? 不。够了。

　　她喜欢当演员,因为剧场对她而言就是真理。更高的真理。表演,表演一出伟大的戏剧让人变得更加完美。从你口中说出的全是经过千锤百炼、非常必要而又能净化灵魂的语言。有了化妆技巧,在你现在的年龄,你总是显得非常漂亮。你的每一个动作都具有宏大和丰富的意义。在舞台上,你会感到自己受到角色的感染,得到完善。当她穿着雍容华贵的服装在舞台上转身,表现种种姿态,高声朗诵敬爱的莎士比亚、席勒或斯沃瓦茨基①等人崇高激烈的长篇台词,感觉到观众为她的艺术所折服的时候,她会觉得自己已经不再是原

────────────────

① 19 世纪波兰著名浪漫主义诗人、剧作家(1809—1849)。

来的自我。古老的自我变形而引起的战栗消失了。甚至怯场——真正专业演员必要的震颤——也离她而去。加夫列拉的这一记耳光使她惊醒。一个小时以后，玛琳娜戴上假发和纸做的王冠，最后照了照镜子，随后登台演出。她承认，即便按照她对自己的真实标准，这次演出也不算很差。

赴刑场一幕玛琳娜表演得十分精彩，深深地触动了波格丹。全场爆发出热烈的欢呼声，他却一动不动地坐在长毛绒的椅子上，双手紧紧地抓住扶手。随后他才惊醒过来，悄悄地从他姐姐、维也纳剧场经理、里夏德和其他客人中间穿过，等到第二次谢幕的时候他向后台走去。

在第三次谢幕以后，玛琳娜回到后台一侧，站在波格丹身旁等待观众再次要求她回到撒满鲜花的舞台，这时候波格丹用口形对她说："太——精——彩——了。"

"我很高兴你这样想。"

"你听一听观众的欢呼声！"

"观众！如果从没看过更好的演出，他们知道什么呢？"

她应邀又谢了四次幕。随后波格丹陪同她回到化妆室门口。她以为自己应该为演出成功高兴了。然而一进屋，她一句话没说便失声痛哭，眼泪夺眶而出。

"哦，玛琳娜！"佐菲娅似乎也要哭出声来。姑娘脸上痛苦的表情触动了玛琳娜，为了安慰她，玛琳娜扑到佐菲娅的怀里。

"好啦，好啦。"玛琳娜低声说道。佐菲娅把她紧紧搂住，过了好一会儿才松开一只手，轻柔地拍着玛琳娜拳曲僵硬的头发。

玛琳娜恋恋不舍地从佐菲娅的搂抱中挣脱出来，温柔地望着她凝视的目光。"你真好,佐菲娅。"

"看见你难过我也受不了,玛琳娜。"

"我不难过,我……别为我难过。"

"夫人,在最后一幕我几乎一直站在舞台的侧面,你即将死去的那段表演真是精彩绝伦,我忍不住老想哭,我从来没看见你演得那样出色。"

"这么说你已经为咱俩都哭了个够,是吗?"玛琳娜开始笑起来,"干活去吧,傻丫头,快去干活,咱们干吗要浪费时间呢?"

玛琳娜脱下扮演女王的服装,重新穿上带毛皮条纹的长袍,用海绵擦干净脸上的油彩,那是扮演玛丽·斯图亚特的妆容,她迅速换了一副表情,慎重端庄才符合波格丹·登博夫斯基妻子的身份。佐菲娅站在玛琳娜的椅子后面,仍在抽泣("够了,佐菲娅!"),她手里抱着一件灰绿色的礼服。玛琳娜下午就选好了这件礼服,准备穿上出席波格丹在萨斯基旅馆定好的晚宴。她在穿衣镜前缓缓换上礼服,回到梳妆台前,松开拳曲的头发,反复梳理,然后将头发蓬松地拢在头顶;她走近镜子,在睫毛上再涂一点蜡,又站起身,再次审视自己,倾听着过道中絮絮不休的谈话声逐渐由远而近。她有节奏地深深吸了几口气,打开门:她被包围在欢呼声和掌声的浪潮之中。

一些崇拜者被允许到了后台,他们都是关系较好的熟人;比较要好的朋友她一个都没看见,因为他们已得到邀请,径直去了旅馆。但里夏德例外,他宽阔的胸前捧着一束绢花。尽管天气寒冷,一百多号人等候在舞台外的门口。波格丹为玛琳娜举着一把象牙柄雨伞,像一把宝剑,这样玛琳娜才能在飘扬的雪花中坚持十五分钟。如果不是波格丹挥手让那些胆怯的崇拜者离开,玛琳娜还得再呆上十五分钟,他们拿着节目单等待请她签名。波格丹护送她穿过人群朝等候着的雪橇走去。里夏德终于将花束送到玛琳娜手中,他说,萨斯基旅馆离剧院只有七条街,他宁可走着去。

在自己的家乡城市还要在旅馆接待朋友,真有些奇怪。近五年来,玛琳娜的表演才华将她无情地推向艺术的顶峰,她与华沙帝国剧院签订了终身演出合同,在克拉科夫她不再保留自己的寓所。

"真奇怪。"她说。她是对波格丹说;她是在自言自语,并没有对别人讲话。波格丹皱起眉头。

当他们到达旅馆的时候突然听见一声霹雳,就像炮声。一声尖叫,不,只是一声呼喊:愤怒马车夫的呼喊。

他们走上铺着地毯的大理石台阶。

"你还好吗?"

"我当然很好。这不过是另一道入口。"

"我有幸为你开门。"

这一次轮到玛琳娜皱起眉头。

这是庆祝第一场演出成功的晚会,波格丹推开门(听到玛琳娜问,"波格丹,你还好吗?"他叹了口气,牵起她的手),竟然听不到掌声,看不见热情洋溢的面孔,没有惯常的欢迎仪式,她的表演确实非常成功。可当她一跨进门,皮奥特就一头扑到她的怀里。她拥抱着波格丹的姐姐,并将里夏德的绢花递给她;克雷斯蒂娜两眼噙着泪花,玛琳娜也接受了她的拥抱。客人们紧紧地围在四周,祝贺演出成功,她端详着一张张面容,愉快地唱道:

> 你们永远不会看到比这更好的宴会,
> 你们这一群口头朋友!

听见这些诗句大家都笑起来。这意味着,我猜想(我还没赶到),她是用波兰语而不是用英语在朗诵《雅典的泰门》①中的诗句,但这也意味着除了玛琳娜之外,谁都没有看过《雅典的泰门》。该剧中的宴会并不愉快,至少对举办宴会的主人来说是的。随后客人们在宽敞的屋子里散开,开始议论她的表演,接着议论有关未来的一些更重大的问题。(就在我到达前后;我全身冰凉,急于想了解谈话的内容。)玛琳娜则迫使自己思考一些更加实际、更少讽刺意味的问题。这里没有妒忌的竞争对手。在场的全是她的朋友,祝愿她万事如意的朋友。她怎么没有感激之情? 她憎恨自己太不知足。如果生活能够重新开始,她在想,我要学会决不抱怨。

"玛琳娜?"

没有回答。

"玛琳娜,出了什么事?"

"得了什么病……医生?"

他摇摇头。"哦,我明白了。"

"亨利克。"

"这好多了。"

"我给你添麻烦了。"

"是的,"他笑着说,"你给我添麻烦了,玛琳娜。不过你老在睡梦中给我添麻烦,在诊所你可从来也没给我添过麻烦。"玛琳娜还没来得及责备他太轻佻,他便赶紧解释说:"都是因为你昨晚的精彩表演。"

---

① 莎士比亚的剧作。

看她还在犹豫，他伸出手。"进来吧。"他朝覆盖着织锦的长靠背椅挥了挥手，"坐下，给我讲讲。"玛琳娜跨进屋，走了两步，靠在书橱边上。"不想坐下？"

"你坐吧，我再继续走会儿……就在这儿。"

"这样的天气你是步行到这儿来的？这样做明智吗？"

"亨利克，你行行好！"

他在桌子的一角坐下。

她开始踱步。"我到这里来有一大堆有关斯蒂芬的问题要问你，假如他真的——"

"但是我已经告诉过你，"亨利克打断她的话说，"肺部已经有明显的好转。要对付如此强大的病魔，医生和病人必须进行长期斗争。但我相信胜利在望，你哥哥和我。"

"你在胡说，亨利克。有人这样对你说过？"

"玛琳娜，到底怎么回事？"

"人人都在胡说——"

"玛琳娜……"

"包括我自己。"

"这么说，"他叹了一口气，"你找我不是想谈斯蒂芬的事。"

她摇摇头。

"那让我猜猜。"他说，冒昧地一笑。

"你是想取笑我，老朋友。"玛琳娜阴沉地说，"你认为这是女人的神经质。要不就更糟。"

"我？"他拍了一下桌子，"谢谢你承认我是你的老朋友，我没把我的玛琳娜当回事？"他敏锐地盯着她。"到底哪儿不舒服？头疼吗？"

"不，与我无关。"她突然坐下，"我意思是，与我的头疼无关。"

"让我给你把一下脉，"他说，站到她面前，"脸色有些发红。说不定有点发烧。"他握住她的手腕，然后又松开手，沉静了一会儿他又看了看她的面色说，"不烧，非常健康。"

"我告诉过你我没病。"

"哈，这就是说你想向我吐露心曲。好吧，你会发现我是最有耐心的听众。说吧，亲爱的玛琳娜。"他愉快地嚷道，竟没发现她眼里已噙满泪花。"有什么委屈都说出来吧！"

"也许同我的哥哥有关，毕竟。"

"我告诉过你——"

"对不起，"她站起身，"我有些失态了。"

"没那回事！求求你别走。"他站起来拦住出门的路。"你确实有些发烧。"

"你说我不烧。"

"内心跟身体一样，也可能发烧。"

"你怎么看意志，亨利克。意志的力量。"

"这算什么问题？"

"我的意思是，你认为只要有决心就能干成吗？"

"亲爱的，你想干什么准能干成。我们全都是你的奴仆，都是你的支持者。"他握住她的手，俯身去吻她的手。

"啊，"她抽回手，"真讨厌，别老是恭维我！"

他温存地凝视了好一会，有些惊讶。"玛琳娜，亲爱的，"他抚慰地说，"以往的经历就没有让你明白人家会如何回应你吗？"

"经历是消极的老师，亨利克。"

"但是——"

"在天堂，"她向他逼近，那双灰色的眼睛在闪烁，"在天堂里没有经历，只有天赐的幸福。我们可以讲真心话，或者根本不需要讲话。"

"你什么时候开始相信天堂的？我真羡慕你。"

"我一直相信天堂，从小就相信。随着年龄的增长信仰变得更加坚定；天堂是不可或缺的东西。"

"你不觉得要相信天堂……非常困难吗？"

"哎，"她叹息道，"问题不在天堂。问题在我自己，在可怜的自我。"

"说起话来简直像个艺术家。像你这样气质的人总是——"

"我就知道你会这么说！"她跺了一下脚，"我命令你，我恳求你，别再议论我的气质！"

（不错，她病了。神经质。是的，她生病了；除了医生，所有的朋友私下都这么说。）

"所以你相信天堂。"他喃喃地安慰说。

"是的，在天堂的门口我会说，这就是你的天堂吗？这些身轻如燕的人身着白衣，在白云中飘荡？我能坐在哪儿呢？水在哪里？"

"玛琳娜……"他牵起她的手，将她引到长靠背椅跟前。"我给你倒一杯白兰地，这对咱俩都有好处。"

"你喝得太多了，亨利克。"

"来。"他递给她一杯白兰地，拖了一把椅子在她对面坐下。"好些了吗？"

她啜了一口白兰地，随后靠在椅子上，无言地注视着他。

"你到底在想什么？"

"我想，如果我不去做一些莽撞的……大事情，我很快就会死。

你知道我去年就险些死去。"

"但是你并没有死。"

"看来人只有死才能表白自己的诚意!"

在写给自己而不是其他人的信中,她这样写道:

原因不在于我哥哥就要死了,亲爱的哥哥,没有人再值得我敬重了……原因不在于我母亲总是唠唠叨叨让我受不了,我们亲爱的母亲,我多么希望能堵住她的嘴……原因也不在于我不是个好母亲(我怎么可能是个好母亲呢?我是个演员)……原因不在于丈夫对我体贴入微、唯命是从,他不是我儿子的父亲……原因不在于人人都向我鼓掌,不在于他们无法想像我可能变得更加生动活泼,与过去迥然不同……原因不在于我已经三十五岁,生活在一个古老的国家,而且我不想变老(我不想变得像我母亲)……原因不在于有些评论家对我曲意逢迎,现在还将我跟更年轻的演员相提并论,每次演出总是掌声雷动,不减当年(那么掌声又意味着什么呢?)……原因不在于我生病了(神经质),得停止演出三个月,就三个月(不工作我就感觉不舒服)……原因也不在于我相信天堂……啊,我决定去做大家都不希望的事、大家都认为是愚蠢的事,并不是出于上面所说的种种原因;虽然有的人不愿意,我希望他们和我一道去。甚至对我唯命是从的波格丹(结婚时他曾允诺)也不是真心愿意。但他必须去。

"也许这是祸从天降。"她说,"你知道,世界太大,我的意思是,世界由无数块构成,就像咱们可怜的波兰,随时可以被切割。再切割。你发觉自己占有的那块空间越来越小。虽然在那一小块空间中你适得其所——"

"在那个舞台上。"这个朋友帮忙说。

"你可以这样说。"她说,"在那个舞台上。"接着她皱起眉头。"你肯定不是在提醒我,说整个世界就是个舞台吧?"

"但是你怎么能离开自己的地方,离开这个地方?"

"我的地方,我的地方。"她喊道,"我什么地方也没有!"

"再说你不能抛弃——"

"不能抛弃朋友?"她高声嚷道。

"其实,艾琳娜和我关心的是你的观众。"

"谁说我要抛弃观众?如果我执意要离开,他们会忘记我吗?不会的。如果我要回来他们会欢迎我吗?肯定会的。至于我的朋友……"

"怎么样?"

"你可以肯定我并不想抛弃朋友。"

"我的朋友,"她重复了一遍,"比敌人危险得多。我想争取他们的同意,考虑他们的愿望。他们却要我维持原状,我没法让他们完全消除疑虑。他们可能会不再爱我。

"我对他们解释过。但我本来可以向他们宣布这不过是想入非非。近来我想我真准备干。在为第一次演出举办的聚会上,在旅馆的晚宴上。我要举起酒杯。我要走了。很快。永远。有人会惊呼,啊,夫人,你怎么能?我会回答,我能,我能。但我没有勇气。结果,我提议为四分五裂、可怜的祖国干杯。"

祖国之爱,朋友之爱,家庭之爱,舞台之爱……哎,上帝之爱;尽管玛琳娜很少指望能得到戏剧里那些浪漫的爱,但她说出爱这个词毫不费劲。

她曾是个严于律己且有责任感的孩子。她认为上帝始终在注视着自己,将自己的念头和行为一一记录在一个棕色的大账本里(她这样想像)。她腰背挺得笔直,从不回避人们的目光。她坚信上帝就赞成这样。她从小就懂得抱怨没用,最好别向人吐露心事。上帝知道她有多么软弱,但他会原谅她,因为她尽了力。反过来,她决心不向上帝提出非分的要求,也不奢望靠自己的才能或自己意志的力量去索取不属于自己的东西。她不想滥用上帝的慷慨。

诚然,她不能说出心里的话。但她有一种内在的力量,她说的话别人会听。女人不能说得太多。戏剧中的女主角可能说得太多。扮演女主角就是得到许可,可以发脾气,可以提非分的要求,还可以撒谎。

她出身卑微但平步青云,成为明星,这合乎情理。如果她是某个多才多艺、迷人家族的后裔,这同样合情合理。她编织的家族史以及欢乐而又贫寒的童年生活,巧妙地将这两点结合起来。

她是母亲十个孩子当中最小的一个,母亲的第一次婚姻生了六个孩子,第二次婚姻生了四个孩子,父亲是中学的拉丁语教师。玛琳娜以前常说,在她四岁念书的时候,两个同母异父的哥哥都已经成为演员,她怎么会不走同样的道路呢?事实上,开始玛琳娜并没有梦想做一辈子演员。她想当兵。当她明白女孩不能扛枪打仗以后,她又想当诗人,男人将吟诵她写的爱国诗歌去冲锋陷阵,为祖国争取自由。父亲虽不反对她念书,但似乎觉得女孩子更适合当歌唱家而不是学者。晚上父亲在备完第二天的课程以后,就躲开家庭的嘈杂和喧嚣去吹他的长笛。

从这一切,她留给朋友的印象是父亲教会她吹长笛。

有些事可不能言说:父母关系非常紧张;母亲絮絮叨叨;父亲躺在恺撒和维吉尔的书上睡大觉。她六岁那年邻居的小孩讥笑她,说她的父亲不是那个拉丁语教师而是家里的某个房客（他们家经常要接待一些房客）：一个一半德国血统，一半波兰血统，像她父亲一样的男人。她父亲去世两年以后，她十一岁那年他以房客的身份搬了进来，她十四岁的时候他才开始跟她睡觉（逼着她保证不要告诉母亲）。而她母亲却说，到那么大的年纪才受到骚扰她应该感到庆幸。

"我出生在一个兄弟姐妹众多的家庭。小的时候我们大家都喜欢看戏，但只有四个人，即斯蒂芬、亚当、约瑟菲娜和我进了演艺圈。当然，我们当中真正有天赋的人只有一个，这就是我。别，"她抬起手，"别反驳我。"

玛琳娜喜欢说斯蒂芬天赋更好，自己是靠刻苦和勤勉而取得成功的：在舞台生涯上自己很快就超过了斯蒂芬，对此她一直感到很内疚。

"我们家很穷。我九岁时父亲去世，以后家里就更穷了。父亲死后母亲在一家面包店干活，就在我们家同一条街上。我们的房子在克拉科夫一场大火中被烧得一干二净。"她停了一会，"小时候我担心离开了舒适和豪华的生活就活不下去。"一位瘦长的侍者在给她斟香槟酒。"后来我担心离开了朋友我就没法活。"

"那么，现在呢？"

"现在我想我什么都不在乎了。"

"这和什么都想要没什么两样。"聪明的朋友回答说。

玛琳娜七岁那年第一次走进剧场。上演的是《唐·卡洛斯》①，

---

① 德国戏剧家席勒的剧作。

这出戏初看好像是描写爱情,接着像是在描写伤心事,但到了剧末,描写的则是更加高尚的事业:郁郁寡欢的卡洛斯要奔赴战场,为荷兰摆脱奴役、争取自由而战。(卡洛斯永远也到不了荷兰,在最后一场戏中,国王,即卡洛斯的父亲下令逮捕自己的儿子,将他处死。这太可怕了,简直让人无法接受。)她完全被席勒的自由信念所感染,忘了小小年纪就被带到剧场去的真正原因。她是去看第一次到克拉科夫演出的同母异父的哥哥斯蒂芬,他扮演剧中的一个主角。演出开始以后,她发觉自己竟没法辨认出自己的哥哥,越到后来越感到羞愧。她把舞台上进进出出的男子都瞧了个遍,就是找不到她那英俊的哥哥。有一个太胖,另一个太老(斯蒂芬才十九岁),还有一个又太高。惟一一个既不太胖,又不太老,也不太高的人戴着银灰色的假发,脸上涂满红色的油彩,扮演忠实的波沙,模样一点也不像哥哥。但她不能向父母打听哥哥扮演的到底是谁。人们会认为她太愚蠢,不可救药,以后谁也不会再带她到剧院去。

演出结束之后,她陪同母亲到了后台,斯蒂芬春风满面地出现在他们面前,瘦削的脸上已经抹去油彩,下巴坚毅有力,高高的额头。她不能问哥哥扮演的是谁(他扮演的能是波沙吗?),只好说他演得棒极了。

后来她想出一个办法,可以保证她再到剧院去,这就是当个演员。这真是个机灵和成熟的主意,谁会阻拦演员到剧院去呢?演员非常走红,他们显然用不着从常规的大门进出(虽然她认为演员也需要买票),他们可以从后门进去。

"那天晚上,"她向朋友说起这个故事,取笑自己,"在五个兄弟姐妹合住的房间里,我站在窗口,将嘴唇贴在冰冷的小窗户玻璃上发誓,我这一生惟一的目标就是戏剧。不是在我出生的那间房子,而是新的那间房子(那是在发生大火一年以后)。当然我并不知道我是否能当个演员。在相当长一段时间内,斯蒂芬,甚至亚当,竭力把演员的生活描述得阴森可怕,劝我别当演员:艰苦而烦闷的工作,微薄的工资,卑鄙的剧场经理,忘恩负义而又无知的观众,恶毒的评论家。更不用说没有暖气、肮脏的旅馆房间,吱嘎作响的地板,油腻的饭菜,冰冷的茶水,危险丛生的道路上颠簸行驶的马车,没完没了的旅行。然而,"她停下来解释说,"我就喜欢这些。"

"就喜欢不舒服?"

"是的,我就喜欢旅行! 就喜欢漂泊不定。每到一个地方,我给人们带来快乐,然后再也不会见到他们。"

"但是,现在演员的生活可舒适多了,你可以坐火车旅行。"

"你没有听我讲话。你不明白。"她嚷道,"没有家的感觉真好!"

"那场大火至今还历历在目,"她告诉里夏德,"我还能闻到烟火的气味。我老是怕火。当时我才十岁。我们和许多人站在广场的另一头,躲在多明我会教堂的门廊中看着我们家的窗户在烈火中化为乌有,哥哥常在那扇窗口用木枪瞄准奥地利士兵。母亲被大火吓坏了,她说幸运的是大家都安然无恙,除此之外我们一无所有,大火吞噬了一切,甚至教堂也没能幸免。大火之后我们搬进另一套更小的房子。尽管如此,母亲还是将一间房租给了一个房客。我们住在格洛兹卡大街的那段时间,家里一直都住有房客。这位房客叫扎温佐夫斯基,海因里希·扎温佐夫斯基。人挺和善,还教我德语。当然,我觉得拉丁语很容易,因为爸爸曾经教我学习过拉丁语,但是,我并不知道自己有语言天赋。他来自柯尼希山,是个外国人,真名叫西贝尔迈尔。扎温佐夫斯基先生终日和我们生活在一起,也就取了个波兰名。扎温佐夫斯基先生是个爱国者,十七岁参加一八三〇年的起义。哥哥崇拜他,母亲也挺喜欢他。我和哥哥甚至一度认为,要不了多久,这个满脸络腮胡子、声音粗哑的德语家庭教师就会成为我们的继父。结果不然,他特别喜欢我。当时我年纪还小,我们俩相差二十七岁,但是,我总不忍心拒绝那样一个好心人的爱情,他能教会我好多东西。斯蒂芬一直劝我放弃当演员的梦想;我在华沙试演也彻底失败了,一个赫赫有名的演员(我不能告诉你她是谁)告诉我,我没有演员的天赋。没有,完全没有! 在这个时候,是扎温佐夫斯基先生相信我能够成功,主动提出要带我步入演艺圈。前几年扎温佐夫斯基先生躲避警察追捕,曾组织过一个巡回剧团。他提议我们到博赫尼亚去一段时间,和原来的一些演员一道把剧团重新组织起来,他知道他们正在寻找工作。有了剧团他就有办法规划我未来的舞台生涯。

　　"这样,在十六岁那年,我得到母亲一把眼泪、一把鼻涕的祝福,和扎温佐夫斯基先生结了婚,我非得到母亲的祝福不可。我们离开克拉科夫到了那个小镇,在镇上他左右逢源。十七岁我就开始了演员生涯,在科热尼奥夫斯基①的《一楼的窗户》中扮演妻子。就在妻子要背叛丈夫的时候,生病孩子的一声啼哭使她回心转意。那时候的观众还很单纯。他们喜欢健康的情绪和道德寓意。然而,扎温佐夫斯基先生要我在伟大的戏剧——德国的戏剧和莎士比亚的戏剧——中扮演角色。几个月之后我学会扮演葛瑞琛、朱丽叶和苔丝狄蒙娜②等。

---

① 科热尼奥夫斯基(Apollo Korzeniowski, 1820—1869),波兰著名爱国者和剧作家,其子约瑟夫·康拉德在父母去世后于一八七四年十月离开波兰,后成为英国伟大的小说家。
② 葛瑞琛、朱丽叶和苔丝狄蒙娜分别为歌德《浮士德》、莎士比亚《罗密欧与朱丽叶》和《奥赛罗》的女主人公。

"我干吗要告诉你这些?"她烦躁地说,"我把演艺生涯说得太容易了!"

"当然不容易。"她的朋友安慰说。

"不过确实很容易。"她嚷道,"那时候我雄心勃勃,天真单纯,就跟观众一样。记得有一本名叫《灵魂卫生》的书对我产生过深远的影响。作者叫福伊希特斯莱本,他极力想证明,只要有强烈的愿望,就一定能达到目的。在这种乌托邦精神的感染下,我会半夜从床上爬起来,一边跺脚一边喊:'我必须成功,我一定要成功!'保姆被吵醒了,孩子也开始啼哭;我又爬上床,梦想着未来会赢得艺术的桂冠。"

"你当时很年轻。"

"我已经满了二十。不,没那么年轻。我的女儿,我的孩子——你知道后来发生的事。她得了白喉。我又在巡回演出的途中。"

"是的。"

"我没法照顾她。扎温佐夫斯基先生,我的丈夫明确告诉我说,没有我就没法演出;如果不能履行合同,剧场再也不会和我们签约。"

"这对你来说真是太可怕了。"

"我现在仍然感到害怕。这辈子我无时无刻不在为女儿难过。我爱皮奥特,但我没有料想到我会生个儿子。我老想有个女儿。"

"不过说到桂冠,你梦想成真了,赢得了桂冠。"

"不错。我承认从一开始我就一直扮演主角,从没演过别的。不过这也是没有办法的事。人慢慢就会习惯观众的掌声,这真令人吃惊。"

斯蒂芬和其他人都劝阻她不要当演员。同样,每当希望献身舞台艺术的年轻人请求她的支持,玛琳娜觉得自己也有责任劝阻他们。"你想像不到你将承受怎样的轻蔑。"她曾经警告过克雷斯蒂娜,"即便你取得成功,"她摇摇头,"正是因为你取得了成功,有朝一日你会无法想像你要承受怎样的轻蔑。"

玛琳娜并不想鼓励年轻人当演员,不过她好为人师,又喜欢谈论自己的经历,结果事与愿违。

"扎温佐夫斯基先生,海因里希·扎温佐夫斯基爱说:'整天模仿要扮演的角色不起作用。这样会搞垮身体,弄得你想入非非。相信我,演员并不需要思考!'"她笑起来。"当然,我觉得这很荒唐,我喜欢有自己的想法。"

"是的,"她的一个学生插话道,"思想——"

"我明白跟他争论毫无意义。我很年轻,他比我年长得多,又是我的丈夫,我只是谦卑地回答说:'那我该怎么办?''勤学苦练,日复一日地勤学苦练!'他大声嚷嚷(戏剧界的人干吗一讲话就嚷嚷?),好像我还不够勤奋似的!"

她将手指按到太阳穴上。头的两侧又开始痛了。

"仅靠勤奋还不够。我花很多时间研究角色,但仍然没法上台表演。我熟读台词,一边踱步一边念,琢磨头、手的姿势,体会角色的内心感受。但这还不够。我得观看这个角色。观看自己如何表现这个角色。天知道是怎么回事,有些时候我就是不行。形象不够鲜明,不能在我心目中留下深刻的印象。因为这涉及到未来——谁也没法知道。"

到这个时候,倾听玛琳娜教诲的年轻演员才有所理解。

"对了,准备一个角色就得这样,就像憧憬未来。或者说就像期盼知道旅行的结果。"

她若有所思，说道："你知道我并不勇敢，我了解自己。我也并不聪慧。我对自己的评价是……有些迟钝。"

　　"但是——"

　　"并不聪慧，并不精明。只是比常人稍好一些。的确是如此。但我明白，"她执拗地笑了笑，"只要锲而不舍，只要比别人付出更多，我总会成功。"

　　"也许你该休息一会。"

　　"不。"她说，"我不想休息，我想工作。"

　　"有谁工作比你更加努力？"

　　"我要安宁。"

　　"安宁？"

　　"我想呼吸新鲜空气。想在波光粼粼的小溪中洗衣服。"

　　"你？自己洗衣服？什么时候？你什么时候有空？在哪儿洗？"

　　"哎，不是衣服！"她嚷道，"难道就没人能理解我？"

　　"巴黎。"有人建议说，"尽管我们许多郁郁寡欢、心地高尚的爱国者侨居巴黎，但那里充满了欢乐和机遇。你决不会像其他人一样当个流亡者。你会喜欢——"

　　"不，巴黎不行。"

　　"我从不满足，这是事实。但我对自己，"她补充说，"感到最不满意。"

　　"你不必——"

　　"快活很好，但是，想要快活就有些庸俗。假如你感到快活，那么意识到自己快活就有些庸俗了。这会使你沾沾自喜。重要的是自尊,只有在你恪守自己理想的时候才能维持自尊。一旦尝到些许成功的滋味,你就容易妥协。"

"当然我并不狂热,"她说,"但是也许我非常挑剔。比如说,看见某人打喷嚏的样子很古怪,我不禁会认为他缺乏自尊。干吗要赞同这种不文雅的姿势呢? 人应该集中注意力,一定要使自己打喷嚏的姿势优雅而又不用遮遮掩掩,就像握手的姿势一样。记得有一次和一个相识多年的人交谈,他是个医生,敏感精细,我很看重他的友谊。我们谈论傅立叶的十二种基本激情,一句话还没讲完,他突然情绪激动,不能控制。他尖叫一声,然后说道:'克嘶。'他一连说了两遍,闭上眼。望着他那红一块紫一块的脸,我想弄清他说话的意思。后来发现他在找手绢,我才明白。然而,从那以后我很难再和他讨论理想的和谐以及魅力微积分!"

"我想,"她庄重地开始说道。
随后她沉默不语。
这完全是胡说!
"接着说。"波格丹说。
是的,去体会她的感受这完全是胡说。或许不是。波格丹对她讲的每句话总是照字面意义去理解,如果这真是件不愉快的事,把它强加给波格丹未免太可怕了。她干吗老是喜欢讲一通话让波格丹紧锁眉头、脸拉得老长?"我在想你对我真好。"她说,并将脸贴在他的脖子上,寻求他身体的安慰和原谅。

她皱起眉头。"不错,我不喜欢抱怨,但是——"

"但是什么?"里夏德说。

"我就喜欢抛头露面。"她用手拍拍前额,呻吟着说,"哎,唉,啊!"随即她顽皮地一笑。

年轻人显得有些吃惊。(是的,她生病了。朋友们都这么说。)

"我是不是爱出风头?"她说,目光炯炯有神,"你告诉我,忠实的骑士。"

里夏德没有回答。

"如果我真爱出风头,"她毫不留情地继续说,"原因何在?"

他摇摇头。

"不要惊讶。你是不是想说,因为你是个演员。"

"是的,一个杰出的演员。"他回答说。

"谢谢。"

"原谅我,我的回答非常愚蠢。"

"别这样。"她说,"也许不是爱出风头。尽管我也没办法。"

"相信我,我的确想克制自己的情绪!"

"克制自己的情绪?"评论家喊道,他是个特别友好的人。"那是为了什么,亲爱的夫人? 正是你丰富的情感打动了广大观众。"

"我一直需要与自己扮演的悲剧女主人公取得认同。和她们一起伤心难过,痛哭流涕,自己常常在帷幕落下以后还不能自持,木然地躺在化妆室里直到体力恢复。在整个戏剧生涯中,每次演出我都能感受到角色的巨大痛苦。"她脸上流露出痛楚,"我认为这是自己的弱点。"

"不对!"

"如果我决定扮演喜剧的角色，观众会怎么说呢?"她笑着说，"我不擅长喜剧。"

"什么样的喜剧角色?"评论家谨慎地问。

音起得太高,你就唱不上去。

"我记得,"她推心置腹地对里夏德说,"记得有一次我没能控制自己,结果把事情搞得一塌糊涂,不过我倒没有因此而受惩罚。那次上演的是我最喜欢的《阿德里安娜·勒库弗勒》①,女主角是我最羡慕的角色,勒库弗勒是当时最伟大的演员。招呼我上场的人终于来了,我离开化妆室,呆在舞台的一侧,该我上场了。我不是第一次扮演这个角色,但还是感到有些怯场。以前我经常怯场。如果仅仅是心怦怦直跳,手掌出汗,我倒也不在乎。相反,我认为这是专业演出的征候。如果上场前感觉木然,也不兴奋,我八成会演得很糟。然而,那天晚上比平时表现得更加强烈——不是那种让人瘫痪的怯场(我也有过那种怯场!),而是让你不知所措。我走上舞台,全场开始鼓掌,掌声持续了好几分钟。为了表示谢意,我深深地行了屈膝礼,交叉的手刚好触及右膝盖,低下头。表示谢意以后,我抬起头,对自己说道,你会看到,你会看到我的表演。拉歇尔②创造性地表现了这个角色,她的声音比我洪亮深厚,多年以前她把这出戏带到华沙,对

① 阿德里安娜·勒库弗勒(Adrienne Lecouvreur,1692—1730),法国著名女演员,她为当时舞台带来了不常见的自然和朴实,再加上她的美貌和魅力,受到观众的极大欢迎。后来,斯克里布和勒古韦利用她生活中的风流韵事创作了话剧《阿德里安娜·勒库弗勒》。

② 拉歇尔(Rachel Felix,1820—1858),法国经典悲剧女演员,在法兰西喜剧院的舞台上占统治地位长达十七年之久。

当时的演出人们至今还历历在目。可是大家认为我扮演的勒库弗勒非常出色,那天晚上我想完成一生中最精彩的演出。我怀着这样的念头开始演出——结果开头的几句台词起音太高。这下完了。一旦开始你就没法再降下来。勒库弗勒在法兰西喜剧院的后台,揣摩如何扮演新的角色,但是她刚刚坠入爱河,心神不定,坐立不安,期待着与心上人会面。当她把这段新的隐情告诉自己的知己,那个暗恋自己的舞台提白员的时候,我高声嚷啊,嚷啊,像个毫无天赋的演员。一开始就起音太高;当王子走进演员休息室的时候,阿德里安娜并不知道他的真实身份,你想一想我该怎么办。有经验的演员会说我没有选择,我只能一路提高声音唱下去。我要表现的情绪变得越来越强烈,越来越凄惨,我只能将声音提得更高。我叹息,扭动身体,这都是真实的情绪表现。到了第五幕,阿德里安娜吻过情场对手送来的带毒的花束,我全身痛苦难当,我躺在那里就要死去,向男主角伸出双臂,真切的愿望使我的姿势完全扭曲。帷幕徐徐落下,我失去了知觉,他把我抬回化妆室。"

"我喜欢你讲的故事。"里夏德说。话中的含义当然是:我爱你。"因为我喜欢你的故事,"他接着说(但这一点不合情理),"作为作家,我要做出最大的牺牲。"

"你说的牺牲可能是什么呢?"

"即使我写出一百部小说——"

"一百部小说!"她嚷起来,"真是个宏伟的计划。你想一想,"她笑着说,"你才写完两部。"

"等一等,"他说,"这是个庄严的时刻。我现在起誓。"

"你是在演戏!"

"我起誓,玛琳娜。"他举起手,"即使我写出一百部小说,其中也不会有一部小说的主人公是杰出的女演员。"

他们都在她的化妆室内。里夏德坐在矮凳上给她画速写。她来回踱着步,展示出她令人惊叹的线条和轮廓。

"就说化妆吧。"她若有所思,"我心里有个愚蠢的想法,我不用把些东西,"她指了指盘子里用于化妆的瓶瓶罐罐,"涂抹在自己的脸上,这张老脸上,"她笑了笑,"我不用化妆改变原来的形象。"她叹了一口气,"既保持原来的我,又能扮演我喜爱的角色,"她摇摇头说,"这是不可能的。"

"为什么不可能?"里夏德说,"你为什么就不行?"

"说起话来就像个作家。"她微微一笑。他多么想握住她的手。"作家都不会明白,表演并不需要出自真诚,甚至也不需要出自感觉,那只是一种假象。表演是看起来真实,表演不过是做出决定。表演应该没有感觉。"

"这不是真的。你告诉过我,你感觉到所有角色的情感,直到身体感到难受。"

"哎,这跟我说的自己的经历有什么关系!"

"但是你——"

"里夏德,我在谈论如何成为好的演员。我不知道我有多么优秀,我只是比其他人强一些。为什么大多数的演员都那么糟? 他们以为高度紧张就能表现强烈的情感。他们不知道如何表演,也不知道如何掩藏。我总想把这些告诉给年轻的演员。我记得扎温佐夫斯基曾不止一次地告诉过我。'不要将自己的冲动误认为是天才。'他说,'你得学会收敛和克制才能有所……作为。'他说得对。他没有意识到自己的话有多么正确,因为扎温佐夫斯基是个——"她仔细考虑了一下措辞,"非常守旧的人。"

"你试想一下,"她对克雷斯蒂娜说,"你是个年轻的姑娘,和一个外国人同居,他的年龄又比你大一大截。他答应娶你,你当然也称他为丈夫,但他还有个妻子,这就成为结合的法律障碍。现在又有了孩子。他时而变得十分粗暴,不过你爱他,不论他做了些什么让你痛苦的事,你总是找理由原谅他。目前你们住在一个矿区的小镇,屋里家具破破烂烂,远离美丽的家乡,远离童年那个充满爱的家庭。你想像一下这个房间。肮脏的窗户,一个火炉,一个衣橱,一张大床。在一个角落里点着一支蜡烛,旁边是你的小女儿,谢天谢地她睡得很香。光秃秃的桌子旁边还有两把椅子。你们正在吃晚饭。他狼吞虎咽地吃完你做的粗茶淡饭,用袖子抹了抹嘴宣布他另有新欢了,要离开你。他站起身,你跟着他一直到门口,不断恳求他别走。他啪的一下关上门。事实上他还会回来。是的,像他那样的畜生你想摆脱还没那么容易,不过你当时并没有意识到。你认为他一去就不会回来。你想想你该怎么办? 你会因绝望而极度痛苦。来,表演给我看看。不。走到那边去,到门的旁边。"

克雷斯蒂娜站在门边,犹豫了一会,然后开始抽泣。她摇摇晃晃地回到屋中央,肩头不停地抽搐。她颓唐地倒在椅子上,双臂向前伸展,趴在桌上,头向右靠在手臂上。随后她身子往下一沉,跪在地板上,双臂上举,呈四十五度,随即两手紧紧相握,喊道——

"别,别,别走啊!!"

克雷斯蒂娜站起身,脸上带着红晕。

"不过,夫人,我曾看过你的表演。记得在你扮演——"

"不!"

"告诉我该怎么做。"

"你慢慢走回房间……但不要太慢……收拾桌上的碟子……坐在椅子上,消沉失意。呆呆地望着桌子。"

"就这些?"

"是的。"

"不需要祷告?"

"我说过,就这样。"

主啊,主啊。她自言自语地说,除非在内心极度痛苦的时候,她似乎并不真正信仰宗教(但是,现在她什么时候不感到痛苦呢?)。啊,全能的主啊,发发善心吧! 别让我感到不满;要不,给我智慧,让我去实现自己的愿望吧。极度的痛苦偶尔也暂时消失,但眼下波格丹看到的全是障碍,他断定这样做太愚蠢,他问他干吗应该离开这里的一切,并让我承诺我们会回来。今晚必须跟波格丹谈一谈,要让他坐在床上,握住他那双可爱的手,注视着他的眼睛。不过不行,我不想用感情来贿赂他;如果要他回心转意,不能用演员的伎俩——主啊,现在我感到特别沮丧。但波格丹必须承认:我已经尽我所能,该做的都做了。我把一切都献给了祖国,不要忘了这可是了不起的爱国行动。你想一想,在华沙惟一允许波兰人讲波兰语的地方就是舞台! 我一直谦卑顺从,小心谨慎。我知恩图报,以德报怨。特别是对海因里希。他背叛了我,只要高兴,他就粗暴地闯入我的生活,爬到我的床上。在所有人中间,我对海因里希做到了仁至义尽。他不能指责我忘恩负义。亲爱的朋友,俄罗斯的剧场管理官的妻子知道,我对她的庇护是多么感激。在华沙很多事情之所以能够顺利进行,完全仰仗她的调停。当我决定在华沙公演奥菲利娅,总审查官拒绝发给剧场上演《哈姆雷特》的许可证,原因是该剧描写的情节是谋杀国王!她把总审查官请到家里,向他解释剧中的谋杀完全是家庭纷争,对社会没有危害,这样我才得到了演出许可证。这只是她施惠于我的一个例子。但是,自从德米乔娃逝世以后,再也没有人能够保护我。如果她还活着,他们绝不敢上演那出……闹剧。这出戏描写一位年长的女演员和她丈夫的故事,丈夫家里非常富有,拥有大片土地。这出闹剧用极不友好的方式来描写他们每周二举行的家庭聚会。当然我现在明白了,一个受大众欢迎的女演员一旦靠婚姻爬到社会上层,她必然要受到奚落。厚颜无耻!轻率的沙龙闲聊,严肃的爱国主义言论。是不是过于严肃的话题和太浓的爱国主义情绪引起了俄国当局的警惕?结果,每周二都有两名警察守住我们的大门,监视每个进出的客人,登记名字,查问外国客人的住址,查问他们与我们的关系。不过迫害者的举动并不让我感到吃惊。让我吃惊的是这里的评论家!如果我知道如何去憎恨,或许仇恨能使我解脱。我应该麻木不仁,应该有一副铁石心肠。哪个真正的艺术家拥有那样的铠甲?只有感情丰富的人才能表现情感;只有具有真爱的人才能激发爱的火花。如果我看起来冷漠而傲慢,我是不是就会感到好受一些?不,不行,我只是装模作样!不错,公众生活不适合女人。最适合女人的地方在家里。她是家庭里的主宰,不可企及,神圣不可侵犯!然而,如果一个女人敢于鹤立鸡群,敢于伸出渴望的手去摘取桂冠,敢于毫不犹豫地将自己的灵魂,将自己的热情和失望袒露在大众面前,她无异于授权于公众,让他们对自己最隐秘的个人生活刨根问底。对那些猎奇者而言,他们最感兴趣的莫过于道听途说,女演员率直的只言片语,有关绯闻的飞短流长,或家庭生活的误解。啊,主啊,难道我的一生就只能永无休止地赎罪，为自己、为他人赎罪？如果这一切只是涉及我个人倒也罢了。但是，一旦残忍和恶毒的魔爪伸向我钟爱的人，我就会憎恨舞台，因为舞台就是制造痛苦的刑具。波格丹，无私而又宽宏大量的波格丹没法保护我。这出剧里的女演员生于波兹南，长于波兹南，有个疼爱她的丈夫；波格丹提到这件事只是想引证那个女演员就是我，他似乎对自己所受到的屈辱毫不在意。波格丹这个人，他要么保持沉默，要么就像两年前一样，背着我在华沙要和一个评论家决斗；波格丹真幸运，评论家都胆小怕死。我的心都碎了。如今波格丹的哥哥真会恨我。自从上个星期这出剧上演以来，我听见人们议论纷纷，然而，谁也不会当着我们的面议论。星期六我们与《波兰报》的评论家共进午餐，波格丹一言不发，评论家也一句话不说。评论家经常到周二招待会来。当我再次见到他的时候，我不由自主地把他带到一个角落，问他是不是对我有气。我想我演了那么多的外国戏剧，很多人都会有气。我们谈论真正的自由，谈论民族的灾难，没想到谈话对我触动很大，我为自己沉溺于个人的痛苦而羞愧。我写了两封庄严冷静而又充满义愤的信，一封给《波兰报》，一封给剧场经理；但都没寄出去。剧场经理对我很崇拜，或者说他自诩是我的崇拜者。我本应该明白，一旦取得成功，在你还陶醉于成功的喜悦，远远还没有感到厌倦之前，观众就会转过来反对你；我想到的不仅仅是那出剧。观众喜怒无常，且喜欢更年轻的新面孔。不错，观众肯定对我感到失望了，我没法演得更好，在华沙不行。我们必须逃离这个地方。尽管有很多人在保护我，但波格丹不能因为我周围有些人充满恶意而付出代价。朋友们会怪罪这出剧，认为是这出剧逼迫我离开波兰，甚至那些知道我一直打算出国的朋友也会这样想。不过，如果我是因感情受到伤害而一走了之，他们也会责备我。波格丹后悔当初同意离开波兰，成天盯着我。我看得出来，他希望能疏导我困惑的情绪。作为丈夫，他无疑把这视为自己的责任。我应该感激他。我确实感激他。啊，主啊，我一直热烈地期待着这一转变，而现在一切都给毁了。组织安排每件事是多么困难。我不再期望离开，人们会认为我是逃跑，我一直都在期待。我童年时家里很穷，过圣诞节的时候从来都没有什么礼物，我期待着长大。啊，我多么期望长大。和兄弟姐妹住在狭小的房间里，我不愿假装过得很愉快，但我并不觉得自己很小，我梦想有朝一日会得到自由，变得强壮，走得远远的，人们会——不，我不能诋毁我的童年。那时我的确很快活，我知道心中存有光明，满怀信心地憧憬未来。啊，主啊，别抛弃你孱弱的孩子。我头脑一片混乱，我对舞台感到厌倦！

二

上帝也是演员。

上帝出现在无数的场合,穿着各式各样的古老服装,演出无数的悲剧和少数几出喜剧;他通常扮演男角,但形式多变,轮廓鲜明;近来(这是十九世纪下半叶)他颐指气使,居高临下。评论界对上帝颇有微词,不过这些评论还不至于让他停止演出。言谈中人们仍不时提到他那熟悉而可爱的名字。他的参与仍然赋予戏剧无可辩驳的重要意义。

风起云涌,斗转星移,地球在不停地旋转着,人类也在不停地繁衍生息。(要不了多久地球上的芸芸众生就会超过地下掩埋着的亡灵!)历史变得日益复杂。有色人种在呻吟。白种人(上帝的宠儿)梦想着征服,梦想着逃逸。在江河的三角洲和出海口人头攒动。上帝驱使人们向西迁徙,西部有更广阔的生存空间在等待他们前往。现在是上午十一点,欧洲时间。上帝穿的既不是庄严的长袍,也不是农民的短装,但他左右着人们的生活。今天上帝扮演办公室主管,身着三件套的精纺毛料西装,浆洗过的白衬衫,袖口保护扣,领结;上帝也追求时髦,他口里咀嚼着烟草。办公家具的主色调是黄色和棕色:旋转安乐椅和巨大的办公桌是金黄色的木料,书桌上装有光滑的黄铜附件,抽屉里塞满了文件;鹅颈形的台灯和旁边的痰盂已有些年头,上面镶有微微凹陷的黄铜饰物。他伏在堆满分类账簿的书桌上,一直在查看人口报告、经济公告和土地调查表。现在他查看的是一本分类账簿。

历史在融合。障碍在颤抖。家庭在分裂。各种消息纷至沓来。上帝扮演起旅行社的角色,将信使派往四面八方,传播新世界的召唤。在新的世界,穷人会变成富翁,法律面前人人平等;在新的世界,大街上铺满了黄金(对目不识丁的农民而言);土地要么免费奉送(同样对农民而言),要么可以廉价购买(对能读会写的人而言)。村民开始流失,最先离家出走的是胆大妄为或者走投无路的人们。没有土地的农民一群群拥向大海(不来梅港、汉堡、安特卫普、勒阿弗尔、南安普敦、利物浦),无可奈何地被驱赶进拥挤不堪、恶臭熏天的轮船底舱。城市不过是金玉其外,在夜晚街灯的照耀下,迁徙的浪潮尽管没那么引人注目,却没有停止过。上帝监视着每一班轮船的往返时间。现在已不存在非洲贩奴贸易中段航行①时的恐怖,上帝也要谢天谢地,离家出走的人完全是出于自己的意愿。还得谢天谢地的是,虽然去年"德国号"离开不来梅港不久,在驶向北美的途中在肯特郡附近变幻莫测的沿海触礁沉没,上帝五位虔诚的圣方济各会的修女死于非命,但横跨大西洋还是变得越来越安全,航行时间越来越短:新的轮船横跨大西洋只要八天。当然,上帝期待着有一天人们能用更少的时间横跨大洋。最终人们会乘飞机漂洋过海,时间会更短。上帝和白种人一样,对速度情有独钟。现在一切都在加速,变得越来越快。既然人那么多,这或许是件好事。

上帝开始急躁不安。这并不意味着他真的失去了耐心。他是

---

① 指十六到十九世纪贩奴贸易中从非洲到美洲的一段航路。

在……表演。(能什么也感觉不到,或尽可能不去感受,保持冷漠和麻木,这种人是最伟大的演员。相反,玛琳娜却十分敏感,而且特别神经质。)然而,上帝是伟大的驱动者,被他驱赶着寻求新生活的芸芸众生倒确实十分渴望,他们急于奔向新的天地;他们认为,在那些地方没有历史遗留下来的种种羁绊,人们不必维持原样,可以一次又一次、永无休止地重新塑造,摆脱陈见,放下包袱,一切从头开始。包袱越轻,走得就越快。

这一切都是上帝在鼓动。人们渴望新颖、空旷,忘却历史的羁绊。这梦想把生活变成了纯粹的未来。也许上帝是出于无奈,因为这样一来,上帝这位明星就像演员一样,就像明星中的明星,签署了自己的死刑执行令。在那些最令人羡慕、最有教养的观众出席的重要戏剧中,他再也不能保证自己还能扮演主角。从此以后,除了在极其封闭、人们从来都只能观看上帝扮演角色的角落之外,他最多只能扮演一些配角。这一切促进了观众的流动,最终断送了上帝自己的演员生涯。

上帝了解这些吗?他也许了解。但他无可奈何:因为他是演员。

上帝吐了一口唾沫。

一八七六年五月,玛琳娜·扎温佐夫斯卡依旧三十五岁,正处于舞台生涯的巅峰。此时,她与华沙皇家剧院解除了剩余的演出合同,同时也与克拉科夫的波兰剧院、波兹南的威尔基剧院、勒武的斯塔伯克伯爵剧院解除了客座演员的演出合同。她逃离自己的出生地克拉科夫,也就是一八七五年十二月萨斯基旅馆私人宴会厅举行晚会的地方,向南走了七十英里来到扎科帕内的一个山村,夏天结束的时候她常到这里来呆上一个月。随行的有她的丈夫波格丹·登博夫斯基,八岁的儿子皮奥特,丧偶的姐姐约瑟菲娜,画家雅各布·戈德堡,小生演员塔德乌斯·布兰达,小学校长朱利安·索尔斯基和他的妻子旺达。听到这个消息,她的观众很不高兴;华沙一家报纸竟宣称她提前退休,以消心头之气。对此皇家剧院(她与皇家剧院签订过终身合同)立刻否认。两位不友好的评论家暗示,如今该承认波兰最著名的女演员已日过中天,江河日下。她的崇拜者,特别是大学里狂热的学生担心她是重病缠身。一年前她的确得过一场伤寒,虽然在床上只是躺了两个星期,但有好几个月没有演出。有人谣传,说由于高烧她的头发全部脱落。头发脱落是事实,不过后来又都长了出来。

　　这样,不知情的朋友自然想弄清其中的是非曲直。在玛琳娜的家族中肺病十分普遍。父亲四十岁死于肺结核,后来两个姐姐也死于肺结核。去年她最钟爱的哥哥斯蒂芬又得了肺病,他一度是赫赫有名的演员,如今却因为妹妹而出名。斯蒂芬在克拉科夫的医生,她的朋友亨利克·蒂辛斯基本来希望送她哥哥和他们一道去山区,呼吸山区纯净的空气,但斯蒂芬太虚弱了,承受不了旅途劳顿:要乘坐农夫的马车沿着布满车辙的狭窄山路整整颠簸两天。玛琳娜自己会不会?——她现在是不是也要?——"不过,不会。"她说,皱起眉头,"我的肺很好,我健康得像头熊。"

　　这话一点不假……玛琳娜一直都想彻底摆脱病痛,使自己变得健康完美。她至今仍然致力于锻炼身体。华沙这座城市不利于健康,任何人口密集的城市都是如此。演员的生活更不利于健康:疲于奔命,心力交瘁。她本该到伟大的维也纳甚至巴黎歌剧院和博物馆去,利用从演出旅途中挤出的时间来提高自我,或者像世人一样到诸如巴登-巴登或卡尔斯巴德的某个旅游胜地去休养。然而,玛琳娜却和亲朋好友一道,选择了纯朴的乡村生活,这是只有特权阶层才配享有的生活。扎科帕内位于塔特拉山的崇山峻岭之中,特别引人入胜。塔特拉山在波兰的南部边境,是波兰惟一的高地。黝黑的土著居民有着浓厚的民族习俗,方言也别有风味,在城市人眼中犹如美洲的印第安人,充满异国情调。这使扎科帕内比其他村庄更具吸引力。他们曾观看高大灵活的高地男子在仲夏节日与拴着铁链的驯养棕熊一道跳舞。他们与村里的吟游诗人成为好朋友。不错,扎科帕内至今还有一位吟游诗人,他能吟诵旋律优美、早已失传的故事,描述的是部落之间的殊死纷争和哀婉动人的爱情纠葛。五年来,玛琳娜和波格丹每年夏天都要在这里小住一段时间,他们越来越喜欢这个村庄,越来越喜欢村里尊贵粗犷的居民。他们甚至谈到,将来某个时候和几个朋友一道永远定居山林,潜心研究艺术,享受健康的生活。封闭、优雅而又粗犷的扎科帕内犹如一块洁净的石板,他们可以在上面描绘理想社区的蓝图。

扎科帕内十分诱人的另一个原因是交通不便,难以企及。到了冬天,道路一连几个月不通。即使到了五月可以成行,惟一的交通工具也只有村里的马车。这种马车和我们熟悉的、附近农民丑陋的马车不同,它是一个长长的木家伙,车篷是用榛子木弯成的框架,上面覆盖着帆布,就像犹太人的篷车。不,更像雕刻画和石板油画上描绘的美国西部篷车。在克拉科夫主要的食品市场你都会看到几辆那样的马车。一些高地人从扎科帕内到城市来,一周往返一次。卸完车上的羊肉、羊皮袄,以及大大小小、形状各异的烟熏羊奶酪后,他们就赶着空车返回山村。

还没出发他们就已经感觉到旅途的艰难了。曙光透过篷车的缝隙照进漆黑的车内,气味刺鼻;马车夫殷勤地将自己的羊皮袄塞给玛琳娜夫人,给她当枕头。他们挤在松软的包袋中间,兴高采烈地闲聊,不时还扮个鬼脸;高地人则将宽檐帽紧紧地扣在头上,催促着他那两匹佩尔什马向前奔跑。出了城,一路下坡,直奔向克拉科夫南面的平原。愿他们的灵魂安息吧!路旁精致古怪的十字架、一座神龛,或者十字路口附近一座圣母小教堂,都会成为停车的理由,他们需要爬出篷车,活动活动腿脚;马车夫则无可奈何,嗫嚅地祈祷。随即马车开始翻越贝斯基德山,四周的山峦越来越近,马儿跑得越来越慢,最后只能一步一步往前迈。他们在野外匆匆吃完从克拉科夫买来的食物,在傍晚时分到达山顶的小村落。通过马车夫出面交涉,天黑以前房东安排他们吃完晚饭,赶紧睡觉;女人睡在小屋,男人睡在粮仓。凌晨三点钟,天还没亮他们又挣扎着起来,爬进吱嘎作响的篷车,开始了后一半的旅程。马儿一路小跑,经过漫长的一段下坡路,他们全身的骨头都像散了架,好容易才盼到中午,在途中惟一的小镇新塔尔克稍作停顿,洗濯一番,尽情地吃顿饭,喝上一两杯。犹太人小店的酒真是糟透了。吃饱了,喝足了,要不了多久他们又会感到饿。他们又上了车,沿着萋萋的草地继续赶路。草地边流淌着欢腾的小溪。在篷车的前方,远远的天空变得湛蓝湛蓝,由石灰岩和花岗岩构成的塔特拉山像一堵墙冉冉升起,吉翁特山①的双峰恰似一顶王冠。峡谷越来越窄,马车开始最后一段崎岖不平的下坡,大家咀嚼着从新塔尔克买来的干奶酪和熏火腿。只要有人愿意跟在马车后面走一段,玛琳娜总在其中。透过松树和杉树林,他们不时会看到一头熊,一只狼,或者一只鹿什么的,或者与路旁的牧羊人友好地互致问候。("愿主保佑耶稣基督!""千古不息,阿门!")牧羊人穿着白色的长袍,头戴引人注目的头饰,黑色的皮帽上插着一根鹰的羽毛。只要看见从

---

① 波兰南部山峰,高一千九百零九米,离扎科帕内三个半小时路程。

城里来的尊贵客人,他都会脱帽致意。还得走三个小时的路才能到达九百米高的山谷,村庄就坐落在山谷之中。疲惫不堪的马儿回家心切,忘记了一路的疲劳,加快了步伐。如果走运,他们可以在日落前谈笑风生地驶进村庄,过上几天田园生活。

他们将在一座低矮的棚屋里住上几个星期,甚至一个月。棚屋方方正正,有四间房,两间作为卧室:女人带皮奥特住一间,男人住另一间。和扎科帕内其他的住宅一样,棚屋像一座用云杉圆木构成的精致雕塑(这个地区有着丰富的云杉资源),圆木与圆木之间用鸠尾榫连接着。不多的几把椅子、桌子和板条床用的是较昂贵的红松木。一进屋,他们立刻把阴暗的玻璃窗打开,让刺鼻的大蒜味飘散出去,再把随身带来的东西放进食品橱或挂在墙上的钉子上。他们尽可能少带东西,准备充分享受自由。少带东西也是冒险经历的一部分。对城市人来说,乡村生活虽然单调,但别有一番情趣。时间将工作、陈规陋习和义务责任通通擦拭干净。不是来度假的吗?他们当然是在度假。他们会有更多自己支配的时间吗?不,没有。城里人到乡村来总有许许多多有趣的事要做,把一天的时间安排得满满的。吃饭、锻炼、交谈、看书、做游戏。当然,冒险经历的另一个部分是没有女佣,操持家务全得靠自己。男人要扫地、劈柴,还要为洗澡和洗衣取水。洗衣,用捶打的方法洗衣,然后拿出去晾晒则是女人们干的活。"这就是我们的乌托邦。"玛琳娜说,她从伟大的傅立叶想像的理想社区得到启发,根据理想社区的主要建构想出这个名字。只有做饭一件事留给了棚屋的主人,巴奇尔达太太。她是一位上了年纪的寡妇,在他们逗留的这段时间里,巴奇尔达太太暂时搬到她妹妹家里去住,因为这对她也有好处。每天的活动都根据她那丰盛的三顿饭的时间来安排。早餐是酸奶和黑面包;在吃早饭的时候分配工作,制定远足的计划。临近中午，所有人都会出发，集体到山谷去散步；午餐就在野外吃些黑面包、羊奶酪、生大蒜和酸山梅。晚餐是德国泡菜汤、羊肉和煮土豆。晚饭之后是朗诵诗歌的时间。朗诵莎士比亚。还有比这更健康的生活吗？

玛琳娜和波格丹心地善良，不满足于享受夏天美好的时光，他们与村里达成一项默认的捐助协议，而不仅仅是一年来一次，给这个仅能维持生存的村子一点钱。扎科帕内对他们来说是有利于身心健康的好地方，但玛琳娜和她的朋友意识到两千多村民的健康远不能令人满意。幸运的是，随玛琳娜一起到扎科帕内来的朋友当中有忠实的亨利克。过了不久，亨利克在村里逗留的时间比玛琳娜还长。亨利克把自己在克拉科夫的医疗工作委托给一位同事，请他照料三个月，自己则在扎科帕内免费为村民治病。起初村民将信将疑，觉得满口的龋齿，甲状腺肿大，佝偻病并无妨碍；他们认为婴儿夭折，上了三十五岁头晕目眩也很自然。他向村民宣传卫生知识，村民听起来就像城里人的胡言乱语。一八七三年夏天他第二次来到扎科帕内，当时村里流行霍乱，村民亲眼看见，由于他的治疗（以及他从克拉科夫带来的食品）不少人才幸免于难，从此才对他产生信任。在玛琳娜和她的朋友当中，他是惟一能听懂塔特拉高地居民方言的人，即使他们讲得很快他也能听懂。高地居民的方言中有许多表现普通事物的词汇，与标准波兰语中的对等词完全不一样。老师是村里的牧师，亨利克曾给他治过病，他很感激。

作为村民一方（他们并没有真正同意），他们所做的承诺是不要改变现状。城里来旅游的人认为，他们可以帮助他们，维持古老淳朴的生活方式。波格丹想成立一个民间故事协会；里夏德想学习当地的方言，以便整理吟游诗人知道的童话和狩猎故事。亨利克计划修建一座自然科学博物馆,陈列阿尔卑斯山高耸入云的要塞引以为自豪的种种实物,例如,在攀援岩石的时候他就收集了各种各样的苔藓,想用这些实物启迪村民。玛琳娜想为村里的姑娘开办花边编织学校,一来可以改善萧条的经济,二来可以保存当地濒于失传的手工艺。前一年夏天,玛琳娜特地向一位干瘪的独眼老妇学习,她是扎科帕内地区花边编织冠军。此外,玛琳娜还试着学习木雕,惹得村里的女人都吃吃发笑。

交通不便使这座村庄、村民古老的生活习惯以及单一的行为方式和丰富的口头吟诵传统保存至今。村里人的相貌类型也很有限,因为只有几个姓。村里只有一条土路、一座木结构教堂和一处墓地。这是名副其实的社区!不过玛琳娜和她的朋友倒不是绝无仅有的外来者。这里还没有牧人小屋(俗气地模仿高地人粗朴的棚屋),也没有肺结核疗养院(十几年以后官方才将扎科帕内列为疗养地);三十多年以后才修筑从克拉科夫到这里的铁路(保证一年四季都能通达村里)。然而,由于波兰最著名的女演员和她的丈夫常到这个村来度假,山村很快就会名扬天下。他们第一次到山里来的时候,要在扎科帕内住下来只有一个办法:住在高地人的棚屋里。两个夏天以后,里夏德第一次被邀请来和他们同住,村里已经有了一间低劣的客栈,旁边两间村舍出售的食品非常单调,酒简直不能入口,价格却贵得惊人。这里也来过一些游客,人数不多,住在旅馆里;他们常常光顾这两家饭店。

那些游客的消遣与玛琳娜遵循的健康摄生法大异其趣。不论天晴下雨,她每天起来第一件事就是到棚屋后面的小溪里晨浴,然后是早餐前独自散步。她在湿润的草地上漫步,从朽树桩上采摘罕见的蘑菇,当场大着胆子品尝,对着山羊朗诵莎士比亚的诗句。她极尽疯狂之能事,时而兴冲冲地对一件事着迷,随后又突然放弃。她这种疯狂有时表现在对食品上:她会一连几天只喝羊奶,随后除了德国泡菜汤什么也不喝。还有她从利伯迈斯特教授一本书里学来的呼吸锻炼法和精神锻炼法:每天一个小时平躺在草地上,一动不动,全神贯注回想美好的往事。任何美好的记忆都行!这是"积极思维"开始的时期,自我调整的专家向男子宣传积极思维的优越性,说这会使男子更加健壮,更受女人青睐;医生则把积极思维作为医治妇女病痛的良方,对"神经质"或"神经衰弱"的妇女特别有效。对不动脑筋的妇女,医生不会开这个药方。思维(正如城市生活)被认为有害健康,对妇女尤其如此。

但是亨利克不是这样,他和其他的医生不同。他会说,要相信扎科帕内纯净空气的疗效。亨利克特别相信空气。但是他并不主张休息,不主张保持精神一片空白,整天从事编织花边这类适合妇女做的事情。玛琳娜最喜欢与亨利克交谈。但愿亨利克不要轻易表现出动情的神态。像里夏德和塔德乌斯这样的年轻人很容易爱上她;她知道红极一时的女演员具有特殊的魅力,能激发莽撞、肤浅但又完全纯真的糊涂情感。但是,亨利克聪明理智,多愁善感,年纪也不小,看见他因暗恋而变得憔悴,玛琳娜感到非常难过。她希望他打喷嚏。

"打个喷嚏,亨利克!"

"你说什么?"

"我想听你打喷嚏。我觉得你打喷嚏特别滑稽。"

"我本来就很滑稽。"

玛琳娜打了一个喷嚏。"看见我是如何比较文雅地打喷嚏了吗?"

去年九月,他们坐在一间洒满阳光的棚屋里——亨利克租下这间棚屋就是为了夏天度假。房间里有一张松木桌子,两把椅子和一条长凳,四壁光秃秃的,只有一排色彩杂乱的玻璃画,画的都是些牧羊人或土匪,作画的人也都是当地的牧羊人或土匪。这间房算不上客厅,更不是诊所。只有橱柜里摆放着的手术刀、镊子、导管、手锯、反射镜、显微镜、听诊器、有塞子的瓶子,以及翻旧了的医书,能让人看出亨利克的职业。这些书只是他在克拉科夫诊所丰富藏书的一小部分。

"你想告诉我说你着了凉?既然你执意要光着脚在草地上走,清晨还要在冰冷的小溪里沐浴,你着凉我一点也不感到惊奇。"

"我没有——"她开始咳嗽,"着凉。"

"当然没有。"他走到她坐的长凳跟前,伸出张开的手。

"啊,扎科帕内纯净的空气。"玛琳娜说,顺从地伸出娇小的手腕。

他站在她跟前,闭上眼。一分钟过去了。玛琳娜用另一只手伸向凳子另一头盛满山梅的碟子,慢慢地吃了三颗。又过了一分钟。

"亨利克!"

亨利克睁开眼,淘气地笑了笑。"我喜欢给你把脉。"

"我已经感觉到了。"

"现在我可以肯定地告诉你,"他将她的手放回到她的膝盖上,"你有多么健康。"

"别说了,亨利克,吃点山梅。"

"头疼吗?"

"我老是头疼。"

"在扎科帕内也头疼?"

"我需要的就是放松。你是清楚的,我努力工作的时候头很少感到剧痛。"

他回到桌子旁边。"你的本能告诉你,只要有时间就应该到这个避难所来,躲避华沙的喧嚣,躲避所有那些巡回演出,这样做完全正确。"

"什么避难所!"她嚷道,"老朋友,你得承认,这里已经不是四年前的模样了,我们初到这里的时候,这里还是个无人知晓的小村落。"

"亲爱的玛琳娜,你来过以后就不一样了。你回想看,每年夏天你都是第一个来这里的名人。我不过是赶时髦。"

"不是你在赶时髦。"她说,"我的意思是其他人都在赶时髦。"

亨利克微微仰起头,用食指支着满是胡须的下巴,眺望着窗外吉翁特峰令人振奋的景致,眺望着远处卡斯普劳伊的山巅。

"你还能指望什么,每次你和波格丹到这里来,都会有更多的人发现这里秀丽的景致。你们为这个地方做了最好的宣传。"

"他们至少是我的朋友。而在老沙尼亚克开的那家所谓的旅馆里,现在有些人我根本不认识。扎科帕内也有了旅馆!"

"你到哪儿,人们就会跟到哪儿。"他笑着说。

"这里还有外国人。他们可不是因为我才到这里来的。有英国人,感谢主。"她停了停说,像是在表演,"如果总得有些外国游客,那最好是英国人。至少我们没看见德国人。"

"等着瞧吧,"他说,"德国人会来的。"

今年,他们在扎科帕内的情形有所不同。首先他们来得比往年早得多,而且也不是来度假。波格丹建议将与他们的计划有关的所有人都集中起来。让波格丹改变主意其实不难。玛琳娜想只邀请几个至今还犹豫不决的朋友。玛琳娜认为,里夏德和其他几个人比较可靠,不必到这里来。

他们先到克拉科夫去接皮奥特。两年以前玛琳娜将皮奥特从华沙转到克拉科夫，和外婆住在一起。华沙的学校用俄语教学，而在克拉科夫奥地利的统治比较宽松，允许学校仍然使用波兰语。他们在克拉科夫呆了一周，玛琳娜和波格丹每天下午都到斯蒂芬的住所去，亨利克也经常来，有他在，他们比较放心。目前，斯蒂芬大多数时间都躺在床上。到达的第一天早上，波格丹亲自到食品广场找一个高地人去安排一切，让他在卖完羊肉和奶酪以后在市场等候。他周围挤满了熟悉的面孔，大家都争相表示，愿意提供马车，愿意效劳。波格丹选中了一个高个子，这人长着稀疏的黑头发，一讲话总把文雅的波兰语与高地方言混杂在一起，但他的话比其他人还是稍微好懂一些。波格丹让他通知去年租房给他们的老寡妇，现在就把屋子收拾好，他和妻子、继子，以及其他五个人随后就到。这个高地人名叫杰德里克，他准备在一周以后送他们去村里。他说，能用自己的篷车为伯爵、伯爵夫人以及随行的人服务，是他永世难忘的荣幸。

　　在这以前，他们只了解山里的夏天。在夏天，山峦树木生长线以上已看不到积雪，草地也已过花期。而如今高山上还白雪皑皑，塔特拉山地区的冬天漫长而又寒冷。然而，篷车沿着绿茵茵的草地行驶，草地上开着厚厚的一层紫番红花，紫红色中带有一抹深蓝，乘坐杰德里克篷车的乘客会情不自禁地呼唤春天到了。到达村庄的时候玛琳娜异常兴奋，接着又变得焦虑不安。她把这种感觉看成是完成重大决策之后的亢奋，看成是旅途不适之后熟悉的坐卧不安。有时，在头疼开始前的三到四个小时里，她的感觉与这种昏花和无意义的兴奋不无相似，但她确信这不是头疼。不，这不可能是头疼。她站在波格丹身旁欣赏夕阳西下，她不得不承认她看到的景象有些不对劲：眼前一片炫目，蜿蜒曲折，跳跃闪烁，阳光喷射；落日似乎在沸腾。她再也不能否认右太阳穴在悸动,后颈窝胀痛。她从来没有因为头疼而取消过演出,这一次她崩溃了。她在阴暗的卧室里躺了整整二十四个小时,头上紧紧裹着一条毛巾,昏昏沉沉,不省人事。皮奥特蹑手蹑脚进来又出去,问她什么时候能够起床,他显然需要母亲的安慰。玛琳娜尽力让皮奥特跟自己呆一会。哪怕闭着眼拍拍他的头,亲亲他的小手也行。只要一睁开眼,她就觉得皮奥特好像非常非常小,非常非常远。波格丹也是如此,他伏在床边,一次又一次地问,是不是需要拿点什么。他们的脸上似乎布满了格子。支撑着天花板的横梁上有一些模糊的树结,背后有许多脸向外窥探。横梁似乎就在头的上方,微微发亮,放射出火花,正向她挤压下来。她只想一个人呆着。恶心想吐。只想睡觉。

在玛琳娜记忆中这是她头疼得最厉害的一次。在逗留期间后来又有过几次头疼,但同这次相比都算比较轻微的。头疼以后,她变得非常烦躁。很多个晚上彻夜失眠,只能望着墙上的阴影(她让油灯点着),倾听皮奥特因扁桃腺肿大而发出不畅的呼吸声,约瑟菲娜打呼噜,旺达咳嗽,还有牧羊狗的叫声。每天晚上皮奥特总会爬到她的床上,说是要到外面上厕所,要妈妈陪他去,因为院子里有可怕的女巫,样子就像老巴奇尔达太太。回到卧室以后,皮奥特还想回到她的床上,说女巫会在梦中杀死他。玛琳娜对皮奥特说,他已经长大了,不应该像小孩子一样胆小。这也不管用。不久她听见皮奥特张开嘴呼吸的声音,知道他睡着了,才将他抱回到自己的床上。玛琳娜又走到屋外,凝视布满星星的夜空。最后,还剩几个小时就要天亮她才去睡觉,她也梦见一些稀奇古怪的东西:梦见她母亲变成了一只鸟,梦见波格丹拿着一把刀,把自己刺伤,梦见树上悬挂着一个可怕的东西。

她经常会感到疲乏。而有的时候,就像她描述的,她又感觉精神

"好得可怕",精力特别充沛或者精神特别亢奋都可能是不良的兆头：第二天她就会感到头疼难忍。开始她会有一些滑稽可笑的念头，有不可遏止的冲动，想笑，想唱，或者想跳舞，随后就一病不起。她相信头疼是意志松懈所致，于是，她比以往任何时候都更注重散步；似乎把朋友召集到自己身边，目的就是要摆脱他们，独自去散步。

散步的一个目的是要使自己精疲力竭，因此她不需要人陪伴。波格丹帮助她穿上衣服，小心翼翼地为她穿上靴子，目送她远去，消失在西南方向。从村子到通向吉翁特山上那片更高的草地，大约有七公里路。到了那里她穿过草地，进入树林，沿着小道气喘吁吁地爬上更高一级台地，上面长着小草、矮小灌木和高山花。她采下一束火绒草，亲吻无味的花朵，仰面迎向太阳，轻佻地向阿德里安娜·勒库弗勒致意，她因为误吻带毒的鲜花而死去。她本该去爬吉翁特山峰。前一年由村里的一名向导陪同，她、波格丹以及其他朋友一起去爬过。但是，她头脑中有些阴暗的想法让她害怕，她不敢一个人去。即使是穿过一片片开始融化的积雪，冒险进到山脚处，爬到半坡，她也需要波格丹陪同，就他一个人陪同。

波格丹步子比玛琳娜快，玛琳娜并不在乎跟在他后面。这样她既感觉到有人陪伴，又能自由自在。偶尔她担心波格丹会错过一些景致，就会和他并排而行。比如说树上的一只乌鸦，小屋的轮廓，山丘上的十字架，成群的羚羊，附近岩石上的一只野山羊，或者老鹰俯冲而下，扑向一只倒霉的土拨鼠。

"等一等，"她会喊道，"看见了吗？"要不就说："我想让你看一样东西。"

"什么？"

"就在那上面。"

他会顺着她指的方向望去。

"从这儿看。回到这儿来。"

他会倒回一半路程再看。

"不,就从这儿。"

她会拉着他的胳膊回到她停下的地方,这样他穿着靴子的脚就站在……那儿。站在他的身旁,她可以注视他观看刚才看到的景物。他会若有所思,一动不动地呆上一分钟,表示他真的看见了。

我简直是个暴君,玛琳娜有时这样想。但波格丹似乎并不在乎。他和善,有耐心,是个好丈夫。你可以让某人,合法地要求某人去看你看见的景物,完完全全是你看见的景物。这就是真正的自由,这就是婚姻带来的真正的满足,不是吗?

玛琳娜委托前往克拉科夫市场的一个高地人,请他到达后立刻将下面这封信寄出:

里夏德,你都在做些什么,想些什么,计划些什么?你一贯自我感觉不错,也许我不向你透露你也知道,在这里的每个人都很想你。不过,不要自以为了不起。我们想你完全是因为我们每天的活动无法进行。第一,两天以来一直在下雪;不错,五月还下雪!如今又下了三天冻雨。波格丹、我和朋友们别无选择,只能听天由命,成天呆在屋里。我回想起小的时候住在一个大家庭中不准出去的感觉。像这样被囚禁在屋里,所有要谈的话题都已经谈腻了,哪怕是最关心的话题我们也感到厌烦。波格丹告诉我们,在新英格兰有个布鲁克农场,尽管大家对此非常关心,但仍提不起兴趣。于是,你自然会说想办法让自己高兴高兴。我们正是这样做的!我设计了一种看手势猜字谜的游戏,让想练习表演技能的人参加(我参加就不公平了)。波格丹下棋赢了雅各布和朱利安。我们编写了一些歌曲,有的欢乐,有的悲伤(塔德乌斯在学拉一种像提琴一样的乐器,在牧羊人的宿营地我们听见有人演奏过这种乐器)。我们相互背诵密茨凯维奇的诗歌,排演《皆大欢喜》和《第十二夜》全剧。是的,天还在下雨。

你猜猜我们今天都在做些什么。我们堕落到以射杀苍蝇来逗乐。一点不假!今天上午我在皮奥特的玩具中找到两只小弓,朱利安在火柴棍一端装上针做成箭。我们的住房是木板墙,上面点缀着许多昏昏欲睡的苍蝇。我们轮流瞄准射击,每射杀一只苍蝇,掉在脚下,就响起一阵掌声。扮演朱丽叶或者玛丽·斯图亚特的演员竟在玩这类游戏,你有何感想?

不过,你不要以为我是闲得无聊才邀请你到这儿来。我们还会呆上至少两周,其间天气肯定会好转,我们会讨论很多事情。我想,既然朱利安现在看起来决心很大,而且非常急迫,你也应该到这里来,这样我们可以讨论新计划的一些细节,其中你可要唱主角。你可以看管旺达的丈夫,不要招惹一些不必要的麻烦,使旺达安心;她现在正为分居感到沮丧呢。不过我了解你,也了解旺达的丈夫,我觉得他应该反过来看管你才对!所以,如果(是的,得有条件)你能在一些微妙的问题上做出保证,那么你就考虑我的邀请。你一定在想,亲爱的玛琳娜,我可不大情愿答应你提出的要求。我知道你心地善良,但我也了解你的另一面。能原谅我说话直率吗?你必须保证,对待本地的姑娘你必须像个绅士。是的,里夏德,我知道你的坏毛病。别在扎科帕内胡来,我求求你!你是我的客人。我将来还会到这里来,对这里的人我有承诺。我们彼此是否能够理解,我的朋友?能够理解?那就来吧,亲爱的朋友。

接到玛琳娜的信里夏德感到十分震惊,他决定一切照玛琳娜的要求办,第二天便离开华沙。一到克拉科夫他便找到亨利克,请他帮忙安排到山村去的事宜。亨利克不仅陪他到市场去,找到可靠的马车夫,而且一时冲动,决定一同前往。如果只离开十来天,斯蒂芬的病肯定不会怎么恶化。如果里夏德接到邀请,而且是玛琳娜亲自邀请,他怎么能袖手旁观呢?

里夏德在村上那个吟游诗人的棚屋里要了一间房,一来可以继续去年夏天就开始的工作,编撰老人知道的故事,二来一旦他迷恋上村里某个纯情漂亮的姑娘,也好躲过玛琳娜警惕的目光。当然他想尽可能克制自己,不去拈花惹草。

亨利克得知男子的卧室内已经为他准备了一张床垫,便对波格丹说:"啊,真是社区的生活。不过,如果我决定住在沙尼亚克家,你千万别生气。"

"住在旅馆?"波格丹问,"你是开玩笑吧。你的药包里肯定带了消毒剂,好给你自己的床垫消毒。"

除了有人请亨利克去处理紧急病痛(臀位分娩、摔断腿、阑尾穿孔)之外,他总是呆在屋里,听凭玛琳娜的吩咐,逗皮奥特玩。他觉得这个小男孩挺聪明,决定跟他讲一些进化论的新道理。

"要是换了我,"他对皮奥特说,"我就不会随便告诉学校的牧师,说妈妈有个了不起的朋友,他曾经提到过英国伟人达尔文的名字。"

"但是我没法告诉他们了。"小男孩说,"妈妈说我不会再回到那所学校去。"

"你知道不再回去的原因吗?"

“我想我知道。”

“为什么?”

“因为我们要上船。”

“在船上干什么?”

“去看鲸!”

“鲸是什么动物?”

“哺乳类动物!”

“完全正确。”

“亨利克!”叫他的是里夏德,他刚散步回来。“别把一些无用的事实灌输给孩子。给他讲讲故事,激发他的想像,让他变得更勇敢。”

“嗨,我喜欢听故事。”皮奥特喊道,“给我讲个女巫的故事,讲讲她是怎么被杀死的,被油煎,被火烤。后来她——”

“这种故事应该由你来讲。”里夏德说。

“我也有些故事。”亨利克说,“不过,这些故事并不能使我变得更勇敢。”

以前她总是很健谈,现在变得有些寡言少语。周围的这些人多么想让她高兴!

玛琳娜看着塔德乌斯,里夏德用敬慕的目光注视着玛琳娜。她希望自己处于热恋之中,陷入不能自拔的热恋能唤起人善良的天性。但是,婚姻却标志着热恋的结束,婚姻是一种判决。恋爱使男人强壮,充满自信;恋爱也使女人软弱。

不过,友谊是……另外一回事。朋友会使人坚强。要是没有亨利克她会怎么办呢? 他们在树林中,坐在一根杉木树桩上,旁边是一小块山梅地。皮奥特在附近玩弓箭,大小跟真正的弓箭差不多。

"我从来都不喜欢树林。"亨利克说,"现在我开始有点喜欢了。我只需要想像每棵树都是我的同类。被困在阴暗的树林里,不能自拔。挥舞枝叶。救命!救命!这棵树喊道,我——"

"别那么伤感,亲爱的亨利克。"

"为什么不呢?我觉得很好玩。"

"那就伤感吧,亲爱的亨利克。"

"行。我说到哪儿了?噢,说到树。后来树都被砍倒,这可不是树木希望的逃避方式。来尝尝这个。"

玛琳娜接过他递过来的伏特加酒瓶。

"你想像一下,"她停了一会说道,"如果你相信有些事是命运使然,那你会怎么样,不管其他人怎么想,你必须服从你的星座,听天由命。"

"玛琳娜,一谈到自己,你就好像是孤身一人。但我的感觉是你执意要把其他人拉到你的身边。"

"没有其他人就演不了戏。"

"事实上我是在考虑扎科帕内。你感到烦恼的是没有办法维持扎科帕内的原貌,但是你必须明白,扎科帕内不可能维持原貌。我认为也不应该维持原貌。这里的人生活艰难。他们不是北美的印第安人游牧部落,他们是与世隔绝的欧洲牧羊人,他们可怜的生活日益变得难以为继。土地贫瘠,不可能发展像样的农业。再说,你也清楚,这里的铁矿几年以后肯定得关闭。到时候除了出卖自己可怜的服饰和木制手工艺品,推销自己美丽的山峦、优美的风景和清新的空气,他们还能靠什么生活?"

"你真的认为我一点也不关心——"

"我经常说,"他慷慨激昂地说道,"亲爱的波格丹是你不可或缺的助手,在他的帮助下,你会把这一切都调动起来。不过,这事早晚都得发生。没听说过扎科帕内的人会越来越多,这怎么可能? 你希望其他人都跟你在一起,希望有自己的社区。"

"你认为我很天真?"

他摇摇头。

"你认为我自命不凡?"

"噢,"他笑起来,"自命不凡没有什么不好,玛琳娜。我承认自己就有一些可爱的弱点。就像理想主义一样,是波兰人的天性。但是,我的确认为你不应该把斯巴达人的别墅聚会和法伦斯泰尔①混为一谈。"

"我知道你不喜欢傅立叶。"

"傅立叶是你乌托邦理想的圣人,这不是我喜欢还是不喜欢的问题。如果说我多少了解些人性,我不得不这样想。作为一个医生这在所难免。"

"你以为不了解人性我能像现在这样当个演员?"

"别生气。"他叹了一口气,"也许我有些妒忌,因为……我不能成为你们团体中的一员。我得留在这里。"

"但是,只要你愿意你就能成为我们的一员,在我们——"

"不行,我老啦。"

"简直是胡说! 你才多大年纪? 五十? 还不到五十!"

"玛琳娜……"

"你就不认为我觉得自己也老了吗? 不过这并不能阻止我——"

"我不行。"他抬起手,"玛琳娜,我是不行了。"

---

① 法国空想社会主义者傅立叶幻想要建立的社会的基层组织。

天气变得暖和了一些。除了亨利克和里夏德，下午其他的人都到树林里去了。此刻天色渐渐变暗，大家聚集在棚屋外面。虽说都有些累，但大家畅所欲言，倒也很惬意。他们盼望着晚餐上的汤和用两种蘑菇做的菜，一种是他们今天在杉树林中捡来的棕色蘑菇，上面有精致的皱纹，另一种是去年到树林中远足时采摘回来的暗橙色蘑菇，经过盐渍，味道非常鲜美。波格丹在草地上踏出一道路径，好让皮奥特玩他的木制火车。玛琳娜在小桌子上就着塔德乌斯为她点燃的油灯写信：灰白的天空中出现一牙新月、两颗星星。旺达给朱利安买了件亚麻布的衬衫，眼下正在给衬衫换纽扣。约瑟菲娜和朱利安在为牌局低声争论。雅各布在为打牌的人画像。猫头鹰尖厉的叫声和山羊任性的咩咩声遥相呼应。巴奇尔达太太正在用粗笨的长柄锅做菜，黄油发出的嘶嘶声从屋内飘散出来——真是香喷喷的声音！

　　亨利克上前给自己倒了一杯亚力酒，在牌桌旁边一把空椅子上坐下，想集中精力看书。里夏德主动提出跟房东到树林里去呆了一天（和另外一个男子狩猎是逃避玛琳娜诱惑最愉快的方式），最后回来。他找了把椅子在玛琳娜的桌子旁坐下，掏出笔记本记录下老猎人在射杀第二只狐狸以后讲述的故事。

　　波格丹在来回踱步。"我没干什么重活，却感觉很累。"

　　亨利克啪地合上书。"你没生病吧？"

　　"我想没有。"

　　"今天你没有采摘什么特别的蘑菇？"

　　"采了一些。"塔德乌斯说。

　　"那你感觉怎么样，年轻人？"

　　"感觉棒极了！"

"那是因为你不会随便尝森林里看起来挺诱人的东西。"

"这谁都知道。"波格丹喃喃地说,"即便有谁莽莽撞撞,尝了也没关系,这个星期我们这里有医生。"

"如果换了我,"亨利克说,"我才不会乱尝蘑菇,也不会过于相信医生。"他玩弄着手中的空杯子。"想听一个有关蘑菇和医生的故事吗?"他笑着说,"这真是个可怕的故事,能引以为戒。"

里夏德停止记录狩猎故事,抬起头。

"你也许从未听说过朔伯特①吧。他专门为羽管键琴作曲,现在没有人再演奏他的乐曲了。"他停了一会。"他住在巴黎,享誉整个欧洲。"

"你说的不是舒伯特吧?"旺达问。

"别理她。"朱利安说。

"恐怕是朔伯特。"亨利克说。

他站起身,缓慢地点燃烟斗,扣上上衣纽扣,像是要去散步。

"这么说,"里夏德说,"你终于要给我们讲个故事。"

"这可不是个让人愉快的故事。"亨利克又重新坐下。"我觉得奇怪,我怎么会想到讲这个故事。"

"亨利克,别卖关子了。"玛琳娜说。

亨利克在靴子底上敲了敲烟斗。"或许,"他说,"我是有点渴了吧?"约瑟菲娜将酒瓶递给他。

他喝了一大口。"大胆讲吧。"

亨利克环顾了一下焦急的听众,笑了笑。

---

① 指18世纪中期奥地利作曲家、羽管键琴家朔伯特(Schobert),他的名字与舒伯特(Schubert)只差了一个字母。

"好吧,故事的主人公是个高贵的人,是令人羡慕的艺术家,对蘑菇情有独钟,所以他组织了一天郊游,到乡下去。我想是到圣日耳曼昂莱的森林中去,至于具体的地方倒无关紧要。随行的有他的妻子,两个孩子中的老大,还有四个朋友,其中一位是医生。他们分乘两辆马车到达森林边上,下了车开始步行。朔伯特开始寻找蘑菇,经过整整一天,他采摘了满满一篮子精心挑选的蘑菇。下午晚些时候他们到达马尔利的一家乡村客栈。客栈的主人认识朔伯特,就请他们吃饭,并预备用他们采摘来的蘑菇做菜。客栈的厨师一眼就看出蘑菇有问题,向客人保证,蘑菇不能食用,厨师甚至连碰都不愿碰。朔伯特告诉厨师,让你怎么做你就怎么做。但是,一个朋友问医生,这些蘑菇是不是真的不能食用。医生回答说这完全是无稽之谈。客人对执拗的厨师感到十分生气,尽管执拗的应该说是他们自己。于是他们离开客栈,前往布洛涅树林的一家客栈。这家客栈的大厨仍然拒绝为他们烹调蘑菇。既然医生坚持说蘑菇可以吃,他们就变得更加执拗,大厨的话自然也就听不进去,他们又离开那家客栈。"

"然后奔向灾难。"里夏德喃喃地说。

"夜幕降临,大家回到巴黎。到了朔伯特的家,大家已经是饥饿难忍。朔伯特把蘑菇交给女仆,让她准备晚饭——"

"哎呀!"旺达说。

"所有的人,包括自诩对蘑菇非常熟悉的医生,做饭时尝了尝味道的女仆,以及向女仆讨吃蘑菇的狗,全部中毒。既然无一幸免,也就没人能够求救。到第二天中午,即星期三,朔伯特的一个学生前来上课才发现,所有的人在木地板上痛苦地挣扎。他们已经无可救药,五岁的孩子最先死去。朔伯特坚持到星期五,妻子死于第二天早晨,有两个人坚持了十天。在朔伯特的家中,只有三岁的孩子得以幸免。

他们没带他出去,等大家回到家他已经熟睡。"

皮奥特咯咯地笑起来。

"进屋洗手去,皮奥特。"波格丹说。

皮奥特继续推着火车玩。"翻车啦!"他说,"火车出轨了。"

"皮奥特!"

"这太恐怖了。"雅各布说,他站在钉满钉子的棚屋门廊里。"只要他们能听一听第一家客栈厨师,或者第二家客栈大厨的话,也不至于铸成如此大祸。"

"听仆人的话?"里夏德嚷道,"在那个年代,谁不认为自己比仆人高明?这是古代制度最好的写照。"

"他们竟如此轻信医生。"亨利克说。

"医生竟如此自负,认为自己是识别蘑菇的专家。"里夏德说。

"不过朔伯特对蘑菇真是一往情深。"波格丹说,"这都是朔伯特的错。他是一家之主,要对这次远足负责。"

"但是医生呢,"旺达说,"医生可是讲究科学的人啊。"

"尽管我觉得妻子对学科学的人存在一种幻想,这种幻想应该保护,"朱利安说,"但事实上双方都有责任。"

"不,责任在朔伯特。"约瑟菲娜说,"谁也不想与他争吵。他具有人格的力量。他是个了不起的音乐家,人们崇拜的对象……"

"你怎么看?"塔德乌斯说。玛琳娜一言不发,他第一个感到有些不安。玛琳娜摇摇头,"如果有人说我们采摘的蘑菇有毒,但你又想吃——"

"你肯定不会听我的话。"

"也许我会。"

"太妙了!"亨利克说。

每个人都用期待的目光望着玛琳娜。

"但我不会那样固执。"她喊道,"如果有人说蘑菇有毒,我决不会坚持要吃。"她停了一会。"你们把我当成什么啦?"(他们把她当成什么啦?当成他们的女王。)"噢,亲爱的朋友们……"

玛琳娜不想逗留到六月初以后,到那时旅游者会陆续到达。男人们利用最后的时间在村里买羊皮毯,买了六把结实精致的短柄斧,这东西可兼做高地人的武器。玛琳娜回到克拉科夫,便去探望斯蒂芬,他现在变得更苍白、更消瘦,让人吃惊。然后她同波格丹、皮奥特一道,在里夏德和塔德乌斯的陪同下继续前往华沙。在华沙,塔德乌斯得知帝国剧院最终提出与他签订演出合同。玛琳娜看得出,塔德乌斯担心自己与华沙帝国剧院签约会让她失望,便热情地建议他接受合同,打消加入玛琳娜小团体的念头。塔德乌斯签订合同的时候,玛琳娜还特地陪同前往,然后静静地与帝国剧院的经理商谈自己的计划。经理为人不错,但脾气粗暴,无论玛琳娜怎么说,他只同意给玛琳娜一年的假期,一天也不能多。为了伟大的冒险尝试,波格丹忙于筹措资金,这就需要安排一个侦探,波格丹到哪儿他就得跟到哪儿,并准备一份新的名单:凡是有人来看波格丹准备拍卖的房产,都得让别的人去监视。

但是两周以后,他们又急急忙忙地赶回克拉科夫,斯蒂芬早已与妻子分居,生活上无法自理,已经搬回母亲的寓所。他们到达的那天晚上,斯蒂芬闭着眼睛,重重地叹了口气便陷入昏迷。玛琳娜跪在床边,吻着他的额头无声地抽泣。他湿漉漉的脸躺在枕头上,皮包骨头,看起来年轻得可怕。第一次看哥哥扮演唐·卡洛斯和他邪恶父亲的好朋友的时候,她居然没有认出这张脸,她从小就崇拜的那个英俊少年的脸。如今眼看他就要死了，真难以置信！

母亲悲痛万分，写信给里夏德，不过亚当倒是在场，还有约瑟菲娜、安德泽吉和小亚雷克。亨利克从未离开我们，他虽竭尽全力，但仍无力回天，亲爱的哥哥还是倔强地走了。我整个晚上抱着他，他干瘦如柴，全身发烫，口里涌出鲜血，随后便离开了人世。

斯蒂芬死后，玛琳娜便离开了家。

波格丹也回家向家人告别。他家非常富有，拥有许多土地。在普鲁士统治时期，家庭生活的来源就靠波兰西部的那一大片土地。一八七〇年玛琳娜接受波格丹的求婚以后，到登博夫斯基家族的主要领地去过一次。她不是去长住，因为波格丹的哥哥伊格内西现在是一家之主，他甚至拒绝见玛琳娜。但伊格内西告诉波格丹，家庭永远向他敞开大门。波格丹和玛琳娜在附近的旅馆订了房间。

在他们离开的前两天，波格丹将玛琳娜带回到家族的领地，去见他的祖母。领地向四面延伸，里面立有白色柱子。祖母带来口信，说她当然不反对他们的婚姻。波格丹紧紧地搜着妻子的手，拉着她从一间屋穿过另一间屋，木地板擦得锃亮（她还记得地板的光亮），他们像顽皮的孩子在躲避怒气冲冲的家长，像羞愧的小孩在逃避魔鬼似的暴君——他生怕在某一间空荡荡的大房间遇见哥哥。波格丹慌慌张张、气喘吁吁，仿佛又回到童年时的这些房间；那时候他成天焦虑不安，特别容易受惊吓。玛琳娜可不想像个孩子似的，原因之一是，自从她当了演员她就没有了孩子的感觉。

他们来到楼上祖母的起居室，波格丹跪下一条腿去亲吻祖母的手，随后两条腿都跪在地板上，让祖母拥抱他的头。玛琳娜站在波格丹身后，行了一个屈膝礼。这显然不是舞台上的那种屈膝礼。接着轮到玛琳娜亲吻老人家的手。随后波格丹让她们俩单独呆一会。

玛琳娜从来没见过像波格丹祖母这样的人。她生于一七九一年，即波兰第二次被瓜分①的前一年。当时波兰最后一位国王斯坦尼斯瓦夫·奥古斯特·波尼亚托夫斯基还在位。所以，她是那个遥远的、更具自由精神时代的幸存者。在她看来，除了波格丹，其他所有的孙子都是傻瓜。最傻的莫过于长孙伊格内西，她对玛琳娜飞快地解释说，湿润的眼睛闪烁了一下。

"他太一本正经，亲爱的②，问题就在这里。正经得让人受不了。别指望他会回心转意，有所改变。在他眼里，与家庭尊严这些虚幻的念头相比，弟弟的幸福简直不算什么事。咱们勇猛刚健的波兰贵族居然堕落到如此地步？真让人恶心！我简直不敢相信这个假装神圣、崇拜圣母的傻瓜竟然是我的孙子。不过你不同，我的孩子。你赶上了现代社会。你想怎么样？他自诩为虔诚的教徒。就我所知，耶稣就赞赏兄弟情义。现在你看清咱们宗教的真面目了。有你这样一个楚楚动人、多才多艺的女人给他弟弟带来幸福，基督教徒不应该感到欣慰吗？但是事实上却不是这样。我希望你确实给他带来幸福。我说的幸福，你明白是指什么吗？"

玛琳娜从未听见有谁抱怨宗教，听了老太太对宗教的嘲弄她非常惊奇，而老太太在滔滔不绝的激烈演说后提出这个毫不相干的问题，玛琳娜反倒觉得不足为奇。波格丹曾经提起过，祖母和登博夫斯基将军漫长的婚姻生活中充满了争吵，祖母常常另寻新欢，名声在

---

① 一七七二年，俄国、普鲁士、奥地利对波兰进行第一次瓜分；一七九三年，俄国和普鲁士第二次瓜分波兰；一七九五年，俄国、普鲁士、奥地利第三次瓜分波兰。第二次瓜分是一七九三年，其前一年应为一七九二年，这里系作者笔误。

② 这一节中的仿宋体字原文均系法语。

外。玛琳娜觉得自己可以表示沉默,脸微微一红,谦恭得恰到好处:只要她愿意,她可以轻而易举地让自己脸红,就像让自己掉下眼泪一样。但老太太并不就此罢休。

"怎么样?"老太太问。

玛琳娜没有办法,只得回答说:"我当然会尽力使他幸福。"

"啊。你尽力。"

这一次玛琳娜没有回答,她也不会回答。

"亲爱的,尽力远远不够,亲爱的孩子。问题在于有没有魅力。我应该想到你是演员,一定明白其中的奥秘。不想告诉我说演员完全是名不副实?稍许明白一点?来吧,"她露出牙齿已经掉光的牙龈,"看来你要让我失望。"

"我不想让您失望。"玛琳娜热切地说。

"好!因为波格丹有些事让我感到不安。这不是闹着玩的,也许非常严重。当然,他很聪明,在满口粗俗的拉丁语、愚昧无知的牧师面前还不至于卑躬屈膝,顶礼膜拜。波格丹与伊格内西不一样,他有头脑,生性自由。要不他就不会选中你。但我还是担心他。他不像他的哥哥,也不像圈内的其他年轻人,从来不和女人眉来眼去。我的孩子,贞洁是一种严重的罪恶。到了二十八岁对女人还一无所知!你肩上的责任重大。我责备他就为这一个缺点,现在轮到你来改变现状。当然,除非可以揭开这个谜,因为有些男人,你肯定清楚,似乎在逢场作戏,他——"

"他是真心爱我。"玛琳娜打断她的话,感到焦虑,就像受到刺伤,"而且我也爱他。"

"看来我坦率的谈话让你不太高兴。"

"也许吧。但您的信任使我感到非常荣幸。如果您不相信我真爱波格丹,不相信我会尽力做个好妻子,您肯定不会说这番话。"

"说得好,我的孩子。绝妙的托词。好了,在这个问题上我不再逼你。只是你要向我保证,即使他不再让你感到快活也别离开他,因为早晚会有这一天的。你生性好动,他这个人不知道如何占有女人。向我保证即使你爱上别人也别离开他。"

"我保证。"玛琳娜严肃地说。她跪在地板上,低下头。

老太太突然笑起来。"起来,起来!这不是在舞台上。当然,你的保证也算不了什么。"她伸出瘦骨嶙峋的手,握住她的胳膊,"不过我会让你遵守誓约的。"

"奶奶?"这时波格丹站在门边。

"进来吧,我的孩子。我跟新娘谈完了,你可以带她走了。你放心,我很喜欢她。也许你配不上她。你们俩每年回来看我一次,别忘了趁你哥哥外出旅行的时候回来。你们会接到我的信,告诉你们该什么时候回来。"

波格丹的家人不把玛琳娜视为门当户对的妻子,对此玛琳娜愤愤不平……凭什么?因为她是寡妇?她们不可能知道海因里希没有办法娶她,不可能知道海因里希还活在世上。海因里希的健康每况愈下,决定回普鲁士去,并且保证永远不再回来干预她的生活。玛琳娜相信他的保证是真诚的。是因为她有个孩子?难道他们就这样卑贱,竟怀疑已故的扎温佐夫斯基先生、她的丈夫不是皮奥特的亲生父亲?但是,她的丈夫的的确确是孩子的父亲。这不是理由,玛琳娜深信原因在于伊格内西对弟弟终身迷恋戏剧极为不满。登博夫斯基伯爵夫人不像家里的其他人瞧不起演员,这固然令人欣慰,但玛琳娜知道,如果得不到波格丹哥哥的认可,她永远也不会得到其他人的认可。玛琳娜认为,高贵的老太太对伊格内西有一定的影响力,但她从来也没有使用过这种影响力,要么就是不屑于使用这种影响力。再说,从那以后,玛琳娜再也没见到过老太太。每年老太太召唤波格丹回家,玛琳娜不是在华沙演出就是在旅行途中。

波格丹的家人从来都没有接受玛琳娜。最后玛琳娜赢得了波格丹未婚的姐姐伊莎贝拉的爱,而伊格内西对这门婚事的反对却与日俱增,波格丹断绝了与哥哥的往来。自尊心驱使波格丹拒绝接受伊格内西经营的地产中自己应得的那份收入。现在,波格丹别无选择,只好提出要回自己的钱。他写信给伊格内西,解释自己即将回家的原因。他说自己需要投资。绝好的投资机会。他写信给祖母,说自己马上就得回家。玛琳娜说她也希望向祖母告别。

波格丹和玛琳娜一到,便在旅馆安顿下来,租了一辆马车来到庄园。管家告诉波格丹,他的哥哥伯爵将在一个小时以后在庄园办公室里见他,祖母伯爵夫人在书房。

他们发现祖母坐在又高又深的椅子上看书,严严实实地裹着围巾,头上戴着白边帽子,脸上布满皱纹和疙瘩,透出一块块红斑。"你,"她对波格丹说,"我弄不清你是来得太晚还是来得太早。我想是来晚了吧。"

波格丹结结巴巴地说:"我想我们不是——"

"不过还不算太晚。"

在她身旁的一张矮桌子上,放有一个杯子,里面盛满了黏稠发白的东西。等到给玛琳娜和波格丹都端来一杯饮料的时候,她才发现是加了奶油的热啤酒,上面漂浮着切成小块的奶酪。"祝你们身体健康,亲爱的。"老太太低声说道,将杯子举到凹陷的嘴边。随后,她皱起眉头望着玛琳娜。

"你在戴孝。"

"我哥哥去世了。"玛琳娜回想起老伯爵夫人言语唐突,又补充道,"我最要好的哥哥。"

"他多大年纪?肯定很年轻。"

"不太年轻,他四十八岁。"

"太年轻了!"

"我们都知道斯蒂芬已经病入膏肓,不可能康复,但人总是缺少心理准备——"

"人对什么事都是缺少心理准备。啊,是的。一个人去世对其他人常常是个解脱。和人们常说的相反,生命是漫长的。你们可以想像,我不是在说自己。即使对寿命不算太长的人来说,生命也很漫长。好了,我的孩子,"她望着波格丹一个人,说,"我要对你们说的是:我喜欢你愚蠢的行为,你老做傻事。不过,我可以问一问其中的原因吗?"

"原因很多。"波格丹说。

"是的,有很多原因。"玛琳娜说。

"我猜想原因太多了。在旅途中你们会找到真正的原因。"突然,她的头向前一垂,像是睡着了,要不……

"波格丹?"玛琳娜低声说。

"不错!"她睁开眼,说,"对大多数人来讲,长寿完全是浪费,生活的热情转瞬即逝,要不就是梦想枯竭,但人还得活上好多年。现在有了崭新的开端,这很重要,很不容易。除非你们也像普通人一样,使新的生活很快又变得陈腐。"

"我想,"波格丹说,"这种可能性不大。"

"你一点也没长进。"老奶奶说,"眼下都在读些什么书?"

"一些实用书籍。"波格丹说,"有关牧业、葡萄栽培、木工、土壤管理的书,还有——"

"真是可悲。"

"他还和我一道朗诵诗歌。"玛琳娜说,"朗诵莎士比亚的诗。"

"别为他开脱。他是个白痴。你自己也并不聪明,至少六年前我见到你的时候如此。现在你比他聪明了。"

波格丹俯身在祖母脸颊上轻轻地吻了一下。祖母伸出因关节炎而变得扭曲的小手,拍了拍他的头顶。

"他是我惟一疼爱的人。"她对玛琳娜说。

"我知道。你是惟一让他离开时感到难过的人。"

"别胡说!"

"奶奶!"波格丹喊道。

"别多愁善感,不许你这样。好了,我亲爱的小傻瓜。你们该走了,我们不会再见面了。"

"我会回来的!"

"那时候我已经去啦。"她伸开右手,注视着手掌,随即慢慢地抬起来,"孩子们,我不信神,带去我对你们的祝福吧。"玛琳娜低下头。"别,别!"老太太快活地说,"需要忠告吗?决不要因绝望而莽撞行事。听我的话,一旦决定要做,就不要编造许多理由。"

每个人对我们要离开波兰都感到奇怪,玛琳娜自言自语地说。让他们去感到奇怪吧。让他们去编造理由吧。他们不是老爱编造一些有关我的谣言吗?我也可以不讲实话。我没有必要解释。

但是,其他人却需要有个解释;要不,他们就会对自己说:

"因为她是我妻子,我得照顾她。因为我可以向哥哥表明,我是个务实的人,是这片土地养育出来的儿子,血气方刚;我喜欢的不仅仅是戏剧,我还喜欢主办爱国报纸。爱国报刊很快就被当局查封了。因为老是被警察跟踪我受不了。"

"因为我天性好奇,那是我的职业,一个新闻工作者理应如此。因为我喜欢旅游,因为我爱上了她,因为我很年轻,因为我爱这个国家,因为我必须逃离这个国家,因为我喜欢狩猎,因为尼娜①说她有了身孕,想让我娶她,因为我阅读了大量的书籍,费尼莫尔·库珀②和梅恩·里德③等等,因为我准备写好多好多的书,因为……"

"因为她是我妈妈,她答应带我到百年庆典博览会④去,管他博览会是什么。"

"因为我是个单纯的女孩,我要做她的女仆。因为在孤儿院所有的人当中,好多人比我长得好看,洗衣做饭比我能干,而她偏偏选中了我。"

"因为那是未来诞生的地方。"

"因为我丈夫要去。"

"因为只是个波兰人对我来说还不够,即使在那个地方也是如此。但是,我不想只是当个犹太人。"

"因为我想生活在一个自由的国家。"

"因为那儿的生活更有利于孩子成长。"

"因为这是一次冒险。"

---

① 里夏德以前的情人,怀孕后被里夏德遗弃。
② 费尼莫尔·库珀(Fenimore Cooper,1789—1851),美国小说家。
③ 梅恩·里德(Mayne Reid,1818—1883),苏格兰冒险小说家。
④ 指1876年在美国费城举办的美国独立一百周年庆典博览会。

"因为人应该和谐相处，就像傅立叶所说的。我听说的事都是那么让人情绪高涨。但是，我承认每次看傅立叶论述劳动的文章，说劳动是人类幸福的钥匙，我的眼睛就会——"

"那么就忘掉傅立叶吧！想一想莎士比亚。"玛琳娜说，"想一想莎士比亚怎么说。"

"但是莎士比亚的戏剧包罗万象。"

"正是如此。就像在美国。美国意味着一切。"

她用旧式演员雄辩的声音，一种试图传达到剧院最高一楼最后一排的声音，朗诵道：

"抓紧时间，迅速行动。一队一队的人群在你身边拥过。历史在隆隆地前进，在大地上谱写新的篇章：广袤的土地一望无垠，任你思绪驰骋。马车夫抽打着马儿，盖得严严实实的马车向前飞奔，似乎想追赶横跨东西海岸的列车——暴风雨来啦！"

他们就这样奔向美国。

三

为了实现移民的梦想,里夏德和朱利安首先出发,在欧洲大陆的西海岸寻找一个落脚点。六月底他们到达利物浦,港口内停泊着著名的远洋轮,印有白色五角星的红色燕尾三角旗迎风飘扬,每周四就有一艘开往纽约。据广告宣称,白星轮船公司横跨北大西洋的六条船是最豪华、最快捷、最安全的远洋轮。他们订票将要乘坐的那艘"日耳曼号",是取代一八七三年沉没的"大西洋号"最近才建造的新船。"大西洋号"在整个航行途中,致命的狂风一路肆虐,好容易才盼到风平浪静,不料轮船又一头撞上新斯科舍海岸的花岗岩而沉没,成为十九世纪最惨重的横跨大西洋的海难。船上五百四十六人遇难,是"德国号"遇难人数的十二倍。"德国号"属于北德意志劳埃德公司,六个月前从不来梅港出发。

"你知道,"里夏德说,"如果我能大难不死,我倒宁愿经历一次海难。"

"我宁可在陆地上冒险。"朱利安说。

到美洲去的波兰人通常从不来梅港出发。他们俩不去不来梅而是从利物浦出发,这是朱利安的主意。朱利安曾经在英格兰呆过一年,学会了一些英语常用语,能彬彬有礼地交谈。英语虽很少变格,也没有阴性阳性的区别,却不容易学,而掌握英语又非常重要。里夏德很少出国，在过去几个月中一直刻苦学习英语；他到过维也纳、柏林和圣彼得堡，这些都是波兰统治者的首都。里夏德什么都想尝试，却没有到过英国。

在长途跋涉到异国他乡的旅途中能有个伴，里夏德自然很高兴。他不想独自承担责任。但是，朱利安和蔼可亲，关怀备至，几乎到了残酷的地步；这让里夏德非常反感。朱利安比他大十岁，有丰富的旅行经验，他不由分说，一手包揽了大小事务：向里夏德介绍英国早餐如何丰富，描述英国工人阶级的境况如何悲惨，解释交通运输和工业中越来越广泛地使用蒸汽动力带来的变革。此外，他还把钱送到滑铁卢街一家经纪人的办公室，订购了两张"日耳曼号"的头等舱船票。里夏德曾经提出旅途中可以稍微节省一些，不要乘坐"日耳曼号"，因为"日耳曼号"和其他开往纽约的快轮不同，上面根本就没有二等舱。但朱利安依然我行我素，自有主张。"到了美国我们自然会节省的。"他挥了挥手说，似乎里夏德是个波兰的乡巴佬（当然他自己绝不会是），是他的小学生，是他温顺的妻子旺达！里夏德曾经听见过朱利安用类似的口吻，像训斥学生一样居高临下地对妻子讲话。到了码头上船的时候，里夏德发誓，这种状况必须改变，一定会有改变。豪华的远洋轮有四根高大的桅杆，两根粗短呈鲜肉色的烟囱，烟囱黑色的顶端向船尾倾斜。水手在高声嚷嚷，移民们一个个胆战心惊，一言不发，背着被褥，提着藤条箱、纸板箱，沿着陡直的铁梯被带到轮船底舱。是改变自我的时候了，要使自己见多识广，足智多谋。怎样想像自己，你就会成为什么样的人，里夏德自言自语。要敢想。要把自己想像成更优秀的人，想像成自己并不是（现在还不是）的人。他就要前往的国家不就是预示着真正的自由吗？

里夏德的父亲是个职员，祖父母都是农民。他深切地感受到，行为举止和圆滑世故在人们印象中所起的作用,他不想降低自己的行为标准。他从书中得知(在这个问题上旅游者的意见完全一致),在新的世界中温文尔雅并没有什么实际意义。他观察搬运工把箱子和皮箱扛上过道,朱利安给了几枚硬币做小费,一个结实的家伙把东西从船中央搬到他们的船舱,朱利安又给了几枚硬币。对于初次在外旅行的人而言,给小费真是件头疼的事。一上船,朱利安就知道该在什么地方安顿下来,知道在日后的八天航行中该上哪儿吃饭。这家伙对船上的布局怎么会了解得如此清楚?他跟在朱利安后面,准确无误地走向大厅。("这是餐厅。"他告诉里夏德。)大厅是一间巨大的圆顶房屋,一直延伸到船的两侧,墙体面板是雀眼枫木,壁柱是橡木,上面镶嵌红木;大厅内有两个大理石的壁炉,另一头摆放着一架硕大的钢琴,四张条桌,周围是装潢精美、带扶手的椅子,椅子都固定在地板上。在入口附近,十多个乘客围着乐队指挥台,负责的是满脸胡子的男子,一身黑色的制服格外引人注目,袖子上有两道金色条纹,中间是白色镶边。"他是船长吗?"里夏德低声问,有些鲁莽。"他是乘务长。"朱利安回答。

朱利安在安排好他们的座位以后,便回到船舱去打开行李。他们的座位在二号桌。朱利安走后,里夏德把自己的座位换到了三号桌,然后才回到船舱。朱利安再次提醒他,一旦离开波兰,在介绍认识女士的时候,男子不能马上亲吻她的手("恐怕这会被看成是过时的举动,特别是在美国")。朱利安已经流露出对旧世界的眷恋,似乎为了掩盖怀旧之情,他表现出一副对新世界如鱼得水的感觉,迅速将里夏德的注意力引向设计精巧的折叠洗脸架,还把其他一些令人愉快的东西指给他看,如煤气灯,呼唤乘务员的电铃;这些东西都只有在白星轮上才能找到。"现代社会的进步往往从奢侈品开始。"朱利安解释说，"我们希望这些装置不久就会普及，改善大众的生活。"

"是的。"里夏德说，他在考虑如何让朱利安接受他刚才所做的调整。

"我们该把这个箱子打开。"

"对。"

"有问题吗？"

"你是教师，具有科学头脑，对发明创造一类的事特别感兴趣，而我是个作家。"

"那又怎么样？"

"我喜欢玩游戏。"

"是吗？"

里夏德继续忙着打开箱子，没有做声。

"玩什么样的游戏？"

"我正在想，"里夏德说，觉得脸上发热，"如果你也愿意玩游戏，一个小小的游戏的话，这就是说，我们假装互不认识。"

"假装什么？"

"假装到了华沙我们才相互认识。不，最好是上船以前才相互认识。"他小心翼翼地将朱利安的衬衫从箱子里拿出来，"你叫我基儒尔先生，我叫你索尔斯基教授；如果甲板上见面，我们就用手碰一碰帽檐，表示致意。"

"同住一间船舱？"

"谁会知道呢？就拿我来说吧，除了睡觉的几个小时，我将尽可能呆在甲板上，要不就在船上到处看看。"

"吃饭时坐在一块？"

"实际上，我们的座位已经不在同一张餐桌了。我要练习英语，有你在，我肯定会偷懒，老是跟你讲波兰话。"

"你是当真，里夏德？"

"当真。我要收集资料，写美国印象记——"

"到美国还早呢！"

"船上到处都是美国人！我得跟他们交谈。"

"你不是在愚弄我吧。"朱利安说，"我知道其中的奥秘。"

"什么奥秘？"

"想撇开我自由自在地去泡妞。要不，你是担心我这个结了婚的老家伙，担心我会对你的风流韵事说长道短吧？你爱怎么办就怎么办吧！"

里夏德咧嘴笑了。（拈花惹草的愿望别人怎么可能遏制？）真正的原因是他想自个儿思考，避免无话找话，非得说点什么。然而，他也乐得让朱利安这样解释。这样一来，在旅途中他就用不着挖空心思，想法躲避咄咄逼人的朱利安。第一天用晚餐时，朱利安愉快地和一个英国中年女人交谈（里夏德坐在为自己安排的桌子边观察），天知道他们谈论的是什么乏味的主题。第二天朱利安享用了丰盛的早餐，但中餐却没有露面。里夏德回船舱去探望，发现他穿着睡衣冲着洗漱槽呕吐，槽里全是吐出的污秽，朱利安显得无可奈何，里夏德扶他回到床上。从那以后，大部分航程都风平浪静，朱利安却几乎总是感到恶心，很少走出船舱。

里夏德从不晕船，甚至在极端恶劣的天气条件下也是如此；他觉得这似乎是个好兆头，预示未来无限的力量。这次旅行会使我成为作家，他对自己说，成为我梦寐以求的作家。如果雄心壮志是最可靠的激励，能激发作家创作出更多更好的作品，那么，我一定要随时捕捉生活中的浪漫传奇，以此树立高远的志向。去年玛琳娜流露出要到美国去的想法以前,里夏德在浪漫的美梦中根本没想过到美国去。如今他认定,在美国他最终会从温文尔雅的波格丹身边夺走玛琳娜的爱:在草原上或在沙漠中,也许他会从印第安人的袭击中解救她;要么发现甘泉,用手将水捧到她的嘴边;要么在陷入困境、饥饿难熬的关头,他赤手空拳,同样是用这双手捕捉响尾蛇,在篝火上烤熟。如今站在这条船上,他梦想着追求玛琳娜的前景,怀着成为作家的信念;梦想与信念交织在一起,相得益彰。他是《波兰报》新任的驻美通讯记者,将来他发回去的文章将会成为重要的著作。他洋洋得意地把它称做自己的第一本著作! 在大学时代,他斗胆出版过两本令人作呕的小说,如今他早已忘得干干净净。

　　他从来没有像这样洋洋自得,真像个作家。晕船弄得朱利安苦不堪言:他肯定不想让里夏德呆在舱内侍候他。里夏德通常五点准时醒来,不过他不会马上起床,他觉得轮船的颠簸让他感到兴奋。(第一天早上,他一边手淫,一边想像一只肥硕的棕色海象缓缓地左右摇摆。这太离奇了,他对自己说。明天我一定得想一想尼娜。)随后他起床,洗漱,刮胡子;朱利安低声嘟哝,睁开惺忪的睡眼,转身把脸冲着墙。过道上空无一人,这些富人太懒惰! 早饭前他有个把钟头,可以查找地图,翻阅地图册、英语词典和英语语法书,独自享受整个吸烟室,享受里面的睡椅和深红色的皮椅。随后,他一边喝着无味的稀粥,吃着奇特的腌鱼,一边用英语交谈,不讲一句波兰话。他坐在桌子远远的另一头,附近的旅客恰好全都讲地道的英语:有相貌平平、衣着讲究的美国男女,还有加拿大的主教——到罗马接受教皇的祝福后刚刚返回——以及他年轻的秘书。吃完早饭,不论天气如何,他都要出去,到轮船上面去走走。他从扎科帕内带来一根拐杖,手柄是骨雕的熊头;甲板在前后摇晃,拐杖显得有些多余。然后,他在躺椅上翻开笔记本。到中午以前的这整段时间,他描绘起上午的所见所闻:拖地板、擦拭黄铜饰物的水手,打瞌睡、交谈、玩掷圈游戏的旅客,云彩的形状和尾随轮船的海鸥构成的图案,以及单调得出奇的大海的精确颜色和条纹。

午餐前他回船舱陪朱利安坐一会儿,劝他吃一点送到船舱里来的汤和米饭。午餐后他又会回到船舱,这次呆的时间要长一些,给朱利安描述船上的见闻,然后听听朱利安介绍美国的情况。朱利安带了一本《美国的民主》在身边,准备旅途上看;由于晕船,他连翻都没翻。但是,作者托克维尔①在这本名著中要说的东西朱利安一清二楚。在这以后,里夏德匆匆回到阴暗的图书室,里面有整整齐齐一套文学名著:全是瓦尔特·司各特、麦考利、玛利亚·埃奇沃思、萨克雷、艾迪生、查尔斯·兰姆②的作品,锁在装有玻璃门的高大书架中;壁板上是卷轴,上面刻着著名作家的名字;彩色玻璃窗上写着与大海有关的警句。他就在这间图书室里写信,给他母亲,姊姊,给许许多多被他遗弃的女人写信,他曾向每个女人保证,一定会回到她的身边。当然,他也给玛琳娜和波格丹写信(他多么希望只给玛琳娜写信)。两个多小时以后,他会轻松一下,回到吸烟室,要一杯威士忌(一种新的饮料!),点燃烟斗,在这全是男人、喧嚣嘈杂的地方舒舒服

---

① 托克维尔(Alexis de Tocqueville,1805—1859),法国政治学家、历史学家和政治家。《美国的民主》一书使他获得荣誉军团骑士称号,一八三八年成为道德和政治科学院院士,因反对一八五一年十二月二日的路易-拿破仑政变而一度入狱。一八五六年所著《旧制度与大革命》一书问世,声名益显。

② 瓦尔特·司各特(Sir Walter Scott,1771—1832),麦考利(Dame Rose Macaulay,1881—1958),玛利亚·埃奇沃思(Maria Edgeworth,1767—1849),萨克雷(William Makepeace Thackeray,1811—1863),艾迪生(Joseph Addison,1672—1719),查尔斯·兰姆(Charles Lamb,1764—1847),均为英国作家。

服地想入非非,做他与玛琳娜之间的白日梦。再后来,他回到原来的桌椅跟前,阅读朱利安带来的书,在笔记本上练习描述的技巧,要不就在船上闲荡,揣摩引诱女性的诀窍。托克维尔说,与欧洲人相比,美国人的道德观念更严肃;与英国妇女相比,美国妇女的贞洁观念更强。似乎为了证实托克维尔的断言,他逢场作戏,向费城来的姑娘调情,极力劝说这位漂亮自负的美国姑娘用教名称呼自己。

"我对你肯定不够了解,不能用教名称呼你。"她说,"你知道,我们彼此认识才三天,而且有一天我还没有到甲板上来,因为我……我有些不舒服。"

"发音就跟你说的理查德一样,"他仍然坚持,心里疼爱这个姑娘,"尽管拼写不一样。"

"如果母亲听见我用教名称呼素不相识的男子,她会怎么想呢?"

"发音都一样。"他说,"里夏德,这个发音很难吗?"他心里暗自嘀咕,如果是在陆地上,跟她上床要花多长时间呢?

"但你的发音跟我们不同!"

"我跟你们会一样的。"他笑着说,"到了纽约,我的发音自然会跟你们一样。"

"你敢肯定?"她冒失地回答,"我可没那么有把握,呃……哎,我真不会发这个音。你们国家的人名真滑稽。"

"那你教教我美国人会怎么念。"

"你的姓吗?"

"不,真拿你没办法。里夏德!"

如果里夏德对未来男女之间的亲密关系有所了解,他才知道女人真难对付。

作家永远也不会感到厌倦,作家需要永不感到厌倦。这是幸运的禀赋!里夏德从旅客散步的甲板上和大厅入口处张贴的告示中得知,轮船每天都有各种各样的娱乐活动:有讲座、宗教仪式、游戏、音乐会。但是,他最大的乐趣是在交谈中洞察旅客的内心世界。像大多数的作家一样,他狡猾、迷人、善于倾听别人的交谈,而谈论自己却没多大意义。

他很自信,相信要不了多久就能理解这些人。但他们却无法理解他。最初几天,他和朱利安在利物浦的酒吧和餐馆中与陌生人交谈,练习英语。他们发现,外国人对波兰,对波兰的历史和所受的灾难一无所知。到了船上,第一次餐桌上的交谈更证实了这种感觉。他本以为,文明世界对波兰近一个世纪的痛苦经历应该是家喻户晓。其实不然,他的想法大错特错了,他简直像个天外来客。

每次吃饭的时候,美国人就极力向他证明美国是地球上最伟大的国家。原因很简单,谁都听说过美国,谁都愿意到美国去。在里夏德所在的波兰,人们同样认为自己的祖国是上帝为了特定的使命而选中的国家。但是,上帝选中波兰去殉难,这使波兰人变得内向,完全不像这些自我专注的美国人;美国人之所以如此,是因为他们深信自己得天独厚。

"在美国,说一千,道一万,如果你明白我的意思,就是每个人都是自由人。"同桌的一个人说。他是个粗暴的家伙,头顶上长满雀斑。他从来不答理里夏德,到了第三天傍晚出门的时候,他突然塞给他一张名片,拖长声音说,"奥古斯塔斯·S·哈特菲尔德,俄亥俄州的商人。"

"克利夫兰,"里夏德说,把名片装进口袋,"造船厂。"

"对。我不知道你听说过克利夫兰,所以我说俄亥俄,因为谁都听说过俄亥俄。"

"在我们国家,"里夏德说,"我们并不自由。"

"是吗?你从哪个国家来?"

"波兰。"

"哦,那个国家非常落后,我听说过。不过,我去过的地方都很落后,也许英国除外。"

"波兰不幸的地方不在于落后,哈特菲尔德先生。我们是被征服的民族,就像爱尔兰一样。"

"是的,爱尔兰也很穷。轮船在科克靠岸的时候,难道你没看见上船的那些肮脏可怜的家伙?我知道白星轮船公司会让他们上船,底舱能装多少就上多少。这是很好的买卖,他们不能全从我们身上赚钱,这些精美的饭菜,这么多人前前后后侍候我们。但是,真难想像那么多人拥挤在一层又一层光秃秃的床位里,连起码的体面和庄重都没有。天哪,但愿在座的女士会原谅我暗指的事。不过你知道这些人,他们就喜欢这样,酗酒,偷窃——"

"哈特菲尔德先生,我提到爱尔兰是因为他们也没有自己的国家。"

"是的,英国要控制爱尔兰人也真难。我敢保证,英国人有时也认为这样做不值得,希望撒手不管。"

"谁都希望自由,"里夏德镇静地说,他提醒自己,见过世面的人不能轻易流露出义愤的情绪,否则就会显得俗气,"但是,长期遭受外国统治奴役的民族最渴望自由。"

"那么,他们应该到美国来。我的意思是,如果他们愿意干活的话。我们不再需要肮脏懒惰的人。就像我说的,在美国自由属于每个人。"

"我们波兰人做梦都想得到自由,我们盼了八十年。在我们眼中,奥地利人、德国人,尤其是俄国人——"

"自由自在地挣钱。"这人坚定地说,结束了谈话。

这些美国人对能表现自己特权的东西总是津津乐道,彼此间不厌其烦地列举船上奢侈的设施——船上他们居住的那部分的设施。他们浑然忘记了就在他们脚下,在货舱和上层甲板之间狭窄拥挤、密不透风的地方,躺着"日耳曼号"八分之七的乘客。最后上了几百个爱尔兰移民,轮船开始横渡大西洋的时候,他们的总数已达一千五百人左右。

里夏德还没有忘记,人有舒服和不舒服之分,有的人养尊处优,有的人饥寒交迫。而在波兰,由于民族身份和民族苦难的情感联系,严酷的阶级关系反而变得十分淡漠。世界上贫富关系的变化并不能缓解赤裸裸的特权:有的高高在上,享受宽阔的空间、美味佳肴与和煦的阳光;有的则身处臭气熏天、不见天日的底舱,拥挤不堪,食品定额分配。

昨天早上,A·A·威利特主教在大厅举办讲座,题目是《阳光,或幸福的奥秘》。头等舱的旅客把大厅挤得水泄不通,听完讲座,他们有何感想呢? 只有阳光和快乐才是美妙的东西。他干吗对这种观点感到惊奇? 见过世面的人对什么都应该泰然处之。

想像自己是个作家真让人愉快! 作家从不侵犯别人,或者说作家都相信自己不会侵犯别人。在航行的第二天吃过午饭以后,里夏德到底舱去溜达了一圈,底舱下面简直像个迷宫。("你还应该到司炉工的地方去看看。"听到里夏德说要下去看看,朱利安说,"记住我告诉过你曼彻斯特工厂的情况。")他忘了找一张轮船的布局图,在倾斜的甲板上一转弯或改变方向以后，他就分不清东南西北。他绕到一个昏暗的地方，里面散发出食物的臭味，令人肠胃胀气。此外，里面一片喧嚣嘈杂，他听出有婴儿的啼哭声、罐头筒的叮当声、咳嗽声、喊叫声、各种语言的诅咒叫骂声，还有六角手风琴欢快的演奏声。在轮船下面似乎摇摆得更加厉害，他一听见有人呕吐的声音，马上就感到翻胃。

　　在过去，买一张底舱票就可在阴湿不通风的统舱中得到一个跟床一样大小的格子，几十个旅客住在一块，男女混杂，后来发现有损体面，"日耳曼号"这类新的轮船就把单身男女相互分开，有家室的旅客也彼此分开。里夏德走进一间统舱，里面住着百十号男人。"嘿，瞧，来了个花花公子。"他听见一排排昏暗的格子后面有人在说。然后是一阵哄笑。"他来看动物园的动物啦。"从前面第四层的铺位上，倒着探出一张硕大惨白的脸望着他。"在这儿有你的朋友?"倒着的脸问。"别烦人家。"过道上一个围着方巾的肥胖女人喊道。离开时，她向他讨了一个先令。

　　第二天下午他决定再到另一扇门去试试。附近贴着一张告示："敬请头等舱的旅客不要向统舱投掷钱币及食品，以免引起骚乱和麻烦。"他看了有些惶恐不安，站在楼梯口犹豫不决。正在这时，他看见一个水手正在油漆救生艇的吊柱，水手鲁莽地瞪着他。

　　"我不会往下面投掷东西的。"他打趣地说。

　　"先生，你想到底舱去看看?"水手放下手中的刷子问。

　　"不错，实际上我正想去看看。"里夏德说。

　　"要我带你去?"

　　"干吗要你带? 我自个儿不能去吗?"

　　"随你的便，先生。有我在一起，我可以给你带路。"

里夏德感到迷惑不解,干吗水手会有兴趣带他下去。当他们走下楼梯的时候,他听见水手说:"这次旅行中,你是第一个到底舱来的人。"里夏德听了感到更加不可理喻。他觉得头等舱的旅客到下面来看看,应该不算什么稀罕事。水手推开巨大的铁门。就像前一天一样,一开始他看不太清楚。"跟我来。"水手说。他们到的这个区域分成一个个更小的房间,安排的全是拖家带口的旅客,总共能容纳二三十人。每个房间就像一个家庭营地,有的穷困忧伤,有的嬉笑欢闹,有的温顺屈从。一间房子里有人在拉提琴,三对男女在跳舞,一个老头合着音乐的节拍拍着手。另一间房黑得像地牢,披着围巾的妇女坐在地板上给孩子喂食,铺位上有个男人鼾声如雷。还有一间房子里面有四个男子围着一盏油灯,一边打牌一边争吵。一位老太太正摇着啼哭的婴儿,低声哼着小调。里夏德被带过一条狭窄的通道,然后是一条较宽敞的过道,过道的一头有两条棕色的毯子将过道隔开。

"迈克。"向导喊道。临时挂起的毯子旁边是一间斗室,里面走出一个像精灵一样的男子,满头赤褐色,不,满头狐狸色的头发。里夏德已经将手伸进口袋,急促地想要掏出笔记本。"这就是你想找的人,现在我把你交给他,他会好好照顾你的。"

"你真好。"里夏德说。

"乐意效劳,长官。"水手说,伸出手。里夏德在他手心里放了一个先令,手掌仍然伸开,他又加了一个先令。"非常感谢。迈克,别忘了——"

"滚吧,你这条狗!"怒气冲冲的精灵咆哮着说,"谁他妈的叫迈克!"

"英国杂种!"精灵望着水手的背影,吼道。他手里握着酒瓶。"来喝一口。"他对里夏德说。

"我是波兰记者，"里夏德开始说，"在写一篇有关这艘船的文章，想跟一些统舱的旅客谈谈。"

"你在写文章，是吗？"这个精灵也会笑，"你想见几个人？"

"如果，"里夏德说，"能采访五到六个你的朋友——"

"五到六个！"名字不叫迈克的人嚷道，"就采访她们。同时采访所有的人？"他跺了一下脚，咯咯地笑起来。险恶的精灵，里夏德想。"来，坐在这上面。"里夏德被按在门帘旁边一个反扣在地上的篮子上，吓了一跳。他会不会受到攻击，然后被洗劫一空？这个精灵显然不是阿帕切印第安人，不是挥舞战斧、向他逼近、轮廓清晰的印第安勇士，而是爱尔兰的古代勇士，满头狐狸色头发的小个子男人在他头上挥舞着威士忌酒瓶，他是不是中了爱尔兰人的圈套？但是，不……

"你看我的侄女怎样？一共六个，我要把这些可爱的姑娘带到美国去。"嗨。里夏德放下心来，但对精灵的天真更加感到不安。"把酒喝完，小伙子。我不会收你酒钱的。看得出来，你是个强壮的年轻人。准备好了吗？"里夏德站起身。"好啦，那走吧。"

"我想换一个时间。"里夏德说。

这时，爱尔兰人滔滔不绝地嚷开了，像是在哀鸣（有些话里夏德听不懂），大意是好多头等舱的绅士已经享受了他那些姑娘的服务，外国人用不着担心，姑娘们都挺干净，非常健康，他敢担保。他掀开挂着的毯子，里面的床罩和枕头看起来像是用旧裤子改的，床上乱七八糟地躺着几个姑娘，眼睛红红的，都不会超过十八岁，其中一个正在哭泣。"非常干净，非常健康。"他重复一遍。可怜的姑娘看上去骨瘦如柴，全然不像克拉科夫和华沙妓院里丰满愉快的姑娘。"你觉得这些可爱的姑娘怎么样？"

有一个还算漂亮。

"下午好。"里夏德说。

"她叫娜拉。是吧,我的姑娘。"

姑娘温顺地点点头。里夏德试着向前迈了一步。在另一个角落有一床低矮的被褥。传染上梅毒怎么办?永远与玛琳娜断绝往来?但是,他已经跨进了屋。

"我叫里夏德。"

"这么说一个姑娘就够了?"

"你的名字很可笑。"她说,"你也到美国去?"

"起来,起来,我的美人!"爱尔兰人叫道,嘘声将其他姑娘赶出门去,放下门帘。

里夏德弯下腰,坐在姑娘旁边的被褥上,轮船剧烈地倾斜起来。"啊,"她喊起来,"有的时候我真害怕。"她像小孩似的咀嚼着手指头。"我从来没坐过船,被淹死肯定非常可怕。"海浪渐渐平息,一种怜悯感油然而生,而且越来越强烈,像波涛一样向里夏德袭来。他现在发现,姑娘比他估计的还要小。

"多大了,娜拉?"

"十五岁,先生。"她摸索着解开他裤子上的纽扣。"差不多十五岁。"

"哦,你不一定要干那事。"他拉开指甲被咬得参差不齐的手,握在自己手中。"从——从楼上下来找你的人多吗?"

"今天你是第一个。"她咕哝说。

"进行得还顺利吗,小伙子?"门帘外的声音喊道。

"他在说什么呢?"里夏德问。

"要我好好侍候你。"姑娘说。她把手从他轻握的手中挣脱出来,扑在他胸口上。他紧紧抱住她,一只手搂住她的腰,另一只手抚摩她缠结的头发。

"他会不会打你?"他在她耳边低声问。

"如果有先生抱怨他就会打我。"她回答。

里夏德听任娜拉将自己推倒,仰面躺下,感觉她皲裂的嘴唇在自己面颊上触摸。娜拉撩起身上的布衬衫,瘦骨嶙峋的腰在他身上摩擦。他不由自主也变得兴奋起来。"我不想干。"他说,将一只手伸到她下面,把她的身体抬起,离自己有几英寸距离。"我会给你钱,然后你就说——"

"啊,别这样,求求你,先生。"她尖声抱怨说,"你不能把钱给我!"

"那我就——"

"他会发现你不喜欢我,这样他就会——"

"他怎么会知道?"

"他会知道,他会知道!"他感觉到脖子上有娜拉的泪水,感觉到她的耻骨在自己身上摩擦。"他什么都知道!他一看我的脸色就知道,我会感到羞愧,我会担心。这时候,你知道,他就会查看我双腿中间。"

里夏德叹了口气,将她孱弱的身体抱回到自己身体的一侧,解开裤子,掏出微微勃起的阴茎,再把她抱回到自己身上。"别动。"他说,一边轻轻地将阴茎塞进膝盖上干瘦的两股之间。"你在干吗?"她呻吟道,"那不是地方。你该进入让我感到疼痛的地方。"里夏德眼中充满眼泪,刺得眼疼。"我们在做游戏。"他低声说,声音沙哑,"我们假装不在这条巨大的轮船上,而是在划一条小船,小船在颠簸摇晃,不过没有这么厉害,这是船上的一只小桨,你必须用双腿紧紧地把握好了,要不然桨就会掉到水里,我们再也划不回家。不过,你可以闭上眼睛,假装睡觉……"

姑娘顺从地闭上眼。里夏德也闭上眼,心里仍然隐隐作痛,感到怜悯和羞愧,余下的工作只能让自己强健的身体去完成。这是他创作的最辛酸的故事。这是他玩过的最悲哀的游戏。

"朱利安……"里夏德开始问。他在自己的船舱中,看着朱利安喝汤。"你常常到华沙的妓院去吗? 我的意思是,在和旺达结婚以前你常到妓院去吗?"

"我敢肯定,即使在结婚以前我也没有你去的时间多。"朱利安说,勉强一笑,"你问现在? 现在几乎不去了。婚姻已经把我驯服了。"

"这让人有些气馁。"里夏德说。他有些矛盾,举棋不定:一是有种陈腐的想法,现在就想把这次经历透露给朱利安,二是决心守口如瓶,他认为这更为明智。"让人气馁。"他重复了一遍,等待朱利安把他的话掏出来。

"这倒算不了什么,让人更气馁的是婚姻。"朱利安说,"与缺少爱情还得厮守一辈子相比,没有爱情的一个小时带来的悲哀又算得了什么呢?"

里夏德意识到,他想让朱利安主动询问自己的隐秘,结果,无意中朱利安倒想向自己吐露心曲。一时间,这个从来就没有过父亲的年轻人(父亲在他出世以前就去世了)背离了作家的第二天性,背离了作家喜欢引发人们谈论自己的乐趣。但随即作家的天性又占了上风。

"听说你与旺达之间的关系不尽如人意,我真为你们难过。"

"岂止是不尽如人意!"朱利安咆哮道,"这些天我呕吐得一塌糊涂,就剩下肠胃没吐出来。你知道当我孤零零地呆在舱里我在梦想些什么吗? 让我告诉你。我梦想一旦到了美国,找到建立理想共产主义的地方,在其他人随玛琳娜到达之前,我就销声匿迹。谁也不知道我的去向。但我没有勇气,你看得出来。对于我来说,不存在什么新世界。”

“你一点也不爱她?”

“你认为我能爱一个白痴吗?”

“和她结婚以前,你肯定多少有点——”

“我怎么会了解女人?她当时很年轻,我又需要个伴儿。我本以为可以改造她,她会听我的。结果她只是怕我。我简直没法克制自己的愤怒,克制我的失望。”他叹息道,“你无法想像我有多么羡慕你。没有结婚是福分,你随时都可以信步去找个妓女乐一乐,不会受到良心的谴责;同时你可以向理想的美人大献殷勤,虽然你永远也无法赢得她的芳心——”

“朱利安!”

“我不该暗示你对玛琳娜的那番良苦用心,是吧?这可是人人皆知的事实。”

“连波格丹也知道?”

“他怎么会不知道?如果还蒙在鼓里,那他就跟旺达一样笨。”

“但谁都会觉得我的行为滑稽可笑。”

“让我们这么说吧……会觉得你太年轻。”

“我一定要赢得她!你等着瞧吧。她的婚姻也不尽如人意。我会让她更加幸福。”

“用什么办法?”

里夏德没法对朱利安说,他的直觉告诉他,像波格丹那种人不懂如何在性的方面让女人得到满足。“我要为她写剧本。”他说。

“哈,年轻人。”朱利安喊道。

里夏德突然想到,朱利安也许没病,他只是突然陷入失望,是想躲避。

"穿上衣服,跟我一块到甲板上去。"里夏德说,"我保证你会感觉好些。"

"和姑娘调情?把你征服的姑娘让一些给我?"

"哦,我征服的姑娘。"里夏德笑起来,"你喜欢哪一个?喜欢那个手袋里装着长柄眼镜和一本《白人奴役史》的英国女人?喜欢戴着指钹的西班牙舞女?喜欢带着小白狗在甲板上溜达,低声哼着'跟我来,宝贝'的法国寡妇?喜欢那位佩戴赝品首饰、一心要嫁个美国富豪以恢复昔日家族荣耀的罗马伯爵夫人?对了,在头等舱里我们还不是惟一的波兰人,你喜欢从华沙来的那位夫人吗?她逢人便说她要到美国去,要逃避莫斯科或者她姐姐的束缚。如今她已经开始怀念家乡(恐怕她让我想起了旺达),她将波兰的泥土装进一只小丝袋,置于两胸之间,她肯定愿意把丝袋拿给你看。喜欢那个婚姻不幸的德国人吗?她私下透露只有和她同样热爱瓦格纳的男子才能赢得她的芳心。喜欢那个美国人吗?为了你的健康她建议你乘坐火车在她父亲的铁路上旅行。(朱利安,你不要相信这些美国姑娘!)喜欢那个跟叔叔一道乘统舱旅游、病态的爱尔兰姑娘——"看到自己为了嬉戏耍闹而编造的这些东西他自己都笑起来。当然,想逗乐的人不应该发笑,然而,他忍俊不禁,笑得两眼充满泪花,笑得前仰后合,最后上气不接下气地说:"任君挑选。"

"妙极了。"朱利安说。

"这么说你要穿衣服了?"

朱利安摇摇头。"还是让我在想像中分享别人的爱情生活吧。期望在你的下一本书中看到这些女人的故事。别让我失望。对不起,恐怕我又要呕吐了。"

朱利安沉溺于天真的顾影自怜,不愿活动,这对健康有害。恼人的是里夏德主动提出要帮助他,他又不肯接受。里夏德一心一意想在旅途中摆脱朱利安,结果,里夏德现在想和他在一起还成了问题,真让人觉得不可思议。不过,对海上的暴风雨我们不能等闲视之,对人内心的风云变幻我们同样不能掉以轻心。

朱利安呕吐以后,里夏德尽自己的本分,收拾干净,离开船舱又回到阳光下,享受海风的吹拂,又居高临下,睥睨一切,恢复原来敏锐的神态。和大多数精明的作家一样,实际上里夏德长期以来习惯于两种自我人格:时而古道热肠,忧心忡忡,就他二十五岁的年龄而言,显得有些孩子气;时而……时而冷漠,玩世不恭,运筹帷幄,成熟练达,淋漓尽致地表现出长者才具有的性情。他的第一自我总是叹服于自己的聪明才智;妙语连珠,慷慨激昂,突发奇想,惊世宏论就像鸟儿自然从他口中飞出;他为之惊叹,为之战栗。他的第二自我总是认为谁都不够聪明,由于他盲目而又专注于观察与描绘("世界"不是作家),他所目睹的一切无一不是对观察者和描述者技巧的挑战。

第一自我代表的是不太练达的波兰年轻人,渴望老于世故。在第二自我的内心深处他始终认为自己鹤立鸡群,与众不同。有些绝顶聪明的人之所以成为作家,是因为他们想像不出该如何更好地利用自己的机警和与众不同的意识,里夏德就是这样的人,他知道自己的聪明才智也可能成为阻碍:如果他遇见的人不是荒谬可笑就是可怜可悲,他怎么可能成为真正的好作家?要成为伟大的作家就必须信任人,这意味着你必须不断调整自己对人的期望。在他熟知的人当中,既然愚笨随处可见,包括玛琳娜(他觉得她的才智……十分可爱),他永远也不会蔑视不太聪明的女人。尽管里夏德对朱利安说过前面那一通话,如果在波兰有人认为里夏德并不爱慕玛琳娜,那他会觉得受了侮辱。年轻人对女明星的爱慕之情容易受人讥讽,但一个作家,一个能洞察人心的作家则热烈地赞同这些情感。他认为,为爱情而变得谦恭不仅恰当得体,而且大有裨益。

恋爱让人堕入情欲,情欲使人丧失判断力。恋爱使人仪态万方——不论心上人在你面前或者在你心中都是如此。玛琳娜的千般柔情让他神魂颠倒。今天他欲望萌动,纯粹的欲望,满脑子全是她圆滑白皙的颈背,乳房的曲线,粉红带有厚重质感的舌头。第二天欲望变成了迷恋,她是我遇见的最有意思的人。第三天则纯粹是(只有!)美。如果她的模样,她的脸,她的举止有丝毫改变,如果她没有那样的声音,身材不是那么窈窕,衣服没有那么柔软如丝的感觉,她绝不会让我如痴如醉。而有的时候,不,我更多的是爱慕。爱慕她非凡的才能,爱慕她伟大的灵魂。她坦率真诚,而我却表里不一。

他知道,他对统舱旅客的同情会得到玛琳娜的赞同。两天以后,他又到底舱下面去过一次,是玛琳娜希望他去,还是自己想再次体验、毫不动情地体验统舱旅客令人沮丧的处境,此刻他说不清,道不明,他也乐得这样。他成功地与十来个麻木的,或者说迷惑不解的移民交谈,为撰写有关这次旅行的文章收集了大量的素材。(背诵《启示录》的老人解释说,主规定在世界末日到来前,所有人都将到"哈美利加"①来,将来里夏德要把老人作为短篇小说的主人公。)底舱内腐烂的食物和厕所堵塞发出的恶臭充斥鼻孔,两天以后还余味未散。

鼻孔里还余味未散,"日尔曼号"的船长把里夏德叫到一边,抗议

---

① 指美国,即在美国英语名称前加上字母"H"(Hamerica)。

他擅自闯入底舱。船长说,他虽然不能禁止头等舱和统舱旅客之间的"交流",但公司有指示,他应坚决阻止这种行为。"这是出于健康的原因。"他说。船长身材魁梧,壮得像头鲸;里夏德认为,以健康为借口,未免有些装腔作势,至少出于船长之口似乎太不合时宜。他认为,船长是在暗示底舱中肮脏的性交易。但实际情况却有些不同,因为到底舱去可能带来更实际的麻烦:纽约卫生局有专门负责检查底舱旅客是否患有传染病的官员,他们一旦发现在旅行途中头等舱的旅客到底舱去过,这些旅客也将受到隔离检疫。

"谢谢你的关心。"里夏德说。

当时他们正在吸烟室。按惯例饭后所有男子都要在吸烟室呆上一会(妻子和女儿在女宾会客室闲聊),里夏德没有参加彬彬有礼的谈话,而是坐在一旁,一边抽烟,一边打量和倾听客人的谈话。酒后男人们满脸通红,大多数人在谈论股票和利润(他几乎听不懂谈论的内容),或者谈论自己的风流韵事(他想知道他们中间有谁和娜拉有染)。而里夏德,他在培养基本的忍耐力,要保持良好心境,漠然处之。自从上了这条船以后,我已经跨越了多么大的距离,他想。与在利物浦上船时那个乳臭未干的年轻人相比,他感到这不仅是空间上的距离,同时也是年龄上的距离。智力上的旅行真快。智力旅行的速度超过了世界上的一切。

旅途接近尾声的时候,气候突然变得狂暴起来(有一天狂风大作),朱利安似乎正需要这种坏天气的挑战,他行动自如,从晕船中恢复过来,重新来到甲板上,开始正常的生活。"我觉得精神振奋,"他对里夏德说,"好像完全恢复了健康。"

他们俩站在栏杆旁边,下面的大海已经平静了许多。朱利安提醒里夏德注意英国英语与美国英语的区别。("英语说售票处,而美语说售票房;英语说行李,而美语说行囊;英国的车站在美国叫站台。")这时,费城的姑娘也来到甲板上。

"嗨,你在这儿! 我在到处找你。"

"嗨!"朱利安说。

她已经走到他们俩跟前。

"你好,小姐。"朱利安说,"天气真好。真遗憾,愉快的旅行就要结束了。"

"想跟她亲热亲热?"里夏德用波兰语问,"她属于你啦。"

"你说什么呢?"姑娘问,"妈妈说过,当着人家的面讲人家听不懂的语言不礼貌。"

"我在告诉索尔斯基教授,说你觉得我挺不错,所以想多认识一些波兰人。"

"克鲁尔先生,你怎么能这样说话,你完全是在撒谎!"

"对不起,"朱利安说,"对不起,小姐。"他说完赶紧溜走了。

"你太没规矩了,"姑娘嚷道,"你看,朋友走了吧。如果你真想让我和他认识,也不能用这种办法呀。我相信他比我更加难堪。"她停了一会,然后指着里夏德说道,"你真的太没规矩了。你是存心想让你的朋友难堪吗?"

"不错,我想单独和你在一起。"

"不过我们只有一分钟的时间。我得马上回到船舱去,帮母亲拿主意,决定今晚告别宴会该穿什么衣服。我给你带来了这个。"她拿出一本镶有金边,裹着长毛绒的红色的小相册。

"是礼物吗?"里夏德问,"真是个可爱的姑娘,要送给我一件礼物?"

"哦,不。"她喊道,"这是我最珍贵的东西,除非——"她欲言又止,显得有些窘迫。她珍贵的东西真不少。

"至少你想让我看看你最珍贵的东西。这证明你对我有好感,是不是?"

"这是签名簿!"她得意地说,"我拿给你看看,什么也证明不了。我给所有认识的人和所有遇见的人看,即使对他们只有一丁点好感。"

"哎!"里夏德叹了口气,假装有些沮丧。

"你看看里面。全是为我写的诗。每个少女都有一本。"

里夏德翻开签名簿,书页颜色各异,有知更鸟蛋般的蓝色,也有肉红色、灰色、粉红色、浅黄色和青绿色。"'听话,亲爱的孩子,愿你变得更聪明。'这是谁写的?"

"我爸爸。"

"你同意他的话吗?"

"卡鲁尔先生[①],你老是问一些最愚蠢的问题!"

"我叫理查德先生。这是谁写的?"

"哪个?"

里夏德非常喜欢朗诵,他带有波兰语的口音听起来十分滑稽:"在生命的暴风雨中/当需要的时候/愿英俊的年轻人/为你撑开雨伞。"但愿玛琳娜能看见他现在的神态!"这首诗是谁写的?"

"我最好的朋友艾比盖尔。奥格尔维女子学院的同学,她比我高一年级,不过她结婚了。"

"这就是说你羡慕她了?"

---

① 费城姑娘一直在叫错里夏德杜撰的名字,后文又把他叫成"克利尔"。

"也许吧。羡慕不羡慕可是好朋友才问的问题。"

"再好的朋友也不如我呀。"

"克利尔先生,别说了。你不是说你是作家吗?在本子上写点什么吧。有了你写的东西,我永远也不会忘记你。"

"我必须写点什么你才能记住我?如果我跟你到费城去,你还能不记住我?"

"你要到费城来?"

"当然,参观百年庆典博览会。你说过我必须去看看。"

"但是我——"

"你还说要给我当向导。"里夏德把姑娘拉到自己跟前:为什么不呢,他们明天就要在纽约靠岸。"我要你紧紧贴在我的胸口。不要说我们必须分离。要不,我要找一个——"姑娘和朱利安一样,吓得赶紧逃走。再见了,费城小姐。

狭窄的水域、岛屿、拖轮,然后到了曼哈顿岛,闷热的风。海鸥,鸬鹚,猎鹰在上空盘旋,"日尔曼号"开始逆流而上,经过一阵震动和颠簸撞击之后,轮船最终停靠在二十三大街附近的白星轮船公司的码头。他们右面是冷酷无情、违反自然的现代化城市;现代都市将人世间的一切关系都彻底改变,重新铸造成金钱买卖关系。这是一个成功的城市,一个人们盼望移居的城市。一个人们将不惜一切代价,哪怕是受尽种种屈辱都要移居的城市。

移民局的官员到"日尔曼号"船上口头审查头等舱的旅客,检查行李,并欢迎他们光临美国。而统舱的旅客却被成群地赶下"日尔曼号"轮,登上驳船,顺流送到克林顿堡。克林顿堡在曼哈顿岛南端,原来是一座要塞。移民局官员在检查完头等舱旅客以后,再到克林顿堡盘问和检查统舱乘客。里夏德和朱利安下了船,走进热气腾腾的街道,租了一辆马车到预订的中央旅馆。

这家旅馆规模宏大,甚至连朱利安也感到吃惊。早在利物浦他就用电报预订了双人间,预订这家旅馆的房间完全是因为他看中了旅馆的名字。"这看上去像一家银行。"里夏德说。

在柜台登记以后(在自由国家,朱利安指出,旅馆登记不需要任何证件),里夏德问服务员在什么地方可以买到邮票,他有一大叠信要寄。("把信给他,"朱利安低声说,"他会代你邮寄,然后把邮费记在我们的账上。")随后里夏德询问纽约的天气会不会总是这样热。

"你指的是现在的热浪?"服务员说,"噢,这还不算热。不热,七月不算热,先生。这真算不了什么。到下个月你再来看看!"

两名黑人门房健步向前,去搬运箱子和旅行袋,他们跟随在后,穿过宽阔的大堂。大堂分成好几个韵味不同的区域,油光光的地板,黄铜饰件擦得锃亮,还有烟草叶;他们窥视深如洞穴的餐厅,旅客每天下楼四次,到这里来就餐。(里夏德注意到,显然是因为天热,客人就餐都脱去了外衣。朱利安解释说,和船上的情况一样,在美国旅馆的住宿费包括了餐费,客人用餐不单独收费。)他们的房间十分宽敞,装有精美的吊扇;但皮肤的感觉表明,吊扇一点不管用。所以一到房间他们立刻决定到外面去走一走。从两个钟头以前上岸开始,里夏德就目不暇接,忙于观察、判断,急于有个结论。当他们再次回到街上的时候里夏德才突然明白:他们已经到了百老汇。也许是从旅馆出来他看见了百老汇的标牌。百老汇!他敏捷的思维变得迟钝起来,脑子里只有一个念头:我到了百老汇,我确实到了百老汇。

轮船是一个冷酷的微型宇宙,没有方位,里夏德可以想像自己身处任何地方,自己就是意识的主宰。轮船在没有标记、毫无变化的海面航行，你是在自己的世界里漫步，从一端到另一端。世界变得很小，你可以将整个世界装进口袋。乘船旅行，美就美在这里。

如今他总算到了这个地方。当初去圣彼得堡或维也纳，他没有感到震惊。(在他心目中，尽管这些城市神秘莫测，但当时他脑海里早就塞满了有关这些城市的绚丽图画。)当他第一次身临其境，来到圣彼得堡和维也纳的时候，他并不感到吃惊，这两座城市与图画上描绘的毫无二致。但纽约却产生了如此神奇的魅力，或者说，也许是各种各样毫无现实根据的梦想、期望和恐惧，使美国、使哈美利加变得神秘莫测。对于这个国家，每个欧洲人都有自己的看法，都为美国而着迷；要么把美国想像成田园牧歌式的世外桃源，要么想像成蛮荒之地。但是，无论怎样想像，在美国始终能找到符合自己的某种答案。你内心深处始终不能完全相信美国确实存在。然而，美国确实存在！

对某些确实存在之物感到惊奇，这意味着确实存在之物显得很不真实。真实的东西习以为常，丝毫不会有局促不安的感觉：这不过是混沌意识周围干巴巴的土地而已。让它变得真实，让它变得真实！

当天晚上，他们几乎又步行回到曼哈顿岛的南端。夜幕降临，街道上仍熙熙攘攘，购物者和上班族已被寻欢作乐的人群代替，其中不乏各种各样闲逛溜达的人群。他们在联邦广场流连忘返，观望衣着考究的男女步入剧院，窥探布利克大街的酒吧中半裸的女人坐在男人的大腿上，男人们衣着随便，斜躺在椅子上；("真奇怪，这就是美国人所说的酒吧，也叫下等酒吧。"朱利安说。)他们穿过一条条街道，闷得发慌的房客把简陋的小床、木板拖到太平梯和人行道上睡觉……里夏德一直默不作声；朱利安解释说纽约的贫民窟与利物浦的贫民窟在含义上大相径庭，因为纽约人满怀希望。("没有满载穷人的船只每周从纽约出发，移民到利物浦。"他说。)但里夏德并不在乎，几乎没有听朱利安的老生常谈。他感觉头脑空泛得出奇,他在倾听自己头脑里的声音。我到了纽约。我原以为到何处去?我到了纽约。

美国确实存在……那么,你自己呢?

当然,人都有自己的事要做,都有自己的行为方式。如果是个男人,不论你到哪里,你随时都会寻花问柳。不论是男人或者女人,如果有机会享受更带异国情调的娱乐,诸如艺术之类的东西,你可以花上一些时间来浏览当地的娱乐场所,只怕是会哀叹娱乐场所太少。如果你是个记者,或者是扮演记者角色的小说家,你会深入了解当地人的苦难。在旅馆餐厅里,黑人招待毕恭毕敬,对客人有求必应,总是大声回答:"好的,先生!好的,先生!!"这就证实了里夏德的感觉,纽约市最有礼貌的人是戴着脚镣手铐从非洲贩运来的黑奴;而令人感到威胁的却是近些年自愿移民到美国的欧洲人。凡是有人警告不要贸然前去的地方,里夏德都执意要去:中央公园西面几个街区以外贫民窟的棚户,诸如巴耶德、沙利文和西哈德森等昏暗可怖的后街小巷,甚至捡破烂街和废瓶子巷他都去看了看。这些地方的居民最穷、最悲惨,因而也最危险。人们告诉他,钱包被人偷走简直算不了一回事,你应该想到你踏上了食人生番的孤岛。

里夏德是个作家,心灵永远是一片空白。而朱利安从自己感兴趣的科学发明的进步中得到安慰。旅行途中朱利安的所见所闻都是对已有知识的诠释和补充。到达纽约两天以后,朱利安便独自去参观了百年庆典博览会。博览会上展出了美国最新的发明成果:电话!打字机!油印机!他在费城呆了一天,回来以后为自己的所见所闻欣喜若狂。里夏德需要在文章中报道美国的这次盛大节日,需要参观世界博览会的第一手材料,但他请求原谅不能前往,因为朱利安肯定又会对他喋喋不休地解释那些时髦实用的发明创造,他受不了。更吸引里夏德的是纽约,纽约的粗鄙和傲慢无礼。的确,他怀疑自己是不是更喜欢三十年以前的纽约,那个狄更斯当年痛骂过的城市,彼时鹅卵石街道上还有成群的猪在四处闲荡呢。在继续西进以前,他给《波兰报》寄回去了三篇文章:《横跨大西洋轮船上的生活》,《纽约第一印象记》和《美国人的生活习俗》;第二篇和第三篇文章对生机勃勃的纽约市进行了生动的描述和审慎的赞赏。

与朱利安相比,里夏德在旅行中有个优点,即喜欢追求男欢女悦。在轮船上,他有生以来第一次阴错阳差地窥探到妓女的悲惨处境,为了消除这给他带来的烦恼,他决定上岸后要痛痛快快地到妓院去乐一乐。那天晚上他来到华盛顿广场一家妓院,和性感的玛丽安娜亲热了一个小时,随后回到妓院楼下的休息室,停下来喝杯香槟酒,心灵又逐渐洋溢着温暖与欢娱。最后,他与另一个嫖客的交谈给他留下了极其难忘的印象。

"从口音听不出你是哪个地方的人。"这人亲切地说。

"我从波兰来,是记者。"里夏德自我介绍说。

"我也是记者!"这位和蔼可亲的老人满脸皱纹,身体结实,像个运动员;里夏德怎么也不会猜想他是记者。"到纽约想写一篇有关美国的文章?"里夏德点点头。"那么你该读一读我的书。我情不自禁要给你介绍介绍。"

"我想尽量多读一些有关美国的书籍。"

"太好了! 就得有这种精神! 内容对你来说可能窄了一点。我的意思是,我可不是托克维尔——"

"你说谁?"

"托克维尔,你知道,就是五十多年前到这儿来的法国人。"

"明白了。"里夏德说。

"不过你会发现,从我的书中你能了解到大多数外国人根本不了解的东西。有一本是去年出版的,叫《美国的共产主义社会》,三年前出版的另一本书叫《加利福尼亚——健康、娱乐和居家生活》,还有——"

"不过这个太,这个太——"里夏德从自己有限的词汇库中高高兴兴地挖掘出这词,"太不可思议了,请问先生尊姓大名……"

"查尔斯·诺德霍夫①。"他伸出手,里夏德热情地握住。

"我叫理查德·基鲁尔。"天哪,里夏德心想,我已经改名换姓了,在美国我真得叫理查德。"太不可思议了。"他重复说,"我正要去加利福尼亚,而且还想在那儿呆上一段时间。我对奉行更崇高的生活标准,奉行相互合作的社区非常感兴趣。"他停了一会。"我想这就是你所说的共产主义。"

"不错,这里有许许多多的共产主义社区,在得克萨斯,宾夕法尼亚和加利福尼亚,到处都有。当然到头来这些社区都难以为继。不过,这个国家就是这样。我们什么都要尝试一下。这是理想主义者的国家。你对美国的印象不是这样吗?"

"我得承认,"里夏德说,"到目前为止,我了解得还不多。"

"你不这样认为吗?那么你还没有看见真正的美国。到纽约以外去。在纽约,人们只知道挣钱,除此之外什么都不关心。走出纽约,往西去。到加利福尼亚去。那才是天堂,人人都想到那儿去。"

---

① 查尔斯·诺德霍夫(Charles Nordhoff,1830—1901),美国记者。著述很多,但最著名的是《加利福尼亚——健康、娱乐和居家生活》(1873)和《美国的共产主义社会》(1875)。

回到旅馆以后,里夏德对朱利安提到了这次谈话(虽然没有提到谈话的地点)。他说,美国还有自己的美国,还有人人都梦想去的更好的地方,你不觉得这具有鲜明的美国特色吗?

在他和朱利安决定了出发日期以后,里夏德才完全摆脱了震惊和惊奇。他不再感到惊诧;这一切都非常真实。敏锐的人都有随时把握奇迹的才能,的确,依靠这种才能他认定那些看似独特、使他惊奇的东西并不独特:纽约是逃避地球上所有洪水、所有灾难的诺亚方舟,已经是世界上已知的第三大城市,但纽约将不会是独一无二的。凡是有希望的地方就会有纽约的丑恶、纽约的活力、纽约的不满,以及纽约的自我庆幸。星期天,即他们在纽约逗留的第三天,里夏德到布鲁克林一座教堂去,倾听了著名牧师对非人性和亵渎神灵的纽约所作的布道。这位牧师最近出版了一本畅销书,名字叫《现代社会的丑恶》。他对现代纽约生活的谴责,给里夏德的感觉好像是对极端天气的夸耀。我们有最伟大的国家,我们也有罪恶最为深重的都市。当然不是。交通堵塞、纸片漫天,到处是建筑工地,丑陋的大楼悬挂着一层层的商业招牌和广告,形形色色的面孔,人来人往,络绎不绝,持续不断的建设——要不了多久,世界各地到处都有这样的城市。

到达美国一周以后,他们乘坐横跨美国的列车离开纽约。里夏德完成横跨大西洋旅行的文章之后,花了几个小时到克林顿堡去,观察了解每天早晨如何遣送在大厅中等候命运判决的统舱乘客;告示用严厉的措辞向移民说明哪些人可以留下,哪些可能不被接纳。里夏德在告示中发现了下面这条更让人动心的消息:

　　嗨! 到加利福尼亚去!
　　那是劳工的天堂。

宜人的气候。肥沃的土地。

没有严冬。不会虚度时光。

没有枯萎病也没有虫害。

　　海报这样写着,上面还画着一只象征丰饶的硕大羊角,里面涌出五颜六色的水果、鱼、蔬菜、犁、房屋、人群。在火车站同样拥挤的大厅,他又看见这幅海报;当他们寻找站台的时候,他把海报指给朱利安看。他们要在火车上呆七天七夜,沿途停靠很多站,但只有在芝加哥停车时间超过两小时。里夏德对前景踌躇满志,朱利安却没那么高兴,因为他了解到如今火车可以更快些。从六月一日开始,特快列车只停靠几个站,时速可达五十到六十英里;真是难以想像,只需三天就可到达旧金山。朱利安认定他们应该乘那趟火车,但里夏德不肯。"一路上要看的东西太多了,"他说,"我得好好看看。"里夏德不同意换票。

　　"不会虚度时光。"朱利安嘟哝道,冲着海报点点头。

　　"劳工的天堂,"里夏德嚷道,"我的同志,振作起来。"

　　"行了,至少……好吧。没有枯萎病也没有虫害。"朱利安唱道,咧开嘴笑起来。"嗨!到加利福尼亚去。"他们同声欢唱。

四

新泽西州　　霍博肯
美国
一八七六年八月九日

亲爱的朋友：

　　对了，一封信。你一定在想她已经被美洲大陆吞噬了。这封信我在脑海里构思了好些天，一路上所见所闻太多了，我没法一一回忆起来。我首先想到的是什么呢？是在华沙的最后一段时光。是在火车站上你那闷闷不乐的脸。我看不见熙熙攘攘的人群，听不见那些学生向我唱起的爱国歌曲。我看见的只是朋友的悲伤。亲爱的朋友。我保证过我们不会失去联系。在我的心目中你是那样亲切，而且永远如此。不过，我是不是想念你呢？我要坦诚相待，讲心里话，如果对你都不能讲心里话，我还能对谁讲心里话呢？不，现在还不。看见你垂头丧气，在火车开动前离开站台，我心里轻松了许多。又少了一个心理负担：你的悲伤。你想让我也像你一样，郁郁寡欢，相信生活不可能从头开始，相信我们都无法摆脱现实生活的桎梏。但是，亨利克，我不接受这种观点。我能够改变，我知道我能够改变。我现在已经不是"原来的我"了。你会说，这不过是演员的幻觉：经常变换角色，穿上其他角色的服装。好吧，我会让你明白，即使在舞台之外，人也可以变化！

我离开以后你是不是又去喝得烂醉？你肯定去喝酒了。你是不是对自己说我的玛琳娜永远抛弃了我？你肯定说过。不过，虽然谁也不知道我们何时才能见面，但我并没有永远抛弃你。我离开波兰你感到沮丧，觉得更加离不开我。在记忆中你会夸大我的魅力，忘记我的存在给你带来的痛苦，忘记可怜的爱慕带给你的痛苦。你的思念一直跟着我：她上了火车，她上了轮船，现在到了美国，她已经在无法想像的景致中开始新的生活，她把我给忘了。不久，你会感到气愤。也许你现在就很生气。你会感到衰老，然后想到，她也要衰老。要不了多久，她就会人老珠黄。这样想你会高兴一些。

如果可以让你好受一些，那你就想像：火车驶出车站，我关上包厢的门，脱下手套，摘下帽子，从水罐里倒出一些水，用湿毛巾捂住脸。这会把脸上化的妆全毁了，显露出眼睛下面粗黑的环形线条，显露出从鼻子延伸到嘴角的线条。我颓然倒在椅子上，不住地颤抖，不知是该哭还是该笑。那么多的告别场面！你是否意识到，那些告别的场面险些让我放弃了计划？在帝国剧院告别的当天下午，年轻的演员含着眼泪挤在光秃秃的舞台上；傍晚时分我离开剧院，一大群戏剧爱好者围在舞台门口，脸上带着责备的神情；最后几天他们云集在我寓所下面的人行道上。报上公布了出发的时间，我们没法保密，大学生排着长长的队伍，一边喊着口号，一边唱着歌，一直将我们的马车送到火车站。在上火车的时候，一个大学生送给我一个扎着红白丝带的花环，上面写着："献给玛琳娜·扎温佐夫斯卡——波兰青年敬献"。"他们想让我感到内疚。"我对波格丹说。"不对，"他回答说，你知道他是多么温文尔雅，"他们想让你感到他们的爱。"但是我想，这难道不是一回事吗？

我不明白，我干吗应该为离开波兰而感到内疚！

到达不来梅，我们旅途才开始，我已经感到苍老了一岁。离"唐诺号"起航还有两天时间，这两天里我无所事事，只想好好休息休息。不要以为我生病了。没有头疼，一点也没有。我感到虚弱，似乎我内心流失了某些东西。要不，我就是在准备进行最后的决战。"你是在自我判决。"在扎科帕内你曾对我说过，"如今你感觉到有责任进行到底。"不是这样，亨利克。如果说受到驱使，我承认。如果说是责任，我从来没有这种感觉。不过我的确不知道到最后我会不会动摇。也许我还在想某个人会阻止我。也许我一直都认为某个人会来阻止我。很多人都极力阻止过我。很多人，其中包括你，都提醒我要考虑自己的身份，玛琳娜夫人对他们太重要了，他们不能没有她。要不，玛琳娜夫人对戏剧舞台非常重要，不可或缺。甚至对波兰这个国家都至关重要。而她想要的只是做一个普普通通的人！

在不来梅我还得承受最后一次告别的场面。想阻止我前往美国的最后一次尝试。他在科迪莉亚旅馆等候我，我只同你一个人谈他的事。而且还捧着鲜花！他不是什么崇拜者，不是一般的年轻人，戴着学生帽，在大厅徘徊，将鲜花塞给我。他是一个板着面孔的老人，头戴一顶古怪的毡帽。我第一眼看到的就是这些。波格丹不知道他长得什么样，抢先接过鲜花。直到他开口说话我才认出他来。"欢迎到不来梅来。"他就讲了这么一句话。这怎么可能，亨利克？他怎么会有如此大的变化。

等我回过头，他已经消失了。皮奥特在我身后，跟旺达在一起。我浑身哆嗦，脸色肯定很苍白。我回到柜台跟前，跟波格丹在一起，我感觉到声音已经沙哑。在柜台我们发现有些信件：朱利安写给旺达的信，朱利安和里夏德写给我们的信，最后一封信寄自纽约；波格丹姐姐写给他的信，他姐姐当天下午到（她执意要来送行）；不来梅莎士比亚协会写给我的信，希望我光临某些前途无量的年轻演员的朗诵会，朗诵《裘力斯·恺撒》；还有戴毡帽的老人留的口信。他从德国报纸上得知我要去美国，打老远从柏林赶来，说要看看皮奥特。当然，我没法剥夺他向儿子告别的权利。

　　你想像得出这次会面给我带来的恐惧吗？但是我更害怕做个懦夫；这一点你也了解。我按门房的要求，留下便条，约定第二天下午在附近的威悉河散步时见面。波格丹竭尽全力安慰他的姐姐，可怜的伊莎贝拉。我告诉波格丹，说要带儿子出去散步，又对皮奥特说要去见外婆的一个老朋友。（别指责我又重提旧事，亨利克！）当然，他又迟到了，随后一言不发，扑向孩子，把皮奥特拥抱在他那件旧外衣里。皮奥特自然要大嚷大叫。我让女仆把皮奥特带回旅馆。海因里希没有反对。他连句再见也没说，也没有充满父爱的眼神。他仍然那么残忍，亨利克，这个呆板、悲哀的老人。随后我们继续散步，但我们无法肩并肩地交谈。"什么？"他老是问，"什么？""你是不是聋子？"我说。"什么？"我们到阿尔特曼肖霍一家咖啡馆，在临河的窗边坐下。我直截了当地告诉他，不允许他指责我。"指责你！"他大声嚷道，"我干吗要指责你？"我说也不允许冲着我嚷嚷。"但是，我连自己的声音都听不见。"他哀诉道，"你看得出来，我的耳朵不好。"接着他描述了他这些年在柏林的生活，谈到跟他生活在一起的女人，如今患了胃癌的女人。"不久我就会完全无依无靠，孑然一身。眼看就要孤苦伶仃了，老扎温佐夫斯基。①"他也在指责我抛弃了他？我问

---

① 原文为德语。

他是否需要钱,他做出一副义愤填膺的模样,最后还是接受了我的钱。是的,他的确想动摇我的决心。起初他说海上旅行有多么危险,好像我一点也不知道似的,甚至提醒我"唐诺号"的姊妹船"莫瑟尔号"去年遭到袭击的情况。你还记得当时的报道吗?就在轮船即将驶出不来梅港的时候,炸弹提前爆炸,炸死八十九人,炸伤五十个乘客和船员。然后他郑重其事地预言,说我不会喜欢美国的。美国不尊重文化,谁都知道,戏剧对美国无足轻重,美国人喜欢的是粗俗的娱乐,等等。我向他保证,我到美国不是去寻求我留在欧洲的东西,完全不是。最后他声称,我无权剥夺他和儿子见面的权利,听他的口气,好像他真关心过这个孩子!他喋喋不休的谈话显得虚弱无力,完全没有了原来讲话的气势。他一阵阵地干咳,不断用手指梳理稀疏灰白的头发。我不认为他真相信能阻止我。他只是要表现一番。他想得到我的怜悯。他真够可怜。我没有怜悯他。我总算摆脱了他。

然而,在这个时候我意识到我曾经真正爱过他。也许我对其他人从来也没爱得那么深切。我爱他,是因为想出人头地,想在世界上成就一番伟业。

即使是这个可怜的家伙也没能破坏我上船时兴高采烈的心情。

海上航行确实有危险,但不是海因里希所说的那种危险。海面平静,船上居住的条件舒适,虽说轮船显得有些小。我认为船的确很小,而且已经营运了十年。不过,德国人对旅客曲意逢迎,似乎想让你忘记他们发号施令的嗜好。船长得知我是名演员,波格丹又是伯爵,便百般呵护,关怀备至;好像让你觉得,北德意志劳埃德公司整个船队风雨飘摇的声誉全都仰仗我们的感觉。远洋轮上的生活单调枯燥,既组织严密,又闲散无聊;起初,我对这种生活感到恼怒。懒散不是我的优点。① 但是,长时间的海上旅行却有着一种特殊的魔力,最终使我屈从。我变得很不合群,特别是在正餐时间,甚至不愿跟自己的同伴交往。此时人们很有必要谈论一些轻松的话题,听听比才②和瓦格纳③的弦乐三重奏。而我宁可与大海交流,大海让我想起空旷无垠的宇宙。

我一次又一次被吸引到高层甲板上,靠着栏杆俯瞰汹涌起伏的海水。靠近船体的海水浑浊发绿,远处的水色像失去光泽的白蜡。偶尔也能看见其他船只,但离我们很远很远。即使长时间注目远眺,这些船似乎也没有移动,像是被锁定在地平线上。而这艘吱嘎作响的小"唐诺号",却如同一颗用蒸汽和钢铁造就的炮弹,乘风破浪,一往无前。随着轮船劈波斩浪,不屈不挠地向前驶进,到美国冒险的蓝图在我脑海里逐渐臻于完善,我朦朦胧胧地意识到是我把大家调动起来:现在已没有办法停止! 有个念头我只能告诉你,亨利克。我很可能会纵身跳入大海,这个可怕的念头一直困扰着我。我也许已经葬身鱼腹,谁知道呢? 但是,另一个人的愚蠢行为使我清醒过来。

那是出发后的第四天傍晚,约莫八点钟。我们提前了半个钟头吃完晚饭,饭后我陪皮奥特到他和旺达同住的船舱,安排他上床睡觉,盖好被子,然后回到自己的特等客舱,波格丹正坐着等我,手里拿着一支烟,还没点燃。记得我们俩从舷窗眺望一轮冉冉升起的月亮,笑着回想起在餐桌上船长有关月亮和忧郁的一席愚蠢的谈话。我已经挂好披肩,收拾好戒指、手镯和耳环,取出睡衣。这时,轮船似乎摇

---

① 原文为法语。
② 比才(Georges Bizet,1838—1875),法国作曲家,代表作有《卡门》等。
③ 瓦格纳(Wagner,1813—1883),德国作曲家,代表作有《漂泊的荷兰人》、《纽伦堡名歌手》及《尼伯龙根的指环》等。

晃起来，就像一匹老马突然摔倒。随即脚下一片沉寂，显然是一种不祥之兆。我们听见过道上有人在喊叫，波格丹说他到甲板上去看看，看到底出了什么事，我也紧跟其后。轮船停了下来。船员一片忙乱，一些人松开栏杆，一些人顺着船舷将救生艇放到海里。波格丹找到我，讲明事情缘由。船上的二副发现水里有人。船舱服务员发现右舷的栏杆旁有一双硕大的缚带的靴子。首先跑上甲板的乘客中有个英国人，吃饭时跟我们同坐一桌，他记得他见过这双靴子：有身份的人用餐时不穿靴子，也许美国人除外。失踪的人是谁不言而喻了。人们拥挤在我们周围，询问最近是否与他有过交谈，看看能否找出悲剧的原因。几乎没人跟他讲过话！他坐在邻桌；出发的第一天晚上介绍情况，而我们都没说话。这个年轻人单独旅行，高高的个子，浅蓝色的眼睛，斜视眼，戴着钢框眼镜，表情严肃。第一天晚上他坐下的时候，我发现他的燕尾服太小。我肯定忽略了这个可怜的小伙子脚上的鞋不合时宜。大家默默地站在栏杆旁，望着救生艇围着轮船一圈一圈地搜寻，范围越来越宽。天空还有些亮光，但海面已是一片漆黑。船长在驾驶台用扩音器向救生艇上的水手高声发布指令。水手挥动火把对着海面喊话。随后我们也跟着喊，天色越来越暗，已很难分清天空和海水的颜色，暗黑的海面马上就要将天空吞噬。美国小伙子再也没有露出水面。又过了半个钟头，船长下令搜寻的水手回到船上，船开始启动，继续航行。

当然，这可能是一次意外事故：在沉闷的晚餐之后，他靠着栏杆，渴望享受片刻甲板上的安宁；他是美国人，又很年轻，比男孩大不了多少，满不在乎地脱下靴子，舒展舒展脚趾，感觉袜子下面湿冷的地板。（皮奥特就爱这样；如果没人观看，我也可能这样！）就在这个时候，他瞥见水中有巨大闪亮的东西。可能是条鲸，他激动地想。一俯身,海浪涌起,轮船摇晃——

　　但是,情况不是这样,对不对?也许他并非有意为之。也许他只是出去,在安宁的夜空下换一换环境,心里也没什么特别的事,虽说生活中多少有些遗憾,有一种不祥之兆,但那都是常有的事,可以承受。随即,就像我一样,在大海的魅力面前昏昏欲睡。突然,似乎很容易就会倒下。他站在甲板上,胸口靠着栏杆,和风湿润,徐徐抚慰着他的脸颊和额头;但是,什么原因使他离开安全的轮船,扑通一声,令人心悸地跳进迎面袭来的冰冷海水?他挣扎着大口大口地吸气,排山倒海的浪涛向他涌来,打在他的脸上,灌进他的喉咙,吞没了他的全身,把他卷走,远远地离开轮船。他为什么对生活失去希望,竟愿意葬身大海?他为什么这样年轻就如此绝望?然而,我们一直都不由自主,被冷漠地左右驱使。船在纽约靠岸的时候,会有谁,会有什么在等待他呢?他不愿参与的家庭事务?他不想娶的未婚妻?或者是溺爱他的母亲,担心又会沦为她的奴隶?我多么希望能向他解释,用不着像这样了此一生。难道那不是一个人想结束自己生命的理由?

　　我们几个人仍留在甲板上,想多呆一会,仍希望在水里发现些什么,似乎下楼回到船舱就意味着默认他已经死亡。第二天吃早饭的时候,人们很少谈论其他事情;大家都认为他穿着寒碜,行动古怪,因而断定他肯定是精神失常。波格丹似乎受到了极大的刺激。皮奥特一直在倾听人们的议论,神情忧郁,他轻轻地问我:"他干吗要脱掉靴子?"我没有回答,心想孩子不可能清楚地理解自杀的含义。见我没有回答,他断言美国人既然脱掉靴子,那就是要去游泳。如果想到海里游泳,他肯定是个游泳高手,所以,他很可能仍在游泳。以后路过的另一艘船会把他救上来。我对他说是有这种可能。那天下午,船长在大厅举行悼念仪式，请我在仪式上朗诵点什么。我们既然乘坐德国轮船，就应该朗诵一首德语诗，于是我便不由自主地念道：

> 停止悲哀的呻吟！
> 天堂的盛宴
> 淹没了所有的痛苦。
> 天堂的生活
> 永恒的欢乐，永恒的轻快，
> 潺潺的溪水穿过微笑的田野。①

你记得，这是席勒的《天堂》中的诗句。但是，这样的悲苦却难以名说，心中的悲哀无法名状，我的眼泪夺眶而出。我要求身边帮忙料理家务的农村小姑娘阿涅拉唱一首圣母赞美诗；她唱得挺美。我和美国小伙子素昧平生，但一想起他我就难受——

就写到这里了。

八月十日

我可以继续写信。没有吓坏你吧，亲爱的朋友？别为我担心。我很坚强。你知道我就爱想入非非。生性喜欢幻想，逼真地想像别人的感受。

乘坐"唐诺号"旅行，我还可以告诉你些什么呢？我吃得很好，可以尽情地呼吸海上的空气，等待航行的结束。我们小团体中，好些人对旅行抱有极其浪漫的想法，我可不一样。为了不让自己懒懒散散，

---

① 原文为德语。

老是想像一些可怕的东西,我学完了另一本英语语法,还看了些书。埋头看书是最大的安慰。波格丹随身带着有关农业的书籍,但他非常喜欢这次旅行,以至于无法静下心来,为即将开始的工作做些准备。一天傍晚他甚至对我说希望永远也到不了目的地,希望轮船就这样永无休止地在海上航行。皮奥特对旅行似乎也同样着迷,他心爱的费尼莫尔·库珀的小说连环画,他连翻都没翻,他几乎无暇去看那些熟悉的故事:高贵的印第安人在现代文明面前节节败退,只得让位于蒸汽船在满天繁星下漂洋过海的奇异现实。他见人就问,船的发动机是怎么工作的呀,那些星座叫什么名字呀。船上的机械师把他当成心肝宝贝,还带他到锅炉房去。波格丹像个慈爱的父亲,从船长的私人图书室借来星座图,一连几个小时和皮奥特一块钻研。我带着临别时你送给我的《人和动物情感的表达》,我欣慰地发现我的英语大有长进,能凑合着看懂这本书了。达尔文认为,动物表现恐惧、仇恨、喜悦、羞耻等等的方式,与人非常类似。你肯定知道,我对此很感兴趣。我明白了达尔文对这个课题情有独钟的原因,如果我们和动物非常相像,这就进一步证明了他的观点:人从动物进化而来。看来,我们确实是从动物演化而来!如果我在陆地上阅读这本书,我会对他的想法感到极不自在;一旦到了海上,人显得无足轻重,毫无意义,再来读他的书,我觉得达尔文亵渎神灵的思想多少可以接受。亨利克,我并不排斥你送给我的书!

是的,我承认动物和人的确非常相似,相似得过了头。动物就像守旧的演员,它们表现感受的方式一目了然。达尔文的著作实际上是一本指导夸张表演的手册。如果演员把这本书当做金科玉律那就太可悲了,他们会发现演员所有的坏毛病都能从这本书中找到。优秀的演员应该谨慎地运用明显的面部表情和夸张的手势和动作,即使这些表情和动作十分自然也不例外。对观众而言，最感人的是一定程度的含蓄，危难之中体现出的尊严。我得赶快补充一句，这和声名狼藉的英国人不愿表现自己的情感毫无共同之处。达尔文先生一心一意要证明感情语言是普遍相通的，但他必须承认，他的同胞耸肩的频率远不如法国人和意大利人高，力度也相差很多；英国男子很少哭，而在波兰，在欧洲大陆绝大多数地方男子很容易掉眼泪，而且哭泣也很自在。

我想，人与动物之间有着不可弥合的差异。达尔文先生认为，情感都有自然的表现形式；这种观点假定，每一种情感都是出自本能。这对我们的近亲猴子，以及跟我们有相似之处的狗也许是正确的。除了在紧急关头，我们人类不是可以同时感受至少两种情感吗？亲爱的朋友，在我离开波兰的时候你不是怀有矛盾的情感吗？你不是紧咬嘴唇，扬起眉头，收缩眼部表现悲痛的肌肉吗？不，也许你的脸上看不出任何表情。我是不是在说你是个杰出的演员，亨利克？也许是吧。除了在你喝酒的时候，你的身体没有任何表情，你只是放慢节奏。原谅我在吓唬你。但是，你还是和往常一样酗酒吗？是不是喝得更加厉害了？

哎，不过你会说，我对亲爱的玛琳娜的感觉和对她抛弃我的感觉不是一种情感。这可是一种激情！完全正确。完全正确，亲爱的朋友。而达尔文先生描述的不是激情，只是反应。这位英国人似乎是说，情感是我们在毫无准备的情况下突然被逮住时大吃一惊的感受。这就好像出乎意料地在国外某个旅馆大厅中遇见的某个人，某个我起初不认识，但确有理由担心就潜伏在拥挤的人群中的某个人。或者是某个我知道对我感到狂怒的人，在独自一人的时候突然闯进我自以为绝对安全的地方，如我的化妆室——我从来没有给你提起过这件事。我大吃一惊,当然吓得不得了。我嘴唇张开,瞳孔放大,眉毛上扬,心脏猛烈跳动,脸色发青,毫毛竖立,肌肤颤抖,口舌发干,声音沙哑,含混不清——所有这些反应都不由自主。当刺激消失以后,我又恢复平静。但是,那些长期积郁在心头、似乎可以控制的痛苦感情,在毫无预兆的情况下突然涌上心头,那又怎么样呢?男女之间毫无回报的情爱和渴盼又在哪儿?妒忌又是怎么回事?遗憾又是怎么回事?哦,对了,还有遗憾!还有焦虑,为每一件事焦虑,无缘无故的焦虑又是怎么回事?达尔文先生对情感的概括似乎过于英国化了!

　　谈到英国人的国民性,我必须告诉你我带在船上看的另一本英语书,这是一本小说,一点都不新,叫《维莱特》。小说描写一位年轻妇女,她有崇高的道德原则,但对生活的期望不高。你知道我始终非常同情这种人。我喜欢女英雄,等待某个剧作家来描写现代生活中妇女的英雄事迹,描写相貌并不漂亮,出身并不高贵,但是努力奋斗、争取独立的女性。我甚至在想如何将这部小说改编成戏剧上演;这个角色可能很有挑战性,我倒愿意试一试,省得老是扮演女演员和王后之类的角色!这就是临别前帝国剧院的一个同事送给我这本书的原因,她曾在英格兰度过了她的童年。她认为我会对女主角在伦敦观看拉歇尔演出感兴趣。我在顽强地啃这本小说(勃朗蒂小姐的词汇比达尔文先生丰富!),完全被露西·斯诺这个角色迷住了。她是个相貌平平的姑娘,有强烈的自我意识,内心充满激情。我最后看到她被带到剧院的那一章。你想一想,当发现我同情的女主人公根本不欣赏拉歇尔的时候,我是多么沮丧。虽然她受到拉歇尔力量的诱惑和迷惑——谁能幸免呢?但是,她又讨厌台上热情洋溢的女人。实际上她并不喜欢拉歇尔!她认为戏剧界这位女皇的表演过分夸张,没有女人味,叛逆性太强——简直是个魔鬼!

观看女明星的演出竟会引起如此的憎恨和恐惧,你不觉得这有些奇怪吗?波兰和法国的情况一样,女演员会因男女关系太不检点而受到指责,但不会因为感情炽热受到非议。也许,戏剧在波兰生活中的意义与其他地方不同,甚至在圣哲莎士比亚的故乡,戏剧也不可能具有它在波兰的特殊含义。露西·斯诺为什么就不能好好地欣赏演出呢?她为什么不希望激动万分呢?她为什么会因拉歇尔的激情而感到威胁呢?勃朗蒂小姐的小说就充满激情。也许作者是在跟自己过不去。她担心激情会毁了自己的生活。她不希望变化,也不希望别人改变自己。

不过你明白,我每时每刻都在琢磨自己该做些什么,即从内心到外表进行反抗。天命难违,女人更难改变自己的命运。你们男人要容易得多。你们会因行为鲁莽、勇敢无畏、独树一帜、敢于冒险而受到褒奖。而一个女人内心的顾虑就多得多,她必须行动谨慎、和蔼可亲、胆小怯弱。而且有许多事需要担心,这一点我很清楚。亲爱的朋友,别以为我一点都不现实。每次我表现出勇敢无畏,那不过是在做戏。要勇敢你只能这样,你同意吗?勇敢的外表。勇敢的表演。既然我知道自己并不勇敢,一点都不勇敢,这就促使我要表现出异乎寻常的勇敢。

在我们国家,如果女演员扮演魔鬼,对了,扮演魔鬼时炫耀自己的感情,赞扬叛逆的角色,谁也不会对她进行指责,我对这种道德准则不太熟悉。在波兰,我们珍视反抗的理念,推崇起义的精神,难道不是吗?我非常清楚我很容易屈服,很容易被他人左右,亦步亦趋,因此十分珍视自己反抗的性格。我有强烈的失败感,渴望服从,由于我是女人,从小养成奴颜婢膝的性格,这种失败感和渴求服从的倾向就更加强烈,我是多么顽强地在进行斗争。这是我选择舞台生涯的一个原因。我所扮演的角色培养了我的自信心,使我敢于挑战。表演能够克服我身上的奴性。

在舞台上我可以随心所欲地表演。你可以想像放弃戏剧生涯对我意味着什么。不要以为这算不了牺牲。我献身于戏剧已接近二十年。说不定在加利福尼亚，某一天在我们茅屋后面的小溪旁边我还要表演我最喜欢的戏剧呢。即使在到达美国的今天，我一写到加利福尼亚这个词就心动。是的，我承认身上还带着一些舞台服装，带着扮演朱丽叶、罗莎琳德、鲍西亚、阿德里安娜的服装。在蓝蓝的天空下，在田地里辛勤劳动了一天以后，或者骑着马，扛着枪，在山里奔波了一天以后，穿上这些舞台服装肯定显得有些可笑。到那个时候，这一切将显得多么肤浅！然而，如果将来我想重返舞台，但愿我会想起盎格鲁-撒克逊人对红极一时的女演员的非议。谢天谢地，到美国来我可不是为了演戏！

八月十二日

不过，你肯定在想，她根本没有谈论美国的情况。好吧，我可以跟你谈谈纽约，人人都说我们应该去看看纽约。纽约现在是移民为患，简直成了欧洲大陆的延伸，根本就不像美国！这封信已经写得很长，在信的开头你已经看出，我们没有住在曼哈顿。波格丹觉得，如果我们都住在曼哈顿体面的旅馆里，太浪费，所以就请船长帮忙，给我们介绍了一家价廉物美的旅店，就在北德意志劳埃德轮船公司码头附近，哈得孙河的对面。这个临河的小镇有个动人的印第安名字，意思是烟斗。从这里眺望，曼哈顿尽收眼底。小镇不属于纽约，属于美国三十八个州当中的另外一个州。

每天早晨，我们当中比较勇敢的人就登上渡船，到纽约去探险，将整整一天的时光消磨在城中。我说比较勇敢是因为乘船渡河的人不多。对大多数温文尔雅的同伴来说,曼哈顿太危险,他们盼望着赶快动身,盼望着等待已久的田园风光。离开了朱利安,旺达完全不知所措。亚历山大虽然精力充沛,但英语太差,不能出门。达努塔和西普里安必须照看两个女儿。只有雅各布自由自在,成天带着写生本到处走。我们不久就要离开纽约,我担心他会因此而难过;不过我已经向他保证,对一个艺术家而言,他会在加利福尼亚发现同样丰富的创作素材。我也会感到有些遗憾。一般说来,演员都是热心的观察者,而最迷人的莫过于在纽约这个原始的大舞台上,可以观看用各种语言上演的戏剧。世界上每个民族,每个国家,每个部落都能得到展现,至少贫民阶层如此;只要一走出豪华的大街,绝大多数人都显得非常贫困。纽约如此丑陋我并不惊奇。但我没有想到会看见那么多的乞丐和游民。我们得知穷人的数量比几年前多了许多。一个原因是移民源源不断拥来,而绝大多数移民到达时都一无所有。另一个原因是经济还没有从三年前的大危机(这里称为"恐慌")中复苏,对此,波格丹的哥哥就曾严厉警告过他。就业机会少得可怜,做用人的工作更是如此,工资也一降再降。但是,有一点很明显,这些并不能阻止移民拥到这里来,不能阻止人们盼望更好的生活!

昨天,波格丹和我单独呆了一个晚上,到德尔莫尼科吃晚饭,这是纽约最好的饭店。我可以告诉你,这里的富豪与维也纳、巴黎的富豪一样,养尊处优,举止稳重。外面是车水马龙,一片喧嚣。货车、客车、公共马车、轨道马车、有轨电车和摩肩接踵的行人,每到一个街口穿过马路都像一次冒险。每栋楼房上都挂满了招牌,有些人胸前背后,甚至头上都挂满了广告,被当做活动广告亭。还有一些人将广告单塞进行人的手中,或者将一把一把的广告塞进电车。擦皮鞋的儿童在椅子旁招揽顾客,小贩在推车旁叫卖,一群群的街头音乐家冲着路人猛吹喇叭、大号,他们绝大多数都来自德国。德国人甚至比爱尔兰人和意大利人还多,看见那么多的德国人真让人吃惊,而各个民族都有自己的居住区。亨利克,这里到处是悲惨和穷困。再有就是犯罪:人们老是提醒我们,不要莽撞行事,不要到贫民窟去,因为团伙袭击和抢劫事件经常发生。我们当中雅各布胆子最大,竟然冒险闯入纽约市罪恶的渊薮;他完成的写生画已经塞满五本。昨天他整个下午都呆在附近的犹太区,当然是贫苦的犹太人居住区;他们看起来跟克拉科夫的犹太人没多大区别,在这样的酷暑天气,黑胡子的男人戴着无边便帽,仍然穿着黑色的长衫。

说到酷热,我就会想到这是我惟一感到不满意的地方。我从来没有经历过这样炎热的天气。大家都热得难受。皮奥特长了湿疹,达努塔的小女儿哭个不停。一热我就觉得穿得太多,我想我确实穿得太多。但我们比当地妇女穿得少,她们还穿着裙撑。达努塔、旺达、巴巴拉和我都注意到,她们妒忌地(我是这样想)盯着我们纤细的裙子看。当然,下了渡船以后我们得走好长一段路程。昨天我们漫步于百老汇,这是纽约主要的大街,一个大个子的妇女穿着又黑又重的裙子,里面还有巨大的裙撑,突然晕倒在前面的人行道上。我以为她病得不轻,其实不然。旁边的人说,这样的事在八月份会经常遇到。一个马车夫从马车上取下一桶水,漫不经心地洒了些水在她脸上,人们把她扶起来,她又若无其事地继续走她的路。我知道长时间呆在太阳底下是不明智的,但是我们又没法回旅馆去。如果有皮奥特在,我们就可以每隔一个钟头到冰淇淋商店去避一避。意大利人做的冰淇淋味道很好。皮奥特还喜欢街上卖的印第安人的食品,用爆开的白玉米仁做成的玉米花,以及裹在淡白色松软荚果里面的棕色花生仁,但这些东西不容易消化。这里的人吃饭时喝的水比酒还多,不论是夏天还是冬天,他们都喝凉水,杯子里还放满冰块,你肯定会认为这不利于健康。今天,我们原想找一块阴凉的地方,结果找不到,只好到城市北面新建的一个公园去看了看,这个地方叫中央公园。但是,这里既没有中央的感觉,也不像公园。说实话,不要把它想像成克拉科夫的新公园,更不要说我们富丽堂皇、绿树成荫的公园了。公园里的树还很小,没法遮阳。

纽约的波兰居住区很小,很多同胞都在西部或者芝加哥定居。波格丹拜访了他们的几位领袖,他们说希望举办一次招待会来欢迎我。我觉得必须谢绝,当然,让他们失望我感到很遗憾。我已经不再是他们想欢迎的舞台皇后。然而,既然我曾经是演员,就不可能克制自己对舞台戏剧的兴趣。八月是最热的季节,同时也是戏剧节的开始。正如海因里希率直地告诫我的一样,戏剧在这里确实和在我们国家、在维也纳和巴黎不一样,有着不同的意义。观众希望得到的是娱乐,而不是升华,他们最喜欢看的是堂而皇之、稀奇古怪的东西。我们原打算去此地最大的剧院,观看奥芬巴赫①的《大公夫人》,后来得知演出的是墨西哥青年歌剧团,主要演员莫伦才八岁。你想像得出大公夫人用小姑娘尖厉的声音吱吱地唱道"告诉他我们注意到啦"的情景!难道还有什么比这首情歌更令人陶醉的吗?说不定这适合皮奥特,不过我觉得他更喜欢另一家剧院上演的节目,其中包括乔治·弗朗斯和他的狗、堂·恺撒和布鲁诺、汉塞尔阿尔卑斯山歌唱团、高空王后詹尼·图诺,以及克莱因先生,他能够在高空钢丝上和

---

① 奥芬巴赫(Jacques Offenbach,1819—1880),法国喜歌剧作曲家,一八四九年担任法兰西歌剧院指挥,成功之作有《美丽的海伦娜》、《巴黎的生活》、《盖罗尔施泰因的大公夫人》等。

他奶奶一起跳双人舞。竟没有一家剧院上演莎士比亚的戏剧；哎，我一直以为在美国演得最多的是莎士比亚的戏剧。除了似乎不值得上演的闹剧和情节剧以外，出于好奇，只有一部轻喜剧值得一看，当然是英国剧，名字叫《我们的美国堂兄》①。过去十一年中，这出戏在美国长演不衰，原因你还会记得，林肯总统在与夫人、政府要员等在包厢里观看这出戏的时候，被一个精神失常的演员枪杀。像样一点的几乎全是英国或法国戏剧。纽约的观众虽然崇拜瓦格纳，但对德国伟大的剧作家却不感兴趣。如果你想看席勒的戏，你必须到用德语演出的剧院去，席勒的戏剧都是由慕尼黑或柏林来的二流剧团演出。要用英语上演克拉辛斯基、斯沃瓦茨基或弗雷德罗②的戏剧，简直是不可想像。纽约的波兰人太少，用波兰语演出的剧团难以为继，所以杰出的波兰剧作家在这里一直默默无闻。

我很想目睹享誉欧洲的美国明星的风采，但没有一个优秀演员在演出。我们也到一家富丽堂皇的剧院去过，主人就是美国著名演员埃德温·布斯③（暗杀林肯总统的演员就是他的弟弟）。首场演出是拜伦的悲剧《沙达那帕拉斯》。这出戏场面宏大，具有独创的舞台效果，但是表演却没有留下多少想像的余地。不过你的达尔文先生也许会十分赞赏！音乐震耳欲聋，舞台装饰美妙绝伦，一百个演员在巨大的舞台上转来转去，这就是此地观众最欣赏的东西。除了十几

① 英国剧作家泰勒（1817—1880）的名剧，一八五八年上演。
② 弗雷德罗（Aleksander Fredro，1793—1876），波兰戏剧家，主要作品有《夫与妻》、《少女的誓言》和《报复》。
③ 埃德温·布斯（Edwin Booth，1833—1893），美国著名演员，暗杀林肯总统的演员约翰·布斯的哥哥，以扮演莎士比亚戏剧，特别是《哈姆雷特》和《罗密欧与朱丽叶》中的男主人公而著称。

个演员扮演主要角色,第二幕"意大利芭蕾"有"四个一流的舞蹈演员、八个首席舞手、六个芭蕾女演员、九十九个跑龙套的演员、二十四个黑人男孩、十二个女合唱歌手、八个男歌手,还有四十八个其他女演员"!想一想,所有这些演员在台上翻腾跳跃,舞台布景装置创造出最令人惊叹的效果:整个场景从地板上升起,转眼即逝。最后一幕以满台绚丽的焰火结束,观众为之倾倒,我们也不例外。

在这里,最宏大就意味着最杰出。这是一种偏见,但是,这种偏见并不见得比最古老就最优秀的想法更没有道理。布斯的剧院大概有两千个座位,还有一个站立间可容纳数百人,但这还不是最大的剧院。斯坦韦礼堂还要大,人们严肃地告诉我们,安东·鲁宾斯坦①在这里开始他在美国的首场演出。为了让波格丹留下深刻的印象,我没有告诉他这位伟大的钢琴家就是华沙周二聚会上的常客,甚至连暗示也没有。我不禁想到,尽管美国人吹嘘他们不仅拥有最宏大的东西,而且拥有的东西也最多;但令人吃惊的是,谈到艺术,他们都缺少爱国主义的自信心。如果说观众只期望粗俗的娱乐,这不完全正确。但是,高质量的演出确实都来自国外。外国演员在纽约非常引人注目,如果法国或意大利演员要用自己的语言演出,那谁也听不懂。二十多年前,拉歇尔在这个城市最大的剧院,都市剧院以一出《阿德里安娜·勒库弗勒》而走红;十多年前,里斯托里②在全美的巡

---

① 安东·鲁宾斯坦(Anton Rubinstein,1829—1894),俄国作曲家,十九世纪最伟大的钢琴家。

② 里斯托里(Adelaide Ristori,1822—1905),著名悲剧演员,生于奥匈帝国,一八五五年开始在巴黎演出,庄重,但不失自然、明快和爆发的激情,赢得全巴黎对她的称赞,先后在德国、维也纳、伦敦、华沙和马德里演出,经常表演的角色有拉辛的菲德拉,勒古韦的梅黛和莎士比亚的麦克白夫人。

回演出中名利双收。如今回想起来，我承认我都有些妒忌。不过，不要因此断定我梦想在美国重操旧业。我用什么语言来演出？谁也不愿意看波兰语演出，我学习表演的另一种语言是德语，德语也只适合少数移民观众。

我不想抱怨我们在沃莱克剧院观看的《美元的力量》①，这是我们在上演的戏剧中挑选观看的最后一出戏。在吉尔摩园的音乐会上我们听了一场女高音歌唱家巴本海姆夫人，埃米莉·巴本海姆的演出；波格丹和我都觉得，她的观众比她的演唱更有意思。观众热情万分，一听见颤音就鼓掌。在一家法国美术馆，米歇尔·克内德勒美术馆，我们看见整个房间都是些呆板无趣的绘画。在纽约历史协会（这里没有一个博物馆值得一提），我们看见一些来自沙达那帕拉斯宫的大理石浅浮雕作品，这算得上是一个惊喜，尤其是在观看拜伦悲剧的那天晚上，我们曾看见过用纸制作的漂亮的复制品。无论走到哪里，我们都带着皮奥特，通过他的目光来观察这座城市就不会过于挑剔：孩子对一切都非常着迷。但是，我们照看的另一个孩子就不一样，我指的是阿涅拉，新的女仆，在她看来一切都不可理喻。我们告诉她要到美国去，但她以为华沙就是美国（她从来没离开过她出生的村庄）。在那之后，她发现自己坐上了火车（她从没见过火车），住进外国城市的一家旅馆，有时还住进水上旅馆，她就是这样称呼轮船，然后到了这里。我们边走边听她不停地唠叨，"啊，夫人！啊，夫人！"你想一想，左边是小儿子，右边是这个矮胖的姑娘，脸拉得老长。他们俩都紧紧地拽住我的手，充满恐惧和惊讶。在火车站你见过她。我欣赏各种形式的美，这一点你很了解，因此你会感到奇怪我为什么会雇用

---

① 本杰明·伍尔夫描写美国生活的喜剧，一八七六年八月上演。

她。在西马诺夫的孤儿院，我面试了六个姑娘，最后选中了她，这让所有的人都感到惊奇。一个修女把我叫到一旁，警告说我选错了人，不论是缝纫还是做饭，阿涅拉都远不如其他姑娘。我干吗要选她呢？你一定觉得好笑，我看中她的声音。我问她会不会唱歌，她两眼盯住我，张口发呆，随后连嘴也没合（但是紧闭双眼），一口气唱了两首拉丁语的赞美诗和"上帝拯救波兰"。我知道这听起来挺古怪，但她的歌声让我感动，让我掉泪。我断定她性情温柔，她才十六岁，达努塔和旺达会教她做饭和缝纫。说实话，我自己也需要学一学！凡是女人都能学会操持家务，但谁会想去教这个孩子如何唱歌呢？

当然，我明白，我得一样一样地教她。首先，不要惧怕这个世界。第二，不要怕我。我们离开华沙以前，我曾问她，新的生活就要开始了，必要的东西是不是都有了。我试着向她描述未来生活的含义，但是没有成功。她觉得这似乎是一次考试，不能失败，就大声回答道："是的，夫人，全都有了！"出发后我才发现，属于她的东西只有一件衣服、一条围巾、一件破罩衫和一件麻纱布夹衣。霍博肯旅店的老板建议，动身去加利福尼亚以前在纽约买一些衣物。我在前面已经提到，因为经济"恐慌"，大商店的商品都打折。所以你能想象，你的苔丝狄蒙娜昨天从一家商店进，另一家商店出，为了一件外衣、一条裙子、一件女衬衫以及一些实用的内衣与店员讨价还价，锱铢必较。这里最好的一家商店是Ａ·Ｔ·斯图尔特，就像一座铸铁的宫殿，占据了整整一个街区，据说这是世界上最大的商店。但我更喜欢一家叫梅西的小百货商店，里面新开了一个男童服装区，服装陈列实用合理，但皮奥特觉得非常失望。他一直指望我能给他买一顶阿帕切印第安人带羽毛的头饰和一根腰带。没有买到他想要的东西，皮奥特整天闷闷不乐。

我让皮奥特失望了;不过他原谅了我:昨天我们去参观百年庆典博览会。

乘坐火车旅行,不论是在车厢里面,还是眺望车外,你都能看到难得的奇观。美国火车的车厢,即使是所谓的头等车厢,都没有分隔成小间。在两个半小时的旅途中,我们老是望着就那么几个汗流浃背的陌生人,他们也望着我们。为了维持旧世界残存的毫无意义的尊严,我们也热得大汗淋漓。大多数乘客是全家外出旅行,带着装满食品和饮料的篮子,亲切地邀请大家分享,不论你接受与否,他们都觉得可以和你友好一番,在美国所谓友好就意味着向你提出一些问题。如果回答说到百年庆典博览会去,他们就会问我们从哪个国家来,想看些什么。"太大了,不可能什么都看。"人们一次又一次地对我们说。我们一行只有七个人,因为巴巴拉和亚历山大一听说费城在纽约的南方,天气可能更热,就宁肯呆在霍博肯;无论怎么劝说,他们就是不参加这次殷切盼望的远足。达努塔和西普里安之所以能够来,是因为他们把小姑娘留给了阿涅拉,但是达努塔已经得到保证,只要到了加利福尼亚就不会受那么多的苦。受苦!我告诉他们说,加利福尼亚的气候温和宜人举世闻名,但我担心,他们并不理解在那儿生活的许多方面仍会十分艰苦,至少在头几个月会十分艰苦。

我们看到,从费城火车站到百年庆典博览会会址之间,费城看起来比曼哈顿更古老、更漂亮,也更干净。我怀念曼哈顿的喧嚣和嘈杂!但是,即使对最难满足的人群鉴赏家来说,这里的人也够多了。在我们到达的时候,百年庆典博览会的门口已是人山人海。博览会五月开幕以来,至今已经接待了数百万观众。

要在一天之内把有趣的东西都看完,这无论如何也办不到。你想像一下,亨利克,百年庆典博览会的主会场是世界上最大的建筑,用木材、钢铁和玻璃建成,比"唐诺号"轮船还要长五倍,宽十倍! 你想一想——不过你肯定已经在波兰的报纸或德国的报纸上看到了这些情况。对了,你应该看到里夏德撰写的文章;我知道他答应过《波兰报》,至少要写一篇有关百年庆典博览会的报道。但是,从寄到不来梅的信中我们了解到,这位无忧无虑的年轻记者根本就没到费城去。他说他迫不及待地要离开纽约,打算另外写一篇有关横跨美国旅行的文章,譬如,报道从五年前大火的废墟中崛起的芝加哥。到了西部,他终究会亲眼见到印第安人,只是忧伤的印第安人成群结队地在逃避战无不胜的政府军,政府军要保护拓荒者。这让我觉得好笑。里夏德在芝加哥只能呆几个小时,芝加哥城肯定已经重建完毕;亨利克,在美国,五年是相当长的时间! 政府军与印第安人最近的一场战斗发生在今年夏初,结果骑兵遭到可耻的惨败,骑兵司令卡斯特将军阵亡。里夏德有丰富的想像力,如果你告诉我,说他寄回了一篇有关百年博览会的文章,我不会感到惊奇! 也许与演员相比,记者更需要想像力。

你肯定已经知道了在费城能看见的某些奇迹,我只想提一下特别有趣的发明和规模十分奇特的东西。你看,我已经变成美国人了! 你想一想用棉花糖制成的教堂,有六米高,教堂周围是用糖果做成的历史人物;一只巧克力花瓶重达一百公斤;这里有乔治·华盛顿墓一半大小的复制品,华盛顿会定期从死亡中站立起来,接受玩具卫兵向他致敬,皮奥特对此特别神往。我最喜欢的是内壁绘有世界地理实境的空心大圆球:硕大无比、巧夺天工、刻画入微的巴黎和耶路撒冷的透视画,还有日本的房屋,遗憾的是里面没有家具。

在参观较小的建筑时,我们没有时间去看圣经亭、新英格兰的圆木小屋、土耳其咖啡店、棺木建筑;(不,亨利克,我没有编造!)但我们却浏览了摄影艺术馆和妇女亭。在妇女亭，我们没有机会目睹一位重达二百九十公斤的妇女，她每天要坐坏一把椅子。但是，我们惊奇地观看了一位阿肯色州来的妇女用黄油制作巨大的约兰斯睡雕。用黄油？在这么热的天气？是的，用的是新鲜黄油，她每天雕刻一次！随后我们留出两个小时观看市政厅里的印第安人的展览。除了陶器、武器和工具之外，还有他们的棚屋，著名印第安勇士的蜡像，栩栩如生，身着华丽的服装，皮奥特看见了盼望已久的和平烟斗和印第安战斧。可怜的孩子，他老是追问，想弄清楚这些东西是不是原物，他的意思是，这些东西是不是演员的服装和道具。我对印第安人的脸部表情印象极深。残忍的小黑眼睛、粗糙蓬乱的头发、像动物一样的大嘴。这一切刻画得清清楚楚，目的是想把印第安人描绘成魔鬼，激发起人们的仇恨。在这里，你丝毫找不到我们的儿童冒险读物中对印第安人的崇敬。

你已经听说了那些令人惊奇的新发现：一种类似豪猪的机器，能在白纸上油印文字；另一种机器能够将书写机生成的文稿复印成许多份；还有一个小匣子，能够通过电线传输人的声音，即所谓的电话。我们听说，电话能听见远方的人的声音，这种机器的发明者希望提高声音传输的清晰度：虽然传输的个别句子非常清晰，但在绝大多数情况下只有元音复制得比较清楚，辅音几乎无法分辨。但电话肯定会完善。这将使人类受益匪浅。这个装置可以像安装煤气一样安装在家里，人人都可以欣赏意大利歌剧和莎士比亚的戏剧，聆听国会议员的辩论以及最喜欢的牧师的布道。这样一来，教化民众就有了无限的可能性。你想一想，没钱上剧院的人就可以通过电话来聆听演出。不过，我也有些担心这项发明带来的后果，人类都有惰性，到戏剧艺术的殿堂去，坐在观众中间观看伟大演员的演出，这是什么都无法取代的体验。一旦家家都安装了电话,人们还会不会到剧院去呢?

在博览会众多里程碑似的建筑中,你会对百年喷泉特别感兴趣。百年喷泉是由美国天主教完全禁酒联合会修建的。(想一想如果波兰有那样一个联合会情况会怎样!)在巨大的水池中央,凹凸不平的红色花岗岩基座上耸立着摩西雄伟的塑像,围绕水池的是美国著名天主教徒高大的大理石雕,当然,我对这些人的生平和事迹毫不熟悉。每个雕像的下面都有一个喷泉。饮用了这里纯净的水以后,你再也不会渴望喝酒? 亲爱的朋友,我怎么会想不到你呢? 一位服务员告诉我,遗憾的是,这座喷泉在博览会开幕前没有竣工。我原本不会想到这里居然还缺少些什么。难道还有更多的喷泉鼓励大家戒酒?

我急于想领会美国人对古怪成就的热爱,以至于竟没有发现另外一座丰碑,或者说只是另一座丰碑的一部分,显然也没有完成。法国政府送给博览会一支巨大的手臂,无敌的手掌中擎着火炬。空洞的手臂内部有阶梯通向火炬下的楼厅。我以为这个用铜和钢铁制造的雕塑将安放在费城市中心的基座上。结果十分失望地听说,与这个英雄的手臂相连的还有整座雕塑,即自由女神。这座现代的巨像正在巴黎制造,有朝一日会安放在纽约港(正如古代希腊罗得岛上的巨像①一样),欢迎新到美国的移民。我不禁问自己,我们怎么能知道美国的哪些东西已经完成,哪些东西还正在进行呢?

---

① 罗得岛巨像,世界七大奇观之一,位于地中海罗得岛,用青铜制成,表现太阳神赫利俄斯的形象,高约三十米,公元前 282 年完工,56 年后毁于一场地震。

在城里赏心悦目地玩了一天,下午即将过去,在霍博肯旅店后面的一棵榆树的树阴下,我继续写信。下了渡船,我径直来到邮局,正如我们所期望的,我们又收到朱利安和里夏德的几封信。在加利福尼亚南部呆了两个星期以后,他们找到了一小块地,靠近一片葡萄种植园,房子和仓库都有。里夏德建议在我们新居的附近住一个月,希望独自去创作一些故事,并与印第安人和墨西哥人一道享受户外生活,在我们到达以后再回到北方去。朱利安宁可在旧金山等我们,因为旧金山有繁华的波兰人居住区。波格丹和我用上午剩下的时间为旅行做准备。明天他将带皮奥特再去一趟费城,孩子一直吵吵嚷嚷,说还要去参观百年博览会。后天我们将乘"科伦号"去巴拿马。到了那里换乘火车穿过巴拿马地峡,再乘另一条船到旧金山。到了旧金山,我不想久留(除非艾德温·布斯在旧金山演出,这很有可能),决定与大家汇合之后立刻乘火车南下。

这可不是现代的钢铁轮船,是只明轮船,旅行需要一个月。你会问,干吗不乘坐横跨大陆的火车,一个星期就能到达目的地。我是尊重亲爱的丈夫和儿子的愿望。皮奥特恳求我不要剥夺他在木船上生活的机会;再说,我告诉过你,波格丹喜欢在海上旅行。而我呢,我也喜欢这个主意,也想领略一下美洲的海岸风光。亲爱的朋友,我告诉过你,我对水有一种浪漫的情感,不要为此担忧。我告诉过你鲁莎卡①是小时候我最喜欢的故事吗?你的鲁莎卡正盼望着在陆地上长久地生活下去呢。

---

① 捷克童话剧《鲁莎卡》的主人公。故事中的水仙女与王子最后同沉湖底。

巴拿马　阿斯平沃

九月九日

　　匆匆忙忙。旅行一开始就遇到挫折。"科伦号"很小，哪怕是住在甲板上的帐篷里也比在下面散发恶臭的狭小船舱里舒服，而且船员疏于管理到了无耻的地步。在海上航行两天以后，船上的主蒸汽管爆炸了：我们花了两倍的时间才慢慢返回霍博肯码头！你想像得出我们大家是多么沮丧，想像得出达努塔和西普里安的责备，他们盼望着尽快到达目的地。似乎其他一些人也希望坐火车，但谁也不敢反对我的主意。我应该感到内疚。也许我有一点。不，我想我并不感到内疚。你知道我多么讨厌改变主意，我讨厌已经决定的事又要放弃。我们决心仍走海路。

　　我决心每天记住至少二十个英语单词。适合航海，这个词不是挺可爱吗？

　　在霍博肯作短暂停留之后，我们乘坐另一条明轮船出发了。这艘船叫"新月城号"，比上一艘船大，装备也更好。航行中没有出现事故。日落的时候乘客集中在甲板上，同声唱起民歌，如《亲爱的，我老了》、《甜蜜的再见》。和大家一起唱歌可以舒缓神经。到最后几天，船掉头东进，经过古巴和海地，在这以前，我们始终能够看到美国的某个州。

　　今天上午，我们在地峡靠加勒比海的一个港口下船，港口在一个小岛上，岛上覆盖着沙土，约莫有一公里长，通过筑堤与大陆相连。我原指望是个小镇，结果是只有一条街的村庄，或者说只有一长排房子，绝大多数都是店铺。老板一个个凶神恶煞，全都戴着扁平的草帽，穿着白睡衣，简直丑得不可言喻。说到热，你就别提我以前的抱怨了，我们从来没有忍受过这样炎热的天气。别提了，无可奈何，逆来顺受吧。天下了一阵雨，我们别无他法，只能到一间阴森森的酒店躲雨,一个喝得醉醺醺的黑人老妇告诉我们,这里的雨季从四月开始,一直要持续九个月!雨暂时停了,我们出了酒馆,坐在外面湿漉漉的椅子上,这就是所谓的咖啡馆吧。一切都是湿漉漉的,空气是湿漉漉的,甲壳虫是湿漉漉的,满地都是甲壳虫。我的衣服可以拧出水来,让脚底下的水坑漫起来。丰满黝黑的女人穿着紫色和红色的衣裳,显得格外漂亮;在我们羞涩的注视面前她们来来回回地散步。秃鹫扑打着翅膀,大摇大摆地走来走去,专吃死鼠和扔在街上的垃圾。这里禁止射杀秃鹫。不知道其他乘客都到哪里去了。波格丹和西普里安去找些水和热带水果,我们还要坐两个小时的火车,穿过沼泽地和丛林,到达地峡的另一边。

所以你想一想,我坐在锈迹斑斑的桌子旁,慢慢地喝着一杯加了朗姆酒的茶,急切而又饶有兴趣地望着我照看的孩子。旺达坐在对面,唉声叹气。巴巴拉和亚历山大伏在桌子上,疲惫不堪,懒得抱怨。达努塔带着两个小姑娘不知道上哪儿去了,小姑娘正在拉肚子。雅各布和皮奥特在另一张桌子上画画。雅各布说,这可是画家的天堂,如今他竟想在巴拿马逗留下去!皮奥特画的是一张地图:他刚刚宣布长大以后要修建一条运河,让轮船横穿地峡。在我眼里,他好像已经长大了,亨利克。看见这次旅行给他带来的变化,你肯定会吃惊,少了许多孩子气,真是个小伙子了。现在是他牵着阿涅拉的手,极力安慰她。可怜的姑娘给吓坏了。朋友们变得更加恬淡寡欲;但我知道,一切都那么奇特,他们感到吃惊。巴巴拉刚才用颤抖的声音问,加利福尼亚是不是有许多非洲人!我把刚才说的话都记录下来了。

皮奥特(跳起来)说:"不,是印第安人!"

巴巴拉:"但他们不是黑皮肤吗?"

皮奥特:"不,是红皮肤!"

巴巴拉:"红皮肤?"

亚历山大:"别犯傻了,巴巴拉。"

旺达:"我身上全是蚊子咬的疙瘩!"

雅各布:"不要忘了还有黄种人。"

巴巴拉:"黄种人!"

雅各布:"不错,中国人。男人背上还拖着一条又长又黑的辫子。"

阿涅拉(哀叫道):"啊,夫人,我们要到中国去吗? 你可没有说我们要去中国啊!"

现在我得想尽办法来安慰她。

稍后

我买了一把阳伞和一双凉鞋。因为我的脚上起了水疱。远远看见波格丹和西普里安提着东西朝我们走来。天又开始下雨。达努塔的小姑娘在哭。一只可怕的棕色大蟑螂慢吞吞地爬过桌子,旺达惊叫起来。咖啡店的老板讥笑旺达。蟑螂! 他喊道,挥舞着毛巾扑向桌子。这是我听到的第一个西班牙单词。亨利克,蟑螂竟飞走了。会飞的蟑螂,亨利克。

火车要开了。

九月十一日
登上"宪法号"

亨利克,我写给你的这封信,长度跟真正的美国信一样。

现在我想不出还有什么要说。墨西哥海岸——不,你不希望我像旅行指南一样地来描述。

不过,难道不是我,你的玛琳娜在给你写信吗? 我曾经向你夸过

154

海口,说我希望改变。但是,这次旅行本身已经改变了我,这倒是始料未及的。一有空闲我就游泳。旅行的艰苦和娱乐是我惟一的主题。我明白了为什么要建议神经衰弱的人去旅行的原因。我几乎不大想到自己。我只考虑一些实际问题。我的内心生活完全消失。波兰,舞台,似乎变得非常遥远。

下一次我将在加利福尼亚给你写信。亨利克,你能想像吗?

                                        你的玛

五

　　加利福尼亚。圣安娜，河流；海姆，家。阿纳海姆。德国人。是二十年前从旧金山南下的贫苦德国移民，到这里来定居，种地，生存繁衍。迟钝节俭的德国邻居。他们惊奇地发现我们有这么多人，在小镇边上共住一栋房子，而彼此间却没有血缘关系。他们问我们带了多少支枪，问我们是不是属于同一个宗教派别，问我们的男子是否能够帮忙重新开凿一条灌溉渠。他们问皮奥特是否要上学，问是不是要把他留在家里，帮忙做些农活。皮奥特当然要上学！房子不是用土砖，而是用陈旧的枫树木板建成，小得可怜，天知道朱利安和里夏德是怎么考虑的！除了厨房之外，每间房都铺有地毯，这显然是美国的风俗。不错，我们要在这里共同开创新生活。毫无疑问。除了地域辽阔，美国没有什么特别的地方。但是，既然周围一片空旷，我们住得如此拥挤就显得有些荒唐……

　　眼前是一片令人鼓舞的景象，东面是圣安娜山脉，再往北、再往东是圣贝纳迪诺山。房子的两侧和后面是松树、加利福尼亚月桂、无花果树和一棵生机勃勃的橡树。远处是牧草丛生的旷野，一堆堆的干草和玉米在太阳下晾晒，葡萄园向远方延伸。从房子放眼望去，到处是一片壮丽的景色。但近处的景致可有些让人泄气，前面是用栅栏围起来的庭院，里面有柏树、蓬乱的杂草和零零星星的一些蔷薇；

玛琳娜说看起来就像一片疏于看管的小墓地。

"妈妈,这是墓地吗?当真是墓地吗?"

"哦,皮奥特,"她笑着说,"别把我说的每句话都当真。"

但是,他们就听她的话,大家都听她的话。他们在等她的暗示,等她的提醒,等她用毫不动摇的热情去感染他们,使他们坚强起来。她办事果断确切,自我专注,对他们偶尔表现出的懦弱很不耐烦,对于意志薄弱,她几乎无法掩盖自己的恼怒。他们已竭尽全力,但她仍然没有完全感到满意。特别是她的沉默,既令人仰慕又令人害怕。她总是置身于一般的闲聊之外,对那些琐碎的念头,精于世故的小聪明,或者是明知故问(所有问题都是如此),她从不答理,甚至充耳不闻。他们不想到其他地方去,只想让她高兴,只想和她呆在一起,去实现她的梦想。

但是,在这么狭窄局促的舞台上怎么能营造出一个乌托邦的大家庭呢?目前只能暂时将就,忍耐对付。早年玛琳娜随海因里希的剧团在波兰一个小镇一个小镇地巡回演出时(那些光秃秃的舞台,摇摇欲坠的房屋),练就了一身应付艰难环境的本领,眼前的困难很快就会缓解。不错,在他们到达的第二天早上,玛琳娜就向大家承诺,他们要修建第二栋砖房,她和波格丹将到村里去,请墨西哥工人来帮忙。在此期间……达努塔、西普里安和他们的孩子必须住最大一间卧室,她和波格丹住第二间,旺达和朱利安住三间房子中最小的一间。皮奥特睡客厅里的沙发,阿涅拉睡厨房角落的旅行床。巴巴拉和亚历山大勇敢地接受了玛琳娜的安排,到牲口栏不远的储藏室去住,将杂物、楼梯、钉子桶、油漆桶、车床、榔头、锯子等,统统放在谷仓里。玛琳娜希望开始的几天能独自到谷仓去睡。她心里挺羡慕那个地方,离动物、农具和干草棚都很远,布置得又舒舒服服,有地毯、马鞍、席子、马具和郊狼的头盖骨……不过,不行,她不能这样对待波格丹。况且还有两个单身汉,里夏德和雅各布要睡在谷仓。

初来乍到,他们把打开行李、照顾三个孩子的工作交给了阿涅拉,随后就跟佃主到田间去看了看。第一天结束的时候,他们觉得通过自己的五官和身体已经熟悉了周围环境。鼻孔里充满了牲口棚和庄稼地里刺鼻的气味,脚下踩着湿润的土地,手指触摸到结满葡萄的枝条,跪在水渠边用手划过流水。透过葡萄园望去,大自然好像是全副武装,在静候拼杀:辽阔肃穆的平原上长着星星点点的仙人掌和灌木,万籁俱寂。他们仰望湛蓝的天空,注视着夕阳徐徐西沉,慢慢接近山巅,渴望在宁静之中尽情地感受新的印象。他们没有什么深谋远虑,只想静坐在椅子上,凝视着天花板,要不就到绿树成荫的公园里散步。他们东离西散,一个个漫步进入荒漠。

眼前的景象奇特得令人敬畏,即使是巴拿马地峡布满沼泽的丛林也没有给他们留下如此深刻的印象。有生以来,他们还没有领略过这番景象。他们不是把眼前的一切当做风景来欣赏,而是身临其境,走在这片土地上。大地一片苍白,天高地阔,一马平川;他们从来没有今天这种顶天立地、生机勃勃的感觉。圣安娜灼热的风吹拂着身上的皮肤,耳朵里只有自己奇特的脚步声,让人心旷神怡。一停下脚步,他们就能听见一阵嘶嘶声,一种满身鳞片、颜色跟沙漠一样的东西急促地穿过布满卵石的地面。是滑溜溜、长着毒牙的东西(一条蛇!),不过,它只是从脚下迅速逃离。在这里,几乎所有的东西都相距甚远:丝兰树编织成没精打采的哨兵,龙舌兰花像一束束悬垂的矛,还有一簇簇刺梨,彼此遥遥相望,形态各异,毫不相干。孑然一身,形影相吊。他们仍有一丝危险的感觉(那是不是一只蝎子?),他们加快了步伐,似乎不久就可以到达某个地方。天气晴朗,山峦显得很近,但这是骗人的假象。他们转过身,看看已经走过的距离,绿色世界现在看起来多么渺小。他们沉醉在明晰的感觉之中,继续前进,走哇,走哇,而山峦丝毫也没有显得更近。恐惧早已消失。眼前出现一片纯净的景象,一望无际的荒漠最初似乎像是威胁,随后变成刺激,变得麻木,变成全新的觉醒和激励。他们开始体验到荒漠唤起了一种真正虚无的感觉。无声,无味,单调枯燥,荒无人烟的景象,在每个人心里产生了同样的效果,产生了一种令人心醉而又孤寂的印象;逐渐,取而代之的是更加积极,愿意体验孤独的愿望。大家都有玛琳娜一样的渴望:独处一地,完全孤寂(如果我,或者她,或者他?……);没有巧合,不用感到内疚,任凭自己想像:就在广袤的荒漠之中,自己的至亲至爱突然消失。想像难道不就是欲望?他们须臾屈从于麻木不仁,然而,某种更深刻的恐惧使他们立刻从麻木的感情中解脱出来。这是心灵的净化和磨炼。是转身返回的时候了,该重新返回潮湿的土地,返回湿润的生活了。

　　人在漫步的时候,满脑子一片茫然。他们当中只有一个人与众不同,她没有堕入饶有兴味的危险幻想。里夏德和朱利安曾警告大家,千万别靠近仙人掌,但旺达实在克制不住好奇心,还是碰了一下形同绒毛、状似海狸的仙人掌。"仙人掌看起来没有刺呀。"她号啕痛哭。"我怎么知道仙人掌长满这些可怕的——"她呜咽着说。"但是,你非得用双手去摸吗,旺达?难道你就非得用两只手去摸?"朱利安怒气冲冲地问。他把她带到门廊边,找来镊子和蜡烛。"除了你,世界上谁也不会想到要去碰仙人掌,而且用两——"朱利安叹了口气,退到旺达身后,搂住她的肩膀,雅各布和达努塔花了一个小时才把她手指和手掌上一百多根细如绒毛的刺挑干净。旺达还在呻吟,人们清楚地听见附近又传来一声尖叫,大家首先想到的是又有人被仙人掌扎伤了。"夫人！夫人！"玛琳娜赶紧跑过去。结果发现阿涅拉被三个巨大的紫色茄子绊倒在地。茄子就像三颗肥胖的炸弹，落在屋子后面。阿涅拉拼命挣扎着，想站起来，但茄子紧紧地连在硬邦邦的地上。里夏德用猎刀砍断粗得像绳索一样的茄子藤才把茄子解开。

他们兴高采烈地准备着新生活开始的第一顿晚饭。在院子里生火烤茄子，烹调从村里买来的食品。明亮纯净的天空变得越来越暗，暗黑的夜空上挂着闪烁的星星，比在扎科帕内看到的星星还要明亮。如同镶嵌在乌檀木上的一样，雅各布说。达努塔和西普里安回到屋里，西普里安去取波格丹在波兰买来的望远镜，达努塔让两个小姑娘上床睡觉。没人理会皮奥特，他也乐得没人催促他上床睡觉；他站在门廊上学郊狼叫，还回应郊狼的嗥叫。不一会儿，大肚子的蚊子把大伙一个一个赶进屋，这种蚊子甚至可以叮透衣服，这使大家在第一天晚上受尽折磨，睡不好觉。随后几周也不例外。即使没蚊子他们也不可能睡好，大伙为自己勇敢的行为感到特别兴奋，不时被离奇的噩梦惊醒。朱利安梦见旺达淌着鲜血的双手，里夏德梦见自己的猎刀，阿涅拉梦见从未见过的母亲，她就像孤儿院里的圣母马利亚；她经常梦见母亲。皮奥特梦见死人从坟地里爬出来，把屋子团团围住。波格丹梦见玛琳娜离开自己，投入里夏德的怀抱。而玛琳娜梦见在一个星期前终于见到的艾德温·布斯。"宪法号"在旧金山靠岸几个小时以后玛琳娜就得知，著名演员布斯正在加利福尼亚剧院演出。第二天她就观看了布斯扮演的夏洛克；两天后她又观看了他扮演的马克·安东尼。她没有失望，她因崇拜而流下了眼泪。在梦中，布斯弯下腰，双手捧住她的脸，向她诉说着哀伤的故事，诉说着无可挽回的伤心事，诉说着某个死者的故事。她想抚摩他的肩膀，他的肩膀也显得那么悲伤。随后，他们骑上马，并肩前行。但她的马出了问题，她的马太小了，小得不能再小，她的双脚都拖在地上。他身上披着扮演老夏洛克时穿的东方人的打褶服装，甚至戴着恶棍的黄色软帽，穿着红色尖鞋，但他看起来确实是马克·安东尼。他们在高大的仙人掌跟前下马。随后，他将帽子扔在地上，赤手握住长满尖刺的仙人掌枝条，像一个矫健的年轻人将自己升起来，玛琳娜大惊失色。别这样！她喊道。他继续向上爬。他是不是在用那些可怕的刺来折磨自己？快下来吧，求求你！她哭着说，吓得流出了眼泪。他在笑。他是布斯吗？看起来怎么有些像斯蒂芬？不过，他不可能是她的哥哥，她哥哥远在波兰，不，他已经去世了。他抓住仙人掌的顶端，对着天空慷慨陈词，开始斥责，开始煽动。随后对她说道：

啊！你现在流起眼泪来了，我看见
你已经天良发现。这是真诚的泪珠。

然而，从他口中吐出的词语有些新颖，不，有些陌生，不，有些熟悉。在旧金山观看他表演的时候，他的话她句句都能听懂。虽然他现在的话跟在剧场的不一样，但她依然能够听懂。他是不是在讲拉丁语？安东尼是罗马人。但莎士比亚是英国人。难道英语听起来就像这样？如果是这样，她学的英语，她练的英语就完全白费了。醒来以后她为这事感到烦恼，她笑起来，意识到自己梦见艾德温·布斯在用波兰语演出。

　　朱利安和里夏德选中这个地方的原因是这里离第一代农民社区很近，此外，他们讲德语，不会有语言障碍。那些人原来对种植葡萄、饲养奶牛、犁地开沟也不甚熟悉。

二十年以前,这里肥沃的土地、繁荣的村庄不过是一千二百英亩荒芜的沙地,是墨西哥农场主辽阔农场的几个角落。农场主坚信这块地方太贫瘠,连一头羊也养不活,如果能卖出去,他自然非常高兴。在欧洲移民看来,这片土地不仅十分陌生,而且可以说是个错误,只有引进水源才能改变现状。他们认为,加利福尼亚南部的气候与意大利多少有些类似,肯定是个种葡萄的好地方。

用波格丹的钱租用的这块地一直由土地的主人耕种(主人如今在山脚下重新找到一个农场),直到十月初他们到来。那时候葡萄种植的一个周期也即将结束,绝大多数的葡萄都已经采收出售。他们这个时候开始租用土地,慢慢进行管理,这是再好不过的了。

他们没有经验,但他们知道这是可以克服的障碍。他们需要的是勤劳、毅力和谦卑。玛琳娜每天六点半起床,随即拿起扫帚扫地。嘿,亨利克,但愿你能看见你现在的苔丝狄蒙娜、玛格丽特·戈蒂埃、安妮夫人和埃博利公主①!

是把工作分配给每个人呢,还是采取自告奋勇的原则,玛琳娜举棋不定,决定干脆以身作则。她喜欢扫地,用力挥动扫帚,一来一回与她的思维节奏十分合拍。她喜欢剥豆子,在门廊中,坐在用石兰枝条编织成的安乐椅上,什么事也不想,因为她内心深处感到宁静、空泛。作为演员,她曾因此受益匪浅。她并不怀恋舞台生涯,她谁也不想。波格丹、雅各布、亚历山大和西普里安到外面的葡萄园去了。里夏德外出创作。巴巴拉和旺达到村里购买当天的面包和肉食。达努

---

① 玛格丽特·戈蒂埃是小仲马《茶花女》中的女主人公。安妮夫人是莎士比亚《理查三世》中的女主角。埃博利公主是席勒《唐·卡洛斯》中的女主角。

塔和她的小姑娘在一块儿。皮奥特跑过来，说发现了一只死蜥蜴，要拿来给她看。阿涅拉和他到院子里去把蜥蜴埋掉，还要插上小十字架。玛琳娜听见他们在一块欢笑。阿涅拉是皮奥特的好伙伴。她还是个孩子。如果卡米拉没死，现在也该十六岁了，跟阿涅拉一样大。如今玛琳娜只能想像那个牙牙学语、蹒跚行走的小丫头就坐在自己腿上，坐在自己暖和的腿上玩碗里剥好的豆子……女儿都该十六岁了。一想起女儿她就心疼。她不怀念母亲，不怀念姐姐，也不怀念讨人喜欢的 H 先生和讨厌的 H 先生（她称亨利克是讨人喜欢的 H 先生，称海因里希是讨厌的 H 先生）。她甚至也不怀念斯蒂芬。她只怀念失去的女儿。

别再悲伤了！珍惜今天的时光吧！珍惜今天的太阳！她沐浴在阳光下，真切地感受到荒漠中炫目的阳光包裹着自己的肌肤，晒干了已经流出和还没流出的眼泪。多年来她一直在与无边的焦虑进行顽强斗争，如今她几乎可以感觉到焦虑在慢慢隐退，感觉到生命的活力在胸中涌动，她可不是为了演出而酝酿情绪。她已经不再为演出酝酿情绪了；可从前（处于那种困惑，她的生活）在表演以后恢复过来，或准备登台演出，她必须酝酿情绪，别无他法。她虽然将信将疑，但确实已经从中摆脱出来。如今，崭新的生活，新奇的景致，以及展现出的广阔前景已浑然臻于圆满。这毕竟并不困难。亨利克，你在听我说吗？改变生活就像脱掉手套一样，非常容易。

谁也不逃避推诿，人人都急于做一些有益的工作。旺达告诉朱利安，她觉得房子该重新油漆了。几英亩的葡萄还没有收获，葡萄藤修剪以后就要施肥，一年的农事季节不能更改，农闲只是相对而言。亚历山大编了个草人，立在葡萄园中，穿着像个俄罗斯的士兵。几天以后，波格丹和雅各布开始采收剩下的葡萄。他们初来乍到，刚刚安顿下来，天气又晴朗宜人，这使他很难努力去自我提升。只要有人愿意听，朱利安就会解释酿造葡萄酒的化学原理。达努塔帮助巴巴拉练习小册子上的英语短语。亚历山大在收集岩石标本。雅各布支起了画板写生。里夏德主动提出，在每天早上规定的写作时间以后，用那匹栗色母马教大家骑马。他们躺在西普里安挂在树间的吊床上，有的看小说，有的看旅游指南。黄昏来临，他们仰望玫瑰色的天空，望着天空、云彩和山峦交相辉映，逐渐变暗，直到青铜色的秋月冉冉升起，爬上山头，重新照亮云朵。月亮一天比一天明亮，一天比一天红，月盘中带有拇指纹般的阴影。朱利安提醒大家，不久就会出现月蚀。他们都在等待。最好就是保持静止不动。骑马开始要慢，随后他们知道，自由自在地坐在高高的墨西哥马鞍上不会有事儿，于是就一路飞奔，跑向荒漠，有时跑到山脚，偶尔还一路向西跑到十二英里外的海边。

动身到千里迢迢之外的加利福尼亚去的前夕，西普里安被派往华盛顿的农业部，在那里呆了一天，收集了一箱有关在美国南部种植葡萄的小册子。显然，向阿纳海姆定居者学习是明智的，因为这个村就是作为葡萄种植点建立起来的。但是波格丹认为，他们有四十七英亩土地，比原来五十家人每家开垦的土地还要多一倍，应该拿出十英亩种柑橘，五英亩种橄榄。如果仅靠一种作物赚钱，一旦遭到虫灾或者霜冻，他们就会彻底完蛋。种植多种作物，总有一些作物会获得丰收。

对于计划中的轻重缓急，男人们争论不休，从屋里争论到屋外，从一个吊床争论到另一个吊床；而饲养牲口，每天都要吃饭这些惟一须臾不能等待的工作，全都落到妇女身上。只有在早饭吃饱了喝足了，他们才能出去给牛栏送草，添加燕麦，才能撒些粮食喂鸡，才能给马厩送去大麦、玉米和苜蓿；至于走访酿酒的邻居，出售葡萄，则更是其次的事了。早饭挺丰盛,有的要喝茶,有的要喝咖啡,有的要喝牛奶,热巧克力,或者樱桃酒汤;如果有鸡蛋,人人都要吃鸡蛋。但鸡习惯于随处下蛋,而迷路的狗又常常最先发现鸡蛋。鸡蛋烹调的方法各有不同,有三四种之多。一有好吃的东西人就会垂涎三尺,狼吞虎咽,和动物没什么两样,只是因为历史原因人才形成不同的饮食习惯,并且变化无常。

保证小团体的三顿饭占据了妇女每天大部分的时间。她们谁都没有做过饭,阿涅拉就更不用说了。正如有人警告过玛琳娜,阿涅拉对日常的家务活儿一窍不通。她们在玛琳娜背后抱怨,但只要玛琳娜一提出要求,她们都争先恐后去做。旺达手上缠着绷带,第一周什么也干不了,有人告诉她厨房不需要她帮忙,她急得大哭起来。达努塔一个一个地给三个孩子喂饭。巴巴拉的任务是补充咖啡、茶叶、白糖、熏肉、面粉和其他主要食品(她总是低估了他们的需要),还要购买每天吃的大多数食品。这项工作会一直持续到他们能够吃上自己栽种的蔬菜,喝上自己酿造的酒,烤熟自己养的家禽(最让人头疼的是拿着斧头去追赶鸡或者火鸡,结果一无所获地回到厨房)。里夏德是他们的猎人,清晨骑马到山脚下去,总要带回一些野兔和鹌鹑。只要玛琳娜在厨房,他就会赖着不走,如果没人看见,他会将一张纸片塞进玛琳娜围裙的口袋……一首诗或一段故事。有张纸片上只有这样几个字:"可以把我的梦告诉你吗?"在波兰的时候,玛琳娜已经对里夏德的殷勤习以为常,那里仰慕她的人比比皆是,里夏德不过是其中之一。到了这里,成天学着烙饼、煎鸡蛋,忙还忙不过来,那些会让她心烦。有一次她抬起头,发现里夏德回来以后正站在门道口看着她。她用裸露的前臂抹了一把额头上的汗水,手势几乎有些戏剧性。"要么进来帮忙,"她冲着里夏德讥笑道,"要么回粮仓去写你的东西。"

还得有一段时间才能把做饭的任务交给阿涅拉。阿涅拉干什么都不行,她只好围着玛琳娜转,唱一些哀婉动人的圣母赞美诗和波兰赞美诗,急于想讨她欢喜。但是,厨房里本来就人满为患,阿涅拉不仅帮不上忙,反而碍手碍脚。玛琳娜只好温和地打发她去跟皮奥特和小姑娘玩。谁知巴巴拉自告奋勇地唱起歌来。她只学会了一首英语歌曲,《萨旺尼河》,所以唱了一遍又一遍。玛琳娜感到生气的倒不是巴巴拉古怪的口音,尽管她的口音确实有一点让她生气,但更让她生气的是这首歌本身。如今他们住在美国的最西部,而巴巴拉扯着嗓子、五音不全地唱的这条河却在东部,或许是在南部(玛琳娜也不太清楚这条河在什么地方),巴巴拉也从来没见过这条河,也许永远也不会看到这条河。老实说,玛琳娜也不会唱什么关于浩瀚的太平洋的歌,更不要说唱一首有关圣安娜河的歌来代替这首歌了。这也无妨,但她仍然觉得这首歌不合时宜,太不尊重他们生活的地方,太不尊重一方之神了。

他们在哪儿?

他们在很远很远的地方,是的⋯⋯但离什么地方很远很远呢?如果说离欧洲很远,离波兰很远,听起来让人摸不着头脑,有些不着边际。而且,说在美国某个地方也是如此。最好想像他们离美国某个地方不远,譬如说离美国某个真实的城市(密西西比河以西最大的城市)不远。这个城市有三十万人,剧院门庭若市,有波兰移民区,居民大多是在一八三〇年和一八六三年起义①失败后逃亡美国的。对

---

① 一八三〇年和一八六三年起义是波兰民族主义者和波兰激进派反对沙俄统治和争取独立的起义,前者亦称波兰革命,后者称波兰起义。

了,他们远离旧金山。阿纳海姆是个弹丸之地,人口只有扎科帕内的一半,无足轻重。你不能说这个地方很原始。或者说按他们的理解,你也不能说这只是个村落:自古以来人们在这里结伴而住。人们选择了这个地方,正热切地将这块不毛之地建设成现代化的村镇。

所有这一切都带有浓厚的美国味,即使初来乍到的移民有时感觉自己似乎并没有生活在美国,他们对这个新国度的理解也是如此。他们相互之间讲波兰语,和邻居讲德语,这对像亚历山大那类学习英语有困难的人无疑非常方便。但人们打老远到美国来,结果用自己非常熟悉、自己的征服者的语言进行交流,未免显得有些古怪。不过,波格丹指出,美国也是个古怪的国家,也许是最古怪的国家,它欢迎欧洲所有民族的到来。里夏德开始学西班牙语,他插话说,英语也不是加利福尼亚土著居民的语言。

他们曾想像出一个沉寂的农业社区。这是一个弹丸小镇,街道的布局却妄自尊大,呈方格状,生意兴隆。葡萄收获已接近尾声,收获葡萄、将葡萄踩成浆的帮工挤满了村子。有些是墨西哥人,住在附近自己的茅棚里,村里绝大多数的粗活儿都由他们来干。但大多数是印第安人,卡惠拉印第安人①。他们极少离开圣贝纳迪诺的深山老林。只有到了收获季节他们才下山,在村子外边柳树形成的栅栏外搭起帐篷,睡在帐篷里或者露宿躺在生牛皮上。墨西哥人和印第安人常常比赛喝酒,酒后,一些墨西哥人自娱自乐,有的人到处闲逛,碰见仍在户外的德国姑娘就大声讨好献媚,让陪伴姑娘的父亲兄弟皱起眉头。另一些墨西哥人在莱蒙街上生起篝火,跳起波利乐舞。

① 北美印第安人的一支,原分布于圣阿辛托山英皮里尔河谷以北,现居住于加利福尼亚棕榈泉保留地及其附近地区,操肖肖尼语。

印第安人在一边观看，德国人在另一边观看，德国人回家睡觉以后，街上狂欢作乐的全是葡萄园的劳工。

波格丹和玛琳娜到市政厅去见市长鲁道夫·吕德克，介绍自己的来历。市长向他们保证，阿纳海姆是受人尊重的社区，居民都敬畏上帝，勤勤恳恳，不像三十英里外的海尔顿（人称地狱镇）。在海尔顿，居民无法无天，成天酗酒取乐，玩熊械斗。（直至最近，平均每天都要发生一起谋杀，凶手几乎都逍遥法外。）有些屋里的寻欢作乐，在淑女面前简直羞于启齿……这使玛琳娜想到，里夏德曾私下透露过，他和朱利安初到阿纳海姆时，他顺便到洛杉矶去过几次，真让人销魂。吕德克先生带领他们参观村里纵横交错的灌溉渠，他的德语流畅，讲话中不时夹杂一个西班牙名字"赞亚斯"，他提醒说水经常溢出水渠，涌到街上。听到这里，波格丹建议说，水渠和街道需要不断的维修，要积极培养居民定期维修的习惯。"完全正确。"市长说。他带他们参观了教堂，文化协会和水利公司，水利公司有一间房曾用做村校。他们还参观了社区现在的学校本部，有两间房，皮奥特就要到那儿上学。市长还把他们带到自己的家里，吕德克夫人向他们介绍了自己的女儿，准备好咖啡和杜松子酒，并邀请他们参加阿纳海姆文化联合会。联合会每月第一个星期三的晚上在林肯大街种植园主旅馆聚会。玛琳娜没有透露她曾经是演员。

几天以后，洛杉矶一家叫斯塔蓬伯克的马戏团来到村里，社区的庆祝活动进入高潮。到了下午，关在笼子里和没有关在笼子里的动物开始在奥林奇街招摇过市：一头大象背上有一座摇摇晃晃的塔，两只熊，一只满身疥癣的山狮，一些猴子和鹦鹉。里夏德告诉皮奥特，说山狮并不是真正的狮子，只是一种美洲狮。皮奥特听了非常失望。"我还以为加利福尼亚有真正的狮子呢。"他撅起嘴说。与自由自在的动物生活在一起的人,对马戏团可怜巴巴的动物没有兴趣,因为他们认为动物和人在精神上息息相通。不过,印第安人,还有其他所有人,对帐篷里人的表演欣喜若狂:吞火人、用刀变戏法、柔术师、魔术师、小丑山姆大叔、在空中荡秋千翻滚的小个子女人。还有一位年轻壮士,膀大腰圆,一头浓密的黑发,腿壮得像树干,满脸愠怒。观众对他特别感兴趣,因为他不仅出生在这个地区,而且在这个地区长大。印第安人并不把他看成是自己人,因为他的母亲是卡惠拉女人,后来离开山区,到山脚下一个农场主家里做洗衣工(在他很小的时候母亲就去世了)。他当过牛仔,一度在农场里驯马。但村民都还记得,他孤苦伶仃,满腹牢骚,尽管谁也说不出他干过什么坏事。他真实的名字叫乌瓦卡,他母亲死后他的名字也被人遗忘了。村里人和山脚下的人们都叫他粗脖子。他在两年以前销声匿迹,如今又回来了,比以前高了一个头,粗壮的脖子上绕着鹿皮制成的绳索,还取了个新的名字,马戏团的名字:美国大力士扎姆搏。他能够扛起六个人在马戏场里走上一圈,一边肩上站三个人。观众中有五六个人自告奋勇要与他格斗,他可以同时对付任何两名挑战者,把他们摔倒在地。在马戏的最后一场,他站在舞台中央,兴高采烈地举着三十英尺高的杆子,空中仙女玛蒂尔达是荡秋千的高手,她用嘴衔着杆子顶端,保持身体平衡。所有的动物随着斯塔蓬伯克啪啪的鞭子声在四周翻腾跳跃。这时,一架汽笛风琴被推进场内,山姆大叔坐在键盘边上,弹出一连串刺耳的汽笛声,听起来好像是古老悦耳的"扬基歌"。美国人高呼:"好哇!"德国人高呼:"嗬!"墨西哥人高呼:"喔!"而卡惠拉印第安人则高兴得嗷嗷直叫。

　　"给我讲个故事,妈妈。"

"从前——"

"不,不是那种故事。讲个真实的故事。"

"什么才是真实的故事?"

"就是故事里有熊,还有谋杀。人人都在哭。"

"皮奥特,干吗人人都要哭?"

"因为他们都会死。"

"皮奥特!"

"但这是事实!我问你的时候,你说这是事实。斯蒂芬舅舅死的时候,我看见你哭了。我听西普里安说骡子看起来也生病了。要是人人都要死,有一天你就会死,还有——"

"皮奥特,亲爱的!我保证日子还长着呢,不会死!不许那样想。"

"但我就是这样想的。一想到有些东西我就没法克制。它就在我的脑袋里,不停地对我说。"

"皮奥特,听我说。这儿没什么可怕的。我再也不会离开。过去的一切都结束了。"

"但我心里就怕……"

"怕什么呢?"

"我怕我会死。所以我要一把印第安人的战斧。"

"噢,我的小皮奥特,你要战斧有什么用呢?"

"有了战斧,我可以杀退敌人。他们都有枪。"

这也是事实。男人都有枪,而且随时带在身边。

马戏团表演后的第二天早晨,村民一觉醒来就听到一条惊人的消息,更加证实了村民对洛杉矶以及从洛杉矶来的一切的看法。斯塔蓬伯克被谋杀了,玛蒂尔达被绑架了,杀人犯和绑架者就是大力士扎姆博。演出结束以后,观众陆续散去,演员朝睡觉的马车走去,准备换下色彩斑驳的衣服,换上工作服,在晚上收拾帐篷,装好东西。不一会儿他们听见斯塔蓬伯克高呼救命,立即跑回帐篷。马戏团主正躺在猴笼旁边的地上挣扎,扎姆搏骑在他身上大叫。"不!不!决不!"玛蒂尔达缩在一个阴暗的角落抽泣。装扮成黑人表演三重唱的演员冲上去,操起骨头响板,像雨点一样打在扎姆搏身上。扎姆搏一甩肩,三个人跌跌撞撞地倒在奄奄一息的马戏团主身旁洒满锯木屑的地上,幸好没有受伤。扎姆搏一抡胳膊,抱起玛蒂尔达,消失在黑夜之中。

柔术演员搀扶起满头血污的斯塔蓬伯克,把他送到市长的住宅。临死前马戏团主一再诅咒凶手,并说出凶手杀人的动机。他发现扎姆搏想偷走装着票房收入的箱子。吕德克市长与警长商议以后,在黎明时分召集了一队警察前去追捕凶犯。

扎姆搏徒步能逃到哪里去呢?表演变戏法和吞火的演员主动说,扎姆搏常常扬言要离开马戏团,到圣安娜山里去居住。不过,扎姆搏到底是不是个贼?不是。斯塔蓬伯克一直憎恨扎姆搏,这个年轻人惟一的错误就是爱上了玛蒂尔达,而且爱得发疯。玛蒂尔达是斯塔蓬伯克的侄女(魔术师说她是他的养女)。斯塔蓬伯克常常会无缘无故地鞭打扎姆搏,而扎姆搏对他的折磨从来都置之不理,连指头都没动过,甚至从不畏缩,也不呻吟。他对痛的感觉和我们不一样,小丑山姆大叔说。

对村民而言,他们没有理由怀疑垂死的人的证词。玛蒂尔达跟随扎姆搏而去就证明这个杂种有罪。印第安人常见的罪行就是偷窃,其次是凶杀和绑架白人妇女。警长很有把握,认为肯定能抓到扎姆搏和那个女人。因为在马戏团中只有斯塔蓬伯克才有枪。

玛琳娜、波格丹、皮奥特以及其他人看着警察骑马驰过,带着步枪奔向荒漠。他们都是些心黑手毒的家伙。

这可是里夏德难得的素材！当天下午他就着手创作,构思出一个爱情故事。他保留了扎姆搏的年龄,十六岁;但把玛蒂尔达的年龄改小了十岁,改成十三岁,并把他们俩的名字改为奥索和珍妮。大力士钟爱的姑娘像个小天使,蓓蕾初开,跟马戏团老板布兰特非亲非故。到吃晚饭的时候,里夏德告诉大家,故事已基本完成,就剩下结尾。

人们要求他拿给大伙看看,他抗议说:"还没写完呢。"

"这不能算是真实的故事,"波格丹说,"我们还不知道警察是不是已经抓到凶手。"

里夏德回粮仓取回手稿,朗读他写的故事。

里夏德笔下的阿纳海姆充满了光怪陆离的景象:牛仔骑在野马背上,马打着响鼻;居住在村外的农民把马车系在拴马的柱子上。本地金发碧眼的漂亮姑娘、洛斯涅托斯来的黑头发的小姐、农夫的妻子挤满了布料店,有的买印花布,有的买条纹布,有的从时装书上查看款式。她们说长道短、打情骂俏;自吹自擂的有之,讨价还价的有之。人声鼎沸,大家都期盼着马戏团的到来。布兰特的马戏团沿着奥林奇大街招摇过市。接着描述粗陋的大力士和娇小的高空杂技小姐。无法明言的爱迫使奥索极力克制猛兽般的怨恨;孩子般纯真的珍妮因情窦初开而苦恼。布兰特因妒忌而勃然大怒。奥索顽强地忍受着残酷的毒打。他逆来顺受,生怕被解雇,担心与心爱的珍妮分离。在演出中,奥索力大过人,珍妮优美勇敢。观众们赞不绝口。演出完后,这对年轻人仍呆在黑暗的帐篷里,坐在一个角落的长凳上。对同伴遭受的暴虐珍妮吐露少女的同情,唤起了奥索的白日梦:离开马戏团,带着珍妮到圣安娜山里去,享受自由自在的美好生活。珍妮将自己娇小的头靠在奥索桶一般粗壮的胸前。奥索肌肉发达的手掌抓住凳子边沿。叹息。连声叹息。他们第一次互相吐露真情,发誓要至死相爱。奥索怯生生地抬起手,抚摩着珍妮的头发。在黑暗中监视他们的布兰特随即冲上前去。奥索丝毫没有反抗,任凭鞭子抽打在自己身上。布兰特转过身,第一次向珍妮举起了鞭子。于是奥索将布兰特摔倒在地,布兰特的头撞在猴笼的一只角上。奥索抱起珍妮,逃进夜幕,穿越荒漠,爬上山峦,警察在后面追击。只睡了几个小时,没有男欢女爱。珍妮怕得要命。奥索百般呵护。继续逃往蓝色的山峦。寒冷、野兽、饥饿、精疲力竭⋯⋯

里夏德的目光从手稿上抬起来。"我就写到这儿。"

"精彩绝伦,"波格丹说,"栩栩如生,非常感人。"

里夏德不敢询问玛琳娜的感受。写爱情故事,并在波格丹和其他人面前向她朗读,这似乎过于大胆了一些。更何况,他并不关心其他人的想法。他在躲避朱利安嘲弄的目光。

"有一个细节问题,"朱利安说,"就是这里的山。我想你也许可以说山是蓝色的。"

"我是这样写的。你是⋯⋯科学家!"里夏德咆哮起来。"我用蓝色这个词,就把山变成蓝色,作家就是如此。而你们是作品的读者,就得像奴隶一样,就得把山看成是蓝色。"

"但山不是蓝色——"

"而一个画家,"里夏德洋洋得意,继续说,"只要他认为山是蓝色的,不论我们说什么,他一定会把蓝色的山画在你面前,他一定会用颜料调出一种颜色,这种颜色也许我们就会叫蓝色——"

"或者紫罗兰色,或者淡紫色,或者深紫色。"朱利安快活地接过话头。

"你准备怎样结束故事?"西普里安问。

"我想,结尾会让人心碎。"里夏德说,"一种是渐进式的结束。他们经历了无穷的苦难和折磨。最后,他们来到山狮的洞穴里避难,躺在地上,相互拥抱着,慢慢地饿死。另一种是骤然结束。警察将他们追赶到一个峡谷,追赶到沟壑的边缘。你们现在应该知道了——"他默默地补充念道"玛琳娜"——"沟壑边缘的树丛郁郁葱葱:珍妮粉红色的束腰外衣已经破损,外衣和衬衫上的金属饰片在太阳下闪闪发光,可能是这些金属饰片使他们暴露了目标。警察向他们逼近,珍妮牵起奥索的手,纵身跳下深渊,结束了自己的生命。"

"唉。"巴巴拉叹息道。

"我讨厌悲剧性的结尾。"旺达说。

"哈,没有修养的读者才会说出这样的话。"朱利安说。

"实际上——"里夏德说。朱利安从来就看不起自己的妻子。听了他的话,里夏德和大家都十分尴尬。"说实话,是不是让他们自杀我也没有把握。"里夏德一方面表示出骑士风度,另一方面又灵机一动,"是的,也许不应该让他们俩被逮住。"

"对啦,这就对啦。"旺达说。

"你能相信这个女人?"朱利安问。

"他们可以避开警察,呆在山里。蓝紫色的山峦,朱利安。美人和野兽在遥远的峡谷安顿下来,除了胆大妄为的捕猎者,谁也不敢冒险到峡谷里去。"

"但是,他们吃什么,穿什么,怎么保护自己不被野兽伤害?"亚历山大问。

"他是印第安人,"西普里安说,"他有的是办法。"

"他只有一半印第安人的血统。"雅各布咕哝道。

"但是珍妮可不是印第安人。"达努塔说。

"不要回避悲剧的结局，"波格丹说，"只有悲剧的结局才会看起来更真实。"

"读者，读者，"里夏德喊道，"我只想讲一个动人的故事。有什么东西更真实呢？什么东西让你好受一些？别让我这个梦想家承担太多的责任！你们以为我安排的结局就会改变这两个可怜人的命运？"

然而，里夏德确实开始有了这种感觉。他相信迷信，便求教于一位能未卜先知的墨西哥妇女，预测他们俩的命运。墨西哥妇女预言，警察会追捕并将他们杀死。墨西哥女人的预言为他做了决定，故事的结局基本上就这样定了。

警察发现了奥索，他正抱着珍妮爬上一座陡峭的山峦，枪口冒出耀眼的火光，震耳欲聋。枪声在峡谷里久久回荡。一颗子弹打中珍妮的头部，奥索似乎也倒下了。警察发现他躺在地上，痛苦地哀号，怀里抱着死去的珍妮。套索向奥索飞过去，咝咝地套在他的脖子上。随后，他们——

不！不能这样。要让警察迷失方向。要拯救这两个孩子。你可以杜撰一个孤苦伶仃的老人，他住在那可怕的崇山峻岭之中，多年与世隔绝。老人和蔼可亲，欢迎他们俩到自己的篝火旁。这使他们更加深切地感到马戏团老板的冷酷无情。在他们心惊胆战的时候，他给他们以鼓励。他们挨饿的时候，他给他们以粮食。老人拨开炉灰，将一块鹿腿放在烤架上。望着他们进食，老人眼里噙着泪花，也许他曾经也有过孩子。"从那以后，三个人就幸福地生活在一起。"这就是故事的结尾。这是在美国，里夏德想，伤感的喜剧结尾和一场自以为公正善良的肆意残杀同样受到欢迎。两天以后，警察果然追上了逃犯，他们开枪击中了玛蒂尔达的脊骨（她将终身瘫痪），随后将扎姆搏吊死。里夏德对自己故事的结尾并不感到遗憾。如果作家完全按事实描述，甚至连结尾都不能做一些改动，那么，把真实事件改编成故事又有什么意义呢？

如果不能激发每个人改变生活的愿望，讲故事又有什么意义呢？

再说了，里夏德可没有这份闲心去讲徒劳无益的爱情故事，结果爱情……毫无希望。写作就像魔术：里夏德想把不可能的爱情表现为可能。他对玛琳娜的爱已经变成没完没了的故事，他不断地修改、润色，使故事更加鲜明，把故事讲得更加流畅。在这里，他与玛琳娜朝夕相处，但他始终像一只小狗似的，不敢越雷池一步，生怕遭到玛琳娜的断然拒绝。玛琳娜是否真希望接受他的殷勤，他那让人难以承受的殷勤；如果她炽热而永不气馁的追求者变得只是逆来顺受，随遇而安，她会不会感到遗憾，里夏德对这些问题心里都没有底。但是，如果没有一个舞台环境，他这个角色就更难演下去。这儿没有化妆室（他喜欢看她照镜子），没有烟熏火燎、用煤气灯照明的过道，也没有昏暗的车厢。洛杉矶的妓院里有镜子，旧金山也有镜子，而且不仅仅是在剧院才有镜子。在阿纳海姆这样的村庄，什么东西都一览无遗，看得明明白白，玩弄表里不一的游戏有什么用处呢？在新的生活中他们看到的只有景致，没有镜子。

如果里夏德只需要忍受玛琳娜的丈夫，他或许不至于如此泄气。但是，他面临的是四对夫妇，他们所有人，即使像朱利安与旺达那样悲惨的结合，似乎都不可能离婚；这使他觉得他与玛琳娜的距离比以前更加遥远。（为了证实单身汉的区别，他说服雅各布陪他到洛杉矶去，寻花问柳，放荡了一个星期。）除了学习骑马，他们俩很少单独在一起。他讲述了八月他和朱利安到这里来野营、到居住区以外去探索时他的孤独探险。难道就不容许摆脱婚姻的约束？难道就不容许传送新鲜的性爱能量？"跟我一道骑马去。"他说。"我带你去看看山峦。""不久我会去的,不久我会去的。"她喃喃低语。他梦见自己在保护她。但是,她没有什么需要保护。除非波格丹倏地消失得无影无踪。既然是故事,那没有什么是不可能的。波格丹可能从马背上摔下来,摔断脖子。到那个时候她就会意识到……

玛琳娜下马的时候,漫不经心地用力拉了一下他的衣领。里夏德主动要求当玛琳娜的随从,骑马到无拘无束的旷野中来,他把这块地方称为没有阴影的荒漠,无人居住的山峦。玛琳娜终于来到这里。

"哎,玛琳娜,"他呻吟道,"难道我们之间就没有一点希望?"

"我们?"

他鞠了一躬,说:"我。"

"我想,"她说,"你有希望。"

"而你呢,玛琳娜? 一心一意想名垂千古! 难道你真的变化得这么快? 这可能吗,玛琳娜?"

"完全可能。"

"这就是——"他挥舞手臂,指着周围的土地,"你现在惟一热衷的东西吗?"

她没有回答。

"但是,难道你不是在欺骗自己,你以为这就是你真正需要的东西? 难道你从来都不感到束手无策,进退两难? 风景确实漂亮,这就是我们的阿登①,但是它不会改变。你对每个人就不感到厌烦——

---

① 英国沃里克郡的小林区,原系大森林,莎士比亚以该地作为《皆大欢喜》一剧的背景,以充满浪漫情调著称。

朱利安、可怜的旺达、达努塔、亚历山大、西普里安、巴巴拉,甚至雅各布……不,我不想把自己排除在外。你怎么能忍受我们这些人?"

"我们?"

"你怎么能容忍动物和人类的粗暴,容忍沾满泥块的笨重靴子和散发恶臭的衣服,容忍你自己手上发红的粗糙皮肤,容忍阿涅拉身上长的疖子——你用加热消毒的剃刀刃将疖子刺穿。(我看着你,心想你在哪儿学会的这一套?)这对你不公平。污秽,淤泥,枯燥乏味。你天生应该与天鹅绒为伴。还有那些新来的加利福尼亚人,他们心中涌动着种族仇恨,他们完全是因为贪婪才彼此和解,把仇恨藏在心里。这里充满了冷酷和空虚。这会使我们变得也冷酷和空虚,玛琳娜。等一等,别再说'我们?'了,这会使你,甚至你也变得冷酷和空虚。"

"你认为我很冷酷,我感到遗憾,里夏德。但我不在乎变得空虚。"

"你从来不为自己感到遗憾?"

"在波兰我曾为自己感到遗憾过。如今我甚至不理解是为了什么。不过,在这里? 不,我决不会感到遗憾。你肯定看得出,我失去了一切,和其他人没有了区别,自己也觉得没有什么了不起,但我却生活得有滋有味。而如今你却认为我很冷酷,这使我觉得好笑。"

这里缺少奢侈豪华,古迹遗物,晦暗不清,也没有确定的方向和自己的历史。她怎么才能向里夏德解释清楚呢? 在这里,每个故事都独立出现,没有久远的利害关系和义务渊源。原来期待的新生活意义异常丰富,现在突然少了许多,这对她来说就像氧气变得日益稀薄;她感到有些眩晕。然而,这一切又是那么熟悉。整个团体屈从于艰苦的日常劳动,屈从于领袖的颐指气使,发号施令,玛琳娜把这些都视为常事：毕竟在演艺界人们都有强烈的团体意识。新近才扎根的生活和巡游演员的生活几乎没有区别。如果说他们还没法应付农业生活中一些最简单的工作，这也难怪，他们准备得太仓促，他们到离开舞台的最后一刻才开始考虑要肩负起农民的角色。他们需要一段时间"在舞台两侧见习"，直到掌握自己的角色为止。

到了晚上，他们勇敢地无视拉伤的肌肉、酸痛的腰背、划伤的小腿和疼痛的晒伤，聚集在起居室研读从华盛顿带来的小册子，研读从波兰带来的农事书籍。他们讨论肥料和栅栏问题，栽种柑橘树的问题，维修鸡舍以及雇用多少印第安人或中国人帮忙的问题。波格丹来回踱步，描述他对新建房子的构想。他言语急促明了，手紧紧地握住茶杯，杯子里还剩下一些茶水，茶匙在杯子里叮当作响。玛琳娜几乎有些认不出他那双手：大拇指指甲发黑，青筋突起，从棕褐色的指关节一直延伸到手腕。这不是她以前熟悉的波格丹，他不再像原来那样专注于她，但他所做的一切都是为了她。为了她，波格丹沉浸于这个集体之中。

每个人都要参与讨论。事实上，除了玛琳娜，妇女很少发言。她们似乎认为自己无话可说，说了也会受到批评；做决定是男人们的事。农场生活把妇女们组织起来，使她们成为新的驯服工具，每个妇女不得不从事她完全陌生的工作。她们知道，邻居把她们看成一群娇生惯养、不切实际的贵族，因此她们也羞于向人请教。科勒尔先生曾派手下一个年轻的墨西哥农民来，指点如何经营葡萄园，着手准备新一轮农事。他演示如何剪去较粗的枝条、如何施肥、如何培土，男人在一旁忧郁地观看。科勒尔先生心地善良，不仅卖给他们牛奶、奶油和黄油，还让潘丘教他们如何挤奶。但是，没有一个妇女有足够的手劲，或者说掌握了正确的技巧，她们觉得自己是在折磨母牛。几天后,他们开始向附近的另一家农场购买牛奶。

玛琳娜天性严于律己,宽于待人。在狠毒的烈日之下,让巴巴拉和达努塔去干她们都不情愿的挤奶工作,未免太让人心烦。

大家都疲惫不堪,但面对社区的当务之急却又无所事事,这似乎加深了她对身体健康的感受。这里还缺少另外一些东西:语言、装腔作势和恋爱的能量。缺少有利于身心健康的东西。只有引起肉欲的东西。新鲜畜粪刺鼻的气味和自己的汗味。在厨房里,在挤奶凳上,在手推车后面累得气喘吁吁,干完一天的活儿,大家都感到疲惫不堪,一言不发地坐在餐桌旁边。万籁俱寂,只剩下喘息声,只有喘息声,他们的喘息声,她自己的喘息声。她从来没有像现在那样依恋其他人,似乎自己被封闭在气喘吁吁的方形容器之中;对他们正在艰苦创造的生活,她从来没有像现在这样乐观。说起来容易;但这不能持久。每一次婚姻,每一个社区,其实都是失败的乌托邦。乌托邦不是指某个地方,而是指某一段时光,一段极为短暂的时光,是不希望到其他地方去的极为短暂的时间。是否有一种本能,一种极其原始的、同呼吸共命运的本能?那就是最高的乌托邦。与异性结合的根源就是想更加深沉、更加急促……但自始至终共同呼吸的愿望。

十一月,玛琳娜和波格丹收到一位波兰爱国者布鲁诺·哈勒克的来信,这个人在旧金山居住了大概有二十年。他是个精明鲁莽的老人,没有固定的职业,但很有头脑。里夏德和朱利安七月第一次到旧金山的时候他们就成了朋友,当他们九月底到达时,他又带大家到城里游览。

哈勒克问,他是否可以到荒漠中去,到酿酒的莱茵河村来拜访朋友。他说,他好长时间没有活动活动健壮的腿了。他并不讳言自己身躯庞大,如果交通工具仍然是破旧的明轮船,他做梦也不敢到那么远的地方旅行;船上要呆整整三天,天天吃干牛肉和煮得半生不熟的大豆! 轮船一直要开到洛杉矶附近的港口,最后三十英里才有火车。你想一想,他说。当一八五九年德国人南下的时候(他当时遇见过他们当中的一些人,全是些吃苦耐劳的笨蛋。如今再见见他们会很有意思),他们的船驶过洛杉矶,在离海岸三英里的地方停靠,然后用小船在岸边来接这些德国殖民者。这个地方后来就发展成为阿纳海姆。一些旧金山人买了洛杉矶酒业公司的股票,该公司两个聪明的德国人雇用了一些印第安人,让他们在齐腰深的水里等待,可怜的魔鬼。随后,德国的男男女女和小孩,一个一个地从船上被放到印第安人的肩上,再由他们背送到岸上。然而,那个历史性的时期已经过去(尽管他希望看看,最结实的人是否敢于声称自己有力量把他背上岸!),如今火车能通到洛杉矶,他急切地盼望这次旅行。不是他想硬缠着他们,住在帐篷或圆木搭建成的房子中他感到不习惯,他希望住在旅馆。但只要玛琳娜允许,他一定会来。他愉快地补充说,哪怕是尝尝酒也行。

他会不会从旧金山带点什么来呢?

决不能让客人住在种植园主的旅馆。玛琳娜和波格丹让人将客厅的沙发搬走,换成一张床。在他拜访期间,皮奥特将和阿涅拉睡在厨房。玛琳娜希望给哈勒克留下一个良好的印象(说得更确切一些,不要让他失望),但她同时相信,哈勒克的访问会增强大家的自尊,共同努力把新家收拾得尽可能漂亮一些,玛琳娜将他的来访当做一次机会,激励大家去完成那些长期拖欠的工作。鸡舍必须维修(他们壮硕的客人早饭肯定得要四个鸡蛋),房子要重新油漆,家具要擦亮,更多的书要从箱子里取出来。农活被暂时搁置在一边,每个人都得行动起来把房子收拾得像个样子,好让客人参观。储藏室要装得满满的,墨西哥人定居点能找到的上等烧酒和龙舌兰酒要多多储备一些。(看到阿纳海姆众多的德国啤酒,哈勒克肯定会耸起鼻子。)一个星期以后,玛琳娜吩咐达努塔和巴巴拉去剪一些夹竹桃花,插在精美的卡惠拉人编的篮子里,然后和波格丹一道乘马车到火车站去接客人。哈勒克从火车上下来,比他们记忆中的还要胖。再加上提着用细棕绳捆着的包裹,个头显得越发庞大。包裹里面是从波兰寄来的报纸、书籍、方巾、妇女用的香水瓶、给玛琳娜的带有花边的披肩头纱、给皮奥特的小锡兵,以及给小姑娘的洋娃娃和棒棒糖。

"我饿极了。"他一进门就说。

亚历山大笑起来。"我们也老是饥肠辘辘。"

"那是因为你们工作太卖力。"哈勒克大声说。"我感到饿,"他拍拍硕大的肚子,"是因为饿。"随即他叫了一声,有些像狗叫,也有些像呻吟。"这我还记得。"皮奥特高兴地说。在旧金山外的悬崖边上,从娱乐场观看在岩石上咆哮的海狮,这是到旧金山参观的每个游客不可缺少的游乐项目。"我会学郊狼叫,哈勒克先生,你听听。"

该带客人四处看看了。首先,他们带他参观了阿纳海姆的灌溉渠。"我明白了,"他咯咯地笑着说,"带有荷兰运河的莱茵河村。我们现在到了荷兰。"

他们带他去看养的两头母牛,三匹脾气暴躁的鞍马和病快快的骡子。他询问他们跟邻居相处得怎样。

"我们不常交往。"西普里安说。

"我看还是不交往好。"哈勒克说,"你们跟那些财迷心窍的农民和店主有什么共同之处?几年前,另一个德国记者诺德霍夫到这里来过,写了一些有关阿纳海姆的东西,全是胡说八道。和他宣传的完全相反,你知道,这个村庄从来就没有什么共产主义的味道。"

当然,他的话是对的;这让波兰定居者非常失望,他们脑子里想的全是傅立叶的理想和布鲁克农场。旧金山的两个波兰同胞拥有葡萄园,在洛杉矶还有一家酒业公司,他们手下的土地测量员在旧金山招募了一些德国人,以便扩大业务。他们用五十个投资人的钱买了一片地进行开发,并使其适于定居:他们雇用中国和墨西哥劳工开沟挖渠,墨西哥劳工种植葡萄苗,印第安人修建砖房,供五十个家庭居住。等两年以后他们到达的时候,房子和葡萄园都已经在等着他们。最初公社拥有一切;但过了几年,葡萄园开始出现赢利的兆头,合作社便随之解体,原来的定居者纷纷收回自己的投资,自己成为老板。阿纳海姆从来就不是共产生活的实验地,即使在最开始也不是。

"如今你,玛琳娜夫人,你,尊敬的登博夫斯基伯爵和你们的朋友,怀着波兰人不可遏止的理想主义,决定将这一传说变为现实。对此,我向你们致敬。但是我恳求你们,别忘了舞台仍然在为皇后的离去而悲哀。我想,在一年的冒险尝试之后,你们会不会再考虑——"

"别这样,你也在指责我!没有想到我在美国还要忍受同胞的谴责。不,这不是冒险,亲爱的朋友,这是崭新的生活,这是我渴望的生活。我并不怀念舞台。"

"玛琳娜夫人,难道你就不怀念已经习惯的舒适生活?"

她用英语朗诵了一段话,作为回答:

啊,如今我到了阿登。我真是个大傻瓜;在家里要舒服得多哩;可是旅行人只好知足一点。

"你念的是什么?"

"莎剧中的台词,哈勒克先生。莎士比亚的《皆大欢喜》。"

"这么说,原因在于——"

"我不过是跟你开个玩笑,哈勒克先生。我再说一遍:我并不怀念舞台。"

"你真勇敢。"他说。

他很高兴,很高兴看到朋友们一个个身材瘦削,非常健康。毫无疑问,这是锻炼的结果。他自己的腰围太粗,没法锻炼。唉,他承认,即使在他年轻瘦削的时候,是的,他曾经也有过瘦削的时候,他说,眼睛直勾勾地瞪着旺达。(这些话大多是冲着旺达来的,哈勒克在跟她调情,旺达有些震惊。)他接着说,即使在身材瘦削的时候,他也仍然是游手好闲。大吃大喝、说长道短、打牌下棋(在考虑下一步棋的时候他会唱歌)是他最喜欢的娱乐活动。"让我心动的是你身上那对淳朴的小雅典,"他说,"而不是你的小斯巴达。"①他们喜欢给他讲一些故事,说他们是如何无能——实际上,哈勒克让他们感觉到自己已经是经验丰富的乡下人了。"我喜欢这里的风景。"他躺在吊床上说。在他到达后的第二天,他们专门加固了吊床。"我也喜欢这些动物,但愿它们不要靠近我。"里夏德捕捉到一只小獾,还把它驯养成了宠物。哈勒克讨厌那只可爱的小獾,就像讨厌急速爬过院子真正可怕的大蝎子。"我承认,我怕动物就像犹太人怕水一样。"他说。随后,他转身对雅各布说:"但愿没有冒犯你。"

这是他们第一次过感恩节,但餐桌上却没有火鸡。由于皮奥特哭哭啼啼,他们只好放尖叫的火鸡一条生路。为了庆祝感恩节,玛琳娜铺上从波兰带来的亚麻织花台布,也让自己休息休息,不下厨房干活,由其他妇女共同做饭。令人吃惊的是,哈勒克自告奋勇要做一道餐后甜点。"像我这样的老光棍不自己动手,能吃到想吃的东西吗?"

---

① 这是哈勒克淫秽的调侃。

他用英语告诉她们,这种甜点叫"赶苍蝇"。"赶苍蝇,赶苍蝇,赶苍蝇。"皮奥特开始唱。这是因为甜点上的糖蜜和里面的红糖招惹苍蝇,你得把苍蝇赶走。

"赶苍蝇,赶苍蝇——"

"别闹了,皮奥特。"玛琳娜说。

"里面甜甜,"哈勒克低声吟唱,"塞满糖,让你赶得苍蝇忙。"

"味道真好。"旺达说,"如果你能为我写下配料,我会感激不尽的。"

"把配料抄给她吧,"朱利安说,"这至少会让她想上一个星期。"吃完甜点,桌布上只剩下面包屑、黏糊糊的碟子和空咖啡杯。波格丹想起,在最有美国特色的感恩节上他们竟忘了晚餐前必要的仪式。"我感谢大家在这里聚会,"他说,"谁来第二个?"

"皮奥特,宝贝,"玛琳娜说,"告诉我们你要感谢什么。"

"我长高了,"他兴致勃勃地说,"我现在是不是高一些了,妈妈?"

"是的,亲爱的,是的。到这儿来,坐在妈妈腿上。"

"我感谢美国,"里夏德说,"我感谢这个愚蠢的国家竟然宣称追求幸福是不可剥夺的权利。"

"我感谢姑娘们都很健康。"达努塔说。

"谢天谢地。"西普里安说。

"巴巴拉和我感谢玛琳娜和波格丹,感谢他们的眼光和慷慨。"亚历山大说。

"朋友们。"玛琳娜喃喃低语,她紧紧地抱住皮奥特,将脸埋在他的头发里。"亲爱的朋友们。"

"妈妈,我想坐在自己的椅子上。"

"我感谢美国人人平等的梦想,不管这个美国梦是多么遥远,不管何时才能实现。"雅各布说。

"我感谢哈勒克先生做的甜点。"旺达说。

"但愿妻子不会大吵大闹。"朱利安说,"我想我应该感谢,在美国可以合法离婚。"

"别这样,朱利安。我求求你!"雅各布喊道。

"阿涅拉。"玛琳娜在喊。

"我感谢索尔斯基太太优美的赞许。"哈勒克一边说,一边咧着嘴笑。小姑娘从厨房跑出来。

"阿涅拉,"玛琳娜说,口气极其愤怒,"我们都在感谢今天的幸福。"

"幸福,夫人? 幸福? 我做错了什么事吗?"

朱利安用手捂住脸,随后抬起头,一脸苦相。"我道歉,玛琳娜。我不是当真的,很抱歉。"

"你要表示歉意不仅仅是向玛琳娜一个人。"波格丹说。

"还有所有的丈夫,"哈勒克咆哮说,"还有所有的丈夫!"

"祝福完了吗,夫人? 我可以回厨房去了吗?"

"我跟你一块去,孩子,"哈勒克说,"你可以向我说些感激的话。"自然,他又死乞白赖地向阿涅拉以及旺达大献殷勤(朱利安为此暴跳如雷)。不过,第二天他就遭到了报应。在厨房,他掏出硬邦邦的那玩意儿,向阿涅拉冲过去,阿涅拉吓得赶紧逃跑,他笨拙地跟在后面,裤裆洞开。他一直追到粮仓外的田里,一不留神滑进灌溉渠。阿涅拉在灌溉渠下游不远的地方停下来,惊骇地注视那玩意儿在水中上下颤抖。宽阔的水渠只有一英尺半深,但是哈勒克几乎仰卧在里面,咕咕哝哝在水中扑腾,就是站不起来。"帮我一把,孩子!"他浑身上下湿得像只落汤鸡。"拉我一把,宝贝!"这肯定是她的错,她该受罚,因为这个胖子觉得她很可爱,要不,就是她让他走神,使他掉进水渠。她分不清原因是什么,她只是感觉有愧,这就是说她肯定做错了什么事。阿涅拉转身跑回厨房。

看家狗的叫声才让里夏德和雅各布把哈勒克从水渠里救出来。这原本是条迷路的狗,收养以后波格丹给它取了个名字,叫麦特尼希,德国邻居都迷惑不解,他们干吗给狗取这样一个名字。

"我是个老流氓。"他们把他从水里拖出来的时候他说,"玛琳娜夫人,你现在会怎么看我呢?能原谅我吗?"

她原谅了他。对于哈勒克滑稽古怪的行为,玛琳娜还比较容易原谅。他肥胖得滑稽可笑。再过几天他就要回旧金山去。他们到火车站去送行。他离开一小时以后,他们发现这个快活的朋友竟有盗窃癖,这就很难原谅了。波格丹丢了从波兰带来的指节铜套,朱利安丢了指南针,旺达丢了菜谱,达努塔和西普里安丢了大女儿的洗礼杯,雅各布丢了海涅的诗集,巴巴拉和亚历山大丢了一瓶黑醋栗伏特加,里夏德丢了镶有熊爪的皮带,还有响尾蛇的尾环,这可是他到圣贝纳迪诺斯旅行时从卡惠拉印第安人捕兽者那里买来的。哈勒克甚至拿走了皮奥特最喜欢的拼图板,"摔碎的火车头"。如果不算他从厨房偷走的一罐红糖,只有阿涅拉没丢东西。玛琳娜丢了一根项链和一对氧化银的耳坠。一八六三年起义失败以后,时髦的波兰妇女就喜欢这类东西,作为悼念首饰。这是波格丹奶奶送给她的礼物,倍受玛琳娜的珍爱。

发现哈勒克偷走了玛琳娜的项链和耳坠,波格丹义愤填膺,这反而缓解了玛琳娜的悲伤。"别为首饰伤心,亲爱的。老哈勒克或许比我更珍爱那些东西。他在美国生活的时间太长了。"

"你也真慷慨,"波格丹冷冷地说,"这太反常了。"

"应该说他非常慷慨,和他的天性相比,他已经够慷慨了。"

"你把他带来的那些破烂玩意儿相比——"

"喔,波格丹,别太在意。人应该随时准备放弃某些东西。"

保留某些东西可以让人得到慰藉。银背衣刷、亚麻织花台布和餐巾、装有上千册书的四口大箱子(他们该往哪儿放?)、莫纽斯克和肖邦歌曲的活页乐谱、客厅里谁也没弹过的竖式钢琴(声音已经完全变了调)、她永远也不会再穿的舞台服装。他们带来的东西,除了纯粹实用的物品,其余的都暗示着对昔日生活的怀恋;同时也在暗示,人在放弃原来的生活以后,总需要得到一些安慰。但是,她为什么需要安慰?

她并不怀恋波兰的黑暗和痛苦,甚至也不怀恋阴沉的天气。传说中加利福尼亚的气候虽然仍不时给他们带来惊奇,但在他们看来,这里的气候并不完美。这里似乎只有两个季节,炎热、干燥的夏季,随后便是漫长温和、被称做冬季的春季。他们一直期待着另外一些东西,期待自然界更剧烈的变化,期待某种阻碍。波兰到了这个时候,田野高山,教堂剧院统统笼罩在阴湿辽阔的天空之下。那可是真正的冬天,通往扎科帕内的道路将再次封闭。而在森尼兰,白天是蓝天白云,晚上是繁星点点;这就预示着从一个地方到另一个地方,从一种生活到另一种生活的过渡要来得容易一些。

如果说健康承诺了对未来岁月的延续,那么拥有的事物则强化了对逝去日子的眷恋。日子一天天过去,玛琳娜感觉更加坚强,更加健康。宣传南加利福尼亚的书籍就这样保证:每一个到这里来旅游、定居和开荒种地的人都能得到健康。首先,这里曾经发现过黄金;如今这里又有健康。加利福尼亚赐予人们健康,鼓励人们为健康而劳

188

动。但是,当人的渴求减退,当需求让位于随遇而安,当精力充沛而又无忧无虑,以及当仅仅为了生存,为了再生而感到喜悦的时候,你就变得坚强无比,健康强壮。犹如刚刚醒来,最初还有些许迷糊,就像看到第一缕阳光,你还沉溺于质朴的感觉,肢体还睡意迷蒙;然而,你的心智已从梦境中挣脱出来(梦中的情节让人感到惊异,滑稽可笑,与记忆中的人生相去甚远),自由翱翔。

这不是说你不知道身在何处,或者不了解自己的打算。波格丹头发蓬乱,就睡在身旁,玛琳娜想。还有他发出的声响,可爱的人睡着以后就爱磨牙。睡在身旁的也可能是海因里希,他张着嘴,发出汽笛一样的呼噜声;也可能是里夏德,他揉揉眼睛,伸手去取床头柜上的眼镜。或者是别的十来个人当中的一个。不过都不是。然而,在这个时刻,仅就这个时刻而言,这甚至没有什么关系。因为当你环顾四周的时候,你身边躺着的人与卧室里的陈设都同样让你感到惬意。铁床架顶端有四个铜球,质朴的衣柜上门已经松了,墙上"海纳百川"①的座右铭是用珠子镶饰,"家,温馨的家"则用羊毛线编织,并装饰着用头发做成的花朵。这些装饰恰到好处,没有个性,也非刻意挑选,格调犹如旅馆的房间;有人到这里来写书,或者与恋人幽会:这是变革和转换的最佳环境。

但是,人总想添加某些个人色彩,想改进,想扩大拥有范围的冲动很难驾驭。他们一开始就十分清楚必须为自己和他人营造更广阔的活动空间。他们要建成真正的共产主义社区。他们要为达努塔、

---

① 海纳百川(E PLURIBUS UNUM)据称是古罗马诗人维吉尔的诗句,意为:"One out of many."这句诗长期被作为美国的座右铭,指美国是一个由多民族移民组建的国家;一九五六年,美国国会正式将"In God we trust"作为国家的座右铭。

西普里安和孩子们修建一座小砖房，随后再建一座砖房给旺达和朱利安，免得他们在人家耳朵底下哭哭啼啼，吵吵闹闹。他们还要为亚历山大和巴巴拉住的那间房加一层楼和几堵墙。当然，在租用的地产上投入更多的资金很不明智，他们要在租用六个月以后才能决定是否购买这片地产。也许，业主现在就很愿意把这片地产卖给他们。

就像在教堂里站在新郎身旁的新娘，她一方面意识到她真心爱面前这位男子，愿意嫁给他，另一方面她又感觉这场婚姻不能到头，将来会证明是个错误。在把结婚戒指戴在自己手指上，在她说出"我愿意"之前，她已经看出了这一点，但是，她觉得无视自己的预见，仍然和他结婚似乎更容易一些。玛琳娜就是这样的新娘，她想：要干预他们的热忱信念，干预他们全心全意为之奋斗的事业未免过于轻率。她得坚持到底，因为木已成舟，别无选择。除了站在现在的地位上，她还能怎样？怀疑和信心能够并存。希望和努力能够磨炼意志。有了希望和努力，他们为什么就不能成功？正如欲望一样，对他们而言希望和努力本身就是一种价值。纵然失败，他们的社区仍然意味着成功。

在签字仪式上，里夏德带来了墨绿色的大理石墨水瓶，这是他的吉祥物。波格丹签署了购买契约，当着吕德克先生、镇办事员，以及皮奥特的老师（从旧金山来的一位清秀的格雷琴，里夏德显然爱上了她）的面，将装有四千美元的信封递给农场主。随后，他们回家庆祝。玛琳娜像尊贵的女王一样温柔地望着波格丹。

"旺达，难道你就不能等一等，等大伙都坐好吗？"朱利安低声说。

阿涅拉把盛菜的碗传到餐桌上的时候，亚历山大拈了一大块塞进嘴里，嚷道："洋葱烧牛肉！"

"不叫洋葱烧牛肉，叫桂萨多，"皮奥特说，"这是放学后我在乔昆家里学到的。"

"今天庆祝庆祝,让我们说英语吧。"玛琳娜说。

> 抛弃雄心抱负,
> 深爱沐浴阳光,
> 觅食自求果腹,
> 一饱欣然意足。

她唱道。里夏德似乎得到提示,加入合唱:

> 来吧,来吧,来吧,
> 这里看不见敌人,
> 只有冬天,只有雨雪风霜。①

"太好了。"玛琳娜说。波格丹皱起眉头。室外正值烈日炎炎。

---

① 这一段唱词出自莎士比亚的剧作《皆大欢喜》第二幕第五场。

六

切磋、切点、切割、茄子。

"你在念什么?"雅各布问。

"切磋、切点、切割、茄子。你用不着全念。最关键的是茄子。念茄子这个词口形很漂亮。不过,一开始念切磋、切点、茄子要容易一些。都准备好了吗?"

摄影师将相机安放在房子后面繁茂的橡树旁边。

"准备好了。"玛琳娜说。她离相机有二十英尺远,两手放在皮奥特的肩上。波格丹、朱利安和旺达站在她右边,达努塔、西普里安和小姑娘们站在左边,每个小姑娘都抱着一只小兔子。

摄影师把平顶的西班牙帽(帽子用带子拴在下巴上)往后一推,躲进黑色的布帘,不一会儿又探出头来。

"能不能找一些箱子,让后排的人都站在箱子上?"

"阿涅拉,找些东西来,你和后面的人站高一些。"玛琳娜用波兰话说,没有转身。

"让我来,"里夏德说,"谷仓里就有需要的东西。"

小姑娘放下手中的兔子,跟在他们后面奔跑。皮奥特先跑到谷仓,他和里夏德推着一辆独轮车回来,车上装满牛奶桶,阿涅拉高高地坐在牛奶桶上。巴巴拉、亚历山大、里夏德、雅各布、阿涅拉都在第二排各自的位置上站好。

"还记得我告诉你们的东西吗?"

"切磋、切点、切割、茄子,"皮奥特喊道,"切磋、切点、茄子——"

"好极了,小伙子。现在让爸爸、妈妈,还有朋友们一起念……"伊莱扎·威辛顿审视了一下整个人群。"睁大眼睛,对了。让我现在看看你们愉快的表情。有这张照片留作纪念,你们将来会感到非常高兴。"

他们将来会感到非常高兴。这是三月一个炎热的下午,阳光耀眼,照片将为过去的时光留下深棕色典雅的记忆。这就是在那个时候我们的形象。年轻,看起来多么单纯。那么特别。玛琳娜身着西部拓荒者的服装,一件深色的印花布外衣和长长的罩裙,头发从正中分开,挽成发髻紧紧地拢在脑后,让人几乎都认不出来。波格丹穿着整洁宽松的灯心绒外套,下面是毛料裤子,裤腿塞在崭新的高筒靴内。皮奥特穿着格子花呢衬衫和粗斜纹布短裤,金黄色的头发一直剪到耳际,梳向一边,就像个地道的美国小男孩。看,里夏德戴着墨西哥宽边帽!"红色短裤。"将来,里夏德会用手指抚摩着照片,回顾自己褪色的目光,对妻子(他第二个妻子)说:"有风纪扣带风帽的法兰绒衬衫,那可是我最喜欢的。猜猜一共花了多少钱? 就一美元!"阿涅拉将回忆起穿上带兜的白色围裙时兴奋得发抖的感觉,那是一周前玛琳娜给她买的。

"我想我们的表情都很愉快,"波格丹说,"不过,你才是摄影师呀。"

"愉快就好。如果懂我的意思,带一丝朦胧的意味。我一般不要求农户做出这种表情,不过在我看来,你们跟我在这里看到的其他人不同。"她看好在相机后面的位置,走到达努塔跟前。"可以给你整理整理吗?"她将达努塔的无边女帽扶正,然后又回到相机边检查了一次。"要不就是你们人太多。好了,显得自然一些。我的意思是,不要太随便,不过略微有些走神,就像非常开心似的。我经常说,人偶尔看起来太古板。你说你们是从哪个国家来的?"

"波兰。"波格丹说。

"噢,天哪!你们都从波兰来?"

"都从波兰来。"雅各布说。

"是这样的,什么样的人都想到美国来,真是有意思。我是说,我从来没想过到波兰去,波兰离俄国很近,是吧?"

"很近。"西普里安说。

"俄国土地辽阔,就像美国一样,对不对?不过我想你们国家肯定也非常有趣。所有那些小国家肯定都值得去看一看,拍一些漂亮的照片。也许有一天我要到欧洲去,我有的是时间。我要像在这里一样,赶着马车到处走走,想停就停,想在哪里拍照就在哪里拍照。你们认为人们会笑话我吗?他们会说,加利福尼亚来的那个老家伙是谁呀。没关系,我会瞪他们两眼,让他们知趣。"她笑了起来,指着玛琳娜。"我看见你笑了。"

在自己社区照一张相,这是玛琳娜的主意。她在《阿纳海姆周报》上看到这样的广告:

摄影艺术家

伊莱扎·威辛顿夫人

精益求精的玻璃干板照相和达盖尔银板照相!

威辛顿夫人将在阿纳海姆农场主旅馆九号房间

服务一周，

技艺精湛，包君满意。

保证惟妙惟肖。

价格公道，欢迎垂询。

"留下你的玉照，转眼人老珠黄。"

玛琳娜派里夏德到村里拜访威辛顿夫人，询问她是否可以到村子外面来，给十四个人照张相，其中有三个是孩子。里夏德趁机和那位小学老师亲热了个把钟头，然后才漫步到了旅馆。旅馆入口处有一辆马车，马车上的招牌画的是安放在三脚架上的照相机，车上坐着一个上了年纪的结实女人，头戴宽边牛仔帽，身穿宽松的羊驼呢外套。

"你肯定就是赫赫有名的威辛顿夫人。"里夏德说，用指尖碰了一下墨西哥宽边帽。"没想到你在室外晒太阳。"

他说明了来意。她对他解释说，在屋里等客人上门太无聊。"我靠阳光生活，我为阳光而活。"她同意第二天将流动照相室搬到农场来。

波兰定居者对这样一个独立的美国女性感到着迷。但是，他们只能眼睁睁地看着她卸下一个又一个的箱子，里面装着易碎的玻璃盘，装着化学原料的袋子、瓶子，折叠起来的三脚架，还有她所谓的"宝贝"，即费城的照相机箱。她支起深色的帐篷，把盐、感光乳剂放在帐篷里，安顿好清洗感光盘和显影盘的水槽，打开三脚架装好照相机。除了让人取水装满水槽，好清洗五乘八英寸见方的玻璃盘之外，她什么事也不让男人帮忙。朱利安告诉她，到美国当农民以前，他在波兰是化学教师。她听了脸上露出喜色。"啊，对了，"威辛顿夫人说，"照相就是化学，没别的，是不是?"她将感光盐涂在一张玻璃上，然后覆盖一层火棉,邀请朱利安窥探狭小黑暗的帐篷内部。作为回报,朱利安向她提出一些颇有见地的问题,如为什么火棉比涂在玻璃上的白阮更好些,并恭敬地表示担忧,说火棉的主要成分是硝酸盐纤维素,很容易爆炸。("不错,我们又把它叫做枪棉。"她兴致勃勃地说。)雅各布透露他不仅是农民,而且也是画家;因此也被邀请加入。"照相当然也是绘画,"她说,"用光线进行绘画。"她告诉雅各布,她有一对莫里森镜头,照出的相片比任何画家笔下的画都要逼真。

她说她家在艾奥尼市,北方山区中的一个小村子。家里有一家照相馆,但一年里有好几个月她都在外面,赶着车四处颠簸,寻找上相的悬崖峭壁,深山峡谷,奇特的岩石和赫然耸现的仙人掌。在巡回生活中,路过村子时她也停下来给人们照照相,赚点钱作为补贴。"最好能遇上婚礼或葬礼。"她说。既然好长一段时间阿纳海姆既没有人结婚,又没有死人,在照完这张相以后她就要上路了。

她告诉他们,她已经来来回回在美国旅行了好多遍。

"就你一个人?"巴巴拉问道。

"你就不怕吗,威辛顿夫人?"达努塔问,"我会非常害怕。"

"从来不怕!"

"如果有助手跟你一道,"里夏德说,"你肯定会安全得多。"

"我有手枪,我知道怎么用。"她拍拍屁股上的枪,回答道。

照完相,他们请她留下来吃午饭。她说她最高兴的时候就是爬上马车开始新的旅程。"我的灵魂躁动不安。"她说,"调和感光盐、火棉,准备盘子,取景前集中注意力观察对象,这些事弄得我烦躁不安。好在每天我都能通过镜头看到一些新东西。"她接受了邀请,进屋喝了一杯茶。("你们没有威士忌,是吧?你们当然没有,你们喝伏特加,就像俄国人一样。""应该说俄国人像我们一样,喝伏特加。"西普里安说。)一旦在客厅坐下来,看见沙发旁边摆放着杯子和威士忌酒瓶,她似乎愿意多呆一会,聊聊天。"我特别留心那位夫人,我拍第一张相的时候,她摆出了一副特别优美的姿势"——玛琳娜笑了笑——"而且,只要她情愿,她总是笑得那么迷人。当然,很少有人想要一张自己微笑的照片。在传统的肖像画大师的作品中,只有小丑和傻瓜才会笑。因为我们极力想让人铭记自己,希望流芳百世,所以照片应该表现出人的本质,人的本质暗示安宁。"

"狗也要笑,威辛顿夫人。达尔文先生就从中得到启发。"

"非常正确。但是狗的笑意味着什么呢?它感到高兴?或者只是想讨好主人?狗可能是在装模作样。"

"人们笑的时候意味着什么呢?"里夏德问,"也许我们都是在装模作样。"

"我想,"旺达说,"我们——"

"旺达,听人家讲,"朱利安说,"求求你,别多嘴。"

"随后锁定面部的肌肉,保持笑容,因为照相机几乎不能像那样照相,"她弹了一个响指,"所以照片上的表情肯定会显得矫揉造作,甚至更糟。底片冲出来以后,摄影师会发现照片上的人看起来不是在笑,而是要哭。"

"或者既像哭又像笑。"玛琳娜说。

"你照过很多相,颇有经验,对吗?"

玛琳娜点点头。

"我也这样想。在我打开镜头盖以前,你将眉毛稍稍弯起,使你椭圆形的脸颊显得略长。我喜欢像你这样的人,清楚自己的一举一动。你曾经上过舞台?"

"是的,威辛顿夫人。"

"但我敢保证,你肯定不会扮演喜剧角色,什么夫人来着——对不起,波兰的姓名对我来说太难,我念不准。我肯定你一定非常庄重严肃,人们会觉得你的微笑是一种馈赠,一种特殊的馈赠。当你对我微笑的时候我能觉察出来。"

"你真有洞察力,威辛顿夫人。常到剧院去吗?"

"哎呀,艾奥尼市连一家剧院也没有!那个地方以前是个矿产集中地,艾奥尼还没有建市以前,矿工把这个地方叫做臭虫,叫做寒碜市,从来就穷得叮当响。而我是二十五年前才离开纽约的。在纽约,只要演戏我都去看,我有自己最崇拜的演员,我有个剪贴簿装满了演员的剪报。淘金热像警报一样响彻美国时,我丈夫听信了发财梦,于是我就跟他到了加利福尼亚,当时我就知道我肯定会怀念纽约的一切。后来他不幸在一次事故中丧生,从悬崖上摔了下去,真是个可怜的人,我无依无靠,决心掌握日光胶版术。当时日光胶版术主要是用于拍摄那些洋洋得意的男人,手里拿着金块,或者正在立界标,显示自己拥有的土地。人们认为,一个女人挂出摄影师的招牌很有点标新立异,要当流浪摄影师,那么多沉重的箱子拖来拉去,就更离谱了。不过我知道我很结实。我真正喜欢的是当土地测量员,但人们不让女人做这个工作。到那个时候我已经完全淡忘了戏剧。我很欣赏人们自得其乐,因为他们不知道还有别的生活方式。最近我在旅途中给一个人拍过照,她的命运不同凡响,为人自然淳朴,毫无雕饰。"她环顾室内,问道,"你说你们到加利福尼亚有多久了?"

"已经六个月了。"波格丹说。

"在这段时间里,有没有人向你们提起过一个了不起的女人,叫尤拉利亚·佩雷斯·德吉伦?谁都听说过她。没有听说过?她曾经拥有现在叫帕萨迪纳的那片土地,不过她倒不是因此而出名。她之所以出名是因为在去年十二月人们为她庆祝了一百四十一岁生日。不错。她回到圣加布里埃尔峡谷和曾孙生活在一起,她的儿女、孙子孙女早已去世,一七三五年出生的人还可能指望什么呢? 她出生在圣加布里埃尔峡谷,一百二十五年前她还是个姑娘的时候,她就在教堂慈善机构里帮忙,如今她又回到那里,继续慈善工作。上个月,在慈善机构的花园里我给她照了一张精美的照片。你能想像出她的模样吗? 瘦小、驼背、牙齿已经掉光、脸上布满皱纹、几乎秃顶。像她那样的年纪,人们会认为她早已是坟地里的一堆荒草。但是,她像牛犊一样动个不停,甚至还不知道照相应该做出庄重的表情。我情不自禁给她拍了一张相,拍下她善良的微笑。"

"简直太可怕了。"波格丹用法语说。

"她根本不知道如何去死。"里夏德说。

"这对我们是一种激励。"威辛顿夫人说,喝完杯子中剩下的酒。"行了,我得上路了。希望几天后到棕榈泉,从那里再到荒漠去拍一些漂砾,然后到洛杉矶,有朋友在那里等我。我有个同事在那里开了家照相馆,我在那儿冲洗照片,加上相框。三个星期以后我又会路过阿纳海姆,到时候你们如果对照片质量不满意,我分文不取。不过我保证你们会喜欢,你们的表情都那么有趣。"

"你见过这样的人吗?"里夏德问,"只有在美国你才能看见这种女人,认为男人女人竟没什么区别,一辈子都在发号施令。她就是个男人! 姜黄色的头发,男人戴的帽子,皮套中的手枪,一清早就喝威士忌,吵吵嚷嚷,说东道西。妙极了,简直妙极了!"

"我喜欢她,"玛琳娜说,"她很有勇气。"

"我喜欢她讲的故事,那个一七三五年出生的女人。"巴巴拉说。

"我倒想看看她的出生证明,"朱利安说,"我根本就不相信她的话。谁也活不了那么长。"

"妈妈,你认为——"

玛琳娜伸过手去,将皮奥特拉到自己身边。

"当然,或许她是个挺不错的摄影师。"里夏德勉强承认。

"她肯定是个很好的绘画对象。"雅各布说,"我很愿意给她画张像,但她似乎坐不住,谁也没法给她画。"

"啊,不,哎呀,"西普里安模仿老女人的声音,拉长了鼻音说,"我可不喜欢照相时故作姿态,我一刻也静不下来。"

玛琳娜笑起来。

"能有张做姑娘时候的照片,"达努塔说,"真是太好了。"

照相把每个人带向未来。到那时候,他们的青春年华将只是一段记忆。玛琳娜定了几张照片,一张寄给母亲,一张寄给亨利克,还有一张寄给波格丹的姐姐。照片是见证,证明他们确实在美国,确实在勇敢地追求新的生活。对自己而言,照片将是纪念物,将来某一天会让他们回想起艰难困苦的开端。如果他们的尝试不能成功(在新的布鲁克农场开始六个月之后,社区花掉了一万五千美元,而且几乎没有什么回报),照片会让他们回想起他们曾为之奋斗的事业。

"看见照片里的我,我不知道会不会感到吃惊。"玛琳娜和波格丹单独相处的时候说,"我再也不会考虑自己的形象如何,现在我用不着关心是不是还光彩照人。"

波格丹向她保证,她一点也没变(这不是实话),还和以前一样漂亮,在他心目中她还是同样漂亮(这也不是实话)。然而,玛琳娜并不能从中得到安慰。她摆弄姿态,如今摆弄姿态给人一种奇怪的意味。"作为女演员,穿着扮演角色的服装照相,这很自然。我知道我应该怎么办,应该如何表现。今天,在空虚惆怅之中摆弄姿态,故意要表现某种东西,这是为照相而逢场作戏。"

拍照时不可能有真诚的感觉。一旦改名换姓,你和原来的自我就不可能有完全一样的感觉。

玛琳娜的小儿子第一个改名。二月的一天,他宣布他叫彼得,因为在学校人家都这样叫他。他尖锐刺耳的童音中蕴涵着坚定的口气,玛琳娜听了吓了一跳,她告诉皮奥特,既然他洗礼用的名字是皮奥特,就绝对不能更改,再说了,哪个爱国的波兰孩子会取个德国人的名字?

"这不是德国人的名字,妈妈。这是美国人的名字!"

"皮奥特,我们不再讨论这个问题。"

"你叫我皮奥特,我不会答应,也不会听!"他跑进厨房,扑在阿涅拉怀里,号啕大哭。

他可是当真的。他每天上学来回要经过一根排水管,里面住着一家小矮人,跟皮奥特的手大小差不多,有许多小孩。皮奥特在路上经常停下来,与他们交谈,他们给他讲故事,也告诉他有事该怎么办,他就是从他们那里得到改名换姓的命令的。米格尔是班上最健壮的男孩,骑着自己的小马上学。有一天米格尔骑马经过,看见皮奥特蹲在排水管边,冲着里面讲话,就下马弯着身子站在他旁边。他告诉米格尔里面住着一家小矮人,还对他说自己的名字叫彼得。这次邂逅使米格尔和皮奥特相互认识,如今他们成了非常要好的朋友。所以,虽然皮奥特非常担心惹妈妈生气,特别是妈妈已经不那么漂亮了,但是,他坚持非改名不可。

他坚持改名的斗争立刻就取得了决定性胜利:玛琳娜不再用他

的名字叫他，改用"亲爱的"或者"小宝贝"，只要妈妈用爱称叫他，他总会顺从地回答。但是，玛琳娜感到压抑，感到恼怒，而且，不叫新名皮奥特就不答应，她怀疑在背后阿涅拉已经屈服。这种状况持续了两个月。一天早晨，皮奥特刚要上学，玛琳娜说："回来，再等一会。"

"不行，要迟到了！"

"听话。"

她示意他在餐桌旁坐下。

"有什么事，妈妈？"她坐在对面，开始把沾满油腻的碟子重叠在一起。"妈妈，迟到了他们会惩罚我！"

她将手放在膝盖之间，清了一下嗓子，说："好吧，我让步。"

不需再作解释。沉默了一分钟后，他从书包里拿出写字用的小石板，放在桌子上。

"你现在不想上学了？"她轻轻地问。

他又拿出一支粉笔，放在石板上。

"我会告诉你的教父和其他人，告诉他们我们的决定。"

他把石板推到她面前。她用大大的字母写下他的新名，又把石板推还给他。他慎重地点点头，把石板放回书包，离开家上学去。

皮奥特改名为彼得以后不久，他有了自己的卧室。他们请印第安人修建了两栋房子，西普里安、达努塔和他们的孩子，以及巴巴拉和亚历山大现在都有了自己单独的住所。每对夫妇都有自己的壁炉，朱利安利用剩下的砖块修建了一个室外火炉。但是大家仍旧在玛琳娜和波格丹的餐厅或院子里的长桌子上就餐。他们是最温和的共产主义社会的成员，朋友们很快放弃了傅立叶取消婚姻的主张。亚历山大的婚姻生活相当美满，他认为取消婚姻是独身主义者枯燥无味的梦想。但是，大家同意维持大家庭的情感并不一定要勉强坚持在一起进餐。各自的兴趣不同,所干的活不一样,在干完活以后他们需要聚在一起:就像有教养的波兰人世世代代留下的传统。他们习惯于促膝交谈,直至深夜;他们无视农场的作息时间,哪怕影响第二天劳动的精力也在所不惜。

他们远远没有达到自己的理想,将精神追求和体力劳动完美地结合起来。但是,至少现在主要的房子里有了图书室(箱子里剩下的那些书已经拿出来,摆放在新的书橱里);还有一台像样的钢琴,上面有琴盖,下面是黄铜的腿,玛琳娜从旧金山定的货(花了一大笔钱,七百美元)。音乐是最能表现怀旧情绪的。晚饭以后,他们开始在一起从事音乐创作。这时他们才意识到自己是多么怀念故土。他们渴望音乐,渴望波兰作曲家创作的音乐,如库尔平斯基①的歌曲,奥金斯基②的华尔兹,特别是肖邦质朴的表现艺术。然而,在这个边区村落,在空旷壮观的美国边缘,这些乐曲给人完全不同的感受。肖邦的波洛奈兹舞曲和玛祖卡舞曲享誉世界,是波兰争取独立斗争的音乐象征,如今似乎成为他们哀怨爱国热情的自然流露。他的小夜曲活泼畅快,一泻千里,如今似乎也因流亡的悲伤和乡愁而变得深沉凝重。

如果情愿被悔恨所左右,他们会没完没了地叹息。而悔恨的情绪会更容易而且更隐秘地投射到留在国内的同胞身上。

当你收到这张照片的时候,你在叹息吗,亨利克?我看见你把照片装进精美的胡桃木相框,就挂在诊所的桌子上方。在你用放大镜审视我们的面部表情和古怪的服装——你肯定这样做过——的时

---

① 库尔平斯基(Kurpinski,1785—1857),波兰作曲家、指挥家。
② 奥金斯基(Oginski,1765—1833),波兰作曲家。

候,你是否想像过你也在照片里面,哪怕就一闪念?你是不是在后悔没有和我们一起到美国来?如果你在美国,此刻的太阳已经把你身上的忧郁完全驱散。你仍有可能成为我们当中的一员,亲爱的朋友。来吧!在同一封信的后面:不,我在加利福尼亚从来没有头疼过。感觉舒畅,完完全全地感觉舒畅,这使情况发生了多么大的变化。但是,每个人的感觉都不一样。我还没有告诉你,我们当中有些人已经有了新的名字!皮奥特只有叫他彼得他才会答应,本地人称波格丹为鲍勃-丹,里夏德放弃了原来的名字,改为理查德,雅各布想试一试,把名字改成杰克。大家的日子都过得红红火火,但变化最大的莫过于我的宝贝儿子。他成了全新的皮奥特,现在叫彼得,仅此而已。他完全变了个人。高了,结实了,也勇敢多了。他结交了好些朋友。他可以像印第安人和墨西哥人一样,骑马不用马鞍。他正在跟村里一位年轻的女士学钢琴。亨利克,你肯定认不出他来了!也许,我们都应该改改名字!

她怎么能向亨利克抱怨呢?告诉他说并不是人人都在向好的方面转变?西普里安和亚历山大因日常琐事和焦虑似乎变得有些呆滞。朱利安虽然和往常一样精力充沛,但一直在折磨可怜的旺达。告诉亨利克说她怀念女人的友谊?旺达只是个令人同情的对象,玛琳娜意识到她对达努塔和巴巴拉的感情也好不了多少,她们有自己和蔼可亲的丈夫,感到十分幸福,她们也非常容易,怎么说呢,非常容易驾驭。告诉亨利克说,除了自己的婚姻,她对每一对夫妇的状况都感到反感?她惟一不感到心烦的只有两个单身汉,聪明难缠的里夏德和温和的雅各布。当然,波格丹仍然和以前一样,情绪紧张,对她关爱有加。告诉亨利克说她担心因缺少心灵激励而变得越来越愚蠢,告诉他说自我克制在社区生活中比婚姻生活中更加重要?不,这些事都不能告诉他。

但是,她可以告诉亨利克,说她想念他。

患难与共是根植于她职业生涯的美德。在一出新剧里面你承担主角,开始排练。随后意识到,尽管你和其他人都竭尽全力,但仍然不行,剧本比你想像的要差。但剧本也不至于太坏,你比谁都更了解剧本的长处,你爱它就像爱一个忘恩负义的孩子。也许最后还是能够成功,只要每个人都竭尽全力挽救它,将剧本进行删节、修改,设计更加活泼的表演形式,布景画师对最后一场提出新的思路。放弃希望是错误的。所以,要和其他演员一道,收缩战线,努力奋斗,不,对局外人你要赞扬这出戏剧。你这样做常常不是口是心非,而是你坚信现在所做的努力。你必须相信自己的努力。

其他人在信中是不是牢骚满腹,她不得而知。她只知道惟有她才能使大家和谐相处,振奋起来,鼓起前进的勇气:她接受了这样的责任。因为她有义不容辞的责任。只要她在,她仍然能够影响大家,她曾经扮演过的那些英勇感人的角色像晚霞一样,给人以鼓舞。今天搅拌奶油、烘烤面包,指导阿涅拉做饭的这个女人,曾经勇敢、高傲地走向断头台,面临自己表妹、英格兰伊丽莎白女王的处决;她曾虔诚地等待发狂的奥赛罗的双手来扼杀自己;在得知马克·安东尼的死讯以后,她曾迅速将致命的毒药放在自己胸口;她曾改恶从善,悔过自新,在失去心上人之后孤独地在卧室中死去。① 她经历过所有这些庄严、惨烈、扣人心弦的最后场面。她看起来和在波兰时也许不完全一样。农活虽然使人变得粗壮,但丝毫没有改变她的仪态。她的步态、侧耳聆听的神情、沉默不语的风韵,以及迷人的言谈风采依

---

① 均暗指玛琳娜曾经扮演过的悲剧角色。

旧。冬天，邻居的牛群吃掉自己地里的大麦苗，震荡的大提琴声似乎在催促他们向邻居提出更加强烈的抗议；但是，抑扬顿挫的旋律似乎是在宣示，对夏洛克的仁慈是一种美德，似乎是在阻止黎明降临到亡命的罗密欧身上，似乎是在痛斥麦克白夫人罪恶的梦想①和菲德拉②对养子的淫欲。崇高的情感萦绕在心头，不会一时半会儿就消失殆尽。

玛琳娜是从舞台退位的皇后，就熟悉她的人而言，退位的皇后永远都是他们的皇后。但是，玛琳娜发誓，在加利福尼亚的这个地方，她决不披露过去的身份。如今她是移民，没有必要进行解释。他们来到这里（他们的服装、国籍、不熟悉农事）曾引起一些轰动。但是，六个月过去了；六个月在加利福尼亚可以说是相当长的时间；加利福尼亚辽阔富足，变化甚至比美国其他地方还要迅速，他们在这里定居几乎被看成是理所当然的事。星期天做弥撒的时候，她和丈夫，以及其他朋友出现在圣博尼费斯教堂，玛琳娜还能给村民留下的印象，最多莫过于戴了一顶新帽子，显得雍容华贵。

他们已经不是新来乍到，几乎可以算老住户了。如今不仅用美国名字的家庭越来越多——那些英国来的自耕农，甚至还有中国人；中国人给人洗衣，在田里干农活。二月份，在阿纳海姆的北方，一个有一百英亩土地的农场上迁来一个团体，有二十七个成年人和十九个儿童，他们自称为伊甸园社团。村里有人传言，他们有古怪的睡觉安排和奇特的集体运动方式，食物单调得令人厌恶。似乎这些新颖

---

① 暗指莎士比亚《罗密欧与朱丽叶》和《麦克白》中的情景和情感。
② 菲德拉是希腊神话中克里特王弥诺斯的女儿，忒修斯的妻子，后爱上忒修斯与希波吕忒所生之子希波吕托斯，遭到拒绝后自缢身死。

的胁迫手段,目的是为了追求神圣与健康。他们修建的房屋呈圆形,据说这样可以改善空气循环。由于圆是最完美的形状,健康也因此可以臻于完美,这是身体和灵魂惟一可以达到的完美状态。他们不仅禁止喝酒抽烟,而且禁止吃肉,禁止用火加工食物以及伊甸园没有尝试过的任何东西。他们的领袖罗伦茨鼓吹,人类之所以沦落到今天这个地步,不是因为别的,完全是因为我们偏离了祖先健康的生活方式。有些村民以种种理由闯入过他们的地界,他们回来后说,这群亚当和夏娃,你知道这指的是谁,感到非常沮丧,原因是他们从来没遇见一个赤身裸体的人。

玛琳娜和波格丹一点也不喜欢这种尝试理想生活的方式。但是,伊甸园社团高度重视身体健康的做法,至少对这个非教条主义的团体中的两个人颇有些吸引力。达努塔和西普里安在伊甸园社团到来之前已经戒荤,最近他们又要求单独做饭,菜里不加盐,而且将磨碎的苹果、切碎的杏仁、捣烂的葡萄干用碗盛在一边,每次吃饭的时候都吃一点。而其他人仍坚持要吃油腻的炖菜和多油的烘烤食物,即使影响消化也在所不惜。

食物是加强同伴联系的纽带,达努塔和西普里安在饮食上另起炉灶,给人的感觉是在破坏社区不成文的契约。

"我估计,不久你们就会像印第安人一样吃捣碎的橡子。"亚历山大说。

"我很欣赏你的讽刺。"西普里安用法语愠怒地说。

"别吵了,朋友们,"雅各布说,"就像人们在罗马说的,自己生活也让人家生活。"

但是达努塔和西普里安并不在乎自己受到讥讽,他们继续强迫其他人接受他们那套新的食物限制。达努塔教阿涅拉如何做甜点,即一种用面粉、水加草莓酱做成的羹;玛琳娜肯定那种方法是从伊甸园学来的。

"味道不错,是吧?"达努塔问。

"要我说,还是赶苍蝇甜点好吃。"旺达说。

"是吗?"朱利安说,"没有赶苍蝇甜点好吃,旺达。你敢肯定?"

"简直难吃死了。"亚历山大说,"但是你看见了,亲爱的朋友西普里安,我还是在吃呀。"

他们总算集中了大家的力量、聪明才智、愿望以及并非十分严格的联合观念,各尽所能。他们坚信,波格丹坚信,农场很快就会赢利这个想法并非没有道理。在最初几个月的确非常艰难,但他们没有放弃;如今,原来让人望而生畏的工作,从挤奶到照料葡萄园,都已经习以为常。沉睡的葡萄开始出现生机,他们翻了土,好让根部得到更多的空气。去年秋天他们到得太晚,他们的产品只找到一个买主,葡萄也只卖了二百多美元;但他们完全有理由相信今年收成会更好。由于不谙农事,缺少刺激,他们竟逐渐喜欢闲散缓慢的农事周期。

他们中的艺术家却完全不同:最近几个月,雅各布已经完成了有关印第安人主题的绘画;里夏德为报社撰写了有关美国的文章,并把稿费的三分之二贡献出来,为社团提供了额外的资金。他这些文章结集成书,马上就要在波兰出版;而且,他又写了很多文章,足以再出一本书;另一本以山里采矿营地为背景的小说也基本完成。此外,他已经开始思考另一部长篇小说,背景是古罗马时期尼禄统治对基督教的迫害。他不想写作的时候,就出去打猎,社团中大多数吃肉的人都指望着他的猎物。最近,他有了自己的马,他花了八美元买了一匹墨西哥马。事实上他买得太贵,如果在洛杉矶只要五美元就能买到;而一匹既能干活,又能拉车的美国马要值八十到三百美元。

这匹马三岁,有灰色斑纹,又高又壮,就像大多数的墨西哥野马一样,脾气暴躁。里夏德不听邻居的忠告,不愿修剪长长的鬃毛和马蹄上浓密的丛毛:他想驯服一匹野马。最开始,里夏德几乎要用套索把它勒死才能控制它,但是,经过一个月的耐心斗争,马学会在喂食时忍受他的抚摩,然后是清洗,梳毛,最后变成了一个最听话、最英勇的伙伴。里夏德说服玛琳娜,请她到马厩来,观看他给马装上马鞍,在毛发粗浓的马嘴上套上笼头。他给马取了个名字,叫迭戈。

"今天早上写了多少页?"

"二十三页。《小屋》的最后二十三页。这本小说写完了。"

"太好了!"

"写完了。完成了。不错,玛琳娜,确实不错。你想想,是什么激励我写起来这么顺手?"

"啊,你是要我猜明摆着的事,"玛琳娜说,"是你的抱负?"

"我从来就雄心勃勃。按傅立叶先生的观点,如果我还敢提他的名字的话,抱负只是四种有影响的情感之一。不,玛琳娜,不是抱负。"

"友谊?"她笑着说,"是你对我的友谊?"

"玛琳娜,看你说的!"

"家庭情感?"她拍了拍马脖子上粗硬的鬃毛说。

"是一种你还没有提到的情感。"他大胆地补充说,"或者说,是一种你已经忘却的情感。"

"我没有忘记。"

"因为我不会让你忘记!"

"因为我在等待,让你的痴迷慢慢减退。在这个地方会容易一些。"

"这么说你认为我爱慕的仅仅是女演员。"

"不对。我不会这样小看自己。"

"那就是小看我,我肯定。玛琳娜,你难道不知道我真心爱你吗?"

她叹了一口气,靠在马头上。

"你现在在想什么?"他温柔地问。

"现在?我会让你失望的。我在想我的儿子。"

玛琳娜,玛琳娜,这是里夏德信的开头,他把信塞进她的口袋。昨晚在马厩里的谈话。你会怎样来看我呢?里夏德失恋了,里夏德是个写作狂,我用希望来诱惑你吐露心曲,我陷入写作不能自拔。甚至雅各布都不能成天专心画画,他得清除谷仓底层的肥料;而我呢,我关起门来写作,背上枪骑马出去溜达(这几乎不能算我的工作)。你曾建议,说这是为了共同目标而努力的时间,而我却游离其外。

显然,我天生不适合当农民。你就打算当个农民,玛琳娜?成为物质主义者,成天耕地、赚钱,没有个完?我们当中有谁真想当农民?波格丹表情丰富的脸上常常带着嘲弄的微笑;我承认,每当我看见他播种玉米或给葡萄剪枝的时候我都感到难受:劳作让他严厉地皱起眉头。你站在旁边闷闷不乐,在加利福尼亚的炎炎烈日之下像个透明闪烁的斑点。难道真像俄国作家宣称的那样,我们的灵魂会通过体力劳动而得到净化?我们原以为是在选择自由、闲适和自我修养。结果,我们一天又一天地忙于周而复始的农活而无法摆脱。而且将永远没有尽头,玛琳娜。即使将来生活变得没那么严峻,农场有了赢利,我们可以雇用本地劳工来干大多数的农活,难道这就是我们希望的生活?因为我们向往的不是休息,玛琳娜。你真的希望休息吗?

像我们这种人不应该到美国来定居,特别不应该到村庄定居;我敢保证,美国的村庄都和阿纳海姆一样平庸。而且,我们也不应该到纽约或旧金山定居:欧洲任何一座中等城市都比美国的城市漂亮,更加文明。不,人必须跟上潮流,享受这个国家能够提供的最好的东西。就像这里的猎人一样,打猎远远不只是消遣,而是必须,是实际生活和精神追求的需要,是对自由独特的体验。在这个地方,所谓的文明被分割殆尽,成为私有财产,而在文明边缘之外的那些领域,则只有身怀绝技的猎人才能光顾。其范围开始于这条河的对面。过了河,动物都大得出奇,超乎你的想像:鹿比波兰的大一倍,美国灰熊比欧洲任何种类的熊都要大,都要壮,都要凶猛。而天空呢,玛琳娜,天比我们峡谷的天更黑,夜空中星星也更多。连梦幻都比实际生活大一倍。喔,我不想隐瞒,我喝过印第安人用曼陀罗制成的酒,他们通常在神圣的仪式上才饮用这种酒。其实,要沉醉于狂饮狂欢的状态并不一定需要药物。有一天,我和相貌丑陋的印第安同伴一道去打猎,晚上我们切开猎物,斜躺在篝火旁边,津津有味地品尝一块块鲜红的肉,热气腾腾;我忽然感觉和世间的万物融合为一体,成为原始野蛮的整体。后来,我感觉心满意足,像着了魔似的钻进帐篷。帐篷是挂在矮树枝上的帆布,里面的空间只能容纳一个人(可能也能睡两个人)。我独自躺下(哎),就像鸦片瘾发作,不一会儿就进入了梦乡。

我曾望着你欣赏峡谷如火的夕阳;我们骑马奔向海边,我注视着你眺望浩瀚无边的太平洋,波涛汹涌起伏,我心中充满了幸福。我向你保证,在巍峨的崇山峻岭之中,你同样会有心旷神怡的感受。你和我在一起,我们将成为浪漫歌剧中的主人公,我是男中音,扮演阿尔卑斯山中的强盗。你是女中音,我的情妇,一位穿越重山、要远嫁给她并不钟爱的男子的公主。一场雪崩从天而降,我拯救了她,而其余人都死于非命。如果你愿意,我们还可以远走高飞,从另一边下山,山下是空旷苍白的土地,长满三四十英尺高的仙人掌。那是一片月光世界,玛琳娜。马鞭草覆盖着淡红色的荒漠。夜幕降临,我们披星戴月,恣意驰骋。

如果你愿意,我会把你介绍给我的狩猎伙伴。一旦你遇见这些猎人,你肯定不会失望。他们濒临险境,但从不平庸地寻欢作乐,因而培养出不同寻常的孤独性格。他们不会让你联想到扎科帕内的牧羊人;扎科帕内的牧羊人虽成年累月孤零零地生活在巍峨的塔特拉山中,但他们始终有一种安全感,因为那是他们祖先、他们家族生活的地方,而且有自己的宗教信仰。美国人则不断把一切抛在身后。因此,他们的灵魂留下的空虚也令他们自己感到惊异。

我想起一个名叫杰克·古德伊尔的牧场主,你喜欢这个美国名字吗?我有几次到山里旅行,时间较长时就和他呆在一起。他生性不爱动脑筋,生活与鲁滨孙非常相仿,随之养成了一种感人的反省习惯。记得有一次我坐在杰克小屋中光秃秃的地板上休息,夜色已深,我们俩好长时间没有说话,他刚刚又给火添了一把干枯的桂树条。随即,他打破沉寂,也没有什么开场白;他告诉我说有时他似乎觉得有两个杰克。一个杰克在砍树、捕猎灰熊、照料蜂房、给小屋换屋顶、把蜜蜂已经跑光的蜂窝搬进屋当凳子坐、煮玉米粥并在里面加蜂蜜;而另一个杰克,"天哪,"他老是中断自己的话,"天哪,"另一个杰克什么也不干,只是凝视第一个杰克。他非常简单地告诉我这些。

两个杰克。两个里夏德。两个波格丹。我一点也不怀疑。而且我肯定还有两个玛琳娜。告诉我,说你没有感觉到是在演戏。告诉我,说不存在一个玛琳娜和面做面包,在院子中用圆木盆洗衣,给菜地锄草;而另一个玛琳娜亭亭玉立,在一旁惊奇和怀疑地凝视着她自己。告诉我吧。我不会相信的。

玛琳娜,跟我一道骑马……

三月二十二日。去看牙医斯密特先生。技术还行。左上牙白齿被拔掉。醒来焦急不安。在麻药的作用下我说了些什么呢?我在做甜蜜的梦,梦见——不过,我肯定是用波兰语说的,所以谁也听不懂。但是,如果我老是叫他的名字又会怎样呢?

三月二十三日。古铜色的皮肤。颧骨。肮脏的念头。

三月二十四日。玛并不明白我是在极力反抗自己的自然惰性。她勇于奋斗,这对我产生了积极的影响。我之所以变得坚强完全是因为她的缘故。

三月二十五日。一个巡回摄影师用一块湿漉漉的玻璃在房子旁边给我们拍照,留下了永恒的纪念。她是个上了年纪的妇女,特别滑稽。玛喜欢她。对我们社团来说,这是个愉快的时刻;但对玛却不然,似乎是不祥之兆。或者说意味着后悔;想法拥有一张我们今天的真实形象,这似乎意味着我们开始接受社团最终失败的命运。

三月二十六日。我一直担心自己与众不同,显得特别突出。我良心感到不安,但我没有做什么难以容忍的事。我只不过有些固执,心不在焉。只有在剧场里我才会自由自在地关注周围的事物。在和其他演员一道看戏的时候,我发觉内心有一种近乎神秘的意识状态。我想我永远也不会结婚。我爱,但我不愿意诱惑。但对于玛,一切都是可能的;她让我如痴如狂。她需要我。我的感情像文火突然变成了烈焰。我自问,爱情能否建立在崇拜之上?完全可能,我心里回答。

三月二十七日。不管玛想干什么,我都会支持她,这已成为一种习惯。长期以来,我认为她要到美国来不过是想入非非。更糟的是,我担心这只是绝望的表演,她根本没有认真考虑。所以,我的任务就是要使到美国来具有某种意义,或者说使它具有另外一些意义。我听见她几乎是一字不差地把我的思想重复给亨利克,说傅立叶伟大的理论可以应用于我们的尝试。我想我听听也无妨。演员不是剧本的作者,但这并不是说从她口中说出来的话就不代表她的思想。金花鼠大肆破坏,把洋蓟地搞得一塌糊涂。

三月二十八日。玛仍然把彼得当孩子。演员都是任性的母亲,既管得太严,又纵容溺爱。如今要他学钢琴。应该鼓励他学工程。这孩子已经神经过敏。除非他有钢琴鉴赏的潜力,否则热衷于音乐只会强化孩子病态的倾向,变得更加女人气。也许,一旦知道彼得的钢琴老师、镇上职员赖泽先生的漂亮女儿已经成为里夏德不负责任的性爱对象,玛对钢琴课的热情就会减退。

三月二十九日。玛和里夏德在很多方面都很相似。我能理解,我想我有些妒忌;她可以用演员的身份作掩盖,自我炫耀。对这个作家,我的态度更加审慎,他以为他怎么想就可以怎么说。但是,我不能不钦佩他的自信,他的欢乐,他几乎是用美国的方式在追求自己的幸福。

三月三十日。日记的缺点就在于,我记录的大多是一些让人生气的东西。今天晚上,我数落了缺少爱情的婚姻的种种丑恶。旺达开始把头发拢到脑后,梳成拳曲的波纹,这显然是村里妇女中流行的最新发型,而朱利安一点不留情。

三月三十一日。我尽量不发脾气。玛不会想到我对她有什么批评意见。她把我看成一面镜子,她看到的全是对她的爱慕。也许她对理想婚姻的观点就是如此,女演员对理想婚姻的观点。但是,我心里清楚,正是由于我感情混乱我才适合做她的丈夫。只有我记下她不审慎的举动;只有我清楚她的弱点,她的沮丧;只有我知道她真不愿意被人左右。

四月一日。在田野里劳动一天,我充满了希望。上个月嫁接的幼苗大部分已经成活;葡萄开始开花,在葡萄叶的呵护之下已经长出小葡萄。沙地确实能够结出果实。我们的工作更加熟练。拉蒙,十七岁。在这里我的感觉更加灵敏。我没法控制自己的感受。我不能控制肌肉和内心的反应。但我能控制我的行为。我决不背叛玛。

四月二日。雅辛托,二十五岁。拳曲的头发。右臂上有伤疤。牙齿雪白。将粗糙的手伸进他微微敞开的衬衫。胸口肌肉隆起。就站在那儿。

四月三日。今天下午我和里夏德一道骑马到圣安娜山脚下的印第安人的定居点去。一群群骨瘦如柴的小孩从棚屋和几间灰色的土砖草屋中跑出来,给人悲惨贫困的印象。一位长者叫几个妇女为我们端来橡子粥和用橡子面做成的黑面包。甜点是"土纳",即仙人球红色的果子,饮料是石兰酒。在返回的路上,里夏德和我争论,印第安人对疼痛十分麻木,这是不是印第安人比较低级的证据。我认为,从人种和文化上来看,人越敏感就越高级。他指责我说,这是最愚昧的偏见。我肯定,他心里在说,登博夫斯基家族的人就会那么想。尽管如此,我还是喜欢里夏德。他很聪明,天性敦厚醇和。我感到非常幸运的是,他不能给予玛需要的忠实,他常常与彼得的老师,芙鲁兰·赖泽小姐调情,他甚至没有察觉到玛对这件事十分在乎。

四月四日。一线希望,就像一丝欲望。重新开始。为了"能重新开始",我们得付出多少?五十多年来,欧洲人一直在说,如果不能成功,我们总可以到美国去。门不当户不对的恋人逃避家庭的反对、艺术家不能赢得观众应有的肯定、革命志士对斗争彻底失望,他们统统都奔向美国! 美国会医治欧洲人的创伤;要不,美国能让人忘却原来的理想,去追求新的欲望。

四月五日。斯塔舍克,乔泽克。送给我羽毛的牧童。巴奇尔达太太的孙子。我从没想到加利福尼亚会成为充满诱惑的新舞台。我的确以为,我已将心底的焦虑留在不幸的祖国。相反,我的软弱已经赶在前头。我们在纽约猎奇,踏上大西洋海岸,穿过地峡,沿加利福尼亚海岸而上,在旧金山逗留,然后乘坐火车来这里的时候,这些危险欲望犹如活生生的幻影已经在等着我。此外一个平静而坚定的声音在说,为什么不呢? 我在波兰从未听见过这样的声音,你到了国外,谁也不知道你的底细。这是美国,没有什么东西可以亘古不变。没有什么东西会有固定而不能改变的结果。所有的东西都在运动,都在变化,被拆毁,被融合。

四月六日。今天早上,惠特曼的菖蒲诗集透出田园牧歌式的同志情谊,让人惊愕。乔昆,十九岁。宽松的棉布衬衫,鹿皮裤子。坐在树桩上弹奏独弦竖琴,他们称之为"契奥特"。强有力的手腕,宽大的手掌。另一个男孩躺在他旁边的地上唱歌,他不过十五岁,两腿分开,漫不经心地将头靠在乔昆的大腿上。我想他的名字叫多洛求。眼皮上平直粗黑的眉毛。还有他那对丰腴忙碌的嘴唇。我请他翻译歌词,他脸上泛起红晕。

> 我在木兰树阴下梦见你。
> 醒来却发现你不知去向,
> 我只好哭着又进入梦乡。

随后,我的脸上也泛起红晕。我真想抚摩他的大腿。

四月七日。玛提出到美国来的主意已经十八个月了。人们告诉我们,说春雨季节已经过去。在十一月到来以前,天气一直都很干燥。每当想起从我手指缝中流失的钱(大部分是我的钱,亚历山大也有一部分,是他姊姊留给他的遗产),一阵阵无法排解的疑惑就会向我袭来。我是惟一关心钱的人,但就教养和秉性而言,我从来都没有想过会担心钱的问题。其他人肯定也很担心,可是不敢流露,似乎一旦流露出担忧便意味着对我的能力表示怀疑。然而,我们仍有乐观的理由。我没有充分意识到酿酒业萧条的程度,萧条在前年已经到达低谷。葡萄卖到八美元一吨,有时甚至用来喂猪。现在价格正在上涨,不久会回升到一八七三年的水平,二十五美元一吨。到今年或明年秋天,我们将赚几千美元。

四月八日。梦见旧金山。他的手扶住马鞍铁的前桥。爱美是人的天性。玛又是那么美丽。

四月九日。今天上午到村里给一匹马换掌,为牲口买谷物,我又一次感受到这里的建筑是多么丑陋,为了实用竟到了吝啬的地步。很容易让人想到要把一栋或所有的建筑都拆光。和愚蠢的科勒尔先生谈论灌溉问题。

四月十日。没有过去是让人屈辱的经历。谁也不知道,谁也不屑于知道我的爷爷是谁。什么将军?也许他们听说过普瓦斯基①,那是因为他来过美国。或者听说过肖邦,那是因为他生活在法国。

① 普瓦斯基(Pulaski,1747—1779),波兰爱国者,一七六八年反俄起义的英雄。一七七七年到美国,被任命为将军和骑兵司令。

在波兰,我庆幸自己的尊严不是依靠自己的姓氏或者地位。我与家庭中的其他人有天壤之别,我有更远大的理想,也有一些弱点。但我以自己是波兰人而自豪。这种自豪感,就像波兰的民族性一样,在这里不仅毫不相干,而且成为累赘,因为这会使我们落后于时代。

我们刚到的时候,大多数人都非常失望,因为邻居都是外国人,而不是真正的美国人。然而,随着我对村民的了解逐渐增加,我发现邻居虽然都说德语,但他们确确实实是美国人。欧洲的那些东西,懒惰和保守在这里行不通。从欧洲来的人似乎比我想像的更容易美国化。可是墨西哥人要变成美国人却很不容易。新近成为美国公民的贫穷的墨西哥人,始终是地位低下的外国人;而少数富有的墨西哥人则使我想起我们国内的绅士,他们勇敢、傲慢、穷奢极欲、热情好客、注重礼仪而且懒惰;他们注定要被冷酷实际、专注于工作的美国人淘汰。旧式过时的加利福尼亚已经日薄西山。

四月十一日。在牛仔竞技比赛上红头发的小孩说,他的名字叫比尔。那你叫什么呢?他露出雪白的牙齿,前额上有一道伤痕。鲍勃-丹,我说。见到你很高兴,鲍勃。马在嘶叫,在跳跃。墨西哥牛仔在诅咒,将木马镫刺入马淌血的腰部。牲口在咆哮,被掀翻在地,捆住双腿,打上烙印。不,不叫鲍勃,我说,是"鲍勃"再加上"丹"。他叫我波比。

四月十二日。我想我从来没有现在这样健康,这样心情舒畅,这样单纯惬意;今天上午十点,气温是华氏八十五度,用草叉将一叉一叉的干草叉下来喂马。下午看帕斯特写的《葡萄研究》。

四月十三日。我决定坦率地和德雷弗斯谈一谈,就我所知,他是阿纳海姆惟一的犹太人。难怪,在村里他最精明。他说我们的事业要发展,惟一的办法是开办自己的酿酒公司。我们必须扩大生产,要不就只有灭亡。

四月十四日。被囚禁的欲望,高度紧张,生怕到了国外会被释放出来。该死的欲望。不过,我一方面强烈地被这些男孩吸引,另一方面又全身心地爱玛,这并不奇怪。我始终爱她。

四月十五日。一种解决办法是种植其他种类的葡萄。西班牙人的前辈在建立传教机构时带来一个品种的葡萄,现在却生产出各种各样的酒。利口酒、白兰地、当归酒、发泡当归酒、红葡萄酒、雪利酒和其他甜酒,尽管品质不一,但都还可以。这里阳光灿烂,克利奥拉葡萄粒粒饱满,糖分充足。这里的干白酒(不带果味)、雷司令干白葡萄酒和红葡萄酒,虽含酸太低,平淡无味,但喝的人不少。本地公司生产的酒不仅在加利福尼亚销售,而且越来越多地销往东海岸,甚至出口欧洲。只要有美国卓越的标准,酒完全可能成为代表美国特色的东西,就像一旦有了美国人幸福的标准,幸福就注定要带有美国特色。

四月十六日。我们到这里来是不是太愚蠢了?不排除这种可能性。我是不是个傻瓜?我是不是个温顺殷勤的丈夫,别的男子向你的妻子调情你却佯装视而不见?但是,她不会离开我跟他走。里夏德配不上她。我才不是傻瓜。

四月十七日。我三十五年前出生,这样我的生日听起来就带美国味。按照我们波兰的习惯,我们以圣徒的名字命名,并以这位圣徒的纪念日作为生日纪念日。在这里这简直不可想像。之所以如此,倒不仅仅因为美国不是天主教国家,不按宗教日历行事;宗教日历铭记了最古老的历史传统。在美国,最重要的是个人的日历,个人的人生道路。**我**的生日,**我**的生活,**我**的幸福。

四月十八日。两个印第安小孩玩跳蛙游戏。一个长着黑色的头发,像马的鬃毛,牙齿像被锉平了似的。气温华氏九十七度。夏天还没有到。我该找一本养猪的书。再找一本养蜂和酿造蜂蜜酒的书。跟村民交谈我发现,养猪和养蜂劳动量都不大,效益却最好。蜂蜜酒在本地很受欢迎,但他们酿造的方法不对。朱利安和我做了一些蜂蜜酒,似乎很不错。不管怎么说,有合适的配方总不是坏事。

四月十九日。我很晚才进入她的生活,想要改造她纯属想入非非。我没有改变她的愿望。我就爱她本来的样子。我是理想的第二任丈夫。作为一个伟大的女演员的丈夫,我知道如何扮演好自己的角色。我希望她视我为当然,如今我发现我也视她为当然。但是,我从来都不了解她内心深处最隐秘的情感。奇怪的是,我竟非常自信玛不会离开我。

四月二十日。胡安·马利亚,多洛求,基督。

四月二十一日。里夏德提议带我们俩,就玛和我,到圣贝纳迪诺斯去,旅途有两天。我告诉玛,我和亚历山大正忙于马厩的活,我不能撇下工作,但她应该去。可以肯定,里夏德就希望我拒绝。

四月二十二日。玛和里夏德天不亮就出发,老萨尔瓦多随行。里夏德带着十四响的亨利步枪、手枪和猎刀。萨尔瓦多带的武器足够对付两个土匪。玛也带了一支枪。吃晚饭的时候,大家垂头丧气的,就像一场表演没有观众。也许担心她会离开他们。最心神不定的要数阿涅拉。她怎么能在野外睡觉呢,她不停地念道。彼得问,妈妈不在家,他是不是可以晚一些睡觉,练一练钢琴。房子里显得空荡荡的。午夜时分,我到外面散步,走了好远。远离我们的居住地,在浩瀚而又率直的自然环境中,头上是无边无垠的夜空,我突然被人类关系无限虚假的幻影所困扰。我觉得我对玛的爱纯属弥天大谎。她对我的感情、对儿子的感情、对我们社团其他成员的感情,也同样是谎言。我们半原始、半田园式的生活是谎言,我们对波兰的向往是谎言,婚姻是谎言,整个社会构成的方式也不过是谎言。但是,即使明白是谎言也无济于事,我仍不知道该怎么办。与社会决裂,成为革命者?我天生是个怀疑主义者。离开玛,去追随无耻的欲望?我无法想像没有她生活将会如何。我回到屋里,坐下来写下这些思想。我又一次想到:房间空荡荡的。

四月二十三日。今天晚上他们回来了。玛兴高采烈,滔滔不绝地讲述一路上的所见所闻。她受了伤,而且伤得不轻;罪魁祸首不是野兽,而是一杯滚烫的茶。她右手整个手掌全是化脓的水疱。我想她没有发现自己已经爱上里夏德了。但是,即使他们之间心有灵犀,我又怎么会知道呢?我娶了个演员做妻子。

他们朝东,朝大山前进;马儿穿过阿纳海姆季节河,河床宽阔,布满沙石。里夏德曾苦苦恳求,现在玛琳娜竟同意和他远足,他感到太惊奇了。如今他也要让玛琳娜吃惊:他要向她表明,他不会认为玛琳娜同意前往就意味着她会同意做出更多的让步。猎人最大的美德在于耐心,他不会逼迫自己追求的目标。他也不会对正在观察的猎物指指点点。静静观察的好处在于,猎物会自动闯入你的视野,他似乎认为玛琳娜自己不能看见成群的安哥拉山羊、栖息在仙人掌上的雄野鸡、山丘上的羚羊,以及成群在头上盘旋的玫瑰色斑鸠。他为自己口若悬河感到羞愧。他能说会道,滔滔不绝,可以把什么都说得天花乱坠。但他没有必要说话。

接近晌午,他们在圣贝纳迪诺斯一道高高的山脊上停下来。萨尔瓦多指着幽谷边上一棵巨大的黑橡树,用西班牙语大声对里夏德嚷嚷。

里夏德摇摇头，用西班牙语回答："我不想听。"

萨尔瓦多在胸前画了个十字，跳下马，将马系在树上，开始拣灌木枝生火。

"他说什么？"玛琳娜问。

"去年夏天这里逮住过一个盗马贼。"

"就在这里？"

"不错。"

"后来把他怎样了？"

萨尔瓦多已经点起了火，拿出马口铁器皿：炖锅、水壶、盘子、杯子，准备稍微吃点东西。

"他被吊起来折磨。"

"就吊在那棵树上？"

"恐怕是的。就吊在那棵树上。"

玛琳娜呻吟了一声，走到火堆跟前。里夏德跟在后面，从马鞍袋子里取出毯子，铺在地上让大家坐下。

"如果你觉得累，我就不问了。"

"谢谢。"

"你希望没来就好了，是吗？"

"里夏德，里夏德，别烦人了。别老是问是不是高兴到这里来，是不是高兴和你在一起。我挺高兴。"

"现在我明白你爱我了。你念了两遍我的名字。"

"是的，和你一样。"她笑着说，"玛琳娜，玛琳娜！"

他心花怒放，觉得无比幸福。

"你觉得幸福吗，玛琳娜？"他温柔地问。

"噢，幸福，"她说，"我想我对幸福的感受特别丰富。"

对幸福和满足,她有自己的打算,现在还不是时候,还不能对里夏德解释。幸福不能局限于狭小的个人存在,正如你不能把幸福装进带有你名字的匣子。你得忘记自我,忘记你的匣子。有些东西会让你超乎自身之外,充盈整个世界,你得把自己与这些东西联系起来。譬如说视觉的快感。她还记得第一次踏进博物馆时的狂喜。当时她和海因里希在一起,海因里希带她到维也纳,她十九岁,正需要见见世面。那时她还是个姑娘,如今已长大成人,她不再特别需要与人分享超越自我而得到的欢快时光,这就是年龄增长的一个优点。但是,她并没有忘记触觉、味觉和肌肤带给她的快感,而里夏德似乎认为她已经把这些都给忘了。

萨尔瓦多把盛满干饼和牛肉干的碟子递给他们,又把盛满加蜜日本茶的杯子端给他们。

里夏德赶紧把茶杯放在毯子上,茶杯烫得他扭歪了脸,直甩手。他看见玛琳娜仍然端着杯子。

“你不觉得烫吗?”

玛琳娜点点头,面带微笑。“我没有把握是不是爱你。”

里夏德觉得胸口像是被刺了一刀。他伸手去端杯子,还是烫得受不了,他又赶紧放下。“玛琳娜,放下手中的杯子!”

“也许我爱你,”她继续说,“也许我会爱你。但是,爱上一个我不应该爱的人我当然会问心有愧。”

“玛琳娜,让我看看你的手。”

“我九岁的时候,父亲刚刚去世。”她放下茶杯,战栗了一下,“我被寄放到修道院,在修道院呆了一年。”

“看看你的手。”

她伸出手,掌心朝上。手掌已烫得发紫。“萨尔瓦多!”里夏德喊道。

"先生,什么事?"

"蠢猪! 蠢猪!"他一跃站起来,拿来蜂蜜罐。"让我给你涂一些蜂蜜?"他看见她眼里噙着泪花。"哎,玛琳娜!"他俯身拉起她的手,一边吹气,一边涂上蜂蜜。"是不是好一些?"等他抬起头,她已擦干眼泪,目光闪烁。

"修道院里有个老师叫费利西塔修女。我爱她胜过自己的母亲,胜过世界上任何人。所以,我训练自己决不要正视她的脸。因为我不敢抬头,她以为我害羞,十分虔诚;其实,我有一种难以克制的欲望,一直想亲吻她美丽的脸。"

"让我吻吻你,玛琳娜。"

"别这样。"

"这么说我永远也没法把你搂在怀里? 永远都不行?"

"永远不行! 谁知道那是什么意思? 我只知道……不得不躲躲闪闪,不得不权衡抉择,我受不了。我希望生活单纯一些。"

"你觉得婚姻十分单纯。"

"喔,婚姻一点不单纯! 波格丹不单纯。我觉得波格丹够复杂的了。"他们沉默不语,坐了一会。

"玛琳娜?"

她站起身。"我们继续走吧。"

他们又骑上马,里夏德看见玛琳娜左手握住缰绳,右手包扎着手帕,举到胸前。里夏德接过她的缰绳,牵着两匹马穿过布满岩石的峡谷,爬上全是荆棘的陡坡。她跟在他后面,说波格丹曾经有过一次特殊的痛苦经历,使生活变得十分艰难,甚至弄不清(但她不能解释)自己到底是谁。随后,玛和里夏德似乎开始争论,这是里夏德最不情愿的事，特别是她几乎已经承诺，有朝一日她会成为他的恋人。

"如果我的爷爷是拿破仑手下的军官，妻子是民族英雄，"里夏德回过头，不合时宜地说，"我或许会考虑自己的身份。"

"你这可没有往常那么聪明。"她冷冷地回答。

山势渐趋平缓，玛琳娜用左手收回缰绳，他们让马奔跑一阵子，仰面迎着绚丽的太阳，湛蓝无瑕的天空只有几朵白云。她好像已经原谅了他；里夏德一面沉浸在快活之中，一面继续回味玛琳娜刚才忍受疼痛，让人惊骇的一刻。

夜幕降临，他们在山峦远远的另一头安营扎寨。萨尔瓦多忧心忡忡地用盘子给他们端来咸猪肉和面包，找出一些理由，再一次用西班牙语喃喃地道歉。"原谅我，夫人，非常非常对不起，原谅我。"他说。"现在不烫了，夫人，现在已经凉了。"里夏德给她翻译。

"我希望咸肉不会太凉。"玛琳娜笑着说。

萨尔瓦多用细小的石兰和茶树枝条给玛琳娜做了一张床，上面铺上一层层深色的苔藓和光滑的蕨类植物的叶子，玛琳娜快乐得像个孩子似的。稍后，里夏德让萨尔瓦多留在篝火旁，拿着枪守护着玛琳娜睡觉。萨尔瓦多再次向里夏德保证，他在玛琳娜周围放置了用马毛制成的套索，响尾蛇没法越过套索。皓月当空，里夏德起身离开营地，到树林中散步、抽烟。在这广袤的大自然之中，在无边的夜空之下，玛琳娜在自己的保护下已安然入睡，他似乎实现了一个古老的幻想——他们像两支纤细的箭，穿过浩瀚无际的宇宙。想到这里，一种奇异的胜利感油然而生。他爱她，她也爱他。他现在已经非常确信。起风了，寂静的树林似乎在轻轻地弹着琴，在喃喃地诉说。随后，在全神贯注之中，他听见有可怕的沙沙声，他感到惊慌和恐惧。他提醒自己，这可能是熟透的橡子从花梗上绽开脱落，沙沙地穿过树叶掉到地上发出的声响。这也可能是可怕的棕熊,正鬼鬼祟祟地靠近,从树后向他猛扑过来,还没有来得及等他叫喊已撕开他的喉咙。而他却把枪忘在了篝火旁边。他吓得心惊胆战,他用五官来感觉和了解周围的信息。他甚至可以透过树林的芳香嗅到远处臭鼬散发出的恶臭。他听到猫头鹰的啼叫以及更轻微的瑟瑟声;接着……万籁俱寂,谢天谢地,他感到喉头一阵梗咽,心中充满感激,放下心来。他仿佛得到大自然的谕示,危险已经过去。总算平安无事,一切都会平安无事。原因不在于里夏德有刀枪不入的幻想,他富于理性,还不至于这样糊涂。但是,什么东西也不可能摧毁他健康的感受和强烈的自我认同意识。他自言自语地说,即使生命现在结束,我仍然会觉得,天哪,这次旅行是多么美好。

四月二十四日。玛今天对我说,我们的社团就像婚姻;一听这话我立刻警觉起来。我不是指我们的婚姻,她笑着说。我的意思是,因妥协、失望和永恒的善意而成熟起来的婚姻。显然,我也不是指朱利安和旺达的婚姻!一对老夫老妻,一想到婚姻永远没个头就垂头丧气,但又不可能解除婚约。这是玛、我的至爱头脑中的一闪念。永不满足,苛刻、自责、专横。

四月二十五日。这里的葡萄长得都像灌木,这似乎带有一点美国特色。本地人认为这样的葡萄效益最好,不用劳神费力搭架子什么的。而我想到的只是这些葡萄没有相互支撑,没有攀附,没有渗透。每株葡萄藤都自立自强,拼命地长啊,长啊,要超过周围其他的葡萄。

四月二十六日。如果能找到一本好书,告诉我如何把葡萄加工成葡萄干,我愿意花几千美元来试一试。今天下午朱利安和我参观了村里两家葡萄烘干房,条件都很糟糕。但是与酿酒相比,本地的葡萄更适合做葡萄干;而且葡萄干也更好卖。加德纳告诉我说,他二十英亩土地生产的葡萄干就卖了八千美元。雅辛托棕色的眼睛闪闪发光。

四月二十七日。作物还可以进一步多样化。当然要种植橄榄树、柑橘,还有柠檬、石榴、苹果、梨、梅;这些都很赚钱。无花果也不错;这里的无花果零卖,不像在波兰一串一串地卖。也许这里的土地太干燥,不适于种香蕉;西瓜虽然长得也很好,但没用,价钱太贱。这里也种植许多烟草,但主要是用来自己抽。尽管桑蚕长得很快,蚕茧也很漂亮,但是本地人不大养蚕;人们告诉我说,美国人认为养蚕"太费事"。

四月二十八日。在波兰我想我会安贫知命;但在美国,人能够和命运抗争。

四月二十九日。半夜里我们感到床在地板上移动,把我们惊醒了。这是我们生平第一次感受到地震,村民们说这不过是一次"轻微"的地震,轻微的地震在南加利福尼亚显然经常发生。玛和彼得都说很好玩,玛声称她在梦中已经得到警告。她刚一醒过来就好像听见圣玛丽教堂①的塔楼上吹响的喇叭声! 彼得现在天天盼望再来一次更剧烈的地震,就像二十年前阿纳海姆的殖民者还没到来以前那次地震一样厉害。

四月三十日。我们的母马被响尾蛇咬伤,不过它会恢复过来。

---

① 波兰克拉科夫的一座主要教堂,以钟楼上正点吹响喇叭而闻名。历史上当克拉科夫处于危亡的时刻,一名勇敢的号手登上钟楼,一次又一次地吹响号角,直到被敌人的箭射中喉咙。

至于我，我一直有些怨恨。玛知道我原本不喜欢到这里来。如今我比玛更需要这个地方。也许你怀疑自己的诚意，我尖刻地说。没有智慧，光有诚意有什么用，她回答，口气非常温和、练达。我气消了一些，但没有消完。她认为她是在肯定自由和纯洁，而不是肯定家室和家务劳动。我想她并不真正需要有一个家。

五月一日。我不能自由自在地追求自己的欲望，原因倒不仅仅是我在纵容其他人的欲望。即使在感受方面，我仍然只是业余水平，属于业余爱好。

五月二日。上个星期在特姆斯科尔附近，一个农场主的妻子在上洗手间的时候，一个印第安劳工走了进去。听到女人的尖叫人们赶紧赶过来，避免了发生"最坏的事情"，但农场主的妻子声称印第安劳工试图强暴她。可怜的家伙被捆起来，怒不可遏的丈夫当场割掉了他的生殖器，然后把他扔在谷仓，置之不理。当晚印第安人因流血过多而死。今天我们才听说这件事。一想起就让人感到可耻，我们不想听见这样骇人听闻的事。

五月三日。雅各布对我一一讲述了美国人对印第安人犯下的罪行。似乎在淘金热以后，印第安人实际上就成了奴隶，这种状况一直持续到大约五年以前。从他的言谈来看，似乎在我们当中他是惟一有良知的人。

五月四日。可能会失败。但我不能失败。我决不能让玛失望。我们需要的大多数东西我们都不能生产，而我们生产的东西大多数又卖不出去。

五月五日。华氏九十九度。加利福尼亚人一次又一次取得了成功，这真让人心烦。我的教养使我觉得虽败犹荣，这是波兰人独特的思维。（成功似乎有些粗俗。）一场蝗灾降临我们的田地。

五月六日。旺达看起来不舒服，晚饭时早早地离开了餐桌。朱利安说她有些发烧。我们都很担忧。达努塔提议改变一下饮食习惯，这或许有作用。她提醒大家说，她的一个小姑娘生病后，她只是喂给她一些水果和谷芽，两天以后烧就全退了。

五月七日。西普里安带我去见罗伦茨医生。瘦削、苍白，炯炯有神的眼睛上面是浓黑的眉毛，一把令人敬畏的胡子，声音洪亮有力。典型的宗教派别的领袖。社团中每个成员都叫"上帝园子中的工人"，但是，我看他们每天的工作并不包括农事，农活全由印第安人承担，这就是他们每天在早晨祷告以后，需要紧张锻炼几个小时的原因。我参观了男人住的房子以及较小的、供小孩住的房子。这些房子和妇女睡觉的房子相同，都呈圆形。夫妇只允许在星期六晚上睡在一起。他们向我解释伊甸园的饮食原则，并邀请我们就餐，食物是用燕麦、大麦磨成面，再加上果汁，真难吃。

五月八日。玛告诉我，里夏德问朱利安他和旺达为什么没有孩子。照朱利安的说法，似乎是旺达不能生孩子。玛正在考虑为印第安姑娘创办一所手工艺学校。

五月九日。到阿纳海姆定居的人是想生活得比旧金山更好。我们在这里定居则纯属偶然，而我们的生活比在波兰更差。如果最终失败了，原因不是乌托邦计划太不现实，而是我们抛弃了太多令人愉快的东西。我们要创造生活，而不是维持生计；挣钱不是，而且永远也不可能是我们的主要动机。如果我们接受失败，邻居会说我们懒散，种下庄稼以后，我们就坐在门廊上，或躺在吊床里，等庄稼自生自灭。一想到这里我就感到恼怒。这不是事实。实际上我们比他们更加努力。但是我们无法专注于农事。我们缺少他们视其为当然的常识。

五月十日。我独自骑马到阿纳海姆码头,来回差不多二十六英里。我觉得自己很强壮,这点路不算什么。海滩上星星点点地散落着一些硫化铁矿石,当地人称它为傻瓜的金子。我为彼得拣了一口袋。

五月十一日。在我们以前就有人曾失败过,包括布鲁克林农场。在得克萨斯州,卡利克斯特·沃尔斯基就在联邦中创建过傅立叶殖民地。这些我们都听说过。的确,在我们制定移民计划的时候,我读过沃尔斯基的书,他对乌托邦尝试的描述充满了悔恨。他的书在他和朋友们回到波兰以后出版。即使现在我仍然认为,虽然美国的其他社团按傅立叶的思想没有成功,合作社区没有能坚持下去,我们也不应因此而泄气。只要谨慎行事,我们不会失败。正如我们不能因朱利安和旺达的痛苦而对婚姻丧失信心。我们有理由这样说,我的婚姻跟其他人不一样。

五月十二日。也许我们的尝试过于波兰化。我了解国外富有同情心的人对波兰人悲惨命运的看法。他们说我们缺少政治智慧,你看看我们举行的起义,每次起义都没有成功的可能。我们容易上当受骗,拿破仑就轻而易举地让我们相信,我们民族的军团必须为他流血牺牲,他在我们鼻子面前挥舞白鹰,在一八一二年我们就奔向俄罗斯,我的爷爷就一马当先。我们易于冲动,太孩子气,力不从心;在工业化和军事化的时代,所有的民族都将为生存进行伟大的斗争,而我们的民族性格确实与严格管理、处世精明、组织严密、中庸适度以及其他必要的素质格格不入。我们随时会表现出英勇豪放,每个人都勇敢无畏;但是我们以自己品格高尚而自负。他们对波兰人最激烈的指责是:这个民族是一群政治上的业余爱好者。

五月十三日。波兰到处都是纪念碑。我们纪念过去,因为过去代表命运。我们是天生的悲观主义者,坚信曾经发生过的将来还会发生。也许乐观主义的定义就是否定过去具有的力量。在美国,过去并不重要。在美国,现在并不是对过去的进一步肯定,而是取消和代替过去。对过去任何形式的依恋都十分淡薄,这可能是美国人最突出的特征。这使美国人显得肤浅单薄,但这也使他们强健有力,充满自信。他们不会因任何事情而气馁。

五月十四日。今天下午五点左右,旺达企图在谷仓里上吊自杀。绳子在横梁上没有系牢,她一跳下楼梯绳子就松开了;但她摔下来时却把活扣拉紧,如果再过几分钟她就会被活活勒死,幸好雅各布在楼上的小屋里,听见碰撞声及时赶到,搬开她身上的楼梯,解开活扣,迅速找人抢救。我们把不省人事的旺达抬回屋里,我骑马到村里请来希金斯医生,他调制了一些膏药敷在旺达脖子的淤伤处,固定好摔坏的胳膊,然后给了她一些水合氯醛,一直忙到凌晨两点才离开。当然,旺达必须在我们这里呆上几天。玛仍然和她在一起。亚历山大和巴巴拉让朱利安到他们那里过夜。朱利安在房子外面出尽洋相,他哭啊,闹啊,说也要自杀。也只有这样大家才能平息,但愿他不要弄巧成拙。巴巴拉说,如今他只是呆呆地坐着,双手捧着头。玛不准他靠近旺达。

五月十五日。旺达仍然疼痛得厉害,不能吃,也不能喝。希金斯今天来过,说她恢复得很好,并敦促我们让她卧床几天。谁也不知道该做些什么。朱利安深感懊悔,但那又能持续多久?"我知道我不聪明。"旺达尽力想对我讲的就这一句话,声音沙哑低沉。真可怜,既可悲又丢人。她一直求玛让朱利安来看她。

五月十六日。我们和朱利安一样感到懊悔。生活在同一个社团中,这就意味着不仅要对自己和家人负责,同时也要对其他人负责。

谁都不赞成朱利安对旺达的态度,我们应该对他有所约束才对。

五月十七日。旺达回到朱利安身边。她离开以后,玛非常难过,几乎要掉眼泪。现在她又变得怒气冲冲。我提醒她,谁也无法了解别人婚姻生活中的是非曲直。

五月十八日。朱利安和旺达不再来跟大家一起吃饭,玛让阿涅拉把饭送到他们的房间。今天晚上我们去看他们,旺达说她有些神经质,可能是劳动太累的缘故;朱利安也赞成,说她一直过于劳累。

五月十九日。朱利安和旺达准备下月初回波兰。不久前发生的事太恐怖,所以谁也不敢劝他们留下;老天知道,回到波兰他们也不可能相处得好些。朱利安将又多了一个理由责怪旺达,即他们离开了朋友,放弃了乌托邦的尝试,抛弃了美国的生活;还有,她的软弱让他丢人现眼。玛非常伤心,雅各布将搬到他们屋里去住,里夏德宁愿留在谷仓。看起来没什么变化,但实际上一切都今非昔比。我能感觉得到,失败已成定数。

五月二十日。今晚我什么也不想写。

五月二十一日。今天还是不想写。

五月二十二日。在美国,什么都被认为是有可能的。美国人有发明创造和亵渎神灵的才能,在这里没有不可能的事情。美国没错,错在我们自己,失败的原因在于我们自己。

五月二十三日。今天晚饭时的气氛很严峻。巴巴拉提到,听一个邻居说,伊甸园有个小孩生了病,仅吃一点碾碎的苹果、大米和大麦水,正在慢慢饿死,也不让医生给她看病。达努塔和西普里安坚持认为,肯定有人在中伤伊甸园社区。

五月二十四日。和亚历山大一起放倒谷仓旁边的一棵枯树。在拉锯的时候,我失去平衡,锯刃被弄弯。在美国,很难想像失败了还有什么尊严可言。

五月二十五日。别等待,转眼已是日薄西山。(我在某个地方看见过这样的警句。)谨慎的人要学会放弃,否则就会落得被人抛弃。聪明的人善于争取最后的胜利。

五月二十六日。不能简单地归咎于我们没有经验,二十年前德国人到这里来经营葡萄园,他们也没有经验。他们不过是些雕刻工、啤酒酿造师、军械工、木匠、旅店主、铁匠、干货店老板、制帽商、两个乐师和两个钟表匠。要使乌托邦的尝试获得成功,学习必要知识的能力我们肯定不比他们差。他们的主要目的是要成为成功的农民。我们愿意当农民,但目的是享受宁静的田园生活。

五月二十七日。与达努塔和西普里安争论。伊甸园的小姑娘被村当局监管,罗伦茨被正式指控有危害儿童生命罪。下个月他将出庭受审。达努塔和西普里安向我们保证,法庭将证明他无罪。今晚玛特别可爱。现在就上床睡觉。

五月二十八日。今天一早我骑马到山里去,傍晚回来。大约五十英里。一点也不觉得累。

五月二十九日。开会决定下一步该怎么办。达努塔和西普里安希望坚持下去,雅各布说他愿意继续留下,无论将来结果如何他都要留在美国。巴巴拉收到她母亲的来信,说是父亲病得很厉害,可能活不长了,她很焦虑。但她和亚历山大不准备回国,即使他们要回去,赶到华沙时恐怕也来不及了。亚历山大已经向我们保证,说他对社团的前景表示悲观,但这并不意味着他后悔加入我们的乌托邦尝试;我希望能相信他的话。大家同意等到十月,看葡萄能否卖一个好价钱。玛说她可以重返舞台一段时间,攒一点钱,这样大家能坚持到农场赢利。

五月三十日。下午华氏九十七度。我不想找借口放弃我们在这里的生活,催逼玛重返舞台。我们把在这里的生活称为尝试,称为两种生活之间的间歇。后来我想:她的确想重返舞台。

五月三十一日。我认为,撤消了对罗伦茨的指控并不能说明问题,伊甸园社团显然出了一大笔钱作为新学校的建设基金。看见多洛求在村里一家商店的橱窗外,羡慕地望着里面的一顶草帽。他说他有十五美分,帽子要"两个彼特"。他说两个彼特是当地的俚语,相当于二十五美分。他要我给他买那顶草帽;羞愧的感觉。

六月一日。今天早上我们到车站为朱利安和旺达送行。他们明天在旧金山登上远洋快轮。船十天以后离开纽约驶往不来梅港。

六月二日。我被一些毫无意义的问题所困扰。究竟是什么东西促使我们选择这个生活方向而不是另一个方向?我们为什么一定要千里迢迢到加利福尼亚而不是到其他地方?我看见多洛求在厨房,想方设法让阿涅拉明白他的话。他问我们是不是还需要人干农活。他戴着那顶草帽。

六月三日。今天无所事事,议论我们的未来。巴巴拉又接到了她母亲的信:父亲死了。

六月四日。巴巴拉和亚历山大晚饭后把我叫到一边。他们已经决定今年夏天回波兰。

六月五日。达努塔和西普里安宣布他们将留在加利福尼亚:他们将移居伊甸园社团。玛极力劝阻,但毫无效果。跟痴迷者没法争论。很清楚,这个愚蠢的主意已经酝酿了很长时间。罗伦茨荒谬的社团还会坚持一段时间,比我们的社团寿命长。也许我们还不够激进,要么还不够古怪。啊,多洛求。

六月六日。再回过头来看,大家会轻易地说我们注定要失败,说我们太单纯,说我们应该明白:欧洲的知识分子自以为能够成为探索者,等等。也许,就像人们告诉我们的那样,在异国他乡开始新的生活,我们不是第一批,肯定也不是最后一批憧憬美好生活的人。缺少理想主义激情的人会对我们百般嘲弄。但是,为实现完美的天性而进行尝试虽败犹荣。如果缺少了像我们这样的人,世界将黯然失色。

六月七日。雅各布今天动身去纽约。告别的时候,他送给玛和我三张画,他认为这是他到美国以来画得最好的画。一张画的是两个悲哀的头像,一个满脸胡子的男子和一个年轻的女子:夏洛克和杰西卡①。一张是玛坐着看书的全身像。还有一张画的是洛斯涅托斯,一位墨西哥妇女,身边围着好些嬉戏的孩子,在一排排桉树之间牵着晾衣绳,她正把牛肉干挂在绳子上。这些画非常生动,玛对雅各布的离开感到万分沮丧。

六月九日。玛和阿涅拉忙于大扫除,把房子彻底清扫一次。她说感觉平静。我必须和奥古斯特和比特·费希尔谈一谈。

六月十二日。今天下午,玛、里夏德和我骑马到阿纳海姆码头,在码头一家餐馆吃饭,吃刚刚捕获的比目鱼,观看海上日落。夕阳如画,我们的精神为之一爽,似乎得到净化,就像我们刚到达这里的时候,陶醉于欣喜之中。在出发前夕,我们像初来乍到一样。或者说像即将动身的旅行者。太平洋显得毫无变化,那么辽阔,那么无动于衷,似乎谁也不能再往前迈出一步,似乎只能后退,只能折回脚步。不过,这当然只是幻觉。

六月十三日。玛并不是渴望崭新的生活,她需要新的自我。我

---

① 莎士比亚的戏剧《威尼斯商人》中犹太人高利贷者和他的女儿。

们的社团是她获得自我的形式；如今，她一心一意要重返舞台。她说，她要向世人表明她在美国观众面前同样会取得成功，在此之前她不会考虑返回波兰。她还激我，要我列举出横亘在她和美国演员之间所有的障碍。

六月十五日。玛准备到旧金山去。一旦安顿下来，彼得和阿涅拉就会前往。

六月十六日。费希尔夫妇清楚地知道，我们改善了这片地产，其中包括两栋新建的房子。他们说愿意买回农场，价格比我们去年十二月所付的价格少两千美元。我将留下来，看看有没有其他买主。

六月十七日。我们当中是不是有人真正领会到这个地方如同商海战场，变幻莫测？或者说是不是真正了解经营农场需要多少工夫？也许我们该到南太平洋去。

七

那种感觉像是恶作剧,像是离家出走,或者说像是在撒谎——她很会撒谎。玛琳娜又要从头开始,准备重返命运之途。命运之途使她深刻地意识到她没有迷失方向。

玛琳娜于六月底抵达旧金山。身上的皮肤好久没有感受到旧金山那海洋气候的清新与潮湿了。海湾风光秀丽,城市布局散漫,在淡淡的雾天,从城市中心那些陡峭街道的最高点可以眺望大海的景致;这一切她都已经淡忘了。然而,诺布山麓下的加利福尼亚剧院,那宽大的入口和宏伟的柱石却鲜活地铭刻在她的脑海中,这是她魂牵梦绕的地方。

波格丹安排她住在卡普顿·扎兰尼基老夫妇家中。一个体面的女人暂时离开家人的时候并不想独自生活。之所以选择扎兰尼基夫妇,是因为这对夫妇慈祥体贴,而且扎兰尼基夫人是美国人,这样玛琳娜就不会成天讲波兰语。扎兰尼基先生是当地土地局的资深职员,负责土地测量和土地资格认证,他显然熟悉方方面面的人,上至州长下到波希米亚俱乐部的成员。加利福尼亚剧院负责舞台表演的经理奥古斯·巴顿非常固执;通过他们的共同游说,也许可以说服他接受她的试演。她到达旧金山后的第一天上午就穿过布什大街溜进了加利福尼亚剧院,像一个感到恐惧的角斗士,为了给自己壮胆,在角斗的前一天偷偷地走进空旷的竞技场,坐在看台的最后一排,俯瞰场内铺排平整、未沾血迹的细沙。她溜进一间包厢，想看看红色天鹅绒幕布，打量一下静谧幽暗的舞台。孰料，舞台并不幽暗：舞台上正在排练。一个高大的男子坐在第十排，她心想这人会不会就是巴顿。他身着黑衣，弯着身子，正好从座位上弹起来冲向舞台，朝一个演员大吼："不要对我说你今天晚上'不会出错'。我讨厌这句话。如果你能够不出错，现在就'别出错'。"没错，他肯定是巴顿。

她在给亨利克的信中坦言，现在的问题是她很少有独处的时间。她到旧金山的消息不胫而走。（凡是有波兰人聚居的地方，她怎么可能隐姓埋名？）旧金山波兰人居住区的每个同胞都希望受到邀请，与她见面。面对离乡背井的同胞热情洋溢的爱慕和敬重，她很难按捺日益强烈的雄心壮志，很难克制对失败的恐惧。卡普顿·扎兰尼基先生流亡美国，是因为他三十年前参加了波兰人民为反抗奥地利统治而掀起的自由民主革命。那次革命遭到梅特涅①的残酷镇压，许多波兰自由派、主张起义的上流人士和知识分子惨遭杀害。尤其令人感到恐怖的是波兰农民充当了镇压的爪牙。扎兰尼基先生不但对故园遭受的灾难深有感触，而且对接纳他的美国的政治也非常关注，但那天晚上他们只讲波兰语。他自诩是社会主义者，但他告诉玛琳娜，他对社会主义在美国的前途不抱希望，因为美国的穷人崇拜富人，就像欧洲人效忠贵族和教士一样。他主动向她阐明美国两个政党的差别，但玛琳娜最终明白的，不过是共和党希望加强中央集权，而民主党则想维持松散的联邦②。玛琳娜想，也许在南北战争之前，

---

① 梅特涅（Metternich，1773—1859），奥地利外交大臣（1809—1848）、首相（1811—1848），曾镇压奥地利和德意志的民主运动，一八四八年革命后逃亡英国。

② 二十世纪绝大多数时间内美国两党政策正好发生了戏剧性的逆转：共和党希望维持松散的联邦，而民主党则希望加强中央集权。

即奴隶制度问题解决之前来理解美国两党的纷争更为容易，因为那时理智的人都会做一个共和党人。她不明白美国人现在还有什么值得争论。一天晚上，扎兰尼基邀她去听罗伯特·英格索尔①的讲演，这个"伟大的不可知论者"有关无神论的演讲在旧金山吸引了无数的听众。玛琳娜对听众的热烈反应印象特别深刻。

对于一个演说家来说，听众频频点头称是无疑会给他极大的信心和勇气。然而玛琳娜此时却不停地自问，她如今选择的舞台艺术会有什么结果。她写信对亨利克说，无论结果，我都无怨无悔。不过，她怀疑自己是否言不由衷。

为了躲开那些热情的波兰同胞，她从扎兰尼基夫妇家搬了出去，独自隐居在附近一套带有家具的住宅里。她典当了所有首饰。虽然那些东西值不了几个美元，但也足够她省吃俭用两个月了。她要的是离群索居，在寂寞孤独中重构艺术的直觉和技巧、激发永不衰竭的欲望、再塑初生牛犊不怕虎的精神。正是依靠这些她才成为演员。坚定有力的台步和自然卓立的身姿已经不用再加锤炼。专注于自我的艺术才是真正创造的关键所在，她现在需要的是闭关修炼。

现在，她的世界里只有她和这座城市，她和她的梦想，她和英语这门语言。英语给她带来痛苦，但是又是她实现梦想的关键，她一定要掌握英语，让英语臣服于自己的"椅子"。

"是'意志'，"科灵格蕾小姐说，"不是'椅子'。"

第一次见到科灵格蕾小姐的时候，玛琳娜正在门廊高低不平的

---

① 罗伯特·英格索尔（Robert Ingersoll，1839—1899），美国政治家、演说家、共和党人，批判基督教《圣经》，普及人文主义哲学和科学唯理论，被誉为"伟大的不可知论者"。

木地板上来回踱步。她胸前抱了本莎士比亚的作品,一边背诵《安东尼与克莉奥佩特拉》的台词,一边醉眼迷离地从弧形的窗户向外眺望着大街。她突然意识到有人在看她。她是个矮胖的女人,玉米色的头发上戴着一顶大草帽。玛琳娜不由自主地嫣然一笑。那女人朝她做了个飞吻的手势,慢慢放下手也报以会心的一笑,然后迟疑了片刻,转身翩然而去(她的披肩在风中飞扬)。

　　几天后她们又见面了。那是一天下午,玛琳娜在家枯坐了八个小时后(学习英语、背诵台词),出门到离杜邦街不远的唐人街闲逛。不知不觉中,她转进了一条挂满灯笼的小巷。巷中萦绕着丝丝缕缕的音乐,两边金碧辉煌的茶楼阳台上不时爆发出喧嚣的尖叫声。小巷中每家店铺都装饰着三角旗。从敞开的店铺门口望进去,能看见亮堂的屋内杂乱无章的摆设,有牙雕、红漆盘、玛瑙香水瓶、镶有珠母的柚木桌、檀香木盒、油纸伞和山水画。她身边的苦力穿着蓝色的短夹袄走得飞快,倒是几个绅士悠闲自在,他们穿着淡紫色的印花长衫和走起路来沙沙作响的丝绸裤,头上的长辫子还扎着樱桃红色的丝绳。在她身后,慢悠悠地跟着两个妇人。玛琳娜停下来站在一边艳羡地打量着她们。她们头发梳得溜光,手腕套着玉镯,由丫鬟搀扶着。她的目光随意地滑落到她们宽大的裙裾下面,看见三寸金莲绣花鞋。她记得曾经在书中得知,这是中国的习俗,尤其是大户人家的女儿,很小的时候就被破坏脚骨的生长,缠上布条,让脚趾和后跟长到一起,直到她们长大成人。想到这里,她只觉得一阵恶心,口中一片酸涩,恐惧直灌心中。

　　"你怎么啦?要不要找个医生?"身旁有人问她。她极力克制,不能晕倒;问话的就是几天前她从窗口望见的那个年轻女人。

　　"啊,又是你。"玛琳娜软绵绵地说。她竭力抑制住又一阵恶心,艰难地笑了笑。她看见自己的笑容产生了奇妙的影响,年轻的女人上前帮忙,迅疾地冲进一间铺子,拿了一把白羽毛扇出来,使劲地朝她脸上扇着风。

"我没病,"玛琳娜说,"只是看见两个中国妇人……两个——"

"啊,小脚妇人。我第一次看到她们的时候,胃里也一阵难受。"

"你真好,"玛琳娜说,"我好多了。"

年轻女人陪她回到她的住处,她们已彼此加深了了解,似乎找到了知己。我为什么偏偏在那个时候向窗外看呢?她在信中问亨利克。为什么我会对她笑呢?这说来真有点浪漫。那时候我可没有听到她那圆润的女低音,没听见她天籁般的发音呀!是的,亲爱的,这的确有点浪漫。在美国整整一年了,我第一个钟情的对象竟然是个戴着傻乎乎帽子、披着哔叽披肩、喜欢发号施令的野丫头。她还说她养了一只宠物,一只已经长成的小猪。不过你知道,柔美流畅的声音对我特别有诱惑力。

新朋友羞答答地告诉玛琳娜,她的名字叫米尔德蕾德·科灵格蕾。她还称赞玛琳娜已经掌握了英语语法和词汇,断言这是公正而又专业的评判,因为她是一位语言教师,一直在给诺布山上那些豪门贵妇传授演说术。

玛琳娜告诉科灵格蕾小姐,她只有两个月时间准备试演。她要让巴顿先生看看自己的本事。

"'先生',"科灵格蕾小姐说,"不是'献身'。"

玛琳娜请她辅导英语,科灵格蕾小姐爽快地答应下来。为了表示感激,玛琳娜象征性地支付了点薄酬(她没有钱)。科灵格蕾小姐每天早上八点准时到她的住所来,帮助她用英语扮演角色。她们并排坐在门廊靠窗的活动桌子旁,一字一句地练习台词,尤其注意那些需要重读的元音和精心雕饰的辅音,反复斟酌一整段台词,直到两人都满意才罢休。玛琳娜在剧本上标满了停顿、重读、换气符和发音记号。然后,她会站起身,在客厅里踱着步背诵台词,而科灵格蕾小姐仍旧坐在桌边,念着(玛琳娜吩咐她用最平淡的语调)其他角色的台词。她们每天在一起长时间地练习英语,科灵格蕾小姐从来没有提过今天到此为止的请求。玛琳娜发现她的伙伴工作起来和她一样不知疲倦,有时玛琳娜要一再坚持,她们才停下来出去散步。玛琳娜没有意识到,她在享受乡间纯朴生活的宁静时,内心是多么深切怀念城市生活的脉搏和气息。

“‘城市’,”科灵格蕾小姐提醒她,“不是‘诚实’。”

卡普顿·扎兰尼基经常在傍晚时分带着一盘盘可口的波兰菜看来探望她。那是他教会妻子烧的波兰菜。玛琳娜跟他谈起科灵格蕾小姐的时候,他总说:“亲爱的玛琳娜夫人,其实不用请人教英语。怎样写就怎样念,就像你念波兰语一样,那就非常好了。如果非要去念那些不可能发出的声音或刺耳的声音,你就会破坏嘴形,话语也会变得生硬。你要特别注意,不要像他们一样去发‘咝’音,你始终发不好。平声的‘特’和‘德’比美国人口齿不清的‘咝’音听上去要悦耳得多。再说,我保证,美国人对外国口音很着迷。你的发音越糟糕,他们就越喜欢你。”

他告诉她,她不可能学会正确的英语发音。万一不幸被他言中会怎样呢? 她会不会变得有些古怪,人们热烈地鼓掌不是因为她精彩的表演,而是因为她糟糕的发音。她又怎能以艺术家的才能去展示完美理想的艺术呢? 她无论如何也不能听从扎兰尼基先生的劝告。

她反复地练习发可恶的“咝”音——她觉得自己发音时舌头总不

能准确到位,气流总不那么顺畅。她以玩笑的口吻对科灵格蕾小姐说,也许我应该去安装一副美国假牙。她曾经在苏特大街和斯托克顿大街交界处看见过一个巨大的招牌,上面写着"布莱克牙医诊所:矫正牙齿,受益终身"。

"'牙齿',"科灵格蕾小姐说,"不是'鸭子'。"

每个单词到她嘴里就像个奇形怪状的小疙瘩。私奔、私产、私仇、私房、私愤、私货、私交、私利、私情、私事、私通、私心、私有、私自、私营……<u>丝、丝、丝、咝、咝、咝、斯、斯、斯</u>。①

除科灵格蕾小姐之外,在旧金山最初的几周里,玛琳娜惟一愿见的人是里夏德。但,她最终还是把他打发走了。

里夏德比她早几天离开阿纳海姆。他一直在旧金山等她。在七月四日美国独立日这天,他们一起去听了热烈的演讲和节日的颂歌,一起观看了游行和烟花。他们看见消防员坐着红色的四轮马车四处奔忙,扑灭燃放烟花引起的火灾。又过了一天,他们租了一辆四轮马车沿着海边兜风,玩了一个下午。玛琳娜觉得自己被里夏德深深地吸引住了。他们手牵着手,两人的手都湿漉漉的。她心里甜滋滋的,肯定有些动情。她不再是社区的领袖,暂时也不是妻子,也不是母亲——她无须对任何人负责,只想我行我素。(她这样做过吗?)如今,她暂时离开丈夫和孩子,她是不是想成为一个情人,承担一个情人应尽的责任?

她现在惟一要考虑的是她即将扮演的角色。

里夏德建议去看看戏。"现在还不行,"她说,"我不想受到别人表演的影响,心想,哦,对了,美国演员应该这样,美国观众会鼓掌欢

---

① 玛琳娜在练习一连串带"th"音的单词,译文做了处理。

迎这样的表演。其实,要发现自己隐秘的天赋,必须在自己身上挖掘。"

里夏德看着她又恢复了从前高傲的艺术家的形象,感到心醉。"我从来没有想过,"他谦卑地说,"要自己写小说,不要从其他作家的书中去寻找灵感。"

"哦,亲爱的里夏德,不要把我说的话套在你的身上。"玛琳娜的声音听上去高傲但不失温柔。"我必须专心致志。要当演员只能这样。"

"这就是你的天赋。"里夏德说。

"不妨说是我的缺陷。"玛琳娜笑了笑,"我承认我非常想去看戏。"

第二天晚上,里夏德陪她去了杰克逊大街的中国大戏院。这家碧瓦飞檐的戏院风格古朴,有上下两层。他们要了一间包厢。随着戏台后穿着朴素的乐队敲了一阵开场锣鼓,从戏台左边的一道布帘子后一溜烟地冒出一个、两个、三个,最后是二十来个锦衣华服的演员,在台上开始用假声对话。玛琳娜像孩子一样拽着里夏德的上衣。过了一阵,剧情发生了变化,六个演员从戏台右边类似的布帘子后退场。

"太精彩了,是吧?"里夏德问玛琳娜。"中国戏剧不用考虑哪边是出口,哪边是入口:演员小跑步从左边的布帘后上台就算是上场,小跑步从右边的布帘下台就算是退场。中国戏也不着力于刻画人物的内心情感:红脸一看就是英雄豪杰,白脸一看就知道残忍狡诈。他们也不需要任何布景:需要什么东西,有人会送上台;演员要换装,只需稍稍站在一边,就有人来换装,不用……"为什么我要喋喋不休地解释呢? 里夏德心想,玛琳娜看得明明白白,甚至比自己还清楚得多!

　　玛琳娜看见台上有人在翻筋斗,有人在舞狮耍龙,禁不住热烈地鼓起掌来。"我可以坐在这里看通宵。"她夸张地说,"我希望这出戏永远演下去。"是啊,里夏德自言自语地说,永远演下去该多好!

　　第二天早上,科灵格蕾小姐告诉玛琳娜,她的猪病了,需要看兽医,傍晚时候才能到她家来一块练习英语。听到这个不幸的消息,里夏德抓住这个天赐良机,提议出去做一天短途旅游。他来接玛琳娜乘船沿旧金山海湾观光,中途在金门公园稍作停留。途中玛琳娜告诉里夏德,她一直在回味昨晚的精彩演技。

　　"旧金山还有一家中国戏院,我可以带你去看一看,"里夏德说,"不过那地方不大,只有条凳和站位,没有供女士看戏的包厢。我去的那天晚上,里面拥挤不堪,空气污浊,闷热难当。看戏的人很多,除了中国人,还有好些下里巴人,我猜肯定有扒手。这次经历很有趣,我发现,他们既不是表演歌剧,也不是马戏。惟一让我扫兴的是,扒手偷走了我的手帕和两美元。那家戏台比我们昨晚光顾的小很多。因此我准备看一些简单的露天表演。你知道,有一出戏是这样的:太阳冉冉升起,一条龙朝它飞去。龙想要吞噬太阳,但遭到太阳顽强抵抗。最后,龙飞走了,太阳跳起胜利的舞蹈。观众狂喜,热烈地鼓掌叫好。这还不算!不仅如此,远远不止这些。我惊奇地发现,戏中一切都跟现实非常吻合。"

　　"我想知道你说的现实是什么意思,亲爱的。"

　　"首先是我看到的剧情,"里夏德说,"尽管我听不懂他们在台上说些什么,但是我了解故事的情节。就像一个作家的爱情故事,作家无可救药地——也许并非是无可救药地——爱上了一个比他富有得多的美丽夫人。"

"毫无疑问,他们最后结合了。"

"不,幸亏他们没有,除了财富上的差距之外,这位夫人能够自由地回报作家的爱。"

"里夏德,"玛琳娜笑了笑,说,"你在编故事。"

"不,我可以发誓。"

"那她到底爱上这个穷作家没有?"

"那就是我为什么说那天晚上看的戏跟现实生活如此吻合的缘故。演员在台上走来走去,吵来吵去,有的甚至要寻死觅活,但最后什么也没有发生,既没有洞房花烛,也没有生离死别。显然,对于逻辑思维能力发达的中国人来说,用一个晚上来演完主人公几个月甚至几年的生活经历简直不可思议。一出戏应当让它永远演下去,只要故事本身在继续。谁想知道结果,谁就来看。"

"你也是个作家,你认为这出戏如果要结束,应该怎样结束?"

"故事发生在中国,要猜到它的结局看来不太现实。但是我想,也许美丽的夫人会把爱奉献给身无分文的作家。"

"你真这样认为吗?"

"也许出于戏剧悬念的需要,求爱的过程将十分漫长。"里夏德说。

"你肯定吗? 也许你太悲观了。"

"我自己的这出戏已经上演了一个月。我想知道,苦恋的作家什么时候才可能和美丽的'茶花女'牵手——"

"里夏德——"

"不过,他也许已经赢得了几个颇有声望的亲友的同情,他们答应为他求亲。"他沉重地笑着说,"你看我多么有耐心。"

"里夏德,在我准备试演的这段时间里,我希望你最好离开。"

246

"你要赶我走。"里夏德痛苦地呻吟。

"是的。"

"离开多久？就像中国的戏剧？几周？还是几个月？"

"等我的消息吧。如果我成功了,我就欢迎你回来。"

"回来以后呢？"

"哈,你想知道结果,"玛琳娜大声说道,"你不可能既是剧中人又是剧作者。不,你必须等待,就像我一样,等待悬而未决的结果。"

"悬而未决的是什么？万一你失败了怎么办？"

"当然,我可能失败。"玛琳娜严肃地承认。

"要是巴顿拒绝你,那他肯定是个白痴,他真该死;我回来一定要宰了他。"

玛琳娜把里夏德这句话重复给科灵格蕾小姐听,想逗她高兴。

"'白痴',"科灵格蕾小姐说,"不是'白字',另外,'宰',不念'采'。"

"科灵格蕾小姐预测,"玛琳娜告诉里夏德,"我命中注定要得到许多女人的爱。"她假装没有注意到里夏德的鬼脸,继续说:"你应该为此感到高兴。我告诉你,这么久以来,还没有一个美国人真正看上我,恭维过我。但如果相信这样一句话,女人的意志就是上帝的意志,我就心满意足了。"

几天后,里夏德离开了她,搬到离旧金山四十公里以北的西巴士托普村,一对年老的波兰移民同住。他们是一八三〇年反抗沙俄起义的老兵。里夏德在给她的第一封信中写道:这个地方非常适合写作,除了写作之外我几乎无事可做,他们不让我操心家务。在第二封信中,里夏德说,我正在写东西,其中有出戏是写给你的,你不用提醒我,我答应过你,哦,现在看来答应你好久了,我绝不会食言。这几天早上,我坐在桌边把写给你的东西又重新看了看,觉得还真不错。你也会这样认为吗?玛琳娜,我的玛琳娜,我心中美丽的花,我希望你那高贵华丽的披风能掩盖我剧本的贫乏。

玛琳娜写信问里夏德,究竟应当向巴顿提议试演什么戏。她说非常想演莎剧,朱丽叶和奥菲利娅都可以;但转念一想,最好不演英语戏,这样她的口音容易被观众接受些。《茶花女》可以吗?《阿德里安娜·勒库弗勒》也许更好?演这个女演员,即便演得太差,她也会像……女演员。这出戏在美国舞台上非常走俏,备受来美访问演出的欧洲女明星的青睐。二十年前,拉歇尔就在纽约演过这场戏,赢得了开门红,这可是她一生中仅有的一次美国巡演啊。

演《茶花女》,里夏德在回信中建议。让我选的话,我更偏爱它。我认为《阿德里安娜·勒库弗勒》太伤感、太尖酸。你必须知道这一点,玛琳娜,不管你多么喜爱这个角色。说句心里话,那结尾让我无动于衷,除非是由你来扮演。原因是如此如此。

她也征求了波格丹的意见。波格丹建议她出演《阿德里安娜·勒库弗勒》。当然该演《阿德里安娜》。他从阿纳海姆寄来的信总是那么简短。信中有关彼得的消息让她感到宽慰,而有关农场善后的消息也让她感到气馁。波格丹惟独很少提及他自己的境遇。她从心里感激他,把孩子留给他,他从不让她感到不安。她会尽快把儿子彼得接来,还有阿涅拉;当然这一切要等到试演过后再说。现在,她必须全神贯注地准备试演。她需要的是心无旁骛,需要在彻底的孤独中体验自我。她突然想,也许以后她再也不会子然一身了。

"好,你既然提到了天才,"奥古斯·巴顿说,其实玛琳娜根本没有提天才这两个字,"天才能讲各种语言。我不是说这不对。我不是说我不相信你在波兰是个大明星。在旧金山,几乎你所有的同胞都写信给我,或者亲自来到剧院,请求我见见你,看看你的介绍材料。当然,那些东西我看不懂,那些东西也不可能是编造的,是吧?不过,毕竟这是在美国。你说你想用英语演戏。外国的女演员到美国来不用母语演戏,虽然听上去让人难以置信,但是,我们的观众已经对此习以为常了。只要他们了解剧情,自然明白你在说什么。但是我仍然坚持传统的观念:既然来看戏,观众就应当听明白演员的台词。我不是说美国的观众不会敞开双臂欢迎外国演员。事实上,美国人喜欢从讲法语和意大利语国家来的演员。恐怕你们国家使用的语言不在他们喜欢之列。他们来美国巡回演出,一切都准备得非常充分,人人都争相一睹他们的风采,演完以后他们又回到各自的国家。我不是说我不想给你试演的机会,我乐意给你一次机会,哪怕是为了让你的朋友别再来烦我,我都会让你试演,但前提是你得同意我能跟你说实话。我要坦率地提出批评,不转弯抹角。"

"我知道。"玛琳娜说。

"星期三上午给你一个小时,我不是说这纯粹是浪费时间。对不起,我现在没时间陪你了。几分钟后我还有个约会。但是,我得提醒你不要期望太高。你看起来很有教养、高贵、意志坚定。我喜欢这样,喜欢充满才智、自立自强的女人。但是在这个国家,你必须屈从,人人都得屈从。我不是说你以前没有听说过,在这里经营剧院就是为了赚钱,到剧院看戏的人不像欧洲的观众,他们从来就不是冲着什么高雅的理想而来。我不是说你不知道,但我面前是一位女士,也许像你这样高贵的女人在你的祖国能给人留下更好的印象。当然你也许可能给这里的观众也留下好印象;但是,观众不想老是看一张面孔,观众喜新厌旧,甚至旧金山的富人也是如此。旧金山腰缠万贯的富人不少,就像过世的拉尔斯通先生,这家剧院和皇室饭店的创始人,他就喜欢欧洲新奇的玩意儿。我不是说到加利福尼亚剧院包厢来的人都是一帮生活在诺布山上豪宅里的势利鬼,富人毕竟希望自己有些教养。这就是为什么这里有那么多剧院的原因。这里还有一些犹太人,我猜想他们才是最有修养的人,但是你不能只为他们演出。因此,我不是说旧金山没有多少人真正明白他们看的是什么。自从布斯和欧洲的一些明星到加利福尼亚剧院演出后,几乎人人都希望到这里来演出。众所周知,除了纽约的布斯剧院之外,这里是全美国最好的剧院。这使我们观众的口味变得越来越难待候,尤其是这里报社的戏剧评论家,一直都在等待机会,想让国外那些大名鼎鼎的演员在美国出丑。我不是说平民大众不看戏。事实上,如果你不能取悦他们,你就不能成功。你得让他们欢呼,让他们又哭又笑、戳着肋骨高声嚷嚷。不知道你能否演些喜剧。哦,不,从你的气质来看,你可能不适合演喜剧。那好,就这样定了,演悲剧,你得让他们哭泣。”

“好吧。”玛琳娜说道。

巴顿用犀利的目光看着她。“我唠唠叨叨地说了这些,没有让你泄气吧,不想缴械投降?”

“不会。”

“啊,看得出来,你很高傲,自信,或许还很聪明。”他哼了一声。“但是对于演员来说,这些东西都无济于事。”

“我以前听说过,巴顿先生。”

“我想你也听说过。”

“但你说得客气多了。你完全可以对我说,聪明对于女人无济于事。”

“是的，我完全可以那样说。不过，我会记住以后不再对你说这句话。”巴顿好奇地打量她，略微有些不快。“我告诉你，哦，对不起，夫人，我不知道怎么念你的名字。没关系。你准备马上就试演一下吗？”

当然，她还没有准备好，但是她仍然回答说：“准备好了。”

“我们会向朋友一样分手，好吗？没有怨恨。欢迎这周到包厢来，随便哪个晚上都行。”

“我不想再浪费你的时间，巴顿先生。”

巴顿拍了一下桌子。“查尔斯！查尔斯！”一个年轻人从门缝里探进头来。“去艾米办公室，就说我现在没空，让他等半个小时。威廉，打开舞台上的灯，放好桌椅。”

“一张椅子就够了。”玛琳娜说。

“那就不要桌子！”巴顿又大声吼道。

他领着玛琳娜从办公室出来，穿过迷宫一样的走廊，边走边问：“准备试演什么？”

“我想演朱丽叶或玛格丽特·戈蒂埃。阿德里安娜·勒库弗勒也行。这些角色我在波兰演过多次，现在我已经学会用英语表演。”她踌躇了片刻，接着说：“如果你不反对的话，我想，我就试演阿德里安娜。在华沙皇家剧院的首场演出我就是扮演这个角色，这个角色总能给我带来好运。”巴顿吹着口哨，摇了摇头。“我从第四幕的高潮开始，也就是阿德里安娜当着众人的面向她的对手朗诵费德尔的一大段带有羞辱性的话，然后直接转入第五幕。”

“也许第五幕用不着演完，”巴顿迅速插话道，“另外，我看费德尔那段也不用演了。”

玛琳娜没有争辩,继续平静地说道:"我准备请一位年轻的朋友配戏,她正在大厅等候,她带有这出戏的台词。"

"在旧金山,就在两年以前,里斯托里的演出团来演过这出戏。在布斯剧院。当时她用的是意大利语,也许她讲过一段英语——不过你一个字也听不懂。她雇人写了许多剧评,吸引了不少观众,最后大获成功。"

玛琳娜说:"是的。我想你一定熟悉这场戏。"

他们来到舞台侧面。在她的面前就是昏暗的舞台,舞台中央放着一张木椅。啊,舞台!她将重新走上舞台!玛琳娜迟疑了片刻,真正的迟疑,这是她太高兴太激动的缘故。但是,也许巴顿认为,她想,我是怯场吧。也许在他看来连怯场都算不上,而是一般人常有的恐惧,一个假冒专业演员的业余爱好者的恐惧,担心骗局被戳穿的恐惧。

"喂,开始吧。"巴顿说。

"好的。"玛琳娜说。

"你尽情地享用整个舞台吧。"巴顿说完,从右面阶梯走下舞台,途中,他停了片刻,从口袋中掏出一封信用小刀拆开。

"让你的疑虑都见鬼去吧!"玛琳娜心想,她是针对那封可恶的信说的。"要是你们有眼泪,现在准备流起来吧!"①

"这是马克·安东尼对平民说的话。"巴顿转身看着她。"你应该看过艾德温·布斯的演出!"

"我看过。"

"是吗?我可要问问你,在什么地方看过我们伟大的悲剧演员的

---

① 莎士比亚《裘力斯·恺撒》第三幕第二场中的台词。

演出？我不知道他曾经到过欧洲巡演。"

她轻轻地跺了跺脚。"就是我现在站的地方,巴顿先生。去年九月,他在这里演过马克·安东尼,还演过夏洛克。"

"这里？也就是说你到过加利福尼亚剧院！对了,你告诉我你在这里已经住了一段时间。"他正好走到第十排中间的位置上。"这周你一定要找时间到剧院来。"

玛琳娜示意羞怯的科灵格蕾小姐取下海员帽,走上台坐在椅子上。她将(不动声色地)朗读阿德里安娜情人莫里斯的台词,在这幕戏结束的时候,还有几句法国剧院经理米古内特的台词,米古内特既是阿德里安娜亲密的朋友,又是苦苦单恋她的情人。

"记住,不要表演,只要给我朗诵台词就行了。"

"'给',"科灵格蕾小姐说,"不是'哥'。"

玛琳娜笑了笑。"不要为我担心,"她低声说,"我不会……不会出错的。"她的脸上仍然挂着笑容,但这是会心的笑。

她环顾了一下空空荡荡的舞台。在这样令人沮丧的条件下演戏,她怎样才能进入最佳状态呢？座中没有崇拜她的朋友,台上没有其他演员,没有彩绘的布景,没有道具(她是不是应该要求安排一些道具,比如蜡烛、鞋拔,或权当是一束毒花的一把扇子?),也没有让她兴奋的观众,只有对着一张椅子说话,只有对着一个铁面无情的裁判表演。科灵格蕾小姐坐在椅子上,看上去更加娇小可怜。玛琳娜心想,也许该把坐在椅子上的科灵格蕾小姐想成是里夏德。再有,能否让第二层楼厅后面的人毫不费力就听到她的声音,她威严的声音,毫不费力就听她用英语朗诵阿德里安娜的台词？而且是在美国！

"就是死亡的那一幕场景,第五幕后半部分。巴顿先生,你不会失望的。我马上就开始。"她说,觉得自己的声音怎么不太像那个女演员。"我打开德布里安公主送来的那只装有毒花的小匣,误以为是莫里斯送来的,于是吻了毒花。首先是我的回答,莫里斯正好走进我的房间,对我说,"稍显平淡的声音——"阿德里安娜! 你的手怎么在颤抖? 你生病啦。科灵格蕾小姐,开始……!"

玛琳娜盯着椅子。

阿德里安娜! 你的手怎么在颤抖? 你生病啦。科灵格蕾小姐不动声色地念道。

挑战开始了。

不,不,我没有生病。玛琳娜悲愤地说。是女演员阿德里安娜的声音。她把手按在胸口。疼痛不在这里。她把手移到头上。疼痛在这里。

快说呀!

奇怪呀,不可思议。她继续说道。无数古怪异常的事情涌上心头,毫无头绪,毫无联系。这台词正好和她的情形完全相反,此刻她心里异常清醒坚定。

狂乱的语言好似从她的心中喷薄而出。

你说什么? 啊,我已经忘记……我的想像犹如脱缰的野马,我的理智去了哪里? 我不能失去理智,不……为了莫里斯……不……为了这个晚上。毒药已经在她的体内发作,她变得越来越疯狂。剧院刚刚开门……里面已经挤满了人。肌肉还没有疼痛,没有抽搐。是的,帷幕马上就要开启……我知道观众多么焦急,多么好奇。他们已经期待了很久……是的,很久……从我看见莫里斯的那一天起……有人反对再上演这出戏。说它太老,看上去已经过时。但是我说,不,不……我有道理。啊,他们根本猜不出的道理:莫里斯还没有对我说"我爱你"——我也还没有对他说"我爱你"——我不敢说。现在这出戏里有些台词……我可以当着每个人的面说出来,没有人知道这些话是对莫里斯说的。这个主意不错,是吗?

我的爱,我的至爱,你清醒过来吧!科灵格蕾小姐念着莫里斯的台词,声音还是那样平静,令人惊叹。玛琳娜看了看她。科灵格蕾小姐坐在椅子上,前后扭动,抬起头望着她,充满激情。玛琳娜突然觉得科灵格蕾小姐所有的情感都传到自己身上。这些情感在她的体内不安地跳动,使柔弱不安的地方变得镇定。安静,安静,她像阿德里安娜一样对科灵格蕾小姐说,我必须出现在舞台上。

她非常感激科灵格蕾小姐:一个没有被爱感觉的演员,在舞台上不可能达到最佳状态。没有了爱的滋润,演员的生命就将枯萎。想一想吧,要在这空荡荡的舞台上,只有巴顿一个观众,只是留心他的感受。多么优秀的观众——数不胜数,聪慧迷人!每一道目光都审慎地观察我的一举一动。观众那么善良,那么善良地关爱着我。起初,巴顿心不在焉,他在低头看信。然后,他仰靠在座椅上,双手抱在脑后,似乎在注视舞台的拱顶。她轻蔑地想不要理会巴顿;但等她把目光再次投向巴顿,她发现他身子微微前倾,双手靠在前排座位的靠背上,她终于激发起了他的兴趣。

阿德里安娜!她没有看见我,她没有听见我说的话。科灵格蕾小姐字正腔圆、轻快地念着莫里斯的台词。

是的,玛琳娜看见,她已经抓住巴顿的注意力。现在他要看她的表演到底如何。

没有人能帮助她吗?她连一个朋友也没有吗?科灵格蕾小姐继续扮演着莫里斯,仍然顽强地克制自己。她接着往下念,轮到米古内特出场了。怎么啦?阿德里安娜有危险?加倍的忧伤彻底摧毁了科灵格蕾小姐的镇静自若,她从椅子上站起来,声音沙哑地念着莫里斯的台词,阿德里安娜就要死了!念完,她离开椅子迅捷地跑向舞台的一边。

玛琳娜正在忖量,这个傻丫头怎么啦,怎么离开了椅子;她突然意识到她离开椅子真帮了她大忙。

谁在我身边,玛琳娜哀怨地低语道,我疼痛难忍!啊,莫里斯,是你,还有你,米古内特。你们真好。我现在平静了,但是,我的心中好像有团火,正在慢慢地啃噬着我。

中毒啦,从舞台黑暗的角落传来了科灵格蕾小姐扮演米古内特痛苦的声音。

玛琳娜瞟了一眼坐在第十排的巴顿。巴顿正饶有兴趣地注视着她的表演。玛琳娜心想,她能否也能让巴顿潸然泪下呢?啊,疼痛加剧了。如此深爱着我的你,帮帮我吧!接着,她声音突然变得异常地温柔,不过语声中暗含着惊讶和责备:我不想死。

听了这句台词,观众无不潸然落泪。除了冷酷无情、心怀偏见的人,谁都会为之动情。玛琳娜觉得这句话在心头回荡,发觉自己从来没有把这句话说得这般真切。我不想死!她跟跟跄跄地走了几步,颓然坐下。

一个时辰前,我还在期盼死亡,还把死亡看成是上帝的恩赐,她轻轻地说道,但是现在,她的声音依然低沉,我想活下去。她语气突然变得有些坚定:啊,全能的主!听我说吧!声音依然不大。巴顿虽然麻木,但能听见每一个音节。就让我再活……再活几天……和他,和我的莫里斯,一起多活短短的几天……我还年轻,人生似乎刚开始变得那么美好。

啊,真让人难以承受,从科灵格蕾小姐那里传来莫里斯的呻吟。

人生啊!玛琳娜哭道。此刻声音最好逐渐减弱。人生!

念完这句台词，无论是拉歇尔表演的阿德里安娜，还是后来里斯托里表演的阿德里安娜，都竭力要站起来，然后徒然倒在椅子上。玛琳娜从前也因袭这种表演模式。这同时也是观众期待看到的一幕。但是她现在突发灵感，有了一个新的好主意。她扭曲着身子，仰头望去，好像阿德里安娜不希望她的情人和老朋友看见她美丽的容颜被痛苦扭曲。她转过身，背对着巴顿足足有三十秒，永无休止的三十秒。然后，她慢慢地转过身，面对巴顿，让他看见的是另一个阿德里安娜，另一张脸，一张死人的脸。不，不，我不会活过来，无论如何努力，无论如何祈祷，都是白费。别离开我，莫里斯。我现在还能看见你，但过不了多久我就再也看不见你了。握住我的手。过不了多久你就再也感觉不到我手的力量……

阿德里安娜！阿德里安娜！科灵格蕾小姐哭道。

米古内特和莫里斯的戏已经演完，只剩下阿德里安娜最后短短的遗言，全剧就要结束了。尽管她能看见台上科灵格蕾小姐苍白的脸上的每一道皱纹，但是她分辨不清巴顿的面部表情。啊，舞台的胜利！我的心再也不会跟着你炽热的情感跳动！而你，我一生热爱追求的艺术，在我死后也将会化为乌有。似乎阿德里安娜竟一时遗忘了如此高贵的悼词。在我们死后，除了记忆，万事皆空。但是她现在想起来了！玛琳娜茫然环顾四周。行了，行了，你会想起我，你会不会想起我？（她看见科灵格蕾小姐透过迷蒙的泪眼向她点头，示意行了，行了也就勉强过得去。）在梦幻中她念完台词：再见了，莫里斯，再见了，米古内特，我仅有的两个朋友！

剧院里一片寂静。她能听见科灵格蕾小姐在抽泣。过了一会儿，巴顿开始有节奏地鼓掌，节奏缓慢，回声不绝于耳。玛琳娜觉得掌声像是打在自己脸上。巴顿掏出手帕，大声地擤鼻涕，朝昏暗的剧场喊道:"告诉艾米我没有时间见他。夫人,我……不,等一等,让我到台上来。"

"科灵格蕾小姐,"玛琳娜柔声说道,"今天下午四点你再到我家来好吗?我想单独聆听巴顿先生的判决。"让科灵格蕾小姐在这个时候离开,似乎过于残酷,但她必须独自面对自己的命运。巴顿气喘吁吁地冲上舞台,一把抓住她的手说:"我能邀请你共进午餐吗?"

"也许吧。但你必须先告诉我,我的命运如何?"

"命运?"

"能给我一周演出时间吗?"

"一周!"巴顿惊叫道,"你想要多少周,我就给你多少周。"

"我脾气不好,夫人,你能原谅我吗?"巴顿问。他在喷泉酒吧定了一顿丰盛的午餐招待玛琳娜。

"没什么值得原谅的。"

"不,不,我是真心请求你的原谅。我原以为你刚出道。不,甚至连刚出道都算不上,只是梦想登上舞台的名媛贵妇。我真的没有料到会遇到一位伟大的艺术家。"他感慨地说道,"你也许会成为我见到过的最伟大的女演员。"

"你过奖了,巴顿先生。"

"你不会是在说我是个傻瓜吧。行了,我会尽力弥补的。"

巴顿说他会弥补,亨利克!一切顺利,波格丹。来吧,里夏德!

这是城里一家高档酒吧,坐落在苏特大街和基尔尼大街的交界处。巴顿说,这地方很有名,经常有银行家光顾。

"你看吧。"他边说边跟身边来来往往的人点头打招呼。这些人都是去看一张窄窄纸带上的东西的。这张纸带哗哗地沿一面墙壁垂下,掉进地板上的一个筐内。巴顿解释说:纸带上记录着一些经过筛选的最新信息,是通过海底电缆传来的,这些信息对于在旧金山做大宗生意的人来说不可或缺。"世界各地的消息都通过浩瀚海洋下面的电缆传到这张纸带上,纸带比雪茄烟的商标环宽不了多少。"

"真方便。"玛琳娜说。

"过去拉尔斯通也经常到这里来。很遗憾你见不到他了。他原来是城里的首富,不过,该死,原谅我的法语讲得不好,夫人。他不幸在加利福尼亚湾游泳时遇难。说来也巧,要不然那天下午他就会得知自己银行破产的消息。问题出在合伙人身上。"他笑了起来。"他的合伙人就坐在对面,就是那个摆弄背心上纯金表链的家伙。"

"我们现在谈谈正事吧,巴顿先生?"

"好。"

他们一开始就出现分歧。巴顿认为首场演出不要选《阿德里安娜·勒库弗勒》。他觉得《茶花女》要好得多。

首先演《阿德里安娜·勒库弗勒》,玛琳娜说,第一周结束的时候演《茶花女》,接下来再演两部莎剧,演奥菲利娅或者朱丽叶,因为自己和她们的悲剧气质非常相似。尽管她最想扮演的莎剧角色是《皆大欢喜》中的罗莎琳德,但是她希望在自己的口音练得更纯正一些的时候再演这出戏。至于莎翁的喜剧,她说,她的印象是,观众对台词的感觉跟看悲剧不一样。她解释说,也许观众更希望看到演员展示莎翁语言的魅力。

"我说清楚了吗?"她问道。

"很清楚。"巴顿说。

"也许你不会同意。"

巴顿笑了笑。"我知道很难不同意你的意见。"

"既然你现在兴致很好,巴顿先生,"玛琳娜欢快地说,"我想我们可以继续谈谈合同和待遇问题,你也可以提议演出的时间。至于其他演员,当然,我相信你一定能找到一位跟我在波兰的搭档同样优秀的演员来扮演莫里斯。你还可以告诉我一些这里戏剧评论家的大致情况,但不要太多。以前我很少抱怨他们的剧评,但我一直不太喜欢他们。他们好像一开始就指望你会失败。记得在华沙皇家大剧院初次登台演出的时候,那些评论家个个都满腹怀疑。对了,当初我要选择《阿德里安娜·勒库弗勒》这一伟大的作品作为我首演的剧目,他们都认为我是在冒天下之大不韪,是不自量力的表现。想一想吧,一个无名的波兰丫头,她怎能去玷污不朽的拉歇尔的量身定做之作呢?她怎么竟敢去演属于里斯托里的传世之作呢?但是,我成功了。那个角色一举奠定了我在波兰舞台上皇后的地位,从那以后事事顺心。"她笑了起来。"一举击溃别人的怀疑而取得胜利是最甜蜜不过的事情了。"

　　"的确如此。"巴顿说。

　　回到剧院,巴顿领着她四处转了转。他们一起参观了布景储存室和道具室。布景储存室整齐地标明了内景和外景:椽木房、哥特式建筑风格的皇宫、英式起居室、古老的威尼斯宫殿、森林空地、朱丽叶的阳台、简陋的客厅、小酒馆、月亮湖、乡村厨房、地牢、法国式的舞厅、蜿蜒的海岸、法庭、罗马街道、奴隶的住房、卧室、落基山的关隘。道具室里有御座、断头台、宫廷里的长椅、树木、象征君主地位的权杖、婴儿的摇篮、纺车、刀剑、无刃剑、匕首、老式大口径短枪、人造珠宝、棺材、纸花、高脚酒杯、香槟杯、橡胶蛇、巫婆用来煎药的锅、头骨。巴顿向她介绍了绘景师、道具管理员以及那些满身灰尘的助手。他还带她参观了舒适的明星化妆室和气派的演员休息室。剧院里没有演员。巴顿向她保证,她一定会喜欢跟她配戏的莫里斯。从巴顿信誓旦旦的样子来看,玛琳娜相信这个演员一定很好相处,不会心存戒备。

参观完后,他们回到巴顿的办公室。巴顿提议,十天后就可以安排一周演出,也就是从九月三号开始。他解释说,剧院本来在那一周已经安排了一系列演出,包括佐治亚州滑稽说唱团和荷尔曼魔术团,以及大名鼎鼎的颅相学教授O·S·福勒的表演,但现在他乐意将这些演出推荐到布斯剧院或马圭尔剧院。这样,在十月份,她就能多三周演出时间;如果她愿意的话,甚至多四周的演出时间。

"另外一件事就是你的姓名,亲爱的夫人。当然,在你朋友给我的信中我看到过,但是,麻烦你写一下好吗?"他望着写了名字的纸条。"M—A—R—Y—N—A—Z—A,真奇特,L—E—Z—O—W—S—K—A,好的,我记住了。现在请你念一遍。"

玛琳娜把名字念了一遍。

"再念一遍好吗?我觉得姓名的后半部分听上去和看见的不大一样。"

她解释道,波兰语中 l 的发音与英语中的 w 相同,下面带钩的 e 念 en,上面有一点的 z 读 zh,而 w 相当于 f 或 v 音。

"我再试试。扎棱……不,扎文……听上去口齿不清,是吧?"巴顿笑了笑。"不过,说正经的,夫人,不知你是否意识到,美国人谁也不能正确地叫出你的姓名。我相信你不愿意人家老是念错你的姓名。我担心的是,很少有人会下工夫去念准你的名字。"他背靠在座椅上。"姓名得短一些。也许可以省掉 Z—O—W。你觉得如何?"

"把难念的外国姓名变得容易些,我还是挺乐意。"玛琳娜快活地说。"是不是外国人到美国来都得把姓名改一改?我相信我的第一任丈夫海因里希·扎温佐夫斯基一定会觉得挺有趣。我就跟他姓。

我不想解释为什么他叫扎温佐夫斯基,而我却叫扎温佐夫斯卡,你们美国人没法理解。"第一任丈夫海因里希·扎温佐夫斯基对玛琳娜最后的控制只剩下他的姓了。她拿回刚才那张纸条,写好递给巴顿。

"Z—A—L,我们别管波兰语中的l,好吗?"巴顿看着玛琳娜点了点头。"Z—A—L—E—N—S—K—A,扎温斯卡,还不错,有点儿异国情调,也不难念。"

"几乎像里斯托里一样好念。"

"你在取笑我,扎温斯卡夫人。"

"叫我玛琳娜夫人。"

"恐怕你的名也得改一改。"

"啊,不行!"玛琳娜惊叫起来,"那可是我的名字呀!"

"可是谁也叫不出来呀。你总不会希望人们叫你玛—丽—娜夫人吧?或者玛—丽—娜什么的。你肯定不会愿意。"

"你有什么主意,巴顿先生?"

"依我看,不能叫玛丽,玛丽太美国化。玛莉又带法国味。那改动一个字母如何?你看看。"

他在纸上写道:M—A—R—I—N—A。

"这不是把我的名字拼写成俄语了吗?不,巴顿先生,一个波兰女演员绝不能使用俄国人的名字。"她想说的是,俄国佬是我们的压迫者。但她突然意识到这个理由听起来多么孩子气。

"为什么不可以呢?美国人谁又了解其中的区别?关键是要好念。他们会叫你玛菱娜。他们会认为这是个意大利名字,听上去不错。你觉得怎样?玛菱娜·扎温斯卡。"他挑逗地盯着她。"玛菱娜夫人。"

玛琳娜皱了皱眉头,把目光转到一边。

"那就这样定了。今天下午我就起草合同。现在……我提议为我们的合作喝一杯,好吗?"巴顿从桌子抽屉里取出一瓶威士忌。"我告诉你,"他说,"剧院的人员,如果发现喝酒,罚款五美元。演员加倍。"他倒了两个半杯。"当然艾德温·布斯是个例外。例外总是有的,我说得对吧,可怜的布斯。加水吗?"

玛菱娜·扎温斯卡。玛菱娜·扎温斯卡。玛菱娜——这与艾德温·布斯有什么相关?——扎温斯卡。"什么?哦,不,不用加水。"玛菱娜,彼得的妈妈。彼得的姓看来也得改一改了。

一切都安排好了,亨利克。演出日期、角色、不菲的报酬,还有我残缺不全的名字。不,这个男人不是酒鬼。看我拿出一支烟,他只是"啊"了声,然后掏出火柴。他是我遇见的第一个看见女士抽烟而不大惊小怪的美国人。我想我和这个巴顿先生会相处得不错。他喜欢我,甚至有点儿怕我。我也喜欢他。他精明,热爱戏剧。我和他,还有他漂亮的妻子共进了晚餐,吃的是些家常菜:奶油玉米汤、辣子蟹、番茄酱羊肉、红烧土豆、烤鸡、香蕉冰淇淋、果子冻卷筒蛋糕、咖啡。对了,我还忘了桌上高脚玻璃杯中的生芹菜,那是进餐调味品。你会不会笑话我,说我的胃口太好。

镜子是演员最忠实的朋友。玛琳娜从镜子里发现,自己比离开波兰时清瘦了许多。但化妆以后,相信看上去还不会太瘦。面容已经苍老了一些,特别是眼圈周围;稍稍经过化妆,加上舞台上灯光产生的效果,她在舞台上看上去也不过二十四五岁。我知道,她在给亨利克的信中说,我现在已经不是轻松活泼、精力充沛的小姑娘了,但是我的欢乐和激情一点未变。我相信我能准确无误地模仿现实生活中那些不曾有过的情感。我不是靠本能演出的伟大演员。但我不知疲倦,而且很坚强。

离演出还有四天,排练开始了。玛琳娜搬进皇家酒店顶楼的一个豪华套房。这是巴顿的主意,是巴顿式的奢华。巴顿解释道:"听说你住在皇家酒店,人们就会引起注意。拉尔斯通先生曾经把什么都安排在皇家酒店。我们是美国排名第二的剧院。皇家酒店是世界上最豪华的酒店。"玛琳娜喜欢住酒店:因为住进酒店,任何酒店,就意味着,或者又将意味着要到剧院去。她认为,现在奢华的生活仅仅是对过去几个月寂寞穷困生活的补偿。穿过七层楼高、琥珀色玻璃圆形屋顶的大剧院,接受别人探询的目光,或者在四面镶嵌着镜子的水压式升降机内与人摩肩接踵,这本身就无异于一种表演。城里到处是公演的海报,声称伟大的波兰女明星玛菱娜·扎温斯卡即将在美国首次登台献艺。不过,巴顿并没有想怂恿某家报社的某个记者来采访玛琳娜。在旧金山的波兰人圈子里,人们热切期望自己的民族英雄在美国演出成功。他们纷纷送来装饰品、书籍和鲜花。在这些礼物中,玛琳娜认为最珍贵的是她在办理入住皇家酒店手续时收到的一个裹着天鹅绒的小盒子,里面装着波格丹的祖母送给她的银项链和耳坠①。盒子里还附有一张小小的卡片,上面写着"无名的崇拜者",但"无名"的字样已被画去,上方加上了"可怜的"三个字。

她当即兴高采烈地戴上这些神奇般失而复得的首饰,一直到星期一晚上才换上阿德里安娜灿烂夺目的首饰演出。

巴顿急于表现出他宠爱自己令人震惊的"新发现",竟然提议为首场演出提供四次全班人马参加的排练,其中一次彩排安排在开演的当天。一般说来,只有新戏才有彩排的机会。对于传统的保留剧目,开演前几个小时对对台词,检查检查道具就算是充分的准备了。

---

① 这是哈勒克曾经偷走的东西,现在又送还给玛琳娜。

玛琳娜注意到其他演员对此有些微微的不满,因为他们要像她一样连续四天都在十点钟以前赶到剧院参加排练。玛琳娜进入加利福尼亚剧院的第一天早上,就觉得这一刻跟多年以前那个晚上一样重要。那时她还是斯蒂芬年幼的妹妹,第一次跨进剧院的大门。在她的哥哥表演《唐·卡洛斯》的克拉科夫剧院,看门人脾气暴躁,反应迟钝,不就像这里臭名昭著的看门人切斯特·坎特吗?也许天下所有的剧院都一样,她欢快地想道:同样的气味,同样的笑话,同样的嫉妒。为麦克白效劳的看门人是不朽的抱怨者,慢吞吞地为那些寻欢作乐、深夜不归的游客打开城堡的大门,想像自己是地狱的看门人;环球剧院的看门人不就完全可以成为麦克白看门人的典范吗?

"你,莎士比亚的看门人。"她对着扮演米古内特的演员、友善的詹姆士·格林伍德大声说道。他也来参加排练,只是来得早了些,刚刚和脾气暴烈的看门人吵了一架。她在演员休息室就能听见他们的争吵。"我倒很想放进几个各色各样的人来,让他们经过酒池肉林,一直到刀山火焰上去。"她友善地引用莎翁的台词,"但我们希望坎特先生不要这样。"①看着格林伍德毫无表情的脸,她加上一句,"《麦克白》,第二幕。"

格林伍德紧绷着脸。"看来你还不了解,我们从来不提那名字,"他大声地咳嗽,"不管是说到那出戏还是谈到戏中的那个人,我们从来不提名字,从不。"

"真有意思!是因为美国人的迷信?"

"你可以说是迷信。"剧团里长年扮演德布里安公主的演员凯特·伊冈正好走进休息室,后面跟着莫里斯的扮演者、壮实的汤姆·

---

① 莎士比亚《麦克白》第二幕第三场的台词。

迪恩。

"你的意思是,美国演员演出时不能提麦克——"

"嗨,你又提了!"迪恩说。"当然,戏里那三个女巫当然不得不说,在荒原/共同去见……你知道去见谁,班柯、邓肯和其他人的台词中也会提到他。但是除了在舞台上,我们绝不提这个名字。"

"我的上帝,这是为什么?"

"因为这出戏有魔法,"迪恩说,"会带来灾难。而且总是如此。三十年前,在纽约两个剧院同时上演这出苏格兰戏剧,一是由麦克瑞迪主演,他被认为是自基恩以来英国最优秀的莎剧演员;另一个是由我们美国伟大的演员埃得温·弗雷斯特主演。很多人为此深感不安,我相信很多爱尔兰人也这样认为,他们会说,一个英国人在另一家剧院演出同一出戏是对我们美国演员的侮辱,于是在麦克瑞迪开演的那天晚上,他们聚集在剧院的外面,撬开铺路石,砸烂剧院的门窗,准备破门而入,结果民兵开枪,人群中几十个人倒在血泊中。"

"既然是这样,我一定要祈求白法术显灵才去扮演——"玛琳娜调皮地环顾周围的同事,"扮演苏格兰夫人。"

里夏德没有敢问她,波格丹什么时候会来。玛琳娜说过她希望丈夫早日把农场卖回给费希尔夫妇,在九月份的一周演出和十月份的四周演出(巴顿建议的)中,她的收入足足可以弥补他损失的许多倍。目前,里夏德在旧金山的对手只有科灵格蕾小姐。有一次排练结束的时候,玛琳娜想再练习练习台词,科灵格蕾小姐竟破天荒地第一次没有在更衣室等她。

"她几乎爱上了你。"里夏德对玛琳娜抱怨。

"她的确爱我,敬爱我。"

"我真同情她。谁会想到,我和你的英语教师还有这么多相同的地方?"

"里夏德,别难过。在这一点上科灵格蕾小姐就不像你。"

"科灵格蕾小姐当然不会难过。她不会奢望与她的偶像有更亲密的关系。"

"哎,"玛琳娜叫道,"我真的让你感到失望吗?"

里夏德摇了摇头。"我是个笨蛋。我老是让你心烦。无法饶恕。我要走了,"他苦笑着说,"后天就走。"

"如果我纵容你,你会怎么想呢?"玛琳娜说,"要是我承认我对你产生了感情……"她的脸忽地红起来。"也许你应该离开。我要坐在这里静一静。我担心我的头疼病又要犯了。我得揉揉前额,在太阳穴涂点儿古龙香水,然后意识到我想的原来不是阿德里安娜,不是玛格丽特·戈蒂埃,不是朱丽叶,而是你。一想到你,我浑身都不自在,跟怯场没有两样,呼吸加快,四肢颤抖,心里七上八下,难以启齿。"

"玛琳娜!"

她举手示意里夏德不要打断她。"但是我的心,我的主宰并没有说可以放纵。我问自己,难道这就是爱吗? 或者说这就是女人渴望屈从于男人不断要求的欲望吗? 我担心你会弄得我精疲力竭,理查德。"她故意用美国人的方式称呼他的名字,想气气他,权且算是一记温柔的耳光。

"玛—琳—娜。"里夏德温柔地把她的手按在胸口。

她暗暗感激波格丹没有来,她也暗暗担心他在开演前会赶来看她。现在她不必急于做出选择,在这两个男人中间选择。但是,她还是设想,如果两人都站在她的化妆间外,两人都热切地看着她一边化妆一边对女服装管理员说话,那时候她会想谁,她又该抬头看谁呢?

星期六,她收到一封从阿纳海姆发来的电报:

> 事故。从马上摔落。未伤及骨。全身有伤,包括脸、手。很难看。目前无法去旧金山。

玛琳娜没有对里夏德说她是多么失望。在心里,她承认与其说自己感到的是一种解脱,倒不如说是气愤。如果波格丹不能前来观看她的首场演出,那么他一定感到——随他吧,她想。她不知道自己这样想意味着什么。

星期天晚上,玛琳娜做了一个梦,梦见她要登台演出的时候,巴顿突然通知她用俄语演出。

星期一,玛琳娜提前了三个小时进入化妆间,然后按部就班地化妆。里夏德站在她的旁边,手上戴着白色的羔羊皮手套,脚上穿着黑漆皮鞋,紧张得像她的丈夫。他竭力希望能保持适度的镇静,以显示他的支持,松弛她紧张的神经。(他想起波格丹那张表情丰富、带着讥讽的脸惯有的神情。)他一直陪同她从酒店到剧院。他看见化妆师为她化好妆。她把收到的贺电钉在镜子旁边的软木板上。她精心挑选出来钉在最上面的是亨利克、她妈妈和妹妹、巴巴拉和亚历山大、塔德乌斯、克雷斯蒂娜以及波兰皇家大剧院的青年演员发来的电报。随后玛琳娜到走廊上来回踱步。里夏德七点半回来,用生动有趣的行话告诉玛琳娜,说灯光已就绪(煤气工已经用带长竿的火把点燃"四周"和幕布前面"脚下"的照明灯,并把灯光"调到微明"),剧院的大门已经打开,观众正在鱼贯入场——他看见来了许多波兰同胞。

由于阿德里安娜第一幕不出场,所以巴顿有充足的时间向她汇报观众的情况。不错,剧场还剩有一些座位,但是一大批显赫的票友都已早早到来,其中还包括扮演朱丽叶最出名的美国女星罗丝·爱德华兹。她下周将在这里上演备受观众喜爱的英国情节剧《伊斯特·琳恩》①。

"等着让罗丝看你的好戏吧。"巴顿感慨地说,"她是个好演员,而且很精明。也许她会告诉我下周她会怯场放弃,到时候她那一周的演出时间就会让给你。"

"我不相信一个成功的演员会轻易放弃,"玛琳娜笑着说。"巴顿先生,你用这种方法给我鼓劲,真聪明。"

但是,我还害怕什么,玛琳娜问自己。她送走了里夏德和巴顿,独自进行最后的心理准备,照照镜子,等待第二幕开始时催场员来叫她。站在舞台的侧翼,她一点儿也没有怯场的征兆,比如手心出汗,心跳加速,腹部痉挛。对她来说,她简直疯了,竟确信一切会进展顺利。随后她意识到,她比以前任何时候都要害怕,但是这些恐惧来自外部,就像不可能变稠的空气一样。她陷入自身的恐惧,一种除了皮肤紧张没有其他生理反应的冰冷的恐惧;但她的心里感到平静、宽敞,足以容纳下她记忆中的一切词汇:英语的词汇,接下来是波兰语,最后才是原剧作中的法语。她第一次在华沙准备登台演出的时候曾经学习过法语……现在一切都装在心里,抵抗着外来的恐惧。她的肌肤,全身每一寸肌肤,从头到脚,都是一道屏障,抵抗着像铁皮一样袭来的恐惧。她的上身、嘴、舌头、嘴唇、脖颈、肩膀和胸膛,犹如一个容器,盛满了那些湿润的词汇。一旦她走上舞台,这些词语就会汩汩地涌出,变成英语。

---

① 《伊斯特·琳恩》,亨利·伍德罗夫人小说原著,于一八六〇年至一八六一年在《伦敦杂志》连载,一八六二年改编为戏剧,被誉为英语世界中"提到次数最多的一出戏"。

就在她走入聚光灯下的刹那，她提醒自己，她将不会在热烈的掌声中开始演出。在波兰的时候，每当她一出场，总会听见热烈的掌声，演出要中止几分钟她才能开始第一句台词。她知道此时除了她的同胞会报以热烈的掌声之外，其他人只会出于礼貌短暂地鼓掌。她曾经看见，即便如布斯那样赫赫有名的演员，美国的观众也不会在听到耳熟能详的名言警句之后鼓掌。（"在听歌剧的时候，观众会鼓掌。"巴顿告诉过她。）这犹如一场动物杂耍，怎样才能驯服他们的热情、冷淡、不满和爽快呢？她知道如何去理解波兰人的掌声、咳嗽声、嘘声或者口哨，她也知道他们在座位上不断变化坐姿的含义。但是，这里的观众看上去太平静。她该如何去解读这种寂静？当她从两个鸽子的传说开始表演的时候（两个鸽子是情人，既温柔又忠诚……），所有的咳嗽声消失了。表演完毕，全场一时鸦雀无声，随后才爆发出暴风雨般的掌声、喊声、喝彩声。汤姆·迪恩尝试了五次才念出莫里斯的第一句台词，使演出得以继续进行。迪恩为此看上去极为沮丧。这一幕结束后，玛琳娜精神恍惚地离开前台，而观众在欢呼，在拍手，在跺脚。幕间休息的时候，里夏德同巴顿和科灵格蕾小姐在休息室里毫无目的地来回走动，他听见欢快的交谈声中观众一遍又一遍地喊道："精彩！精彩！"观众相互点头、微笑、握手、挥手致意。一个戴着大礼帽的男子对巴顿说："她值三万美元一年！"里夏德事后从巴顿那里了解到，他是《今晚邮报》的编辑。他的妻子身着长裙，仪态威严；她说扎温斯卡夫人的英语带有异国情调，是"甜美的化身"，玛琳娜必须保持。里夏德对科灵格蕾小姐不怀好意地笑了笑，科灵格蕾小姐装做视而不见。

　　内心深处迸发出的一道激流把玛琳娜拥上舞台，出演第三幕。她感到全身罩上了一道光环，通体舒适，四肢轻健，无懈可击。在漆黑的凉亭里阿德里安娜和情敌德布里安公主初遇那一幕,规范的表演是德布里安公主手持蜡烛向阿德里安娜走来,想洞察这位陌生女人的真实身份,因为在险恶的情况下这个女人英勇地解救了她。玛琳娜宽容而平静地看着蜡烛向她一步步靠近,蜡烛的火苗直指向她心窝的激情,直到观众发出惊恐的喘息声,她才意识到面纱的一角被蜡烛点燃。凯特·伊冈惊呼:"啊,见鬼!""对不起!"幸亏观众的嘘声将她的声音淹没了。玛琳娜不知道凯特所说的"对不起"是对自己刚才的咒骂"见鬼!"表示歉意呢,还是对点燃面纱深感不安,她飞快地扔掉面纱,顺手把波纹丝巾轻盈地蒙在脸上,伸手将邪恶的公主带离险境。一些观众以为这是戏中原有的情节,而另一些观众则为波兰女演员的大胆创意而鼓掌。

在第三幕和第四幕结束后她都再次出来谢幕,感谢观众的热烈掌声。

为了能准确地念好台词,她练了很长的时间;台词的节奏不过是她自己身体节奏的一部分。有些台词必然与自己的某些情感的节奏合拍(不论你扮演什么角色,哪个演员没有这样的感受?),只有一次,在演出即将结束的时候,她才在揣摩台词的含义。阿德里安娜神志不清地说,这出剧中有些话我可以向每个人讲,谁也不会知道这些话是针对他说的。玛琳娜心想,如果能够成功,扮演阿德里安娜时我的那些情话全都是对里夏德说的。

这个主意不错,是吗?

人总得爱人。

和以前一样,玛琳娜饰演阿德里安娜获得了巨大成功,大大超出了她的希望。剧终后她谢幕十一次。多达十一次!观众疯狂地拥到后台向她表示祝贺,波兰同胞全都来了(除了偷东西的那位朋友哈勒克，玛琳娜肯定，他也在观众之中），他们容光焕发，热烈交谈，相互拥抱。性情直爽的卡普顿·扎兰尼基老人先是呵斥玛琳娜，说她竟让人把自己的姓名改成俄语，然后又高兴地流下骄傲的眼泪。玛琳娜紧紧地拥抱他，也掉下眼泪。最令她感到高兴的是最先来到演员休息室向她祝贺的女人；她有着赤褐色的头发，身穿绣花晚礼服，脚穿绣花鞋，并自我介绍说叫罗丝·爱德华兹。"对你的演出我真佩服得五体投地，夫人。"罗丝对她说。

演出结束两个小时后，玛琳娜才离开剧院。

她和里夏德一起回到酒店。在前台，她给波格丹发了一封只有两个字的电报：成功。

他们在大厅互道晚安。半个小时后，里夏德又来到她的套房，他是两天前搬进这家酒店的。她正在等他。她知道自己在等他，因为她还没有更衣，没有准备实施不太雅观的美容秘诀：睡觉前在太阳穴处贴上两块浸了苹果醋的方形棕色纸片，以保持眼睛周围的皮肤光洁湿润，不起皱纹。她知道自己在等他，她吹灭了蜡烛，让屋子沐浴着朦胧的阴影。她知道自己在等他，她长久地盯着桃花心木做成的睡床，从地板到天花板有十五英尺高，床头就占了一半。她第一次觉得奇怪自己为什么不喜欢这张床，她把床上六个蓬松的鹅绒枕头拿掉一个，又拿掉第二个，再拿掉第三个，塞进更衣室衣橱下面。

她关上门，两人迫不及待地亲吻起来。她一边亲吻，一边将他领进卧室。急促摩挲的亲吻像话语，像阶梯：她感觉是用舌头在引导他。他们紧紧地拥抱，和衣倒在床上，他们的身体紧紧贴在一起，迫使头相互分开，玛琳娜感到嘴没有了归宿。缠绕的肢体在寻找最佳姿势，松开紧紧贴在一起的身体。"我觉得有些难为情，"她靠着里夏德的脸低语，"你让我感觉像个小姑娘。"

她站起身宽衣解带,里夏德仍搂着她的纤腰。"现在别脱衣,我知道你的模样。你的身体已经珍藏在我心里好久好久。你的乳房、你的大腿、你的爱穴——我能向你——描述。"

"但我已经不是小姑娘了。"玛琳娜说。

里夏德松开手,站起身。他们各自庄重地脱下衣服。里夏德把玛琳娜光滑的身子拥在怀中。

"我可以把心交给你,里夏德,但我不能把生命给你。我不是阿德里安娜·勒库弗弗勒。"玛琳娜笑道,"我是个成熟的演员,只是喜欢扮演冲动的小姑娘罢了。"

里夏德重新躺在床上,向她张开双臂。"你身上有股香皂味。"玛琳娜躺在他的身上对他耳语。

"现在你让我感到害羞了。"里夏德说。

"我们俩经过漫长的旅途,现在终于躺到这张床上了。"

"玛琳娜,玛琳娜。"

"一旦你只叫一遍我的名字,我就知道你不再爱我了。"

"玛琳娜,玛琳娜,玛琳娜。"

"一件东西,如果你等待得太久,会不会变得——? 啊……"她几乎缓不过气来。

"谁说我们等待得太久?"里夏德问。

"你别问了!"玛琳娜呻吟着引领他深入她的体内,用自己肢体的每个部分把他包裹起来。

颠鸾倒凤过后,他们俩松开一会儿,并排躺在床上。里夏德问玛琳娜,他对她一往情深,可还是忍不住要另寻新欢,他不知道玛琳娜会不会因此而蔑视自己。"对我讲实话,玛琳娜。"

她没有回答,只是报以灿烂的暧昧笑容。

实际上，里夏德从来就没有奢望有朝一日能得到玛琳娜。只要想到对玛琳娜的爱永远也无法圆满，他就感到一阵心痛。但是他又不能摆脱欲望的诱惑。像许多作家一样，他根本就不相信现在，他只相信过去和未来。他讨厌去追求他认为不可能拥有的东西。

一旦得到了希望的东西，一切就变得顺理成章。

在第二次做爱之后，玛琳娜酣然入睡。她的头枕在里夏德的胸口上，小腿搁在他的大腿上：尽管里夏德还想和她温存，但他没有惊动玛琳娜，她已经精疲力竭。他希望和玛琳娜一样，也能够进入梦乡，然而他的欲望没有得到满足，仍心旌摇荡。整个晚上他一直撑着玛琳娜的身体，徘徊在梦乡和清醒的边缘。就在要睡去的瞬间他又清醒过来，他想，我仍然清醒着呢。黎明来临的时候他终于沉沉入睡。几个小时后醒来，发现玛琳娜仍然横卧在自己身上。他寻思着动弹一下会不会惊醒玛琳娜。她必须多睡一会才有充沛的精力，今天晚上还要扮演阿德里安娜。

然而玛琳娜醒了过来，吻着他的全身。"啊，我感到精力充沛！"她大声说道，"你使我恢复了青春活力。我的第二场演出肯定会非常出色。我们的波兰朋友也许会猜测我丈夫为什么不在旧金山，他们一定会想这都是因为你的缘故。当我依偎在扮演莫里斯的演员的怀里，诉说两只鸽子的寓言的时候，他肯定会注意到，像小姑娘似的阿德里安娜已经不像昨天那样害羞了。巴顿先生也一定会感到奇怪，从波兰来的高贵的女士到底怎么了？她似乎被成功冲昏了头脑！"她俯下身开始亲吻里夏德的腹股沟。

"波兰夫人是不是在恋爱？"里夏德问。

"波兰夫人肯定在恋爱——不顾一切、有伤风化、草率莽撞地恋爱了。"

玛琳娜又连续演了两个晚上的《阿德里安娜》。在星期四晚上，她开始演《茶花女》，在星期六午场演完第三场《茶花女》之后，她又演了一场《阿德里安娜》，结束了一周的演出。观众场场爆满。热烈的掌声持续的时间越来越长，越来越疯狂。锦衣华服的崇拜者跟着欢快的巴顿到后台来见她，队伍越来越壮观。见过一面之后，她就能直呼其名，与人招呼问候。演员休息室里人来人往，她残余的精力很快就在问候声中消耗殆尽——她是那么迷人（"真的吗，谢谢，谢谢……啊，你太好了。"），容易满足，凛然不可侵犯。但愿他们知道，为了今天的成功我付出了多少代价，将来还须付出多少代价！如今她还有另一个秘密：对性的渴求使她演出完毕后的头脑更加迷糊。但是，她不得不强打起精神，把好心的祝贺者送走，把他们送来的鲜花交给服装师和道具员，腾出地方准备摆放第二天即将送来的鲜花。等这一切忙完以后，她才能和里夏德一道回酒店。

　　在摆满鲜花的那间化妆室里，最大的礼物是她在星期六晚上演出前收到的一只巨大的花篮。花篮呈塔形，层层地叠着红花、白花、蓝花。一张金边羊皮纸条从花篮的顶部垂下。

　　"上面写着一首诗，"玛琳娜说，"没有署名。"

　　"当然不会署名！"里夏德说，"这也是在情理之中，你已经俘获了另一个作家的心。把诗给我，我会完全公正地告诉你，我的竞争对手才气究竟如何。"

　　"不，"玛琳娜笑了起来，"还是让我来念。这不会比莎士比亚的十四行诗更难念。幸好科灵格蕾小姐不在，否则她又要纠正我的发音。"

　　"觉得幸运的是我。"

　　"好了，亲爱的，你又吃醋了。嫉妒的男人也许只有在舞台上才让人感到兴奋,在现实生活中,很快就会让人厌倦。"

"我本来就让人厌倦,"里夏德说,"凡是作家都让人厌倦。"

"里夏德,亲爱的。"玛琳娜呼喊着他的名字。里夏德呻吟了一声,心头美滋滋的。"你不要老是顾影自怜,专心听我念。"

"什么时候我也该做点什么呢?"

"别……"

"但我得先吻吻你。"他说。

他们热烈地亲吻,不愿分开。

"还想用情敌的诗来打压我吗?"

"是的!"玛琳娜重新拿起那张纸条,举到面前,用波兰评论家誉为银铃般的声音念起来:

> 没有人听说过你的赫赫盛名,
> 只知道有位异域的美人来临。
> 我们根本没有准备什么欢迎,
> 你几乎分享不到我们的同情。
>
> 惟——

"啊,玛菱娜夫人,亲爱的玛菱娜夫人,"里夏德学着科灵格蕾小姐的口吻说,"同情,不是动情。"

"我说的就是同情,你这个捣蛋鬼。"玛琳娜侧身吻了吻他,接着念道:

> 惟波兰人知道你是舞台皇后,
> 我们视你为初出茅庐的新手。

"哈,这家伙原来是个戏剧评论家!"

"别打岔!"玛琳娜说。她团起右手,用食指和拇指轻轻地拍了两下胸脯,摆出一副老练悲剧演员的架势,故意清了清嗓子,继续用她那柔美的声音念道:

> 那个美妙的夜晚是伟大转折,
>
> 从此你精湛的表演缭绕在侧。
>
> 尽管你异域的口音犹如镣铐——

"镣铐!"里夏德哼了一声。

"里夏德,不许打断我!"

> 尽管你异域的口音犹如镣铐,
>
> 但我们仍嫉妒你无匹的天骄。
>
> 我们疯狂地赞颂着你的成功,
>
> 你的成功让我们的预想落空。

"看,他恨不得拜倒在你的石榴裙下,这位可怜的戏剧评论家。"

"为什么不呢?"

> 把对波兰的记忆——

她停住不再往下念。

"怎么啦,玛琳娜? 亲爱的!"

"我——我不知道能不能念最后两行。"

"这头蠢猪还说了些什么？撕掉算了！"

"不，我能念完。"

> 把对波兰的记忆埋在你心中，
>
> 从此你就是我们美国的新宠。

她放下诗，转过身。

你得到想要的东西，然后悲从中来。

"玛琳娜，"里夏德在叫她，"亲爱的，求求你，别哭。"

首场演出后的第二天上午，皇家大酒店宽大的大厅里来了七位新闻记者，个个都显得焦躁不安，戒备重重，一直等到中午玛琳娜才下楼来。一个小时以前，里夏德下楼告诉过他们，说她很快就会出来接受采访。里夏德给《波兰报》的编辑发电报，说他将完整报道玛琳娜在美国首场演出的情况，他的报道肯定会让所有波兰人都为之骄傲。第二天，他收到回电，称华沙另一家竞争对手的报社正派专人前往旧金山，准备进行全方位报道。里夏德立即赶制了两篇，而不是一篇长文，一篇详细地介绍玛琳娜首场演出的情况，另一篇介绍公众和评论家对首场演出的热烈反应。在文章中，他援引了当地评论家的话："所有的人，尤其是男人，都被这位波兰女主角无与伦比的天才和特有的魅力所折服。"他知道，文章没有必要向读者再次赘述玛琳娜过去的荣光，他只需要向读者展示她目前实实在在的辉煌。

她是谁？她以前做了些什么？这就是玛琳娜那天中午与等候在皇家大酒店里焦急的本地记者交谈的话题。接下来的几天又来了好几批记者。接受采访意味着改写历史。首先是年龄（她少报了六岁）；过去的一些轶事（中学拉丁语教师变成了大学教授）；如何开始演艺生涯（海因里希变成华沙一家显赫私人剧院的导演，她十七岁在那里初次登台）；她到美国来的原因（为了参观百年博览会）；她后来到旧金山的原因（为了恢复身体健康）。一周以后，连玛琳娜自己也都相信某些故事了。毕竟她有许多的理由说明移居美国的原因。"我生病了。"（我真的病了吗?）"我一直都梦想登上美国的舞台。"（我真的一直打算在这里重返舞台吗?）

其实有些杜撰毫无必要。她都快到三十七岁了，她知道自己为什么要说只有三十一岁。她也知道为什么要说在波兰多年超负荷的工作使她心力交瘁，所以她同意到乡间隐居一段时间（"先生们，你能想像我和那些鸡呀牛呀一起生活的十个月吗?"她笑着说。），原因是她不想让人认为她是芸芸众生中的一员。但是，她为什么要说隐居的地方在圣巴巴拉附近呢? 如果说就在阿纳海姆附近，谁也不会因此就轻视她。为什么她对不同的采访者讲的话不一样呢? 有时候她对记者说父亲是著名的古典文学教授，现在仍然在古老显赫的克拉科夫的大学任教。"你说什么来着，醉心于舞台演出?"她悦人地说，父亲曾经激烈地反对她当演员。（"但是我已经决定了离开克拉科夫到华沙去，一八六三年我在华沙初次登上舞台。"）她不止一次地对记者说，父亲热爱崇山峻岭，是个不合时宜的独生子，是个梦想家。在塔特拉山牧羊的那些孤独的日子里，他熟记了波兰伟大诗人的诗歌，后来离开自己的村庄到克拉科夫，希望能够进入大学，但没有找到体面的工作，也没法适应城市生活。他很早就去世了，没能为女儿今天的成就感到骄傲。她知道如果父亲还健在，他一定会为当演员的女儿感到骄傲。也许老是重复同样的故事人会感到厌倦!

她可以说这只是在剪辑往事,以便让人了解自己:一个外国人就应该这样。(是的,她会说,"是的,我尤其高兴在旧金山举行我的首场演出。")她也不妨笑着承认,虚构不过是女演员的娱乐和爱好。她听皇家大剧院的一位老演员说过,二十年前拉歇尔到华沙演出,对记者谈及自己身世的时候也向记者编造了许多谎言。("和许多想像力超凡脱俗的人一样,"这位风度翩翩的老演员十分巧妙地说,"换了其他人,拉歇尔说这些话就会被指责为撒谎。")但是,把自己的身世反反复复讲述了多次,你就不容易分清哪些是真,哪些是假。所有的故事似乎都对应着某种内在的真实。

当然,一旦成了外国人,要原原本本、完整地介绍自己是不可能的,也是轻率的。有些东西需要加以强调,让当地人觉得可信(她知道,美国人喜欢听到某人早年的艰辛,受尽权贵的冷遇),而有些东西只有在老家才有分量,最好只字不提。

她首场演出后的第二天上午,在皇家大酒店休息大厅还有三个人在等候她。他们满脸严肃,彼此较劲,争着想做她的经纪人。玛琳娜与第一个面试者签了合同。他叫哈里·沃诺克,是巴顿推荐的。里夏德后来告诉玛琳娜,她这么快就决定自己的职业伙伴让他深感不安。"伙伴?"他当然不会喜欢沃诺克,里夏德艰难地说那不是问题的关键所在。问题的关键是她没有意识到,从今以后,沃诺克将一直和她在一起(他的意思是和我们在一起)。他不相信玛琳娜真能长久地容忍这个人,让他老是跟在自己身边。也许她还没有意识到这个抉择意义多么的重大,因为经纪人这种职业在波兰戏剧界并不存在。但是,沃诺克的确能言善辩:他建议这个月底到内华达州西部(弗吉尼亚市和里诺市)和加州北部(萨克拉门托市和圣何塞市)进行短期巡演,然后十月份到纽约举行首场演出,接下来再进行一次长达四个月的全国巡演。如今玛琳娜已经被胜利冲昏了头，按捺不住；她已经不再满足于仅仅在旧金山取得的成功。她和沃诺克很快就在巡演的常备剧目上达成了一致。她表演的多数剧目将是莎剧——在波兰的时候她扮演过十四出莎剧中的女主角，她决定现在重演这些角色——同时继续出演《阿德里安娜·勒库弗勒》和《茶花女》。在全国巡演的过程中，在那些较为偏远的地区，她还考虑加演一些情节剧。（"但最好不要选《伊斯特·琳恩》！"她说。"你把我当谁啦，夫人？我知道我在和真正的艺术家打交道。"）当然，巡演预期的报酬也非常可观。很快，他们在一些细节上也达成共识。此时沃诺克突然提到，昨天晚上高兴地听到她的波兰朋友说，她还是伯爵夫人。他可要好好利用这个头衔，让她成为明星！

"啊，不，沃诺克先生！"玛琳娜不悦地皱起眉头。"这可不行！"波格丹的兄弟绝对不会原谅她亵渎他们家族的名声。"那是我丈夫的封号，与我无关。"为了唤起这个戴着钻石领带夹的矮胖男人心中的民主理念，她又补充说："艺术家——演员——这头衔对我来说已经足够了。"

"我们现在谈的不是你，玛菱娜夫人。我们在谈论观众。"沃诺克摆出一副温和友善的样子。

"可出现在演出节目单上是我的名字呀！我怎么能一会儿叫玛菱娜·扎温斯卡，一会儿又叫登博夫斯卡伯爵夫人？"

"这很容易解决。"沃诺克说。

"在波兰，这简直不可思议。"玛琳娜大声说。她心中明白她已没法与他争论。

"你知道，这是在美国，"沃诺克说，"美国人喜欢外国人的封号。"

"在——在我的演艺生涯中让别人叫我伯爵夫人太俗气。"

"什么,俗气?这个词太势利,玛菱娜夫人。说他们喜欢的东西很俗气,美国人并不感到难受。"

"不过美国人喜欢明星。"玛琳娜冷笑着说。

"不错,"沃诺克说,"美国人是喜欢明星。"他摇着头,好像在责备她。"如果他们喜欢你,你就可以赚大把大把的钞票。"

"沃诺克先生,我不是天外来客。在欧洲,观众都宠爱明星。人们都有崇拜的心理,我们都知道。不过,在波兰、在法国或者其他一些讲德语的国家,戏剧首先被看成是一种高雅艺术。一流的剧院,由国家扶持的剧院,都致力于一种理想——"

玛琳娜坐在皇家大酒店的休息大厅,耐心地向自己的经纪人沃诺克讲述她在华沙皇家大剧院获得的特权和荣誉:安定的工作、稳步的晋升、不用为沙皇服兵役、退休后每月还能领一笔丰厚的退休金。("演员是国家公务员。"她说。"是什么?"沃诺克惊讶地问。)几乎在同时,罗丝·爱德华兹正在巴顿的办公室里踱来踱去。她哭着说:"你也知道,奥古斯,我不是个傻瓜。我就直说吧,在那位天才的女演员演出之后,我不能再演了。再演我那亲爱的《伊斯特·琳恩》!——我不被那些评论家的唾沫星子淹死才怪呢。如果我取消那一周的演出,你不会瞧不起我吧?我想你不会,你是我的朋友。就说我病了,奥古斯。作为朋友,你能不能支付我宾馆的住宿费,到这儿来以及到下一周演出合同地点的差旅费?行?还是不行?"

"亲爱的,亲爱的罗丝!"巴顿几乎咆哮起来,但声音还算柔和。"明天我就在各大报纸宣布,为了满足观众愿望,继续一睹玛菱娜夫人的风采,你自愿放弃演出。公众一定会鼓掌欢迎你的高尚举动。下次你再到加利福尼亚剧院来演出,相信他们一定会更加热烈地欢迎你。我不但会支付你提出的一切费用,还会另加五百美元。"

这样,巴顿如愿以偿,他可以告诉玛琳娜,说罗丝·爱德华兹已经取消演出。

第二周,玛琳娜又演了阿德里安娜和玛格丽特·戈蒂埃;在完全掌握了英语之后,她又演了朱丽叶。汤姆·迪恩对于扮演罗密欧非常高兴。詹姆士·格林伍德扮演慈祥的劳伦斯神父。凯特·伊冈垂头丧气地接受了朱丽叶乳娘的角色。玛琳娜原谅了她,在第一天晚上的演出中,凯特扮演德布里安公主,她用烛火点燃了玛琳娜扮演的阿德里安娜的面纱,玛琳娜同样原谅了她。完全是一时疏忽吗?当然不是。毕竟她去年还是加利福尼亚剧院的朱丽叶,谁能想到一年过后不得不屈就朱丽叶奶娘的角色,并且还得装出欢快的样子高声宣传,"世界上最伟大的女星在美国的旧金山首次登台亮相",玛琳娜"在加利福尼亚剧院的首演标志着戏剧进入新时代"。

玛琳娜已经做好忍受嫉妒的准备。她知道,嫉妒总会伴随成功而来。早在波兰皇家大剧院的第一年她就深有体会。那时,她的出现是对以法兰西喜剧院为模式的原有格局活生生的僭越和挑战。在以前,演员主要是从皇家剧院所属的戏剧学校里挑选,少数几个进入剧院的外来者也不得不从跑龙套做起。玛琳娜打破惯例,收到皇家大剧院院长、具有改革意识的德米乔娃的邀请,从克拉科夫到华沙来进行十二场客座演出,这是史无前例的。同样闻所未闻、让其他演员目瞪口呆的是,德米乔娃还与她签订了终身的合同,其中包括自由选择角色的权利。玛琳娜深刻地体会到,在赢得演员爱戴的过程中,她不知道经受了多少的流言和冷眼。其实,她也知道,如果想像中的竞争对手获得成功,自己又何尝不会眼红。(她的脑海闪过一个卑鄙的念头:啊,要是加夫列拉·埃伯特能看见自己今天的荣耀该多好!)但是,美国的演员看上去心胸开阔得让人吃惊。(她将尽力向这些美国演员学习,完善自己的人格。)在美国,演员常常相互赞美,似乎很乐于赞扬他人。

就像玛琳娜觉得自己理应得到赞誉一样,她觉得自己有接受里夏德爱情的自由。如果有一个声音对她说,这种田园牧歌似的生活不可能长久,她也会充耳不闻。

然而里夏德听到了这个声音,感觉到了这个声音如影随形,无处不在。为此,他郁郁寡欢,怨天尤人:与他们成为情人几天后的誓言正好相反。一天深夜,他们慵懒地躺在床上,玛琳娜提出了一个寒心的问题:"既然已经得到了我,你想如何待我?"从里夏德的反应,玛琳娜已经感觉到前景不妙。里夏德想,我当时就应当跟她讲清楚,让她把我看成是转瞬即逝的光。

"这是个傻问题,我的宝贝儿!我要天天看着你。看见你我就觉得幸福。"

"就只是看着我?你什么时候不能看见我呢?"

"现在"——他把她揽在怀中——"我能更近地……看着你。"

但是,事情并不是这样简单。

里夏德原来想,他有一颗自由的灵魂,不会受到嫉妒心的羁绊。谁曾想到事情会截然相反?不久前,他拥有的女人他不爱;他爱的女人他又得不到。而如今,他拥有了她,或者说自认为已经拥有了她,便开始对她的崇拜者感到愤怒和嫉妒。当然,还有波格丹的来信和偶尔发来的电报,玛琳娜丝毫不想隐藏,那意味着她给他回过信。但是里夏德没有权利要求知道信的内容。起初他十分感激她从不提起波格丹,似乎这个男人已经神奇般地从这个世界消失。现在他开始觉得,她避免谈论波格丹只是在保护他。

从第二周开始,在玛琳娜首次上演朱丽叶后,他们进行了一场冗长而充斥着火药味的对话。从此一切都变了样。

"那个壮得像头牛的危地马拉领事每晚都往后台跑,听说他不是什么危地马拉人,他的名字叫汉斯——"

"汉克斯,"玛琳娜说,"莱斯利·汉克斯。"

"叫他汉斯更好。"里夏德说,"你和他眉来眼去的。"

也许他说得对,她好像越来越有魅力。但是,里夏德为什么就不明白,正是因为有了他,她才对男人的殷勤更有感触;是因为她和他在一起——不,他只知道嫉妒,醋劲越来越大。如果是波格丹见她和别的男人调情,他只会觉得开心。他知道她不会当真,只是逢场作戏,毕竟每个女演员都有些轻浮和虚荣,渴望得到别人的爱,永不满足。这样看来,她就觉得里夏德还是孩子,而波格丹才是真正的男人。

第二天晚上又出现一个叫约翰·德利的股票经纪人,于是他们又重复类似的谈话。里夏德遭到奚落,在她套房的客厅内大闹了一通,大叫说:"我非杀死那两个家伙不可。"他险些要回二楼自己的房间过夜。

里夏德没有经受过什么磨炼。不久他就说,没有必要采取如此极端的手段。几天后,他到麦克特大街散步,正当他一门心思地回味舌头在她的大腿之间游弋的滋味,突然看见约翰·德利从一幢大楼里(里夏德后来才知道那是股票交易所)大踏步地冲出来,满脸通红,凶相毕露,在跨过大门的时候还不忘回头向追来的一个男人大咧咧地骂上几句。不一会儿他就冲到街头——朝里夏德这边奔来——里夏德这时才认出,在后面追赶的人就是危地马拉的领事。领事拔出手枪,朝德利的后背开火。这个股票经纪人跟跄了几步,揪着里夏德的衣领,咳了几声,倒在他的脚下。

"如果他胆敢再给你写情书,也许我也会杀了他。不过也好,就让汉斯那小子抢先占个便宜。"

"里夏德,这一点儿不好笑。"

"让我觉得恶心的是,"里夏德继续说,"我现在成了目击证人,不能随便离开旧金山,审判的时候我不得不去作证,而审判肯定要拖到十一月。"

"汉斯先生是否供认了谋杀的动机?"

"没有,他拒绝说出原因。他说不说也无所谓,反正他得死,杀人偿命嘛。当然,如果说德利是他妻子的情夫,他听到这个消息气昏了头才杀人,也许还可以捡一条命。因为在旧金山,杀死情夫不会判处绞刑,只要你是当场捉奸。警方怀疑德利在内华达州一些矿业股的发行中有舞弊行为,骗了汉斯先生的——"

"而你怀疑是为我争风吃醋。"

"玛琳娜,我可没有这样说。"

"但你这样想。"

这样,他们开始了第一次争吵。但到晚上,他们上床后彼此的怨气又都烟消云散。"因为爱你爱得太深,我谁都嫉妒。"里夏德笨拙地解释道。

"我知道,"玛琳娜说,"但你毕竟不能这样。"她正想说,波格丹在波兰并没有嫉妒你,可她转念一想,她也不知道这到底是不是事实。

她顺利地结束了在旧金山第二周的演出。按沃诺克的计划,玛琳娜要到内华达州西部富裕的矿区进行为期三周的巡演。临行前两天,巴顿先生为她举行了一个欢送会。当有人邀她祝酒时,玛琳娜伸出纤长的玉臂,端起酒杯,凝视着忽明忽暗的烛光,低声说道:"为新的祖国干杯!"

"'祖国',"科灵格蕾小姐轻声说,"不是'阻隔'。"

里夏德要跟她一起去巡演。沃诺克已经先行一步准备诸事。玛琳娜邀请了科灵格蕾小姐做她的秘书。科灵格蕾小姐愉快地接受了邀请,但是说希望她今后直呼其名。

"当然可以,科灵格蕾小姐,如果你坚持要这样的话。"玛琳娜笑了笑,耸耸肩说。

科灵格蕾小姐说:"科灵格蕾就够了。不要——"

"亲爱的朋友,"玛琳娜说,"我很高兴叫你米尔德蕾德。"

内华达州的弗吉尼亚市离旧金山有三百英里,是旧金山和圣路易斯之间最大的城市,也是康姆斯托克金银矿脉的主矿区。"这个城市非同寻常。"沃诺克出发前提醒过她。"你们的旅途也会不寻常。"列车时而在铁道上做 U 字形急转弯,紧贴在车窗外的是覆盖着皑皑白雪的花岗岩石,时而穿行在单薄的栈架结构铁路桥上,桥下是万丈深渊,这就是中太平洋公司所谓的穿越"大山"。沃诺克告诉她,人们习惯于以玩笑的口吻称这些秀丽迷人的"大山"为锯齿山。路途中最艰险的一段是从里诺市换乘车以后接近终点的地方。到弗吉尼亚市剩下的路程,如果你像鸟儿一样会飞,直线距离不过十七英里;如果乘坐弗吉尼亚及特拉基铁路公司柠檬色的普尔曼列车(拉尔斯通先生生前另一个利润惊人的产业),铁路里程竟有五十二英里。一路上,列车沿着越来越陡峭的铁路线,盘旋在光秃秃的山中,最后抵达传说中最接近山顶的城市。"我知道你很坚强,玛菱娜夫人。"沃诺克说。

"的确如此。"玛琳娜笑道。美国人热爱自己创造的奇迹。"谢谢你,沃诺克先生,我做好应付一切的准备。"

沃诺克先生向她保证，只要她一看见弗吉尼亚市最著名的、跟大城市一样的剧院和六层楼的豪华国际大酒店，她将立刻忘掉旅途中的艰辛。国际大酒店豪华典雅，气派大方，雕金镂银，镶嵌精细，足以跟旧金山的皇家大酒店媲美。酒店里有中国的景泰蓝、维也纳的水晶高脚杯，连带花纹的门铃拉锁也是从佛罗伦萨进口的。这一切使人无论如何也不会想到城市建筑在矿区之巅。"你知道，"他说，"门会突然关不上，你不想打开的窗户会骤然粉碎。"里夏德瞪了他一眼，毫不掩饰自己的厌恶。"做好应付一切的准备。"玛琳娜梦呓般地重复。"天塌地陷。"科灵格蕾小姐干脆地说道。"完全正确。"沃诺克说，"天塌地陷随时都会出现。"

《茶花女》拉开了在这座山城演出一周的序幕。

派珀歌剧院的经理告诉玛琳娜，不要指望这里能像加利福尼亚剧院那样为她提供一流的配角。"不过你要相信，他们都是些好演员，都演过数十个角色，经验丰富。明星在演出前最后一刻告诉我们演出的剧目，无论是《罗密欧与朱丽叶》、《阿德里安娜·勒库弗勒》或者《茶花女》，我们都能准备。我经常告诉演员，首要原则是把舞台的中心让给明星，让明星有自由发挥的空间。如果需要帮助，我们义不容辞。我还记得布斯第一次来这里演出《哈姆雷特》的情景。我猜他会想，这样一个简陋的小城，也许我们满足不了他的演出要求。他最担心的是第五幕中坟墓那场戏。但是我向他保证，他会有一个切实可用的坟墓和需要的一切。实际上我们做得更好，更加栩栩如生。我敢打赌，我们提供的是他演出生涯中最真实的舞台布景。我甚至让人锯掉了一块舞台地板，雇了好几个从俄斐来的矿工进行艰难的挖掘。那天晚上，掘墓者把几铲铁砂样品扔在舞台上，然后把道具骷髅的头骨递给布斯。布斯高声念着台词，这就是我，丹麦王子哈姆雷特！然后跳进奥菲利娅的坟墓和雷欧提斯扭打在一起。当他发现自己掉入了一个约五英尺深的坑底岩石上,大吃一惊,你要是能看见他当时的表情就好了。"

派珀剧院演出负责人继续说,这位伟大的演员后来只字没提感谢的事,幸好他没有受伤。"我的上帝,他真是个郁郁寡欢的怪人。不过我知道,天才都是如此。"他告诉玛琳娜,他曾建议布斯离开弗吉尼亚市,到西面一英里外的一个小城小住一段时间。那里有一个温泉很特别,许多风湿病患者和忧郁症患者都去疗养。温泉的名字叫"鸡汤泉",据说加点胡椒和盐,泉水喝起来会有一股淡淡的鸡汤味,实际上很有营养。

"我建议你也去一去,亲爱的夫人。"

"谢谢你,泰勒先生。我既没有风湿病,也没有患忧郁症,至少现在还没有。"

茶花女,茶花女,人们在大街上这样称呼她。其中一个高高的男人脖子上还缠着一大块白净的绷带。里夏德说他一定是刚做过喉部手术。在这一周中,玛琳娜演出的三场戏都要求有死亡的场面:阿德里安娜死于疯狂的精神错乱;朱丽叶横躺在罗密欧身上香消玉殒;而玛格丽特·戈蒂埃则用浑身的抽搐来抗议死亡的不公。但是,几乎所有的观众都认为,她扮演的茶花女最为成功。据当地一家著名的报纸《地产业报》报道,在《茶花女》的一次演出中,当玛格丽特从长椅上站起来,轰然倒地而死,在有一千个座位的剧场里,两个坐在不同位置上的观众目睹此景吓得瘫在座位上,无法站起来,演出结束整整一个小时以后他们才恢复知觉。

《地产业报》还能有其他形式向读者表现玛琳娜演出的魅力吗?无稽之谈、玩笑和恶作剧是这家报纸对非常事件的标志性反应,而这些东西也最受读者青睐。弗吉尼亚市的历史本身就像一个荒诞的故事。约二十年前，几个无知的探矿者偶然发现山顶附近有丰富的富银石英矿脉，当时山顶叫太阳峰。后来，旧金山懂行的大亨把这里变成世界上有史以来最有利可图的矿业基地。就在最近，一些矿工还开采到一大块银矿，几乎是纯银，四十五英尺长，三十英尺宽。这听起来耸人听闻，但确有其事；难怪当地人对冷静平淡的报道不感兴趣。

一周的演出快结束的时候，玛琳娜放出话说，她想到传说中的大山内部去看一看。很快她就接到当地最大富矿脉弗吉尼亚联合矿业公司的主管杰迪戴亚·福斯特签名的请柬。她和里夏德一起来到公司办公室。办公室的员工给她拿来帽子、马裤和披风。玛琳娜在隔壁的更衣间里把这套行头换上，重新回到办公室时，看见一位魁梧英俊的男子正在等她。他就是福斯特。他穿着鹿皮装，皮装上的银纽扣闪闪发亮。福斯特鞠了一躬，说他很荣幸为扎温斯卡夫人带路，并请求她能理解矿井中设施简陋，不好意思接待参观的客人，尤其是接待像她那样尊贵的夫人。他示意办公室里的一名员工提着油灯跟在后面，随后带着玛琳娜和里夏德径直走进一间砖房。砖房里有一台升降机，铁架子，里面铺着方形木板。随着升降机哐当哐当地慢慢下行，潮湿的空气变得愈来愈沉闷，还夹杂着一股令人窒息的刺鼻臭味。在山腹深处，他们能清晰地听见通风井中的水流声。突然，升降机开始摇来荡去，里夏德立即伸手抱住玛琳娜的腰，以免她碰在潮湿坚硬的井壁上。（玛琳娜尽量掩饰自己的慌张与恐惧，心想这样的经历究竟有什么好处。是不是像过去那些荒唐的冒险历程，全然不顾自己的身份、自己的感受？）升降机最后停在昏暗而又低狭的坑道口。他们从升降机出来，朝坑道中继续前行。坑道中闷热难耐，矿工全都光着上身，拿着锄头铁锹挖矿。炼狱中的工作！"我们在地下一千九百英尺的地方。"向导说。在征得玛琳娜的同意之后,他脱掉鹿皮外衣,露出洁白无瑕的丝绸衬衫。

里夏德虽然很想脱去外衣,但他决定不脱。他有礼貌地让人带他到隔壁矿井,观看水在矿井中慢慢升起,矿工将新的抽水泵放下来抽水。弗吉尼亚联合矿业公司这位衣着考究的主管和玛琳娜仍留在原处,他认为身边这位女士对参观并不真感兴趣,但他还是非常乐意能和她在一起。

"这是我参观的第二个矿井,"玛琳娜没有其他更好的话题,于是就说,"很多年前,我参观了家乡克拉科夫南部的一个著名盐井。"

"一个盐井,在这里恐怕谁也不会认为那是什么矿井。"

"是的,福斯特上校。"矿工对玛琳娜说过应该称矿业主管为上校。"盐当然没有银子值钱。不过,矿井本身倒是值得参观。你要知道,从十三世纪起这个矿井就一直在开采。"

"还没有采完?你们国家那些人的工作效率一定很低。我想,盐的利润不高,难怪工人没有多少积极性。"

"我知道,亲爱的上校,我没有向你解释清楚这座伟大的矿井,没有解释清楚这座波兰皇家矿井里到底有些什么。盐井不仅仅是种生意,不像美国一切都是生意。你一定不要认为波兰的矿工在消极怠工。经过世世代代的开采,他们已经挖出了一个纵深五层、广阔的地下世界,若干英里长的通道把数千间大小不同的厅堂连接在一起,许多厅堂非常宽敞。有的用木柱支撑,木柱上面雕刻着精致的花纹;有的是用盐做成的柱子支撑,这些柱子就像加利福尼亚北部那些古树一样粗壮。地下还有一些巨大的洞穴,看上去无边无际,中间没有任何支撑物。其中两个最大的洞穴形成了两个气势恢弘的地下湖,要乘平底船才能到达对岸。无数声名显赫的游客慕名而来,他们不仅仅是为了观赏这些叹为观止的奇观；最初来参观的是波兰伟大的天文学家哥白尼，德国伟大的文学家歌德也觉得值得一看。更让游客感兴趣的是，矿工开采完盐以后，还用盐制造出许多栩栩如生的雕塑，用以装饰废弃的厅堂。"

"雕塑，"福斯特说，"他们在矿井下面抽出时间制作雕塑。"

"不错。他们雕刻的是波兰的国王和王后。其中有一个壮观的雕塑是波兰开国先烈旺达，克拉克斯的女儿。当然，地下的每一层中都设有教堂，里面也有一些宗教雕像，供矿工每天早上做礼拜。地下最大的、也是最古老的教堂叫帕德瓦安东尼教堂，一排排装饰柱头、拱门、耶稣像、圣母像和使者像，装饰精美的圣坛、布道坛，神殿中还有两个神甫模样的雕像，正在做礼拜。所有的雕像都用黑色的岩盐制造。在这里，每月要举行一次盛大的弥撒。"

"矿井中的教堂。不错。"

福斯特先生显然不相信她说的话。他一听就知道是无稽之谈。

当他们回到酒店，玛琳娜津津有味地向里夏德讲述她是如何挫败福斯特先生的嚣张气焰的。

"我也知道一个关于盐井的故事，"里夏德说，"不过不是我杜撰的，是法国著名的作家司汤达讲的。在奥地利萨尔茨堡附近的哈莱因盐矿有个风俗，矿工们把冬天的枯树枝扔进废弃的盐井，两三个月后再取出来。由于盐水的浸泡，整个树枝上便结下厚厚的一层晶体，玲珑剔透。他们把这些稀有的珍宝献给来参观盐矿的女士。司汤达说，恋爱就像结晶的过程：把最爱的人浸泡在想像中，就能赋予所爱的人无瑕的完美，就像光秃秃的树枝上结出来的晶体。"

"就像你对我一样。"

"对于其他的女人，就一两周，我承认。"里夏德笑道。

"对我就不这样。"

"亲爱的,无与伦比的玛琳娜!"

"为什么对我不一样呢?也许我就是冬天的一根枯枝,在舞台上光芒万丈、耀眼迷人,但是——"

"玛琳娜!"

"我不明白你讲这个故事的用意。"

里夏德心想:其实我也说不清楚。我怎么会这样愚蠢?看我干了些什么?"求求你,亲爱的,我们现在别吵了。"现在?"永远!"他的回答肯定是语无伦次,不,肯定是十分虚弱。

最后一场演出完毕后,玛琳娜随里夏德、科灵格蕾小姐离开派珀剧院时已近子夜。此时大街上还聚集着两千多人,借着明亮的月光和篝火,正在围观身着罩袍和紧身裤的埃拉·拉鲁小姐走钢丝,钢丝的一端正好系在剧院大门上方的石栏上。他们随着人流沿联合大街而行,走钢丝的埃拉小姐也在头顶上沿陡峭的街道前进。走到联合大街和 D 大街的路口,埃拉小姐终于到达终点,骄傲地踏上一幢砖石大楼的屋顶,人群中爆发出一阵热烈的掌声。"令人鼓舞的场面。"里夏德对玛琳娜说。"她的屁股真大,是吧?"接着又补充了一句,他想气气科灵格蕾小姐。他们想另找个地方乐一乐,于是又折回 C 大街,穿过一道双层玻璃门,进了波尔卡酒馆。

矿井一直有人作业,酒馆也一直营业。矿工一换班就到这里来,用刚刚挣来的钱赌博,玩法罗牌、蒙特牌和扑克(他们不喜欢花哨的游戏,也不喜欢赌博机)。玛琳娜恳求两个伙伴自个儿去玩,她只想一个人坐会儿,看看热闹的场面。

里夏德走到吧台,很快就被《地产业报》记者讲述的故事所吸引。

记者报道,在一个山洞里发现了"银人"。很久很久以前,一个贫穷的印第安人在山洞里迷路,死后尸体经过几个世纪以来地球变化、水蒸气和金属物质的转换,变成了一块银子。记者还信誓旦旦地说,"银人"已经送到卡森城进行含银成分化验,结果显示含银量很高,其中只有微量的铜和铁。这时候,科灵格蕾小姐已经被酒馆的吉祥物黑山羊比利所吸引。比利不再是生活在废弃矿坑中、在戴维森山的山坡上苦苦搜寻草食的山羊,它俨然是这座城市的新贵:它生活在 C 大街,嚼着烟草。

玛琳娜要了一杯香槟,足足有十五分钟没有人来打扰她。这时,邻桌站起来一个身穿红色衬衣的大胡子,一手端着酒杯,一手拿了支红色的天竺葵,醉态毕现地朝她走过来,边走边喊:"啊,朱丽叶,朱丽叶,我的朱丽叶,你在哪里?"①玛琳娜环顾四周,盼望找里夏德帮忙解围。一个女人从大胡子的背后闪出,大声嚷着把他推开:"好啦,好啦,奈特,别打扰这位夫人。她的工作也挺累,让她在酒馆安安静静地休息,喝杯酒,不受崇拜者骚扰。"

帮她解围的女人坐在邻桌没有立即走开。她稍显肥胖,穿着紧身衣,腰缠丝带,微醉。玛琳娜猜想她约莫四五十岁。"我想说,您到酒馆来,是我的荣幸。"她笑着说。从她的笑容中玛琳娜看出她过去一定很漂亮。"我真不敢相信坐在这儿的会是您。就像一位皇后驾临。一位皇后!驾临波尔卡!"

"在波兰,我们跳的舞就叫波尔卡。"玛琳娜愉快地说。

"真的吗?"那女人吃惊地问。"我还以为波尔卡是地道的美国舞呢!"她停了一会儿。"您肯定想独自呆会儿。我理解,您身边一定

---

① 这是在影射朱丽叶的著名台词:"啊,罗密欧,罗密欧,我的罗密欧,你在哪里?"

随时都围着许多人。”

“我们可以一起聊一会儿。”玛琳娜说，“我的朋友反正要等一会儿才会回来。”

“真的吗？太好了！我不会喋喋不休，我保证。”她吃惊地看着玛琳娜。“我只是想告诉您，昨天晚上的演出真精彩，”她叹了口气，说，“演得真精彩。您知道，我在弗吉尼亚看过许多场戏。只要有时间，我从来不会错过。我几乎看过所有的巡演，当然布斯的演出也没有错过。他扮演的哈姆雷特我看了三次。有时候他也会来波尔卡坐坐。有一次他就坐在您这张桌子旁边。”

“我很高兴能够坐在布斯先生坐过的地方。”玛琳娜笑着说。

“对，就是您坐的座位。他彬彬有礼，没一点架子，就是有些忧郁。他醉得很厉害，可第二天晚上你一点也看不出来。啊，他演得棒极了，我不是说他不行，但我更喜欢女演员。而您是出类拔萃的女演员。您能真正地体会女人痛苦时的感觉，至少我这样认为。就以您刚刚扮演的那个法国女人为例，她把真爱她的小伙子赶走，假装不再爱他。我不知道她的名字，反正跟这出戏的名字不一样。”

“她叫玛格丽特·戈蒂埃。”

“对。我看过许多演员扮演的茶花女，觉得还是您演得最好。看您扮演的茶花女，我哭得最伤心。”

“那也是女演员很好的角色。”玛琳娜说。

“您演的朱丽叶也很精彩。还有另一出戏，我这一周也看过，主角是个法国女演员，我不知道她的名字叫什么，反正您知道。”

“阿德里安娜。”

“对，就是她。您比两年前到这里来的意大利女演员强多了。我也忘了她叫什么名字，她是用意大利语表演的。不过没关系，只要演得好,您能理解其中的情感。"

"里斯托里。"

"不错,就是她。我喜欢那出戏。不过我最喜欢的还是《茶花女》。"

"我也很喜欢《茶花女》,"玛琳娜说,"能不能告诉我你为什么喜欢这出戏?"

"先说朱丽叶吧,她还是个美丽的少女,她应当幸福,悲剧与她本人没什么相关,那种家庭是不会长久的。至于那个法国女演员,你看我这记性,我又忘了她的名字……"

"阿德里安娜。"

"对。她就像朱丽叶。她所钟爱的男人对后来毒死她的那位邪恶的公主温文尔雅,这不是她的错。那只是时运不济,你知道我的意思。但是茶花女,她更像现实生活中的人物。我的意思是,她不是完人,并非完全无辜。她怎么能和那么多的男人厮混。她逆来顺受、不相信爱情。在和那么多的男人厮混以后,她怎么还会相信爱情? 随后她遇见了一个完全不同的男人,从此她想改变自己的生活。但是她做不到。人们不让她改变。她得为此受到惩罚。她不得不回到从前的生活。"那女人开始哭泣。

"嗨,夫人……夫人……真抱歉,你还没告诉我你的名字。"玛琳娜递了块手帕给她。

"我叫米妮①,"那女人说,"你怎么知道我结过婚?"

---

① 美国剧作家大卫·贝拉斯科(1853—1931)的剧作《金色西部的女儿》(1898)中的女主角就叫米妮。戏中第一幕便发生在一个名叫波尔卡的酒馆,米妮是酒馆的老板娘。

"我不知道，只是猜想。"

"您猜对了。我已经结婚了。"米妮用手帕揩了揩眼睛。"但是您知道这是怎么回事。"她歪歪斜斜地靠在椅子上。"嫁了个我不爱的男人。"

"我很抱歉。"玛琳娜说。

米妮示意侍者给她来杯萨泽拉克鸡尾酒。"现在年纪大了，我倒喜欢上了旧金山产的高档酒。记得年轻的时候，我爱喝不加水的威士忌，什么波旁威士忌、黑麦威士忌、玉米威士忌等。您还来点什么？我的调酒师可以调出一流的白兰地。"

"谢谢你的好意，不要了。我的朋友一会儿就回来，到时我就得离开。"

"希望我没有失态。您看上去像个值得信赖的夫人。您是演员，您什么都明白……"

"那倒不一定。"

"让我告诉您我的婚姻，告诉您所有的一切，告诉您我为什么要这样说。故事开始不错，但不能成为您戏剧的素材，结尾不行。"

玛琳娜温柔地说："我倒不想再寻找一个角色，但很高兴听你讲故事。我喜欢听故事。"

米妮开始讲述。

"那是二十五年前，不，还要早些……我住在加利福尼亚的云山。不知道您是否听说过那地方。有个小伙子追求我，他是个警长，大赌棍，但是人并不坏。我看得出来，他说他爱我的时候，我知道他是出自真心，而不是只想对我动手动脚。他老是对我说，嫁给我吧，小姑娘，嫁给我。他就是那样称呼我的，小姑娘。我提醒他，他在新奥尔良还有老婆。他总说没关系，因为我才是他想要的妻子。也许您不相信,您看我,我不是那种丑陋的女人,我心地纯洁无瑕,我还年轻。我开了这家波尔卡酒馆,我所有的酒馆都叫波尔卡,许多矿工来这里喝酒,他们对我很尊重,待我像小妹妹,他们都是些好顾客。当然有的人会使坏,我也没有办法。这就是我不喜欢开酒馆的原因,开酒馆让人伤感,但是我只能埋在心里,我成天唱呀笑呀,心想有没有办法摆脱这种生活,没有办法。后来我想,警长并不坏,至少他爱我,我就开始考虑这个问题,可我从不流露出来。

"这时我又认识了另外一个小伙子,我立刻疯狂地爱上了他。他很浪漫,说我有一张天使般的脸,一个开酒馆的女人有一张天使般的脸。他才真有一张天使般的脸,我从没见过有人长得像他那样。他的脸形瘦削,但皮肤光洁,让人老想伸手去摸摸。他的前额很高,头发很长,有时候盖住了大大的黑眼睛。他的眼睑也很漂亮,笑起来显出丝丝皱纹。他笑的时候笑容像是慢慢地爬到脸上,真的很慢,就像在亲吻你。只要一看见他,我就像有电流传遍全身,感到双腿发软。麻烦在于他是土匪,他以此为生。我想他是身不由己才当土匪的。他杀了人,遭通缉,不得不继续土匪生涯。他做土匪的时候装扮成墨西哥人,叫拉姆雷佐,谁都知道许多墨西哥人都是土匪。他偷偷潜回云山和我幽会,装扮成从萨克拉门托来的富家子弟,用的是自己的真名,狄克·约翰逊。约会时他对我说,他其实就是被追捕的拉姆雷佐,但自从遇见我以后,他说他再也不想当拉姆雷佐了。他答应我要悔过自新,重新做人。我知道他说的都是真心话。我也把自己的秘密都告诉他,他仔细地听;那种感觉真好,我从来没有过那种感觉,你能对他讲心里话,你能把心掏出来给他。我几乎忘乎所以!就在那段时间,爱我的那个警长正在四处搜查拉姆雷佐,没有人知道拉姆雷佐就是狄克。但是警长,他叫杰克,到我这里来的时候,总会发现一些蛛丝马迹。他察觉出我对萨克拉门托来的小伙子有好感。那时他还不知道狄克就是拉姆雷佐。岂止是好感！我爱他爱得发疯！只要是个真正的女人，有谁会去爱一个警长，而不去爱一个土匪呢？您肯定明白。您是女人，又是演员，您能扮演所有的女人，能扮演天使也能扮演魔鬼……

"猜猜我嫁给谁了？就是保险柜旁边、腰上别着六发左轮手枪的男人。我们共同经营这家酒馆。他就是原来的警长。早就不干了。他说开酒馆赚钱。十年后发现了康姆斯托克金银矿脉，我们就搬到这里来了，因为傻瓜都知道能在下班回来、嗜酒如命的银矿工身上发大财。我为什么嫁给他呢？我经常问自己。那时我深爱着狄克，便鼓起勇气和他私奔，脑子里充满了梦想。我们被迫离开我热爱的加州，因为他杀了人，到处都在通缉他；一旦被逮住，肯定会被绞死。我们逃到内华达，那时候内华达还不是独立的州，连一个淮州都算不上，只是犹他州一个鲜为人知的县，没有人知道那里的地下埋着金矿。我们四处游荡，身无分文，饥饿难熬。最后狄克又去做了土匪。一想到未来的日子要整天东躲西藏，惶惶不安，我心里就害怕。我离开了他，艰难地回到加州。杰克原谅了我，我看他是真心爱我。他知道我从来没有爱过他，从来没有像爱狄克那样爱过他，但他仍然爱我。我对他的好感也就与日俱增，但那并不意味着我一定要嫁给他。不过我真的嫁给了他。婚礼在云山举行，证婚人是当地治安官。那时他的前妻还生活在新奥尔良，但我想我应该让他把婚姻当回事，后来他的前妻死了，我才成为他名正言顺的夫人，这已经过去了好长一段时间。真想不到我又回到了内华达，如今已有十五年了。有时候，我躺在杰克身边，整晚睡不着觉，山上的山羊在铁皮屋顶上奔跑，就像在我们的屋顶上一样，吵得我彻夜不得入眠，我禁不住会想，我应

该和狄克在一起,即使是过土匪生活也在所不惜。也许我没有认真
思考,也许我还不够勇敢。狄克过去总是这样说我。这里有两句诗,
是他常常念给我听的:

> 永远不会消失的是曾经看见过的星辰,
> 我们总会成为我们本来可以成为的人。

我现在还经常念给自己听。"米妮紧紧握着玛琳娜的手说。"但诗中
说的不对。"

"玛琳娜?"里夏德走了过来。

玛琳娜用眼神向里夏德示意,告诉他自己很好,不需要帮忙。玛
琳娜介绍两人认识。

"这是您丈夫吗?"米妮问,"我看见他和您一起从酒店出来。"

"是我的土匪。"

"哈哈!"米妮被玛琳娜的话逗得大笑。

"两位女士在谈论些什么?"里夏德问,有些紧张。"不允许男人
探听女士的秘密?"

"您是不是要犯同样的错误?"

"我想是的。"玛琳娜说。

"夫人们,夫人们,"里夏德说,突然感到一阵不安,"玛琳娜,不
早了,你肯定累了,让我陪你回酒店吧。"

"听起来像是丈夫在说话。"米妮说。

"所以也许我不会犯错误。"

"错没错,您自己清楚。您长得漂亮,又是大明星,人见人爱,您
可以为所欲为。"

"我能吗？不，我不能。"

科灵格蕾小姐站在里夏德旁边，觉得有些不对劲，插话说："玛菱娜夫人，你还需要些什么？"

"我猜她也要您回酒店去了。"米妮说。

几天来里夏德心中一直纠缠着一个问题。他和玛琳娜回到宾馆，上床做爱之后他最终还是提出了这个问题。

"你不打算让我和你在一起，是吗？"

玛琳娜的回答其实早在预料之中，如今亲耳听见，他仍不免大吃一惊。

"是的。"

"可你爱我呀！"他大声说道。

"是的，我爱你。和你在一起，我很幸福。但是，怎么说呢？两人生活在一起，对我而言，并不重要，现在如此，永远都是如此。我现在明白了这一点。也许你会说，这是职业使然。我希望爱，也想得到爱。谁不想呢？可是我需要的是宁静……心灵的宁静。但是和你在一起，我就免不了要担心。担心你厌倦了、烦躁了、写不了东西。我的担心不是没有道理。你看看，除了写一些关于我的文字之外，上个月你写了些什么？"

"那没有关系！没写东西是因为我太幸福了。"

"但这的确有关系！写作是你的生命，就像演戏是我的生命一样。你不需要像我这样的生活。你现在还不知道，但你很快就会明白，也许要不了半年，最多一年，你就会明白。你不适合跟一个演员厮守。相信我，这种生活不可能长久。"

"你是在说自己，可怜的宝贝！"里夏德一掌拍在窗棂上。

"亲爱的,你知道我听见什么了吗? 是晶体从冬日的树枝上散落下的声音。"

"唉,玛琳娜!"

"你问我是否真心爱你,你有理由这样问我。我想说的是,哦,亲爱的里夏德,你知道我想说什么。想也是爱呀,也许和你说爱不大一样。但事实是,一旦离开舞台,我从来就不知道自己真正的感受。不,这不是真的。我能感受到极度的兴奋、好奇、怜悯、焦虑,还有取悦于人的冲动,所有这一切。但是对于爱,对于你说的爱,你想从我身上得到的……我不大清楚。我知道,我感觉不到表演给观众看的那种爱。也许我的感受不深。"

"玛琳娜,亲爱的玛琳娜,你不能自圆其说,你说服不了我。我已经把你拥在了怀里。我看见了你这张从未有人见过的脸庞——"里夏德沉默了片刻,想弄清楚是否果真如此,他接着说,"玛琳娜,我了解你。"

"是的,"玛琳娜说道,"现在,我现在感触良多,都是为了你,不是别人。但是我也感受到这些情感正在远离你而去,正朝我在舞台上创造的那些自我形象蜂拥而去。你给予了我很多,亲爱的,亲爱的里夏德。"

"你让我太难受了。"

玛琳娜低声说:"也许是因为,我原以为我再也不会爱一个人,再也不在乎演戏,以为我可以放弃。但是现在我再一次明白,我们——"

"明白什么?"

"我再也不会忘记。"

"你是准备靠回忆我们的爱来过日子吗? 玛琳娜,这样你就满足了吗?"

"也许是吧。演员对现实生活不感兴趣,只想演戏。"

"你觉得我对你的事业是一种拖累?让你难以专心?"

"哦,不,不。我只是不想欺骗你。"

"我明白了。你要我从你身边永远走开是为我着想。"

"我可没这样说。"玛琳娜说。

"实际上,要我从你的身边永远走开只是为了自己,只是你没有勇气承认罢了。不,玛琳娜,要我走开的原因不是为了我的幸福。"

"哦,里夏德,里夏德,原因很多。"

"你说得对。那我不妨猜一猜,看看都有些什么原因。你害怕流言飞语——为了另一个男人,女演员抛下丈夫、扔下儿子!你渴望安全——为了一个穷作家,女演员抛弃家财万贯的丈夫!你不愿失去阶级特权——伟大的女演员抛弃贵族出身的丈夫,却跟了个出身低微的——"

"啊,我在欣赏你的艺术分类。"

"你别插话,玛琳娜,我还没说完。你害怕违背传统——女演员离开丈夫跟了一个比自己小十岁的男人!你不愿失去好不容易才得到的荣耀,而同时又带着个杂种,声称孩子的父亲就是名正言顺的丈夫。你以为你亲爱的波格丹假装不知道我就不知道?"

"看来我已经没有权利要求你不要伤害我了。"

"更不要说自私、无情、浅薄——"里夏德不再说话。覆水难收。一言既出便无法挽回。他开始哭泣。

这倒不仅仅是因为他失去了玛琳娜。这是他青春的终结:他再也不能将爱与崇拜混为一谈,再也不会毫无保护地受到伤害。如果不再梦想玛琳娜,他会梦想什么呢?里夏德想,这将是最让我心痛的感觉。她也心痛吗？她是不是也紧紧地攀附着自己的情感不敢松手，生怕淹死在爱的汪洋之中？他想，这是发生在我身上最悲哀的事。他觉得身边一片黑暗，浑身是伤。过了一会儿，他又得到些微解脱。少了几分迷恋，少了分心，现在他可以写作了！我再也不会因为"太幸福"而无法写作。一想到这个念头，他心中顿时泛起一圈羞愧的涟漪。

八

　　直到一月初，波格丹才赶到纽约克拉伦顿大酒店和玛琳娜会面。他述说了过去几个月发生的一切。玛琳娜别无选择，只得相信。他不喜欢胡编乱造。正如他说过，他很少有瞎编的愿望。

　　"我担心——"担心一词玛琳娜踌躇了好一会才说出口，"担心你留在阿纳海姆会无聊、沮丧得要命。"

　　"我才不会，"波格丹说，"总会有事填补心灵的空虚。"

　　"可怜的波格丹！"玛琳娜含情脉脉地微笑，有些警惕。他们坐在一张软垫椅子上，她从后面用双手抱着他的头。

　　"啊，不要担心我。你应当相信我。"

　　"让我相信你。"她垂下头靠在他的肩上，"如果你说什么我都相信，你不会认为我太天真，或对你过于宠爱？"

　　"过于宠爱？我求之不得。"他把她的双手挪到他的脸颊。"这么说我就放心了；即便你怀疑我的冒险经历，你也不会怀疑我这个人。"

　　"你说吧。"她在他的耳边低语。

　　"本·德雷福斯，你记得他，对不？他告诉我，几年前听说加州北部小镇索诺拉有个神秘组织，其成员在设计可供空中旅行的飞行器。当然，他们设计的不是依靠内部风力原理起飞的热气球，而是在空中

305

航行的船只，靠自身的动力拔地而起，一旦升入空中，便可以朝任何方向飞行。据说，像鸟儿一样会飞的几只飞行器还真能飞起来，只不过到最后都坠毁了。当他决定深入调查的时候，有人告诉他这个组织早已解散，其组织者，一个叫克里斯蒂安·冯·罗布林的德国人已经向南迁居到卡朋特雷亚市附近的蒙特亚海滩。现在看来罗布林可能还在研究飞行器，因为德雷福斯的朋友八月份坐船从旧金山顺流而下去过卡朋特雷亚，回来以后赌咒发誓地说，在蒙特亚海滩看见过某种东西高高地遨游于云中，绝对不是气球。德雷福斯说，由此可见，依靠自身动力飞行的飞行器不久便可问世。他认为，值得去看看这些异想天开的人究竟有何进展，顺便还可以考虑一下是否有投资的价值。他为人正派，还借钱给我偿还购买机器设备欠下的债务，这件事我以前没跟你说，所以我决定投桃报李，主动提议代他去寻访罗布林。上次事故伤好以后，我就上了南下的船。你还记得有一周我们完全失去了联系吗？那时你正在弗吉尼亚市演出，乘坐升降机深入矿山腹地，参观矿井，让那些矿工哭得死去活来。而我正在寻访古怪的代达罗斯①，他能把我送上天空。"

"我的工作没有丝毫危险，"玛琳娜惊叫道，"看看你，波格丹！你可得小心！"

"啊，玛琳娜，我什么时候不小心？"波格丹说，"到了小镇，我先在一家小店住下来。在酒馆聊天，谁都不知道有个叫罗布林的人，我在海滩上游荡，注意天空有没有什么东西。过了几天，我准备放弃寻找，就到一家杂货店买些东西，以备回程路上需要。杂货店里除了我之外只有一个顾客，头发花白，戴了一副宽大的眼镜，像土匪的面具。

---

① 希腊神话中的建筑师和雕刻师，相传曾为克里特国王建造迷宫。

他买的是……我想是几桶钉子。他的口音带有浓重的德语味，于是，我就主动上前搭讪，自我介绍。他说他叫德尔奇奥什么的，但是我认定他就是我要找的罗布林。我跟着他从店里出来，用德语对他讲，我是出于对科学的兴趣才得知他正在从事的工作，请求他下次进行空中飞行实验的时候能允许我旁观。他沉默了好长一段时间。我正在思量他可能是诡秘的家伙，既希望外人接近又害怕外人打扰。谁知道他用断断续续的英语，恶狠狠地对我说，好奇心可能引发非常不愉快的后果，"——"波格丹！"玛琳娜惊呼了一声——"因为，他说，听说的飞行器和飞行俱乐部实属子虚乌有，我可没有提到飞行器和飞行俱乐部，我肯定该意识到，除了真心实意的俱乐部成员，其他人一概禁止靠近观看，更不用说观看试飞了。他对我提出忠告，而且反复强调我应赶快离开小镇。"

"你没有听劝。"

"当然没有。"

"你到底看见了什么没有？"

"没看见空中有什么东西。一天深夜，我借着月光到海滩散步，突然发现前面某个地方有个黑乎乎的东西。我最初误以为是停泊在海滩上的船只。形状像一只独木舟，但体积要大许多，有四支翅膀样的东西，一边两支。最宽的部位像个宽大的篮子，可以容纳两个驾驶员，头尾都装有螺旋桨。"

"我把它画了下来，妈妈。"

"彼得，你可不在现场！"

"对，我没在现场，可我知道它像什么样，我——我拿给你看。"

他跑进另一间卧室，拿来一本画夹。波格丹把画摊开放在他们身前。

“真漂亮！”玛琳娜赞不绝口。

“这是科学，妈妈！”

“不错，画得很准确。”波格丹说，“你看，飞行部位非常清楚，这是螺旋桨，那是方向舵。但是我不清楚究竟从哪里得到动力。你看，没有蒸汽机，也就是发动机，没有锅炉，没有大量的水和燃料；显得很小，也很轻。如果不用蒸汽，又用什么呢？但是，他们能设计出什么东西把比空气重的东西送上天空呢？”

“一定是天上的龙，”彼得说，“他们一定是把天上的龙驯养成宠物，龙用尾巴拖着这个东西飞到空中。”

“彼得！”

“我不是淘气，妈妈，我只是想逗你开心！”

“我正想再走近一点，”波格丹继续说，“突然有四个人举着火把跑过来，其中一个就是罗布林。他们都带着枪，我只好回到镇上。”

“枪！”彼得叫道，“他们都有枪。在纽约是不是人人都有枪？”

“不是这样的，亲爱的宝贝！”玛琳娜说，“这不是蛮荒的西部。好了，听话，到客厅看书去。”

“我只想逗你开心嘛。”彼得说，“既然你不高兴，我到客厅找阿涅拉和科灵格蕾小姐去好啦。”他砰地一下将门关上。

玛琳娜皱了皱眉。“后来呢？”

“天亮的时候，我又回到海滩，发现那东西已不见了。”

玛琳娜心想，这也许是杜撰，也许他也想逗我开心。

“当然，刚刚从马背上摔下来，现在竟然想乘坐神奇的玩意儿飞上几百英尺的天空，更何况那东西又不可能在空中飞行多久，听上去这的确有点像天方夜谭。”

提起他从马背上掉下来摔伤的事，玛琳娜当时并不相信，于是再次追问他九月份的伤势怎样。

"你想了解伤势的具体情况吗？你看看，我看上去真的伤痕累累，已经残废？"波格丹起身说，"我告诉过你，伤很轻，不值一提。"

"对不起。"玛琳娜柔声安慰道。她沉默了一会儿，接着问道："你告诉罗布林看见了他的飞行器了吗？"

"没有。不过，我不久就要回加利福尼亚，那时候再设法和他谈谈。"

"要是……如果飞行器果真能飞，你会不会和德雷福斯合伙投资？"

"当然不会。"波格丹坐回她的身边，握着她的手说，"如果说过去这一年在经营农场中有什么收获，惟一的收获就是我意识到我永远也成不了实业家。在可以预见的未来，亲爱的，只能指望你赚钱养家了。"

在玛琳娜决定结束与里夏德的那段感情之后，因为忙于赚钱，她没有急着与波格丹会合。赚钱只是其中一个原因；另一个原因是里夏德还没有离开旧金山。他要为即将开庭审理的汉克斯杀人案出庭作证。不过，当时波格丹在阿纳海姆的事情也还没有了结；要他匆忙处理掉所有的事务，只是为了赶到旧金山观看她十月份在加利福尼亚大剧院的演出，这实在有点愚蠢，不仅愚蠢，而且代价太高，难以承受。玛琳娜觉得，如果对他们也像对沃诺克那样整天唠唠叨叨，说什么要懂得节衣缩食，未免有些不合身份；正如可爱的卡普顿·扎兰基老人适时提醒她的，她每周一千美元的净收入已经远远超过大多数美国人一年的收入。但是，绝大多数人既没有她那样大的开销，也没有她那么大的责任。她要寄钱帮助波格丹还清在阿纳海姆欠下的债务；她要拯救西普里安和达努塔一贫如洗的家庭，他们对伊甸园社区的生活已经幻灭,现正盼望回华沙去(她要负担他们全部的路费);出于荣誉与愤慨,她还要全额支付给华沙皇家大剧院一大笔违约金,他妈的五千卢布(为此,她曾向一个导演、以前的朋友求过情,希望再给她一年假期,结果遭到拒绝)。她要等到十二月中旬的演出之后才能再领到薪水,所以她不得不考虑到纽约一路的开销和在此期间六个星期的酒店住宿费。(虽然沃诺克会为她预先垫付住宿费,但是别指望他会预支波格丹、彼得和阿涅拉的住宿费;科灵格蕾小姐的费用她已预先支付。)最让她感到负担沉重的开销,也就是她不得不预计好的开销,是添置戏装的费用①。在旧金山演出的时候她还能勉强对付。扮演阿德里安娜和朱丽叶所需的戏装都是她从波兰带到美国来的,扮演《茶花女》的时候,她向卡普顿·扎兰尼基借了些钱,找裁缝量身定做了一套,马马虎虎还算凑合。但是到了纽约,她一上台就扮演茶花女,而且所需要的五套戏装都必须奢华无比。不用解释玛琳娜也知道,在纽约戏剧舞台上,人们对一流女明星的戏装是非常挑剔的,要求甚高;沃诺克说甚至比巴黎都有过之而无不及。

但是,在巴黎有一点可以肯定,那就是她的演出海报绝对不会搞得如此媚俗。沃诺克为她制作的宣传海报中,赫然声称"俄国华沙皇家大剧院扎温斯卡伯爵夫人"首次莅临纽约登台献艺,玛琳娜见了悚然一惊。扎温斯卡伯爵夫人,我的上帝,她究竟是谁?难道非得提俄国不成?然而,波格丹只是淡淡一笑。"你还能指望些什么?这是美国。他们干吗要把外国人的那些东西放在首位?沃诺克想从你的身上发一大笔财,但又忧心忡忡。相信我,玛琳娜,过不了多久他就会

---

① 当时演员戏装所需费用概由演员自己解决。玛琳娜扮演的角色众多,每个角色装束不同,因此开销巨大。

明白，你那新取的名字已经非常迷人，再加上我家族的封号无异于画蛇添足。"

　　她感到波格丹淡泊宁静的良好心态感染了她。他刚从阿纳海姆来，变化不是很大：黑了些，胖了一点儿，还养成咬指甲的习惯。不，他没有改变，还是那样善良，非常善良。他假装对里夏德的去向毫无兴趣。玛琳娜主动告诉他，说他们的朋友里夏德运气不佳，在街上目睹了杀人案，不得不滞留在旧金山，作为目击证人出庭；在那以后已经回到波兰。玛琳娜原本因为有很多想法找不到人分享和倾诉，所以心情一度非常沉重，如今丈夫精明地保持沉默，她非常感激，心情已经轻松了许多，渐渐地趋于宁静。在他到来之前，她非常紧张。足足有一个月，她只是埋头精心设计《茶花女》中新的戏装，除了人体模型之外，她跟每个人都过不去。她甚至跟戏装保管员也吵过两次，一次是为了《茶花女》第四幕的盛大舞会上的礼服，另一次是为了第五幕死亡时的着装（印度穆斯林穿的那种白色晚袍）。她看见谁都头疼。

　　在首场演出的晚上，她感到焦躁不安。她原以为是怯场，但实际上并非怯场那么简单，因为焦躁的心情丝毫未减。第一幕悲观失望，玩世不恭；第二幕忧心忡忡，脆弱不堪，最后接受了阿芒的爱——她知道她在模仿玛格丽特·戈蒂埃的情感和行为，表演和以往一样出色。故事表现的情感使她无法排解心中的愤怒，为此她十分紧张。最后，在第三幕她终于找到了发泄的机会。沉浸于爱河的玛格丽特正和情人阿芒一起在巴黎郊外的乡下生活。这天早上，阿芒进城去办一件小小的差事，她独自呆在一间洒满阳光的屋子里，眺望着窗外的花园。她穿着桃红色的开司米袍服，前面的褶皱松松地垂下，褶皱的下摆、肘部和高领都镶了一圈窄窄的荷叶花边，左边衣袋像只贝壳,镶有花边,还绣着粉红色的玫瑰,好几个评论家都特别喜欢这件袍服。侍女刚刚向她通报,说有一位绅士求见。玛格丽特以为来人是她的律师(她没有告诉阿芒,她已经把巴黎豪宅中的一切全都出售),于是吩咐侍女去把客人带进来。当然,来人不是她的律师。

玛格丽特·戈蒂埃小姐?一个高贵的老人出现在前台右方,经过金丝雀鸟笼(舞台监制为了制造出逼真的效果,把金丝雀装点在舞台上)朝她走来。是的,我就是玛格丽特·戈蒂埃小姐,先生,玛琳娜回答道。请问阁下尊姓大名?金丝雀开始啾啾地叫。我是杜瓦先生。啾、啾。你可能会以为笼子里面有两只鸟。杜瓦先生?啾、啾、啾。是的,夫人,我是阿芒的父亲。玛琳娜这时候本应该用略微不安但依旧平静的语调说出下句台词——平静,那只讨厌的金丝雀在叫来叫去她能够平静吗?阿芒不在这里,先生。啾、啾、啾、啾。我知道。我只想跟你谈谈。你愿意听我说的话吗?听?她怎能听得进去?因为你,我儿子正在毁灭自己。啾、吱、嚓、喳、哇、呱、啾。玛琳娜再也无法忍受金丝雀的啾啾声,她走到舞台布景后面,取下鸟笼砸出窗外,然后转过身,轻快地走下倾斜的台阶,悲痛欲绝。

她真担心这一举动会让一些观众瞠目结舌,并非人人都会认为这原本是戏剧的一部分!但是,一刻钟后,她那悬着的心放了下来,因为玛格丽特终于意识到,她对阿芒那份纯洁无私的爱是永远也不会被他的父亲接受,她听见观众的抽泣声此起彼伏,她还看见旁白员把手中的剧本使劲扔在地上,跑到舞台侧面的角落,一把鼻涕一把眼泪地抽泣起来。不幸的是,有位评论家却不愿让她完全淡忘这件事情。在第二天《太阳报》的剧评中写道:"把聒噪的金丝雀扔出窗外是这位最伟大的女明星暴躁性格最独特的表现。"看见这件事情上了报,玛琳娜十分震惊。可恶的评论家!他们只知道挖苦嘲弄,吹毛求疵！但是，更让她恼火的是，她一向温顺的秘书兼英语老师竟然在演出刚结束就愤怒地闯进更衣间。"那鸟儿现在不能唱歌了，玛菱娜夫人。我敢打赌，你把它摔成了脑震荡！"科灵格蕾小姐也痛恨玛琳娜对待鸟儿的行为。

第二天晚上，在演出开始前的一个小时，两个乡巴佬怒目圆睁，自称是美国动物保护者协会①的成员，敲开更衣间的门，要求她出示没有受伤、能婉转歌唱的金丝雀。玛琳娜确实怀疑科灵格蕾小姐是兴师问罪的幕后指挥，她说，鸟儿和动物均由秘书负责，他们可以到大厅左边的第三扇门里先找她的经纪人，再找她的秘书。她粗暴地将他们打发出门。不过她真希望那只鸟儿还能唱歌。

一连几天，玛琳娜都在打算把科灵格蕾小姐打发回旧金山。她还能不能指望得到他人的同情和支持呢？

第二周的演出正好是在圣诞节前夕，她将上演的是《阿德里安娜·勒库弗勒》。沃诺克竭力说服她，这个剧目的标题应当简缩成《阿德里安娜》。（"《阿德里安娜·勒库弗勒》，由玛菱娜·扎温斯卡伯爵夫人主演？这听起来全是异国风味，纽约人更念不顺。""沃诺克先生，我看你是执意要把我逼疯。这里没有人叫扎温斯卡伯爵夫人。应该是登博夫斯卡伯爵夫人。这才是我丈夫的姓。如果你要靠我这个演员发财，你就直接叫我的名字好了，我的名字原本就十分简单，用你们美国人的叫法，就是玛菱娜·扎温斯卡。""好吧，别说了。"沃诺克说。）就在即将上演《阿德里安娜》时，玛琳娜接到波格丹的消息，说他与彼得、阿涅拉已经出发前往纽约。波格丹一向能给她信心，目前她尤其需要鼓励，因为她在纽约的第三周将出演《罗密欧与

---

① 美国动物保护者协会于一八六六年在纽约成立。

朱丽叶》和《皆大欢喜》。是的,虽然她在前两周演出的《茶花女》和《阿德里安娜》都大获成功,媒体上一片溢美之词。《先驱报》称:"她俘获了众人的心";《时代周刊》说:"大众文化的成功,艺术精品的凯旋";《论坛报》断言:"她是杰出的女演员";《太阳报》报道:"拉歇尔之后又一位伟大的女明星";《世界杂志》警告:"切勿错过良机"。尽管如此,她随时都有可能在上演莎士比亚戏剧的时候出错。

"我看,演出成功自然在预料之中,评论家的赞誉也是如此。"波格丹说,"一曲美妙的赞歌。"

"沃诺克把这些溢美之词通通印在新的节目宣传单上。"玛琳娜闷闷不乐地说。

"别管沃诺克。"

"天哪,我怎能不管。他主宰着我的生活。说实话,我是不是还跟在波兰的时候一样优秀?"

"我看是更加优秀。你也清楚,亲爱的,岁月的磨难使你更具魅力。"

"我的英语怎么样?"

"不,我不知道。"波格丹笑了笑,"要有把握,最好去问科灵格蕾小姐,这事非她莫属。"

"阿蒙,我阿你。"①科灵格蕾小姐回应道,随后察觉玛琳娜脸上惊恐的表情,看见波格丹在微笑,她又宽厚地补充说:"不过,这种时候并不多。"

波格丹带来了支持,带来了和谐。科灵格蕾小姐是一位新型的美国女性,热情,中性。他愉快地同意玛琳娜在巡演途中带上科灵格

---

① 科灵格蕾小姐故意模仿玛琳娜的口音,把"阿芒,我爱你"说成"阿蒙,我阿你"。

蕾小姐。科灵格蕾小姐喜欢波格丹,对他印象极佳;最让人高兴的是,科灵格蕾小姐轻而易举就成了彼得的好朋友。在玛琳娜重新构建的家里面,只有阿涅拉显得有些古怪。她苍白的脸上凹凸不平,皱着脸,露出嫉妒。这个美国女人拥有各色各样的帽子,她究竟是夫人的仆人还是夫人的朋友?在阿纳海姆,她有几次大胆地挣脱了波兰语的束缚,学会了用英语从一数到二十,她还会用低沉悦耳的英语说:那个,一半,谢谢,太贵了,再见。在纽约,经过科灵格蕾小姐的耐心辅导,她学会了一些更有用的句子,比如:夫人现在很忙,夫人正在休息,请把花放在那边,我会转告夫人。这仅仅是开始。阿涅拉不得不接受科灵格蕾小姐,除此之外,她还能怎样?

"一切又回到了正轨。"在克拉伦顿大酒店的套房中,玛琳娜躺在宽大的床上,临睡前对身边的波格丹说,"我拥有你,只要你能忍受。我拥有彼得。我拥有舞台……"

"难道一切都尽如人意?"波格丹喃喃地问。

"啊,波格丹!"玛琳娜叫了一声,疯狂地亲吻他的嘴唇。

玛琳娜感激地发现,在舞台上,女人私通都要受到惩罚,无一例外。但是,现实生活不同,现实生活并不一定是一出情节剧。生活犹如尽情地享受一次浴盆中的热水澡,生活像一次按摩,一次修剪指甲。生活不是无所事事,而是设法超越自己,做三顶新的假发,把金丝雀扔出窗外,让陌生的人痛哭流涕。生活就是心平气和地同波格丹谈论彼得。

"外出巡回演出以前,把彼得送到寄宿学校是否好一些?旅途生活毕竟不适合孩子。"

"我想演出的时候把他留在身边,至少也要等到今年夏天过了以后再送他上寄宿学校。科灵格蕾小姐和我可以教他功课。现在马上与你分开未免太仓促。"

"他对我非常不满。"

她给他糖果,他扔掉。给他买礼物,他摔坏。给他念故事,他叫她闭嘴。

波格丹没有说话。

"昨天,他竟然说他不爱我这个妈妈,他更爱阿涅拉。"

"他可能是因为你要离开而生气。他还是个孩子,不懂得掩饰感情。"

"但是我可以弥补。他会忘记的。你认为他会忘记吗?他不会老这样生气。"

"我想他不会老生气。"波格丹说。

"我已经向他保证,再也不会离开他。"

"这是最好的保证。"波格丹说。

你本可以到美国来,亨利克。依我看,亲爱的朋友,你再也没有理由不来,因为我已经到了纽约,这里离我们古老的欧洲更近了。既然波格丹来不了,他会欢迎你来。(我要高兴地告诉你,他现在和我在一起。)不过……需要激情。我终于开始了在纽约的首演,当然——我就自卖自夸一下——大获成功。我再次向自己证明,只要有足够坚强的意志,任何困难和障碍都可以克服。剧院场场爆满(遇到节假日的晚场演出,最好的座位票还要拍卖),报上的评论对我热情不减,女人们也对我宠爱有加。但是,我心里面却有一团怒火,对此你会感到吃惊吧?抑或是悲伤?因为在成功面前,我感到孤独寂寞;在这一点上我不能自欺欺人。我的朋友在哪里?我可以信赖的那些朋友在哪里?波兰又在何方?当然,去年在这里见到的那些波兰人都来观看了我的首场演出；但是，这些人中只有一个是我真正的朋友。你知道，他就是雅各布；他在纽约都已经有半年了。这位天才的艺术家如今在干什么？他受雇于通俗杂志《弗兰克·莱斯利周刊》，整天和其他人一道在办公室画插图。他说他仍然希望能"在业余"画点画。太可惜了！雅各布听克拉科夫的朋友说，旺达在最近又试图自杀。你怎么不告诉我这个消息？太可怕了，太可怕了，太可怕了！我知道，意志薄弱的人只要真的想伤害自己，他们总能办到。但是，即便如此——

　　玛琳娜总是要运用意志的力量，她和亨利克在一起的时候常常如此。其中既有责备又带有炫耀，但是，意志也许只是欲望的别称。她想要的就是这种生活，这种既孤独又兴奋的生活，无论她会为此付出怎样的代价都不在乎。她希望得到无数的人、无数她从不认识或很少认识的人的认可，一种爱欲参半的认可；她无法感到满足，这让她痛苦，也让她感到鼓舞。如果所有的评论都是些溢美之词，她的前途就岌岌可危。如果说有些评论她还相信，那就是她的表演毫无夸张之嫌。她表演"纯朴"、"微妙"，可谓"美妙高雅的艺术"；她的表演"浑然天成"，纽约观众觉得非常新颖独特。但是她并不相信她看到的评论，尤其不相信那些纯粹的赞誉，不相信对她艺术造诣相互对立的赞誉。"浑然天成"肯定不会自然形成，每一个角色都要经过无数次地打磨比较才能最终成型。她知道，需要改进的地方还不少。她承认她的声音依然那么洪亮，但是阔别舞台整整一年，她对气息的控制不再像原来那样精确到位。她感到一些词语缺少感染力。对于某些段落，她觉得节奏起伏还嫌单调。她一周要演出八次（每个星期天她还要到空无一人的剧院独自训练几个小时），要改进自然很容易；但是，如果这一切都得到改进，她的语言效果会不会变得过于明朗？

她担心的是，追求艺术完美的冲动会使她的表演过火。表演流畅，表现丰富是一回事；而作为演员，出于粗俗或者不良的自我意识，极度夸张又是另一回事。她对波格丹说："我宁可用十年的时间换取一次机会，静静地坐在观众席上观察自己的表演，了解表演中应该避免的问题。"

舞台权威其实就相当于一种投射能力，把角色的本质连续不断、流畅而又犀利地投射到观众面前。在现实生活中，有很多时刻无关大局，有很多动作无关宏旨；但在舞台上，演员无时无刻不在表现角色的本质。（所以其他的东西就不足为道，应该淡化；应当是潜移默化，而不是示意和塑造。）扮演一个角色就是突出他身上重要的本质，强调他身上一贯的特征。与本质有关的动作即一再重复的动作。如果心地邪恶，那么我时时刻刻都会表现出邪恶。你看我色迷迷的双眼，看我横眉怒目，看我龇牙咧嘴（如果是男人）。一想到我如何折磨那些受骗上当的倒霉蛋我就激动得浑身颤抖。如果扮演好人（女人总是好人），你看我在微笑，温情脉脉的凝视，俯身救护；要不，面对欺负我这样的柔弱女子的禽兽，在他步步进逼面前，我会可怜巴巴地退缩。

谁都会同意这就是演员之道。疼爱谁，怜悯谁，鄙视谁，观众一目了然。可话又说回来，呈现本质是不是就一定要夸大那些帮助我们认识本质的特征呢？如果从一开始就勇于用更含蓄的方式表演，那会不会更细腻也更真实？更让观众着迷？每天晚上登台表演的时候，玛琳娜都保证要更加含蓄一些，不应该让观众一览无余。要多一些变化，她叮嘱自己，即使观众一时没能看懂也在所不惜。要更富内涵。

我的本质又是什么？玛琳娜想。如果要扮演自己，又该表现什么样的本质？

不过演员根本就不需要有本质。也许本质是演员的障碍。演员只需要一张面具。

玛琳娜赋予她扮演的角色某些妙不可言的特征，戏剧评论家在分析这些特征时似乎全都患了失语症，只好求助于"微妙"或"贵族风范"等词汇来描述。她的那些现身说法曾风靡旧金山，但在纽约不起作用。她步入舞台之初遇到的艰难险阻，那些在波兰乡下简陋的剧院、库房和校舍演出的故事，曾经让多少加利福尼亚的新闻记者津津乐道。然而在纽约，记者感兴趣的是她的艺术理念，是能净化灵魂的艺术理念。他们无法理解，她既然已经蜚声波兰，为什么要放弃功名来到美国；是否真有希望消除他们因此产生的荒唐的误解？每个演员（歌手或舞者）都不是天生的，都有自己的师承，有艺术上的联系，也有道德上的血缘。在自己的艺术生涯中她曾受惠于许多人，那些人的名字同样非常难念，但玛琳娜·扎温佐夫斯基艺术上的师承和道德上的血缘对纽约人来说毫无意义。她的艺术天才成了无根的浮萍。波兰人执迷于不能实现的梦幻，并因此培育出独特的使命感。在美国，她如何才能把这些解释清楚。"波兰是热爱戏剧的民族。"面对新一批采访的记者，她以这句总结性的陈词结束谈话。

在波兰，她象征着民族的希望。在这里，她只代表艺术，或者说文化；而许多人担心，艺术和文化可能会变得轻浮、势利或在道德上无所归宿。波格丹笑着说道，看来需要一而再、再而三的努力才能使美国人相信：艺术不仅仅是艺术，艺术承担着升华道德、服务公民的使命。

最初接受纽约新闻界采访的时候，玛琳娜准备了一份材料，选自华沙戏剧刊物上的一篇著名评论，里夏德预先翻译成英文："在她表演的每个角色中，扎温佐夫斯卡对她生活的时代做出了充分的反应，就像威尔第的音乐，表现了人类的叹息、哭泣、痛苦、爱恋和呼喊。正如威尔第是我们这个时代最伟大的作曲家一样，扎温佐夫斯卡是我们这个时代最伟大的女演员。"但是，波兰声誉极高的戏剧评论家把她比作音乐界的威尔第，不是因为她肩负着民族的希望，而是她表现的包容性；玛琳娜怀疑，这样的评论在美国人看来是否还有意义。他们可能会认为，她只有歌剧表演的天才，谈不上微妙精细。

相反，玛琳娜声称："先生们，你们不是在根据评论和报道来判断我，是吗？我几乎从来就不看报纸上有关我的评论，从来都没想过要维护剧评家为我塑造的形象。"

她征服了所有的评论家，其中包括《论坛报》大名鼎鼎的威廉·温特，美国当时最有影响力的戏剧评论家。的确，温特先生最初疑虑重重，对于她在纽约的首场演出剧目禁不住提出过强烈的质疑："为了征服我们美国人，这位精湛的艺术家（切记，她还是个伯爵夫人！）真有必要从扮演那个肺部功能不好、贞洁观念更差的女人开始吗？"当然，玛琳娜后来得到了温特先生的谅解。对于这样的责难，玛琳娜在旧金山和弗吉尼亚市演出的时候闻所未闻。沃诺克的解释是，美国西部更加开放（有些人说，是更加放纵），而东部（"要记得我们拥有整个大陆，有五千万人口！"），尤其是中部，对戏剧女主角的贞洁观念十分在乎，稍有不慎就会引起轩然大波。他的意思就是，玛琳娜应该硬着心肠，"多几分"说教，才能淡化小仲马这部臭名远扬，又因臭名远扬而大获成功的戏剧对公众道德带来的威胁。

值得高兴的是，并不是所有的评论家都担心他们新的偶像会因扮演堕落的女人而降低其艺术价值。《先驱报》颇负盛名的评论家珍尼特·吉尔德（她现在几乎成了玛琳娜特殊的戏迷）就对剧中闻名巴黎的交际花的华丽服饰颇感兴趣。波格丹说,珍尼特小姐那身滑稽的打扮,高领领节,顶着瓜皮小帽,套件男式外衣,无论如何也让人想不到她还有如此癖好。她对玛格丽特·戈蒂埃第一幕登台亮相时炫目的装束进行了特写:"她身着无袖长袍,戴着镶有十二粒纽扣的奶油色羊皮手套,手套长及肘部,肘与肩之间缠着一圈红色的天鹅绒丝带,用一枚珠宝别针固定着。"波格丹继续说,玛琳娜在《茶花女》中穿的戏装受到最广泛的效仿,挑剔的人效仿,时髦的人也效仿,这难道不有趣吗?

结果是波格丹最先告诉她(玛琳娜说,自己肯定是最后一个才注意到),纽约的女人现在都开始模仿她的仪态和举止,甚至发型(像在《茶花女》的第一幕,把头发用丝带高高地盘在头上),一些精明的商店开始出售用扎温斯卡命名的帽子、扎温斯卡手套和扎温斯卡胸针。一种取名为"波兰香"的新型香水也已问世。香水的椭圆形商标上印着玛琳娜的玉照,背景是她的起居室,一位留着肖邦式长发、看上去带有几分敏感憔悴的年轻男子在弹奏钢琴。药店的橱窗出现了她穿着《茶花女》戏装拍的照片;在烟店,这些照片被大量出售。报纸上每天都刊登着她社交活动的消息。玛琳娜的体重仍然没有恢复,但是她也并不太瘦,所以她穿上《茶花女》第一幕中那套为人景仰的戏装才楚楚动人。这套蓝色晚礼服用真丝织成,裙裾镶有墨绿色的天鹅绒,剪裁十分合身。然而,当玛琳娜看见巴黎新崛起的一代女星萨拉·伯恩哈特[①]的照片,看见潜在的对手那张小鸟般的脸庞和清瘦的背影,她就感到不安,她发誓要保持苗条的身段,再也不能增加

---

① 萨拉·伯恩哈特(Sarah Bernhardt,1844—1923),法国女演员,扮演过《李尔王》、《费德尔》中的主要角色,以音色优美、台词、声乐技巧及感情变化丰富著称。

体重。

在第五大街剧院又演了四周之后,玛琳娜终于结束了在纽约的全部演出。接着她花了一周的时间来收拾演出服装(有的要改小,有的要放大);现在全部的戏装已经装满了二十四口箱子,由一名德国女保管员保管,随后,她踏上了征服美国之路,除了最西部之外,她要到美国各地巡演。在费城,当地最有名的评论家惊叹她在《茶花女》第四幕中佩戴的"十字架和冕状钻石头饰价值四万美金"。(全是沃诺克散布的。)其实,那不过是些赝品。玛琳娜认定,错误,沃诺克的错误在于,在著名的阿克大街剧院她只上演了《茶花女》。玛琳娜在费城很失望。接着他们先后到了巴尔的摩和华盛顿,在这两地她增演了《皆大欢喜》和《罗密欧与朱丽叶》,还算过得比较轻松愉快。随后他们登上汽船,沿海北上。沃诺克告诉她,要去的地方她只要演罗莎琳德和朱丽叶,因为那里有修养最好的美国观众,有美国最负盛名的剧院。("沃诺克先生,是波士顿博物馆吗?把剧院称为博物馆,在美国是不是比较普遍?""并非如此,亲爱的夫人,这只是波士顿的叫法。")她新结交的朋友威廉·温特是个激进好斗的纽约人,他对波士顿自诩为美国文化修养最高的地方这一说法深表怀疑。他用调侃的口吻安慰玛琳娜,波士顿的观众不会对她构成威胁。不过他们像大卫·加里克时代伦敦剧院的观众一样,对莎剧了如指掌,一旦演员口齿含混不清,或者念错了一个词,甚至重读错了地方,就会招致满场观众的嘘声和喧嚣的纠错声。但是,他承认,在波士顿,对莎剧颇有鉴赏能力的人比比皆是。玛琳娜满怀信心地期待着挑战。面对铺天盖地的赞誉之词她有些松懈,花在磨砺英语上的时间也少了许多。在波士顿博物馆首场演的是她认为最得心应手的罗莎琳德,但是她大吃一惊,在翌日的《晚报》上,她看见当地最有名的评论家竟说她的口音迷人,特别表现在《皆大欢喜》中充满浪漫色彩的片段上,不过,她的口音却成了理解莎剧戏谑效果的障碍。

"果真是这样吗?"她悲哀地问。她立即把科灵格蕾小姐叫到兰厄姆大酒店自己的套房,为她辅导发音。"我从什么时候开始出现口误的?"

"在费城,你把'其他'说成'吉他',在华盛顿,你把'爱'说成'阿',把'力量'说成'理念';在巴尔的摩,你把'呼吸'说成'呼及',把'王位'说成'黄位','云雀'说成'灵雀':

> 那刺进你惊恐的耳膜中的,
> 不是灵雀,而是夜莺的声音。①

这是最严重的失误。"

"亲爱的米尔德蕾德,你怎么能容忍这样的错误呢?"

"因为我阿你。"

"行了,米尔德蕾德,我明白该怎么念了。"

玛琳娜心想,但愿我惟一的烦恼就是如何把英语念得字正腔圆,对得起莎翁!

在多伦多的演出更加顺利;布法罗和匹兹堡的报纸纷纷报道说,她的演出为美国舞台带来了异域的新鲜空气;在克利夫兰和哥伦布,她的演出也得到了积极的肯定。玛琳娜曾告诉沃诺克,说她准备一个新角色最多不超过两天。这显然是一个错误。在他们抵达辛辛那

---

① 莎士比亚《罗密欧与朱丽叶》第三场第五幕的台词。原文中的"云雀"由于玛琳娜的口误变成了"灵雀"。

提的三天前,沃诺克才告诉她节目单上除了有《阿德里安娜》和《皆大欢喜》之外,星期六的午场还安排了《伊斯特·琳恩》。玛琳娜听了大为光火,她提醒沃诺克,她曾经说过自己决不会掉价到去演《粗俗的琳恩》,她就这样称呼这出戏;"我是个艺术家,沃诺克先生,"她大发雷霆地说,"不是批发眼泪的商人!"但是,她最后还是拗不过沃诺克的一再请求和坚持,在巡演的第二个月内,先后在辛辛那提、路易斯维尔、萨凡纳、奥古斯塔、孟菲斯和圣路易斯上演了这出戏。事实证明沃诺克是对的。他向她保证,"那是存在银行里的钱呀!""你说那是什么?""我的意思是说,观众喜欢看这出戏。""因为他们希望流泪吗?""是的,人们喜欢在剧院里落泪,就像喜欢开怀大笑一样,那有什么不对,亲爱的夫人? 不过他们最喜欢看到的是杰出的表演,看到你的表演!"

最能让观众感觉到表演艺术魅力的是,剧中的主角根据情节安排需要离开一段时间,后来又悄悄重返故事,作为权宜之计,这个角色乔装打扮成另外一个人物,或者因悲伤的折磨变得面目全非;对花钱看戏的观众而言,他们不难看出他的真实身份,而剧中其他人物对此却浑然不觉。这个人物就是戏剧《伊斯特·琳恩》中的主角——不,事实上,是两个角色:一个是意志薄弱、容易上当受骗的伊莎贝拉夫人,她受到图谋不轨的浪荡子弟的诱惑,抛弃深爱她的丈夫和孩子。另一个是作为忏悔者的伊莎贝拉夫人,她因为痛悔往事而未老先衰、华发早生,她后来戴了副眼镜化名为瓦因太太回到原来的家中,当起了家庭教师,照顾自己的孩子。她有三个孩子,她离家出走的时候最小的孩子刚刚出生。最后孩子死在她的怀中,她的悲伤引得观众潸然泪下:啊,威利,我的孩子,死啦,死啦,死啦! 他竟然不知道我就是他的母亲,还没有来得及叫我一声妈妈! 瓦因太太临死的时候,向丈夫说出实情,乞求他的原谅,观众的眼泪再一次狂泻而出:就让我从你的记忆中消失吧,如果你能记住我,你就记住那个纯洁无瑕的姑娘,那个值得信赖的姑娘,那个做你新娘的姑娘——她赢得丈夫的宽恕后请求他不要因为自己的失职而惩罚两个孩子——你要多给露西和年幼的阿契尔一点爱怜,她声音低微嘶哑,不要让母亲的罪恶降临在他们的身上!

绝不,绝不!扮演阿契波尔德的演员哭着答应。玛琳娜演出之前了解到,在美国,有十几个演员都能演好阿契波尔德,但是,能把伊莎贝拉演得出神入化、催人泪下的只有一人,就是玛琳娜。扮演阿契波尔德的演员垂下头,玛琳娜能看见他衣领上的头皮屑。她仿佛置身于悲伤的漩涡。我在干什么,她想,她渐渐陷入剧中不可抗拒的兴奋和无比的悲伤。

她期待着可怕的寂静。

在芝加哥,她在胡利歌剧院一连上演了十天。芝加哥的波兰人居住区日益扩大,那里也是波兰人在美国最集中的地方,她从同胞那里收到的鲜花、礼物和款待也最多。星期天,她和丈夫在圣斯坦尼斯拉夫教堂做礼拜,接着参加了孟西格诺·科利莫夫斯基冗长的午宴,玛琳娜在教堂旁边的一间公共大厅做了一次义演,收入用于救济贫困的教友。在演出中,她背诵了密茨凯维奇的几首诗作,斯沃瓦基的悲剧《玛泽帕》片段,以及她最喜爱的莎剧片段:鲍西娅在法庭上的陈词;奥菲利娅临死前的疯狂;麦克白夫人梦游中的胡话。用波兰语表演莎剧,玛琳娜觉得非常轻松流畅。精彩的演出感动了举止粗犷、衣着寒酸的男人,女人拿着手绢哭红了眼,他们纷纷上前亲吻她的双手。

频繁的巡演,每到一个新的地方都上演相同的剧目,世界因此变得越来越小。一个新的城镇不外乎就是化妆间的大小或设备有所不同；演员的水平参差不齐。看见丈夫在他自己的位子上她就感到踏实（波格丹希望站在舞台侧面，但玛琳娜坚持要他坐在包厢里面，在台上演出的时候她可以更清楚地看见他）。他总是热情地鼓励，说一切都非常顺利。

玛琳娜想，在海因里希剧团的时候，她还年轻，但已经饱尝巡演的艰辛。到了美国，她几乎没有喘息的时间：美国人发明了永无休止的巡演，演出一场接一场，只有往来两个城镇之间时才会有一两天的间歇。在火车包厢里，伴随着车轮发出的隆隆声，玛琳娜聆听着自己所扮演的角色的台词。波格丹为她朗读，一直到列车停在某个偏僻的小站，靠在一边等候个把钟头，让别的列车优先哐当哐当地开过。彼得这时候总会看着窗外，口中嘀咕着什么，而玛琳娜则坐立不安。她知道这时候最好不要去打搅彼得，她曾经有过教训。

"什么二十八，亲爱的宝贝？"

"妈妈，别捣乱！"

"我的上帝，宝贝，我捣什么乱了？"

"我在计算究竟过去了多少列货车。一加九加八加七再加三，然后你就——"

"对不起，继续算吧！"

"妈妈！"

"我又怎么啦？"

"我得等下一趟列车！"

晚上她常常睡不好觉，但她的忍耐力惊人。只要想睡，她什么时候都能睡着；只要睡上一个小时，她又会精神焕发。

沃诺克知道她迟早会抱怨。

"沃诺克先生,你知道我讨厌抱怨。"有一天半夜,在冰天雪地的威斯康星州的某个地方,他们坐在列车的尾部车厢喝茶的时候玛琳娜说道。她刚在密尔沃基歌剧院演出了两个晚上,现在要赶到堪萨斯城的音乐学院演出三天。他们现在滞留在一个货站上,列车已经前后摇晃颠簸了一个小时,还不时地发出尖厉的刹车声。"整晚可怕的火车旅行,最近还把我和家人安排在肮脏的旅店,给我配戏的演员又是那么差劲。这可是玛菱娜·扎温斯卡在美国的首次巡回演出,我有许多东西要学。请听我把话说完,因为我以后不想再说,我想说的是,以后决不能再像这样。"

波兰是一个个的圆:一切都那么熟悉,充盈,向四处扩散。然而美国却更加开阔,更少标志,朝四面八方流动辐射。玛琳娜从一个陌生的地方到另一个陌生的地方,马不停蹄;她从来没有感到如此专注,如此坚忍,对周围的一切毫不在意。演出的紧迫感,演出带来的满足感使她有了坚固的盔甲。莎士比亚的朱丽叶和罗莎琳德,阿德里安娜和玛格丽特·戈蒂埃,甚至《伊斯特·琳恩》中那个可怜的伊莎贝拉夫人——和她们在一起她感到十分惬意。有时候她们还会结伴潜入她的梦中,相互交谈。她想安慰她们。她们确实给她以安慰。她经常觉得,似乎只要拥有她们的思想自己就心满意足了。

与此同时,有些事好像离她越来越远,难以言说。有些时隐时现的东西正渐渐被遮掩起来。记得三年前她害过一场伤寒,头发脱落,她吃惊地发现脑后有两处暗红色的胎记。她用一面手镜,通过身后那面更衣镜的折射,就能看到这两处讨厌的胎记,一块在头顶下方,另一块位于颈背上方。但只有更衣师和假发设计师才看见过她后脑勺的头皮,不久以后头上长出淡淡的一层绒毛,接着又重新长出浓密的头发。要想再看见自己裸露的头皮现在不太可能了。

你看到了,你抓住了,某些令人不安的东西,某些原本隐藏着又突然出现在你眼前的东西……随后又消失殆尽。要追回已经飘逝的东西,要坚持看清已经消失的东西毫无意义。令你不安的念头转眼即逝,变得毫无意义!

设想去年长期分离的时候,玛琳娜和波格丹都各自在寻求自己感情的需要:他们彼此心照不宣,也不需要编造谎言强求对方相信。爱情,夫妻间的爱情,充满了无言的宽容。他们要宽容相待。

玛琳娜想,她知道自己永远离不开这个男人的原因。因为他宽容,因为他给了她足够的自由空间。

但是,她认定波格丹始终都会呆在自己身边,陪她参加每一场演出,这样的想法是不是过于专横? 在波兰,他是登博夫斯基伯爵,是一个爱国者,一个艺术鉴赏家。可在美国,他只是一个丈夫,没有职业,只有永远站在无限荣光的妻子身旁。

"亲爱的,我为你担心。当演员可恶的地方就在于我得老是想到自己。我非常感激你能在我身边,感谢你的支持,你的爱……"

"你在为我担心?"波格丹说,"我不这样认为。"他是不是想责备她? 不会。"你要得到我的保证。"

"我想是的。"玛琳娜松了口气,像是经历了一场考验。

巡回演出最西的一站是奥马哈①,玛琳娜在博伊德歌剧院演出一周。在这之后,波格丹离开她回了加州南部。他说要去找一处地产,买下来建个家,在她不再巡演的时候可以有个安身之处。但是,玛琳娜怀疑他真正的动机是去卡朋特雷亚市继续探查神秘飞行俱乐部。根据她对他的了解,她确信,一旦他得到允许参观飞行器的试

---

① 美国内布拉斯加州东部城市。

飞，他立即就会要求亲自驾驶飞行器。

"如果出了事，我怎么受得了。"玛琳娜说，"但是，你非得做的事你就必须去做。"

由于玛琳娜在不停地迁徙，波格丹不可能给她写信，让她放心。他们同意，遇到紧急情况就用电报联系。巡演定于六月底结束，最后一站是在布鲁克林的公园剧院演出一周，剧目包括《茶花女》、《阿德里安娜》和《罗密欧与朱丽叶》。他们已经订好七月初"S·S·欧洲号"的船票，如果一切顺利，他们将在纽约会面。

当然，波格丹希望妻子能为他担心，那是丈夫的权利。但是对玛琳娜来说，她只需要对艺术负责，对她的心智健全负责，没有必要过多地担心。

事实上，她倒宁愿丈夫不告诉她自己的计划，她最不情愿给予他的就是从事秘密冒险活动的权利。他需要她的信任。也许他们确实试飞过。他们肯定也坠毁过。

不，妈妈，我再也呆不下去了。老是说计划一周后去扎科帕内。那个照顾过斯蒂芬的医生，对，就是迪辛斯基大夫，他是我很要好的朋友，既然到了这里，我就一定要去拜访他。不，他不再住在克拉科夫。是的，他现在生活在扎科帕内。妈妈，我不明白，你真想让我过得不如意吗？酒店很好。这样住好多了。我有太多的事情要做。衣锦还乡了。真有些讽刺意味，妈妈。这纯属私人性的拜访，你知道。现在人人都来纠缠我。为什么？我保证，我一离开，那些崇拜者就不会再来打搅你和约瑟菲娜。既然这周我住在这里，也许该写封"美国来鸿"寄给华沙的戏剧杂志，波格丹，你认为呢？不，在克拉科夫我静不下来，我要到扎科帕内去写。华沙？我为什么要去华沙，妈妈？不可能。华沙的朋友如果想见我,他们可以坐火车来克拉科夫。我对皇家大剧院的管理层深恶痛绝。对,我过去是把导演当做朋友,后来才认清他也是一个报复心特强的官僚。波格丹,你说是吗?我们从来也没想到他会这样。我可能会出洋相。我需要冷静。我十分渴望向以前的同事致敬,我尤其感到遗憾的是无法亲眼看到塔德乌斯在皇家大剧院舞台上的精彩演出,但是我不会回华沙。要我收回说过的话?妈妈,你真的老糊涂了吗?我心里当然还有气。但那并不是我要留在美国的原因。我一直打算七八月份回国,看看亲戚朋友。朋友们也来看看我们。波格丹要直接回波兹南,去看他家的几处产业,他还要和兄弟商讨财产继承权的问题。马上我们又要见到她了,真让人兴奋。我们已经离开了纽约,差不多到了海上!波格丹心都碎了。她是个不同凡响的女人,约瑟菲娜。她一点也不新潮,也并不是非常虔诚。在波兰再也找不到像她那样的女人了。波格丹,有人向我妈妈求婚,当然求婚是个礼貌的说法。这个国家的一切仍然一成不变吗?她都快八十了!格林斯基,也就是弗洛伦斯卡大街的面包师,硕大的圆头,胡子上粘满面粉,我敢打赌,如果清早花一个小时带着小家伙溜达,路过那儿时一定还能够看见他。我能吗?我不是那个意思。我想没有妨碍。他要把彼得带到面包店,任他在面包店里玩。是的,妈妈,他现在叫彼得。对,是的,这也是个美国名字,但是我相信,他会希望你叫他原来的名字皮奥特。妈妈,他还没有忘记波兰语,你干吗要吃惊呢?他和阿涅拉讲话一直都用波兰语。我的秘书?阿涅拉提起过她还是彼得提起过她?她是个美国人。根本不懂波兰语。当然她可以学,但她干吗要学波兰语?这是在美国,妈妈!我告诉阿涅拉,这两个月科灵格蕾小姐要回加利福尼亚,她可以跟我们一起来,她听了兴奋得满脸通红。但是,看来她对回波兰无动于衷。也许是因为她在波兰没有亲人。这让我心里很难受。不,我在自言自语,妈妈。我很高兴看到你过得不错,妈妈。相信我,亨利克,这次回波兰探亲,我最大的心愿就是见见你。波格丹,亲爱的波格丹,你真的不想我跟你一起去威克波士卡吗?伊格内西他不敢。妈妈,不要劝我去华沙。对,是有违约金。我已经告诉过你。每家剧院对违约的演员都有一套惩罚规定。妈妈,我以前当然没有被罚过!一万卢布①,妈妈。是的,一万。这就是换取自由的赎身费。好啊,你终于明白了。我已经把带回来的礼物都分给了兄弟姐妹及其家人,亨利克,我把儿子托付给了我妈妈和约瑟菲娜照顾,人人都宠爱他。不行,彼得,我不能带你去扎科帕内。阿涅拉会留下来陪你。不,妈妈不会离开很久,一周左右就回来。妈妈,我不想吃苹果馅饼。我都吃腻了,谢谢。妈妈,我——都三十八岁啦!波格丹,你猜猜今天早上我离开波西斯卡大街的时候,阿涅拉说了句什么。这里不像在美国那样繁忙。她肯定闲多了!老天,我也一样。亨利克,我从不来梅回来的时候,你应该到火车站来。人群、鲜花、赞歌,就像我离开时的情景。我很感动。我原来不知道回家的感觉会怎样,波格丹,你呢?我在美国的传奇经历就像一次登月旅行。但是,其实并不是这样,波格丹,不是这样。美国人的赞誉很浅薄,而波兰人的赞誉才有深度……你知道我说的是什么意思。采访,是的。就一次。请坐在这里。你要点咖啡吗?我只有一个小时的时间。是的,我在美国过得相当愉快。当然,人们对戏剧的看法很不相同。不,他们拥有一些优秀的演员。我不知道你听说过艾德温·布斯没有?我打算重返波兰舞台,这是毋庸置疑的!我首先是个波兰爱国者和波兰女演员!

---

① 此处是玛琳娜的夸大其词,实际上是五千卢布。

当然，作为一个现代的演员，我希望更多的人能欣赏到我的艺术。所以用英语表演也很自然。我打算明年到伦敦演出一段时间。现代的交通工具真是奇迹，可以把一个人的艺术带到世界各地。距离再远也难不倒我。在这方面，我很有些像美国人。波格丹，你现在必须走吗？再呆几天。波格丹，我们美丽古老的克拉科夫看起来真小！一点都没有变。没变！我知道这有点荒唐，亨利克，但是我的确害怕去扎科帕内。我担心看见那里变得面目全非。你知道这样的感觉，尤其是你离开了某地很久之后再回去的时候。即便那是当初你逃离的地方，你也仍然希望它和原来一模一样。墙上还是那些丑陋的画，桌子下还是那条懒洋洋地趴着睡觉的狗，壁炉前还是摆放着那两只陶瓷狗，书架上还是那一套皮封面的经典书，没有人读过，窗子边还是挂着那只喳喳乱叫的金翅雀。他要来克拉科夫，波格丹。他写信来说，他喜欢跟我开玩笑，他不能保证扎科帕内还是原来的样子。啊，我亲爱的。你脸上出现了皱纹，亨利克。我都快哭了。不，不是因为皱纹，你知道那是什么。是因为你在这里的缘故。你的头发也白了。你的手为什么颤抖？让我再次拥抱你，我的亨利克，我亲爱的朋友。我本该去扎科帕内，原谅我吧。路过克拉科夫那些有钱人建起的小别墅时，本该移开我的视线。我本该说我再也认不出我们的扎科帕内，但是你不会相信我。你知道我喜欢夸张。你没有忘记你的玛琳娜是个演员，是吗？让我再吻吻你的脸颊吧。真的，我不希望过去留下的东西有任何改变，为什么要改变呢？我离开的时间也不长。才两年。你不能说两年就是永远吧！现在谁在演戏？你笑话我，亨利克，是吗？是的，当然，我希望留在波兰的人都发现我变了，变得更好了。是吗？是的，我变得更加坚强。是的。我平生第一次意识到独立自主的含义。尽管我从来不感到孤单。你明白我的意思。不，我没有永远离开你,我亲爱的,亲爱的朋友。只是一段时间。最伟大的波兰女演员意味着什么?记得我最大的梦想就是要超越加夫列拉·埃伯特。现在,我自然会想超过伯恩哈特。但是,我是不是已经超越了伯恩哈特?如果留在波兰,我永远也不会知道。我需要煎熬、挑战和神秘感。我不需要舒舒服服,自由自在。那是使我更加坚强的原因,现在我明白了。我要的是超越自我,你明白我的意思,亨利克。我的意思是不仅仅在舞台上扮演别人、转换角色。演戏到底是为了什么?演戏,当然我只能私下对你说,亨利克,戏剧就是歪曲。舞台?舞台是谎言和虚伪。不,我没有幻灭。恰恰相反。成群结队的学生在旅店的窗户下唱着小夜曲。每天送来的鲜花堆满了旅店入口的两侧。前一天我听彼得对他姥姥说,他喜欢戏剧的原因是舞台上的人只是装死而不会真死!雅雷克,你一定要把我的孩子从妈妈和约瑟菲娜身边拯救出来,带他去骑马,别让他成天呆在家里或面包店里,他需要锻炼,需要户外活动。离开我们的法伦斯泰尔社区后——别取笑我,亨利克——的确遇到了困难,但是我不能要求波格丹帮忙,他在农场也有麻烦。我变卖了所有的东西,珠宝首饰都送进了当铺,经常是穷得连一磅茶叶和一点儿糖也买不起,经常饿着肚子上床睡觉。但是,穷困潦倒这点困难算不了什么,在不期而至的欢乐之后也有心碎。我做出了牺牲,逐渐变得坚强起来。原谅我只能告诉你这些。我感觉到,述说这些事情,哪怕是对你述说这些事情,也是对波格丹最大的不忠。你知道吗?他……他回来后跟你谈起过?不,他当然不会。我相信他为人正直谨慎。根本没有提过我?一次也没有?那是因为他还在生我的气。那么,亨利克,你又是怎样知道的呢?我现在为什么要问这个?你对我最了解。我是个魔鬼。我抛弃了爱情。我不是个称职的母亲。我对谁都撒谎,包括我自己。不,我不奢望得到你的宽恕，亨利克。不，不，我想我希望得到你的宽恕。是吗？在你眼中我不像是个魔鬼？我真希望把头埋在你的肩上，你用双手搂着我。这样的感觉真好！我的亨利克，亲爱的朋友，你觉得如何呢？你看我一直在谈论我自己。波格丹一定要去和那些倔强的亲戚争论。波格丹肯定要在他祖母的坟前痛哭一场。他的祖母过去很厉害。我既敬重她，又怕她。不过她非常疼爱波格丹。他回来之后我们会在巴黎小住一段时间，然后八月底乘船从瑟堡出发前往美国。整个九月我都要忙于面试演员，筹备秋冬巡回演出团，首站选定纽约，演出六周。亲爱的克雷斯蒂娜，让我再看看你吧！我们可以一起共事几天，表演奥菲利娅。最大的乐趣就是观看你的表演。明天下午到旅馆来吧。好的。好的。粗犷的台步。我喜欢。你献花给乔特鲁德王后的时候甚至可以表现出跌跌撞撞。不要害怕，勇敢些。你可以尝试任何舞台效果，但要富于变化。你要自己去塑造角色，不要受我的影响。记得伟大的拉歇尔到伦敦扮演苏格兰夫人（不要东张西望，好像不明白我说的苏格兰夫人是谁似的！）的时候，有人对她说伟大的西登斯夫人①已经把苏格兰夫人梦游的那一幕表现得淋漓尽致、出神入化，几乎穷尽了每一种可能的表演方式，但是拉歇尔回答道，西登斯夫人当然没有穷尽每一种表演方式，我就想试一试。把你的想像力发挥到极致，克雷斯蒂娜。蹒跚而行，克雷斯蒂娜。好！你很有天赋。不过你有些腼腆。演员必须敢于开枪，打一两发子弹。奥菲利娅也不仅仅是个受害者。注意轻柔的台词，轻盈的步态，轻快的退场。别这样说，亨利克。我马上就回来。嗨，看看没有我你怎样

---

① 西登斯夫人（Mrs. Siddons, 1755—1831），英国悲剧女演员，尤以扮演莎士比亚《麦克白》中的麦克白夫人而名噪一时。

在生活。亨利克，亨利克，就不能和你开开玩笑？你非要郁郁寡欢吗？变换一种心境，亨利克。啊，你禁不住要问我。那么我告诉你吧：我谁也不想。我太忙。我有时想念波格丹，这可能听上去有点奇怪，因为他几乎总在我的身边。你听上去并不感到奇怪？是的。完美的丈夫？缥缈、聪明、执著？你现在怎么听上去像里夏德。他才会这样说话。不过，我不会生气，亲爱的亨利克。你知道，我并不像看起来那样自我专注。我担心的是波格丹无所事事。他最喜欢加利福尼亚，现在他要到圣安娜山脉美丽的大峡谷去，商谈一块地产，准备在那里建个家，不再演出的时候我就前去跟他团聚。当然，我会一直演下去。在美国，成功的演员每年要演二百五十场，有的甚至能演三百场。很有帮助。她与其说是我的秘书，不如说是我的家庭教师。非常严格又有些可怜。每个人都需要家庭教师，我也不例外，彼得非常喜欢她。约瑟菲娜，你考虑过再婚没有？我明白你为什么要退出舞台；要成为演员，你还不够虚荣，不够自以为是，所以你和妈妈呆在一起不失为明智的选择。但是，你也应该为自己想想。不要皱眉头，约瑟菲娜。虽说婚姻并非总是女人最佳的选择，但是你，我亲爱的姐姐，你可爱的额头开始出现皱纹，你需要把自己托付给某个男人，最好是托付给某一种理想或事业，就像亨利克那样。你应该当个教师。是的，他是个魅力四射的男人，有着高贵的灵魂。他在扎科帕内救死扶伤，的确让人肃然起敬。你可以……啊，你脸红的时候更加漂亮，约瑟菲娜。亨利克，我有个主意。但是现在还不能告诉你。我要让你自己考虑。是的，美国的巡演对演员要求很苛刻，可以长达三十二周之久。但是一流演员总有自己的乐趣，大多都是孩童般的乐趣：做白日梦、幻想、发脾气等等。你笑了，亨利克，你是不是笑我神志不清？我应该热情、专横、多变、渴望爱情。我马上就会有一个精心组建起来的家庭：我的演员、专横的经纪人、科灵格蕾小姐、服装管理师……还有波格丹，一年中他总有一部分时间和我在一起；当然，不能指望他一直跟着我们巡演。在加州，他有过好几次独自冒险的经历。他是否有过某种恋情？他从来没有对我提起过，为此我非常感激；不管有什么恋情，他都希望能和我生活在一起。彼得，妈妈正在跟亨利克叔叔谈话。可以，你和阿涅拉去面包店吧。不，妈妈，我不会在这里吃晚饭。波格丹明天就要回来。过几天我们要去波兹南，跟波格丹的姐姐呆上一周。他是庇护我的天使，亨利克。是的，我知道那不是你要问我的东西。我不清楚我是否爱他。但是我想念他。我需要他。和他在一起我感觉很愉快。他不会让我操心。和他在一起我从来不感到厌烦。我希望我爱他。如果我不爱他，这的确不公平。我真的爱他。啊，亨利克，你对我要求也太严了。当然你是对的。我跟你说过，我不是个好人。我不爱任何人。不，我不会因为别人的爱而屈服。多么离奇的想法呀！但是你不应该还是那样关心我。你对我太好了，亨利克。真的太好了。就让我哭吧！我把什么都毁了，搞得人人都不开心。你在摇头。没有人能安慰我，亨利克。不，我不是在演戏。塔德乌斯，我可以告诉你演戏是什么吗？演戏其实是场假面活动。演员的艺术就在于挖掘作者的戏剧内涵，炫耀自己勾引他人和伪装的能力。演员就像骗子。波格丹，好消息，塔德乌斯和克雷斯蒂娜就要结婚了。人们的行为能不能够预测，我其实不太在乎，你觉得呢？他们注定是天生的一对。我相信克雷斯蒂娜这个小傻瓜不会因为做了妻子就放弃自己的职业。她有天赋，比塔德乌斯更有天赋。我会是他们第一个孩子的教母。啊，波格丹，人老了多可怕呀！我讨厌人老珠黄。你那样说是因为你人太好，你爱我。但我知道我看上去是什么样。我美丽的克拉科夫。约瑟菲娜，美国的城市真是丑陋不堪,难以置信。那么丑陋,那么……令人不敢恭维。但是美国的大地、山川、荒漠、平原比所有欧洲人想像中的更加雄伟,更加激动人心,更加令人惊羡。你无法想像加州南部是多么……雄奇。我希望有一天你也能欣赏到那里的风景,亨利克。在那里你的呼吸会变得完全两样。海洋和荒漠都那么中庸平衡,使你怀有全新的生活理念。深深地吸一口气,你会觉得只要下定决心,你就无所不能。不,妈妈,我没有生病。我只是需要静养一天。太多的聚会,太多的眼泪,太多的采访。他们开出诱人的条件,要我重返波兰舞台,我简直没有办法拒绝,其中包括组建自己的剧院。波格丹,为什么在这儿我还感到不舒服呢?是不是我一直在想念斯蒂芬?现在我明白我要离开波兰的原因了。那是因为,因为……不,我不知道为什么。即便是到了现在我仍然不知道。我只知道我感到焦躁不安。我自己的剧院。波兰人的剧院。除此之外,我还要求什么?我回国来炫耀,受人崇拜,确信我仍然受人爱戴、被人想念,每个人都乞求我回来。但是这些不能带给我丝毫乐趣,简直毫无乐趣可言。巴巴拉,亲爱的,我不记得你什么时候像这样心满意足。你偶尔也会想起我们的阿登吗?那是多么迷人的梦想!我们多么勇敢!我为大家而自豪。亚历山大,我们要在圣地亚哥大峡谷买块地。亨尼科特农场。你记得。等房子建好后,我们选个夏天在那里聚一聚。波格丹想饲养一些牲口,我们要雇一些人手帮忙,你用不着担心,我们不会让你去养马,去挤羊奶,我保证!到时一定会很愉快。你们两个,达努塔,西普里安,他们的女儿,还有……哎,不要提醒我,我没法不想这件事。竟没有人去阻止她!真可怕,可怕!当然我们要邀请朱利安,但是我知道他不会来。还要把纽约的雅各布也请来。里夏德呢?那当然就不用说了,波格丹,是不是?他还住在华沙那间公寓里吗?

日内瓦？从什么时候？为什么住在日内瓦？不，我们最近一直没有他的消息。你也来，亨利克。不是去加利福尼亚，那地方不适合你。今年我要自己组团举办一次更长的全国巡演。在美国，一流的演员都"被人经营"，就像做生意一样，经纪人要一路陪着。你加入我们的巡演团队，当我们的医生，以免有人生病。啊，这想法真不错。你一定要考虑考虑，亨利克。也许应该把约瑟菲娜也请来。我姐姐是个优秀的女人，亨利克，你觉得呢？怀旧了，亚历山大？是思念波兰的缘故吗？塔特拉山铁轨两旁整齐的云杉，克拉科夫长满栗子的山谷，想念这些东西？啊，想念我过去的生活，我想那不是我现在的感觉。不，亨利克，没有什么东西能勾起我的怀旧情绪。我已经下定决心忘记过去。美国能让人忘记过去。在美国，美国！你不同意——不过，我喜欢你说话的这种口气。你怀疑我在新的国家找到了想要的一切，亨利克，你说对了。在美国你的确能找到想要的一切。彼得宝贝，这些面包卷是你烤的吗？做得很不错。波格丹，那天我了解到一件挺有趣的事。亨利克说，不久前，忧郁症被视为一种严重的疾病，有时候甚至是致命的疾病。秋天据说是最危险的发病季节，而士兵特别容易染上忧郁症。实际上任何东西，一封情书、一幅画、一首歌、孩提时的一勺美味稀粥、在异域的街上偶尔听到的乡音，都能诱发这种疾病。亨利克说，他看到的病例全都登在法国的医学杂志上，不过，只有法国人才会因怀念过去而死，这好像也不大可能。我们觉得，波兰人更容易感染这种疾病，而美国人恰恰相反，个个争先恐后地摆脱过去。是的，妈妈，味道好极了。不，妈妈，我不吃猪排，花椰菜上不要面包屑和黄油。（我的上帝！）妈妈，我并不瘦。现在欧洲最受人崇拜的演员、法国舞台上的皇后，体重不过……啊，没关系！妈妈，你知不知道，究竟知不知道我是谁？波格丹，我也问过他这个问题。人们原以为，近来这种疾病的发病率降低要归因于文明的进步：蒸汽机、电报、定期邮轮等东西的出现。但是你知道亨利克的性格，他生性悲观，从来不愿放弃尖锐的观点。他认为这种疾病的发病率降低实质上暗示着一种新疾病的兴起，新的疾病就是无所依凭，无所眷恋。当然我有时候会想念里夏德，亨利克。医生，开些止痛药好吗？要不这是一种麻木？我不仅仅自私，我还恐慌。他带走了我的呼吸。我陷入两难的境地，无所适从。波格丹，亨利克昨天对我说，你知道他的话多么尖刻，他说波兰爱你，波兰需要你，可是你不再需要波兰。我对他说什么好呢？亨利克，这里有两种人：一种人像你，亲爱的朋友，在那些凡事可以理解的、熟悉的地方如鱼得水，生活得很好；还有一种人，就像我这样，在家乡就好像陷入牢笼，生活枯燥，情绪不安。但是，这并不是说我就不能成为狂热的爱国者。亨利克，我最崇拜约瑟菲娜的一点就是她的大度。哎，波格丹，伊格内西怎么会那么固执！你肯定觉得很难受。我们应该休息一段时间。我很高兴能想些办法，陪亨利克回扎科帕内。两个久经风霜的南加州人还敢不敢坐两天的马车旅行？从亨利克装修华丽的新诊所可以看出小镇的进步，难道我们不应该为此感到高兴？扎科帕内仍然崎岖简陋、气味辛辣，犹如世外桃源。我们享受了该享受的一切，走过了该走的所有地方，爬上了意想不到的高峰，欣赏熟悉的美景；高地人还是那么好客。我知道你希望我们能呆到周末，不过那样亨利克会不开心。我们呆得越久，他就会越想念我们。约瑟菲娜的眉头，约瑟菲娜的秀发，亨利克，你不觉得她挺可爱吗？你真是个睁眼瞎，朋友。我们在哪里？我们在扎科帕内，但是我不想到扎科帕内来。我们在克拉科夫，但是我不想呆在克拉科夫。彼得，拥抱姥姥、阿姨、舅舅和表兄妹，当然你可以跟格林斯基先生道别。波格丹，亲爱的，我知道你会认为我变幻无常,难以原谅,我真的不想呆那么长的时间。我们现在就去巴黎吧。我想买衣服,是的,天天都去试衣,晚上就去看戏。她可能会在法国喜剧院演出,我知道我既会恨她又会爱她。一想到她扮演拉辛戏剧的主角,她肯定吐字洪亮清晰,想到那些美言华章,我心中已隐隐作痛。也许我不怎么欣赏她扮演的《阿德里安娜·勒库弗勒》和《茶花女》,但是她的《爱尔那尼》和《费德尔》的确无与伦比。但愿她不知道我坐在观众席中!妈妈,明年夏天我一定回来。等我和波格丹有了自己的农场,你和约瑟菲娜就可以到美国和我们同住。太老了?不要开玩笑了,妈妈。啊,波兰,你不是失恋的爱人,你是我的力量,我的骄傲,是我抵御外部世界的盾牌。啊,里夏德,你的双手,你的嘴唇,你的爱欲。波格丹,一切都还好吗?我怎么样,很好。我急流勇退而又大获成功,亨利克。谁会想到事情竟会这样?

　　七月底,他们离开波兰前往巴黎。玛琳娜在巴黎呆了三周,添置了十几套戏装,找人画了一幅端坐的肖像,看了几场戏(她的确观看了萨拉·伯恩哈特主演的维克多·雨果的《爱尔那尼》,伯恩哈特扮演女主角冬娜·索尔。演出完后她走到后台,向这位优雅的对手表示敬意),还参观了几个画展和世界博览会。八月二十日,他们从瑟堡起航,一周后到达纽约,正赶上纽约夏季臭气熏天的最后一个月。他们仍然住在离联合广场不远的剧院区,住在克拉伦顿大酒店。套房中摆满了鲜花,由于天气闷热,鲜花不久就凋谢枯萎了。玛琳娜把克拉伦顿大酒店视为自己的酒店,每次到纽约演出她总会住在这里。在第二次美国巡演的过程中,她还会养成其他一些根深蒂固的习惯。职业性的漂流者,经过漫长的旅途又回到某地,他们总希望有熟悉可靠的人来迎接问候,嘘寒问暖。住原来的酒店,原来的套房,到原来的餐厅就餐，其乐趣就在于不需要花费时间另作选择。

重返美国，玛琳娜原本兴致很高，但是在上岸的一瞬间却难掩满腔失望的怒火，她觉得想像欺骗了自己。令她沮丧的是没有人能够真正理解她。还让她烦恼的是美国人个个都如此古怪、如此可笑、如此认真、如此自负。（难道她原来想像中的美国人不是这样？）幸好，在她开始为自己的演出团选择队员的时候，所有的失望、沮丧和烦躁全都烟消云散。为了让自己心情轻松愉快，她每天一早就到剧院，指导排练。她决定十月初就在这家剧院开始为期六周的演出。下午一出门，阳光、热浪和外面的喧嚣弄得她浑身无力。她不得不提醒自己这不是美国，这里是纽约，是自高自大、汗淋淋、狭窄拥挤的纽约。所谓的家，玛琳娜想像中这个新的国家她可以称为家的那部分，不在纽约，而在西海岸。纽约是移民国家的起点；而美国横穿大陆，直到西海岸。波格丹需要加利福尼亚，她也需要加利福尼亚，加利福尼亚才是终点，才是最后的起点。

在第二次全国巡演纽约站中，玛琳娜在第五大街剧院重演了阿德里安娜、玛格丽特·戈蒂埃和朱丽叶，获得了更多的赞誉。在最后两周的演出中，她加演了《弗鲁弗鲁》①，一出深受喜爱、有关通奸报应的法语戏，又续写了新的辉煌。故事情节？啊，故事情节！绰号叫弗鲁弗鲁的吉尔伯特·萨托蕾丝天真活泼、纯洁无瑕。她把自己未婚的妹妹路易丝带回家，路易丝不爱抛头露面，是个典型的贞洁女性。路易丝不可避免地取代了这个被宠坏了的年轻妻子，赢得了年幼的儿子和丈夫的感情。弗鲁弗鲁误以为妹妹背叛了自己，于是和

①　《弗鲁弗鲁》，法语戏，一八七〇年于纽约初演，立即走红。弗鲁弗鲁是剧中女主角吉尔伯特·萨托蕾丝的绰号。

从前的情人、一直追求她的纨绔子弟私奔。数年之后她重新返家,念及往事,追悔莫及,忧伤而死。临死前她得到丈夫的原谅,允许她拥抱自己的孩子。

"我觉得这出戏不像《伊斯特·琳恩》那样甜蜜动情,是不是?"玛琳娜问。

"《伊斯特·琳恩》是英国戏,《弗鲁弗鲁》是法国戏。"波格丹说,"对声名狼藉的外国女人的命运,美国观众从不吝惜眼泪。"

"而且是富裕、有地位的女人。"科灵格蕾小姐插话说。

"波格丹,告诉我,说这出戏还不错。"

"我能吗? 只要看看这两出戏的结局,你愚蠢而又可耻地抛弃了家庭,如今回来躺在富丽堂皇的卧室的地上,等着咽下最后一口气。在《伊斯特·琳恩》中,你最后的遗言我们都能倒背如流:啊,这就是死亡吗? 这是生离死别! 再见,亲爱的阿契波尔德! 我曾经的丈夫,以前我没有爱你,今后只能在天堂与你相爱! 再见,直到永远! 偶尔也想一想我吧,在你的心中为我留下一个小小的角落……为你可怜的……犯过错误的……迷失的伊莎贝拉! 落幕。"

"科灵格蕾小姐,我期望。"玛琳娜说。她在笑。

"啊,这就是死亡吗?"彼得说。

"不要打岔。"玛琳娜边说边把儿子拥在怀中。

"偶尔也想一想我吧,在你的心中为我留下一个小小的角落。"科灵格蕾小姐也学着她的口吻。

"你也这样!"玛琳娜叫道。

"而在《弗鲁弗鲁》这出戏里面,"波格丹接着说,"你虽然用了同样的道具,比如那张沙发,上面盖了另一块布,但是你却说:啊,到这个时候死亡是多么的困难呀! 不,不要为我悲哀。这是你对悲痛欲绝的丈夫、妹妹和父亲说的遗言,他们要在哭泣的时候用手绢捂着嘴,好让观众的注意力能更好地集中在你的身上。除了在死的时候众叛亲离,失望而且孤苦伶仃,我还能指望什么? 而现在,周围是我的至亲至爱,我安详而去……幸福……没有痛苦……宁静……"

"你饶了我吧!"玛琳娜叫了出来。

"这时,微弱的音乐声夹杂在痛苦的哀号中伴随着你说完遗言:你们都原谅……原谅了我? 你们的弗鲁弗鲁……可怜的弗鲁弗鲁!落幕。现在,你告诉我,这不是同一出戏吗?"

"是同一出戏。"

"但是,弗鲁弗鲁为什么非死不可呢?"彼得问道,"她可以从地上跳起来。说,我改变主意了。"

"那就不一样了。"玛琳娜说,吻了吻他的额头。

"她可以到加利福尼亚去,乘坐飞行器上天,说,有能耐就来抓我吧!"

"我更喜欢这样的结局。"科灵格蕾小姐说。

"我也是。"玛琳娜说,"是的,我差不多成美国人了。我越来越偏爱皆大欢喜的结局。"

"不行。"波格丹说,这样的安排不行。"你会毁了自己。"

玛琳娜第一次全国巡演的时候只去了有演出团的剧院,那样的剧院比十年前少了许多。现在,她有了自己的演出团,有十三个女演员和十二个男演员,凡是有剧院的地方她都可以演出。在美国,几乎每个城镇都有剧院,为了听上去高雅些,即使许多剧院从未上演过歌剧,人们也把它称做歌剧院。

仅在纽约州,沃诺克就在波基普西、金斯顿、哈德逊、奥尔巴尼、尤蒂卡、锡拉丘兹、埃尔迈拉、特洛伊、伊萨卡、罗切斯特和布法罗这些小城镇为她各安排了一两场演出。

在波士顿的环球大剧院演出一周后,她又马不停蹄,到洛威尔、劳伦斯、黑弗里尔、福尔里弗、霍利奥克、布罗克顿、伍斯特、北安普敦和斯普林菲尔德,一连演了好多个晚上。

在宾夕法尼亚州,她先在费城演出一周,接下来七天的演出中她去了七个小城:布雷福德、沃伦、斯克兰顿、厄雷儿、威尔克斯-巴里、伊斯顿和石油城。"石油城,要是我没搞错的话,对美国东部的城镇而言,这个名字可够稀奇。"波格丹自言自语地说。然后她又到宾州匹兹堡演出了四天。

在俄亥俄州……

"卡拉马祖,这肯定是个印第安名字。"彼得说。

"我的继子提醒了我,"波格丹说,"在密歇根州,夫人每个地方只演了一晚上。卡拉马祖、马斯基根、大急流城、萨吉诺、巴特尔克里克、安娜堡、贝城、底特律,十天我们转战了八个城市。"

"萨吉诺酋长和他的妻子德特里特在巴特尔克里克战役后,扎营在安娜堡下面的贝城,然后乘木筏沿大急流回到卡拉马祖。"彼得说。

"你漏掉了马斯基根。"科灵格蕾小姐提醒他。

"但他们没有忘记带上小儿子马斯基根。"

"好极了。"科灵格蕾小姐说。

"在广袤的土地上奔波劳顿,"波格丹打开地图说,"一连几周来都没有好好休息,即便是睡觉,也是一天换个地方,住那些破破烂烂的旅店。沃诺克先生,你真想把你的明星给毁了?你必须取消这种残酷的演出计划,不能一个地方就安排一场演出。"

"亲爱的先生,你不是在开玩笑吧,每个地方演出一场利润最高。"

　　玛琳娜置身于他们的争论之外，准备为演出全力以赴；波格丹愤愤不平，沃诺克则惟利是图。眼看巡演计划就要泡汤了，除非……

　　波格丹最后承认，沃诺克的解决方案的确明智。

　　"自己的私人专列？这在美国是不是非常普遍？"玛琳娜问道。

　　一点也不是，迄今为止，只有铁路大亨和被暗杀的林肯总统有过自己的专列，她的演出团是第一个配备专列的演出团。玛琳娜喜欢开风气之先。沃诺克的目的是赢得媒介更广泛的关注。每到一地，他都会邀请当地记者登上专列参观。前来参观的记者无不惊叹，比普通列车高出一倍的天窗，车顶上饰有带有传奇色彩的水彩画（纸莎草中的摩西、池塘倒影中的那喀索斯、躺在葬船上的亚瑟王）。玛琳娜的客厅用黑胡桃木装修，天鹅绒窗帘、镀银煤气灯盏、银器、波斯地毯、竖式钢琴。在玛琳娜的卧室里，有斑马纹地毯，穿衣镜的玻璃四周镶有金边，还有一幅女演员穿着西部服装骑在马背上的全身像。车厢里有一个大套间，里面有更衣室和卫生间，仅供她和丈夫使用。另外还有一个舒适的办公室。在办公室的隔壁依次是经纪人、儿子、秘书的卧室。其他演员、仆人和服装管理员则住舒适的上下铺："晚上女士和先生的住宿区中间用了道屏风隔开。"在白天，铺位都折叠起来，以便留出空间摆放可供休息的椅子或餐桌。在车厢的尽头有三个卫生间、一间厨房和几间存放戏装和床铺的小房间。沃诺克特意放出消息说，这列七十英尺长的前瓦格纳卧铺车，内部设计和装修共耗资九千美元。在车厢外部两侧有两块紫红色的椭圆形标牌，上面刻着两行金色的花体字：**扎温斯卡演出团，经理哈里·H·沃诺克**。沃诺克喜欢向人提起，他名字中间的字母 H 表明他是汉尼拔的后裔。专列的名字，即新取的名字，叫波兰号。

有了自己的专列和行李车，还有给那些熟练的黑佣(一个厨师、两个侍者和一个脚夫)的住处，以及精巧设计的储藏空间，分别存放服装道具和布景，沃诺克更能随心所欲，一个城镇只演一场的机会也就大大增加了。

不用再打包开包！他们可以一连几周都在列车上吃住，每隔一两天换一个地方，到新的剧院去演出。

每到一个新的地方，玛琳娜和沃诺克首先会直奔剧院，波格丹和其余的人随后赶到。沃诺克先要检查票房的销售情况，然后吩咐舞台布景人员看看有无技术问题，比如，舞台上方的吊灯是否太低，舞台前部两侧是否达到要求。玛琳娜首先去明星化妆间，然后把巡回演出的节目单贴在化妆镜旁边，以便能记住这个城市的名字、剧院的名字以及剧院经理的名字。如果当晚上演的戏有一周或更长的时间没有演过，玛琳娜则在下午安排一场短暂的排练。当然她一定要抽出时间与当地的戏迷代表座谈，那些戏迷代表一般都是打着飘逸领带的诗人、报社记者、迷恋戏剧艺术的姑娘和她们的母亲，以及当地基督教妇女禁酒联合会的主席。座谈完毕，她才回到化妆间化妆并穿戴戏装，准备登台表演。表演结束后，她会到演员休息室接待当地名流。离开的时候，她不忘从众多的花束中挑选几朵鲜花。抵达火车站差不多是半夜时分，波兰号和行李车将挂在某一辆火车后面，驶往下一个演出地点。

出于经济上的考虑，整个演出生活都安排在巡回演出的旅途中，没有自己的专用剧场进行排练，这就意味着大量的剧目玛琳娜都无法用英语准备。(在波兰皇家大剧院她扮演过五十六个角色!)玛琳娜和剧团的其他演员准备了完整的六出戏剧，这几乎比绝大多数美国巡演中的一流演员能上演的剧目都多。事实上，年复一年地在外巡演,演员一直扮演自己最熟悉的角色,也就渐渐放松了对艺术的要求和对观众的尊重。不过这也情有可原,因为演员总是怀疑观众的理解力。(但愿观众知道演员是这样在看待他们!)演出结束以后,演员累得两眼昏花,在化妆间一面对着镜子抹上一层冷霜准备卸妆,一面破口大骂当晚的观众。聚精会神?愚昧不堪?死一般沉寂?如果观众真的愚昧不堪,那谁也没有办法;不过,玛琳娜总是有办法左右、引导、唤醒沉寂的观众,比如走到前台、凝视观众、提高音量和加强颤音效果,或者平息观众席中的第一声咳嗽。咳嗽表明观众对演员的表演持有异议。(在表演最初的十分钟时间,或者在观众提出再演一次的时候,都不会有人咳嗽。)

剧院并非总是爆满,原因很多,可能是天气不好,宣传力度不够,也可能是贪婪的剧院经理把票价定得太高,或者演出的剧目被视为过于外国化或过于纽约化而激起公愤。"让纽约的人去看那些卧室中的悲剧吧!俄亥俄州的人关心的是更高雅的艺术。"俄亥俄州小镇利马的报社接到一封公众来信,结尾就是这样呼吁人们联合抵制扎温斯卡演出团在弗鲁特大剧院上演《茶花女》。这封信的署名为:一位美国母亲。在印第安纳州的泰雷哈特市,一位评论家认为玛琳娜饰演的玛格丽特·戈蒂埃展现了"女人的魅力",但他指责她"把邪恶的职业表现得温柔诱人"。

为了平息俄亥俄州和印第安纳州观众的不满情绪,沃诺克建议加演几场《伊斯特·琳恩》,但遭到玛琳娜一口拒绝。无奈之下,沃诺克只好四处散布消息,说扎温斯卡夫人丢失了玛格丽特·戈蒂埃佩戴的"价值四万美金的十字架和冕状钻石头饰",借此转移观众的注意力。他还声称已发电报给巴黎最好的珠宝商,派人把价值更高的十字架和冕状钻石头饰送到瑟堡即将起航的轮船上。在东西到达印第安纳以前,玛琳娜无法演出,沃诺克对此也无能为力。玛琳娜提出抗议,说他丑化了自己的形象。沃诺克解释道,其实根本不是那么回事,美国人希望听到著名的女演员一年至少丢失一次首饰。

"只是赝品首饰? 还是真的首饰?"

"玛菱娜夫人,"沃诺克显得有点不耐烦,气呼呼地说,"明星从不在乎自己的东西。"

"沃诺克先生,这是谁说的废话?"

"二十年前巴鲁姆——"

"我当然听说过巴鲁姆。"玛琳娜夸张地叹了口气。

"二十年前他带着珍妮·林德①到美国演出,林德即巴鲁姆称之为'瑞典夜莺'的歌剧天才,在巡演期间一共丢了三次首饰。"

沃诺克是对的,自从他把首饰丢失的消息搞得满城风雨之后,来剧院观看《茶花女》的观众总是场场爆满。

不仅如此,在印第安纳州韦恩堡市的音乐学院,玛琳娜演完《茶花女》后,一连谢幕七次才回到演员休息室。休息室早已挤满了带着各色各样礼物的崇拜者,比如一尊海华沙②的铜像、一册格兰特③演讲集,旁边桌上还有一只八音盒,上发条之后能反复播放《威尼斯之夏》的音乐。这时,一个胖胖的男子歪戴着黄色假发从人群中挤过来,坚持要玛琳娜收下他最珍贵的礼物,一只浅灰褐色呼哧呼哧喘着

---

① 珍妮·林德(Jenny Lind,1820—1887),瑞典女高音歌唱家,一八四七年在伦敦演出歌剧《魔鬼罗勃》时,被观众为"瑞典夜莺"。

② 美国诗人朗费罗(Henry W. Longfellow,1807—1882)所作长诗《海华沙之歌》的主人公。

③ 格兰特(S. Grant,1822—1885),美国第十八任总统,美国内战时期的联邦军总司令。

气的胖哈巴狗。"这不是首饰,扎夫人,但是我打赌她能让你开心一阵子。"

"我就叫她'丑巴'好了。"玛琳娜说,满面笑容。那天晚上,她实在是太累了,她甚至有些恼怒。

"你叫她什么?"这个戏迷问道。

出人意料的是,玛琳娜一贯只喜欢不喘气的大狗,这次居然向沃诺克保证她不会送走"丑巴"。沃诺克又冒出一句格言:"著名的女演员都要养一些小狗。"但是对收养这只狗沃诺克却不太同意。科灵格蕾小姐负责喂养动物,在得到同意后她把狗改名为印第安纳。

在佛罗里达州的杰克逊维尔市,玛琳娜收到了两条浅黄绿色的小鳄鱼。

"你不必留着这些东西。"沃诺克说。但是科灵格蕾小姐已经为它们找来了大水缸,慷慨地把一罐罐昆虫、蜗牛和带血的小块牛肉送进它们张开的嘴里。

"不,我要留着它们。"玛琳娜说,"我已给它们取好了波兰名字。这条鳄鱼叫凯西亚;她的伙伴叫克来门斯。科灵格蕾小姐对我说过,它们都是温顺的动物,小小的白牙齿还不够尖利,不会伤人。"

"你在开什么玩笑,玛菱娜夫人。"

"你怎么这样想?你难道没有听说萨拉·伯恩哈特养了一只幼狮、一只猎豹、一只鹦鹉,还有一只猴子?"

"萨拉·伯恩哈特是法国演员,玛菱娜夫人,你是美国演员。"

"没错,沃诺克先生。也许我该说,你完全正确。但是,如果不是整天生活在这趟该死的列车上,我已经养了——"

"好啦,那留着鳄鱼吧!"沃诺克说。

在新闻发布会上,沃诺克安排她坐着和鳄鱼凯西亚、克来门斯合影,并对在场的记者宣称这是她在新奥尔良收到的礼物。为了达到宣传效果而说些言不由衷的话,玛琳娜已经习以为常,但这次她仍然有些莫名其妙。

"因为新奥尔良听上去比杰克逊维尔好。"

"好听些?为什么好听些,沃诺克先生?"

"新奥尔良听上去更浪漫、更有异国情调。"

"在美国这就是好事吗?你说得清楚一点,我只想弄个明白。"

"有时是,有时不是。"

"既然是这样,你就不妨再告诉他们,我在新奥尔良遇到一个九十四岁高龄的克里奥尔占卜人,她看见我头上邪气森森,就把鳄鱼硬送给我作为驱邪的符咒。你还应该告诉他们,说我当时对那个老巫婆的话一笑置之,后来在杰克逊维尔全场欢迎我演出《罗密欧与朱丽叶》的时候,从舞台布景悬吊设备上突然掉下一根钢管,险些砸中我的头部,从那以后我就把这两条邪恶的鳄鱼放在我的卧室里面,我感觉有鳄鱼总比没有鳄鱼安全。"

"你终于长进了。"沃诺克说,"我看,亲爱的夫人,你已经明白了……一切。"

"沃诺克先生,我从来就明白,只是不同意这样做而已。"

在俄亥俄州赞恩维尔市的舒尔茨歌剧院,玛琳娜演出《皆大欢喜》之前,剧院为观众安排了一场名为"莎士比亚与喜剧精神"的讲座,主讲人是斯蒂尔·克雷文教授;在艾奥瓦州布拉菲斯镇的多亨力歌剧院,在二十英尺宽的舞台上演出《罗密欧与朱丽叶》之前,剧院也安排了一系列杂耍活动(腹语表演、独轮车、小狗表演);在伊利诺伊州斯普林菲尔德的查特顿歌剧院,她的节目《弗鲁弗鲁》被安排在二十分钟滑稽表演《伊丽莎白跨冰逃逸》①之后；在南卡罗来纳州查尔斯顿的欧文音乐学院，她演出的《阿德里安娜》被放在"贝利尼、梅耶贝尔和瓦格纳组曲"之后；在休斯顿的皮洛特歌剧院，剧院为她演出的《伊斯特·琳恩》增加了一个独白表演者撒迪厄斯·穆奇。"但是只有叫我塔德波尔我才答应。"玛琳娜在舞台侧面听见他不停地唠叨："我叫塔德波尔，因为我年幼的时候个头很小。我叫穆奇，因为我的爸爸叫穆奇，杜多尔波·穆奇。现在他叫杜多尔波，因为——"波格丹禁不住勃然大怒，要求沃诺克保证以后此类的事再也不会发生，否则玛琳娜将取消剩余的巡回演出。

这就是融洽婚姻生活惠赐的好处：由于波格丹已经代替玛琳娜发泄了心中的愤懑与不满，所以她可以反过来轻松宽厚地对丈夫的反应做出回应。现在轮到她说："亲爱的，你还能指望什么呢？这是美国。他们要求的就是乐趣。话说回来，这些粗鄙的家伙也很喜欢我的演出呀。"

蒙大拿州海伦娜市歌剧院为了欢迎玛琳娜前来演出《茶花女》，特意为玛琳娜安排奥伯汀·伍德华德·德凯夫人演奏肖邦的玛祖卡舞曲作品第七号、第一和降 A 大调波洛奈兹舞曲②。演出完毕还在德凯夫人豪华的住宅中设宴盛情款待整个剧团。这一切都是那么天真幼稚，充满善意。玛琳娜暗忖，我身上欧洲人爱挑剔的倾向正在冰释。能为大家带来乐趣我非常高兴。

现在她常备的演出剧目中增加了三个以前在波兰演出过的莎剧角色：《第十二夜》中的薇奥拉、《无事生非》中的贝特丽丝（她喜欢这

① 斯托夫人《汤姆叔叔的小屋》中最为著名的一幕，后改编为戏剧，有多种版本。
② 玛祖卡舞曲和波洛奈兹舞曲都是波兰民间节奏轻快的舞曲。

些阴错阳差、有情人终成眷属的故事！）以及《冬天的故事》中的赫米温妮。在《冬天的故事》中，彼得可以扮演一个小角色，那就是赫米温妮命运多舛的儿子迈密勒斯。她知道应该把儿子送到寄宿学校读书，但是她现在已不忍心让他离开。至于波格丹，她只好让他离开。

"我真嫉妒你。我不知道如何才能有两种不同的生活，"玛琳娜没有正视波格丹的眼睛，"为了今天的生活，我已经付出太多。"

"我不会离开你。"波格丹说。

"不，我希望你离开。你走以后我有不少的事要做。"

她觉得自己就像个英雄，但是她感到惊奇的是，许多人都认为她很忧郁。"我一进门就发现你有些伤心。"《孟菲斯日报》的记者曾大胆地对她说，神态就像她的母亲。

"哪个波兰人的脸上没有一丝伤感呢？"玛琳娜回答道，"不过，只有丈夫不在我身边的时候，我才有一点伤感。我们一直在一起，最近他有事去了加州，要在那里呆上几个月，我会一直想念他的。"

这封电报是一八七九年二月二十三日发来的：

冯·罗布林同意参观飞行器实验。我不会要求亲自试飞。

波格丹在做什么呢？她希望不要让自己受到惊吓，她忘了让他做出保证。

八天后她又接到一封电报：

空中飞行十分钟。无与伦比的奇观。

奇观？是从地上看见的奇观，还是从空中看见的奇观？对于他说的一切她怎么能相信呢？要不是她在密苏里州和肯塔基州分别有六个晚上和五个晚上的演出，她一定会更加担心。现在她的剧目已经增加到九个（其中有五出莎剧），仅仅在过去的两个月里，她已经在三十四个剧院演出过。她决定在穿过中西部到内布拉斯加州的时候再增加《辛白林》①。她发现，《辛白林》是美国人最喜欢的莎剧之一。观众尤其欣赏该剧结尾处绵绵不断涌来的和解之流，不但净化了准备勾引贞洁少妇伊摩琴的下流坯，而且教化了伊摩琴暴躁易怒、轻信谗言的丈夫。

丈夫总是正确的。有罪的妻子必须死。如果她真的不忠，她就真得死。如果蒙受不白之冤，被误以为不忠，那么她就会诈死，然后等待，一直等到愚蠢暴怒的丈夫了解了真相，最后原谅她。

当然事实并不是这样，毕竟现在已经不同于从前。丈夫并不总是正确。但是，人们仍然期望女人宣称自己离开了丈夫就活不下去。

波格丹！丈夫！跟我睡在一起。拥抱我。温暖我。我多么希望在你怀中进入梦乡。

下面的电报发自一八七九年三月十七日：

> 玛琳娜，玛琳娜，玛琳娜。一切都完好无缺。水天一色。

接着就再也没有他的消息了。他疯了吗？他永远消失了？

当然，没有他我一样能生活，只要我不停地演出，我的生活就不会失去平衡。不停地巡演、激动人心的喝彩与赞扬、意识到责任的重大，这些都能驱散心中不祥的念头，能压制愚蠢的欲望。

---

① 莎士比亚根据薄伽丘的故事创作的剧本。

丈夫！朋友！做你想做的事情吧。只是不要折磨我。我还不够坚强。

"每架飞行器都是按照不同的原理建造的。"波格丹从加州回来的时候对她说，"有架飞行器叫'飞行之心'，也叫'飞行克罗让'，有时干脆就叫'克罗让'。"

"叫什么？后来飞行器坠毁了。"

"玛琳娜，你还没有明白。它成功地飞起来啦，几乎是垂直升空。这架飞行器最显著的特征是没有机翼，不需滑行，垂直飞入空中，飞到一百英尺高。随后在空中盘旋十来分钟，简直不可思议！"

"接着说。"她说。

"啊，玛琳娜。我真傻！我都干了些什么呀？我完全被迷住了！"

"不，你没有。这故事是你编的。"

"我从来不编故事！"

"不，是你编的。"她温柔地笑道。

"那你想了解些什么？"

"飞行器的形状。"

"它呈巨大的钟形，机舱完全封闭，舱顶上悬挂着一个宽大的旋转式推进器。起飞的时候，推进器像一顶飞速旋转的陀螺。我跟你说过它没有机翼，是不是？我当然说过。飞行器升空的动力来自发明者称为空气压缩器的东西，安装在飞行器的下面，被压缩的空气从里面经由一根管子排放出来，从而产生推动力。依靠空气压缩器和推进器，飞行器能升空到预定的高度，然后停止上升，朝预先设定的方向水平飞行，这时候空气压缩器不再工作。据胡安·玛雷亚和乔说，时速可达八十英里。"

"我以为发明者都是德国人。"

"差不多全是德国人。"

"后来克罗让掉下来的时候,那些墨西哥朋友全都幸存下来,没有受伤吗?你对我说过,如果他们死了的话……"

"是的,为了预防灾难事故发生,他们为克罗让飞行器的试飞做了精心的准备。他们在飞行器上装了个巨大的气球,足有飞行器的三倍大,称为补救装置,如果飞行器突然坠落,它会在瞬间自动充气,以延缓坠落的速度。除此之外,飞行器的腹部还装有自动伸缩架,在飞行器着地的同时它会自动弹出。"

"你没有跟他们一起试飞?"

"玛琳娜,我说过我不会去。"

"也就是说你没去。"

"我本来准备叫他们带上我,但是我怕我无法克制住心中的恐惧。我知道,他们也知道,飞行器的降落会得到控制,不会有生命危险。但是,谁能保证后果会是怎样呢。那毕竟是冒险,对吧?在空中是很风光,说不准什么时候掉下来就会很丢脸——"你说什么,波格丹?"——"德雷弗斯对这次飞行很感兴趣。我想我可以跟冯·罗布林谈谈,安排他和德雷弗斯见一面,到时候我就算完成了任务。玛琳娜,玛琳娜,请不要像那样摇头!"

离开美国?因为大多数有理性的美国人都会认为是"进取"的时候了?沃诺克不明白。"可是你在美国的事业才刚刚开始,在这里你可以赚大把大把的钞票,人人都那么喜欢你。"

但是,像沃诺克这样的男人又怎能理解,理解伦敦给莎剧真正的崇拜者带来的诱惑?她要在英国成为女演员,不只是满足于用英语演出的女演员!她不满足于只是在美国第二轮巡演取得的辉煌成就,她还要到英国去大放光彩。

"不,你不能去。"沃诺克斩钉截铁地说。

尽管恼羞成怒的沃诺克一再断言,她的伦敦之行必败无疑,玛琳娜还是雇用了一位英国经纪人爱德华·达德利·布朗洛操办此事。一八七九年五月一日,玛琳娜在伦敦首次登台演出《茶花女》,不过节目单上没有用这个名字,因为张伯伦勋爵禁止公演《茶花女》,而《茶花女》的法语名字在英语里听起来毫无意义。玛琳娜以前一直很景仰英国,一方面是因为莎士比亚的缘故,另一方面英国是提倡公民自由的发源地。如今她发现伦敦的政府审查制度依旧存在,禁不住非常吃惊,觉得伦敦跟华沙没有两样。惟一不同的是英国的审查制度不像华沙那么严格,换一个剧名就可以蒙混过关。对于这出戏上演时所用的新剧名《紫罗兰姑娘》,玛琳娜原本还是非常喜欢,看上去既能给人安慰,又没有唐突冒犯之嫌。后来她从布朗洛口中得知紫罗兰只是另一种花的别称,不禁大失所望,觉得有失身份,犹如象征着交际花纯洁心灵的茶花被置换成了紫罗兰一样。张伯伦勋爵肯定无法让"茶花女"在第五幕临终时睡在洒满……紫罗兰的床上。

她在伦敦的首场演出之所以选择《茶花女》而不是莎剧,原因与在美国的首场演出选择《阿德里安娜·勒库弗勒》一样:出演法语剧,口音的影响会小一些。在美国她学习英语发音时,有科灵格蕾小姐的点拨,保持下颚微微松弛。如今要到伦敦登台演出,她得学会绷紧下颚。音节的处理经过重新纠正,听上去更加清脆,从口腔后部发出的辅音要往前移,发音时嘴唇也变得更薄。"英国人自以为是,总爱对美音吹毛求疵。"科灵格蕾小姐说道,"他们说美国演员喜欢拖声拖调,这一点英国人尤其反感。""拖声拖调!"玛琳娜大声叫道,"我什么时候拖声拖调?"玛琳娜不承认英语对她是一种威胁。美国人一见面就信口开河,喋喋不休,硬套近乎,对此玛琳娜已经习以为常。在美国,对她祖国遭受的灾难谁都不感兴趣,但是她感觉得到自己是受欢迎的。而在伦敦,每当她希望跟别人用英语交谈的时候,无论是衣领脏兮兮的新闻记者,还是跟她同席宴饮的达官贵人,他们都以为她会用有关波兰的话题来使他们厌倦。他们谈论伦敦的戏剧表演、谈论迪斯累里①先生和格莱斯顿②先生、谈论伦敦的天气。

玛琳娜原本只是以为英国人不会像美国人那样容易折服,她没有料到英国人根本折服不了,即便折服,那也是有条件的折服。她心中暗想,如果伦敦的剧评只有一半人提及她那"美妙"或者"迷人"的口音,这就表明她已经成功地打入了英国舞台。结果,所有的评论都恭维她;所有的评论家也都毫无例外地提到了她的口音。

她受到了人们的赞扬,但人们却没有拥抱她。英国人不像美国人,他们不知道怎样和到英国来闯荡的外国人打交道。(让他们成为英国人不能算做一种选择。)更何况玛菱娜·扎温斯卡是双重意义上的外国人:来自美国的波兰人。

五月底,在宫廷剧院演出完后(她上演了《紫罗兰姑娘》、《罗密欧与朱丽叶》、《皆大欢喜》),她邀丈夫和科灵格蕾小姐一起到兰心剧院观看,也可以说是欣赏,伦敦最负盛名的演员艾伦·泰莉③和亨利·欧文④珠联璧合的演出。她本意是想向这对伦敦舞台上的新宠

① 迪斯累里(Disraeli,1804—1881),英国前首相。
② 格莱斯顿(Gladstone,1809—1898),英国前首相。
③ 艾伦·泰莉(Ellen Terry,1847—1928),英国演员,以主演莎剧中的朱丽叶和麦克白夫人等角色著称。
④ 亨利·欧文(Henry Irving,1838—1905),英国演员,一八七八——九〇二年曾任兰心剧院经理,演过《钟楼》等三百多部戏中的四百个不同的角色,成为第一个获爵士封号的演员。

致意,但非常失望。她对波格丹说,她仔细地观看了那天晚上泰莉在布尔威-利顿的早期剧作《里昂夫人》中的表演,结果发现她跟自己的表演难分轩轾;至于大名鼎鼎的亨利·欧文,他在戏中扮演出身低微的男主人公,在她看来,欧文步态缓慢乏力,嗓音微弱,不论是风度还是字正腔圆都比艾德温·布斯稍逊一筹。

玛琳娜觉得欣慰的是,如果她全身心地用英语演出,如果英国舞台不将她拒之门外,那么,她完全可以与艾伦·泰莉匹敌。但是,她无法与萨拉·伯恩哈特抗衡,这位法国演员即将抵达伦敦,在格蒂剧院用法语演出。

萨拉·伯恩哈特在伦敦首先为顶礼膜拜、热烈欢呼的观众演出《费德尔》。那时候,玛琳娜正在英国各地进行夏日巡演。其间她扮演了罗莎琳德、朱丽叶、奥菲利娅以及薇奥拉。她的经纪人布朗洛极力劝说她在伦敦再举行一次秋季演出,但是,玛琳娜已无意为了争取更多的赞许而继续留在英国。玛琳娜忧郁地想,意志也许使她完成了不可能的伟业。即便如此,仍然存在一线希望,几乎难以实现的希望。

在伦敦逗留的这段日子让她明白,在美国走红是多么的容易(真的这么容易吗?):所有美国人都相信意志的力量。

在沃尔辛顿夫人为她举行的欢迎晚宴上,玛琳娜被安排坐在亨利·詹姆斯①先生旁边,他是令人望而生畏的美国小说家兼戏剧评论家,新近定居伦敦。席间詹姆斯先生委婉地邀请玛琳娜,希望她星期二到皇家咖啡馆喝茶。在皇家咖啡馆,他迂回而又率直地对她说,

---

① 亨利·詹姆斯(Henry James,1843—1916),美国小说家、评论家,主要作品有《一位妇女的画像》、《鸽翼》,文学评论《小说的艺术》等。

希望她不要认为自己有些咄咄逼人,如果……他抚摸着修剪整齐、柔滑如丝的胡须,欲言又止。自从他们坐在大理石的咖啡桌旁,他已经是犹豫再三了。"如果什么,亲爱的詹姆斯先生?""我坦率地承认,对当代这类女演员,我虽然说不上迷恋,但非常感兴趣,而作为小说家和未来的剧作家,我斗胆向你透露,我更殷切地希望当个剧作家,我的确有些迷恋。我所说的这类女演员,不是说她具有非凡的表现力,这种表现力在某种程度上有冒险之嫌,当然冒险也是必要的,因为表现力和大胆都是她艺术创造的财富;而是说这类女演员,这类当代的女演员最能体现成功女性的光辉魅力。"詹姆斯先生说话果断,抑扬顿挫,重点突出,他强调的意思有时在句首,但通常是在蜿蜒迂回的句末。

"我不觉得自己在伦敦已经完全取得成功,"玛琳娜说,"至少没有达到我的希望;不过我仍然非常感谢你友好的评论。"

"啊,亲爱的扎温斯卡夫人,你必须给英国人一次机会。我想你一定是被那些直率的美国佬宠坏了。在英伦三岛,如果你没有觉得誉满天下,那常常只是表面现象,英国人说的是一回事,心里想的又是另一回事。他们谨慎多疑,不急于做出努力,宁可被视为有些呆板也不希望被视为过于聪明。我怎样说好呢,他们有些矜持。但是我预言他们对你的看法肯定会改变。"

他的本意无疑是善良的。"英国人不像美国人那样含糊其词,很有弹性。"他说。玛琳娜心想,这个微胖、饶舌、一眼即能看出优秀善良的男人的确有些含糊其词,很有弹性,但令人惬意。他忠告她,老是纠缠于英国人和美国人的差异毫无意义。他鼓励她把眼光放开,把美国人和英国人都视为"盎格鲁-撒克逊巨大整体的一部分"。詹姆斯先生最近回到他的出生地纽约去过吗?他是否去过加州?肯定没有。"盎格鲁-撒克逊的巨大整体,融合在一起是不可避免的,而执著于他们之间的区别既无聊又学究气太重,"詹姆斯说,"这种融合的步伐将会越来越快,只有视其为当然,我们才能将两国的生活看成是一个连续体,或者说两国的生活或多或少能够相互转换。"

玛琳娜心想,也许这种转换只是对美国人而言,或者说是对某类美国人而言;比如说詹姆斯先生,无论是他的口音、他的踌躇、他的僵硬以及他处处表现出来的礼节,对她来说,就是典型的英国人。也许对于一个作家来说……

"这是同一本书里的两章。"詹姆斯先生感慨道,好像明白了她的心思。

"或者说是同一出戏里的两幕。"

"对,正是如此。"詹姆斯说。

但是,对演员来说则不然。她能够成为美国演员,但是永远也不能成为英国演员。

在詹姆斯先生身上,玛琳娜听出了熟悉的美国语气,既洋溢着自信,又视其为当然。亨利·詹姆斯毕竟是地道的美国人,他竟然认为无所不能。

英国演员总能成功地登陆美国,许多演员都为此做出了表率。比如艾德温·布斯的父亲裘力斯·布斯。他年少的时候曾经和艾德蒙多·基恩[1]在伦敦舞台上同台演出,技艺相当。后来,他抛妻别子,与博街附近一个卖花女私奔到美国,养育了十个子女,裘力斯·布斯本人在美国也成就了最伟大的演艺事业。对于流亡到英国的美

---

[1] 艾德蒙多·基恩(Edmund Kean, 1789—1833),英国悲剧演员,擅长自然主义表演风格,以扮演莎剧中的奥赛罗等著称。

国演员,要获得如此辉煌的成就简直不可想像。备受伦敦评论家赞誉的美国女演员,比如成功扮演过鲍西娅、贝特丽丝、麦克白夫人和罗密欧(她在剧中反串这一角色,朱丽叶由她的妹妹扮演)等角色的上一辈演员夏洛蒂·库什曼[①],最后仍无法在英国呆下去。

玛琳娜和波格丹八月底回到波兰的克拉科夫,小住了一段时间后返回美国。只有承认了的失败才是真正的失败。在白星码头,记者熙熙攘攘,汗流浃背,不时地欢呼,玛琳娜告诉他们,她在英国受到最热烈的欢迎。是的,她点头说道,她险些留在伦敦。("别,别! 请不要这样说,先生们! 我并没有,我再重复一遍,我并没有说我将离开美国舞台,抛弃美国观众。")她非常高兴回到美国,这倒是她的心里话。

美国,不仅仅是另外一个国度。当不公道的欧洲历史轨迹使波兰人注定不能成为波兰公民(而只能成为俄国、奥地利或普鲁士公民)的时候,世界历史公道的发展却创造了美国。玛琳娜永远都将是一个波兰人,这无可更改,她也无意更改。但是,如果她作出选择,她也能成为美国人。

回到美国后,玛琳娜立即准备新一季的纽约演出和全国巡演。沃诺克先生不幸言中她在伦敦会无功而返,对此她一直耿耿于怀,于是和波格丹商量重新找个经纪人。新的经纪人名字非常中听,叫艾里尔·N·皮博迪。

"他的名字比我们想像的更好听。"玛琳娜对波格丹说,"你还记得吗,沃诺克先生对他名字中间的字母沾沾自喜,我想皮博迪先生也希

---

① 夏洛蒂·库什曼(Charlotte Cushman,1816—1876),美国女演员,一生扮演了三十多个不同的角色,以扮演莎剧中的麦克白夫人而出名。

望人们问问他名字中间字母的意思。'你问的是那个字母 N 吗?'他高声问道。"玛琳娜模仿皮博迪的姿态,将头偏向一边。她模仿的声音有些离奇。"'啊,玛菱娜夫人,你会觉得挺有趣,N 的意思是,'他停顿了片刻,'意思是,'他弯下腰,做了一个舞蹈动作,'什么都不是。'"

"美国人都那么逗趣儿。"波格丹说。

"无名鼠辈,是个好兆头。但愿他不像沃诺克,没有什么花招,我喜欢他的名字。别一会儿丢了钻石,一会儿又是哈巴狗、鳄鱼,瞒天过海,别再搞那些骗人的东西。"

"但愿如此吧,"波格丹说,"但是玛琳娜可不需要'什么都不是'的皮博迪来发号施令。"

"她的成功就像雪崩,势不可挡。"《北方大众报》评论道。她上演的莎剧在不断增加:一八八〇年,她演《一报还一报》,一八八一年演出《威尼斯商人》,最后她又演出"苏格兰戏"。既然是明星,就得有美国人的风格:在她第三次全国巡演完毕以后,玛琳娜认为,她在美国舞台上的地位已坚如磐石。

成了明星就意味着巡回演出要乘坐自己豪华的专列,专列上有哥特式的镂花玻璃窗、天鹅绒的帷幕、几株盆栽的金棕榈、小书房、钢琴,宽敞的闺房可以容纳一张檀香木化妆台和带有四根帐杆的卧床;演员和随从被安置在第二节卧车;有名叫印第安纳的哈巴狗;一大幅宠物哈巴狗的水彩画装点私人车厢的会客室;住旅馆要住宽大豪华的套间,享受美味的佳肴;要用表面带浮雕的上等布纹纸写信,给那些殷勤招待你、取悦你的人留下几行感谢的话语,给那些斗胆要求见你一面,被你弄得神魂颠倒的年轻女子写下一些鼓励的话。("你无法想像每天究竟有多少女孩给我写信,向我求教怎样走上演艺的道路;既然美国的剧院都昙花一现,我怎么能回信鼓励她们呢?")成为明星就意味着要与当代的传奇人物频繁交往:诗人朗费罗是你的密友,诗人丁尼生在伦敦把你视为座上客,作家王尔德献给你一大束白水仙花,而且声称要专门为你写戏。明星成功的标志就是不落俗套,虽然不能像王尔德一样惊世骇俗,但是身为女人,你可以抽烟,以此挑战传统,人们就指望了解有关你的这类轶事。成为明星就意味着不在乎拥有多少财富,什么也舍不得丢,越多越好。当你明年夏天从巴黎访问演出归来,纽约的报纸会评论道,你从车上卸下来六十五口行李箱("并在她的祖国波兰作短暂访问")。成为明星就意味着拥有多处豪宅:"不久她就将与丈夫登博夫斯基伯爵前往南加州的牧场度假一个月。牧场的主要建筑刚刚竣工,由扎温斯卡夫人的朋友、著名建筑设计大师、戏剧爱好者斯坦福德·怀特先生设计。"

在波兰,你可以自由自在地追求艺术,但是你应该态度严肃,立意高远。惟有如此你才能赢得人们的尊敬。但是在美国,人们期望你展示的是内心热望的混乱,表达谁也不会十分在乎的信念,凸显你的怪癖和奢侈。这些东西才能体现你的优秀品质:意志的力量、欲望和自尊的扩展。

驾车外出(到波士顿、费城或芝加哥),你会心血来潮地停车于书店门口;从书店出来的时候手中抱着十几本诗集,封面全是精选羊皮、摩洛哥皮革或是树纹小牛皮。她的品位与众不同,新闻记者如是写道。她花钱如流水,他们说,像公主一样潇洒大方。同时,在金钱方面你要显得精明,锱铢必较;但又要显得仗义疏财(你总是为那些贫困的波兰移民的来信感到揪心的疼痛),无可指责,也就是说,受人敬重。你应该是贤妻良母,经常宣称家庭重于事业。

当然,她的家庭实际上指的是她的演出团队。虽然演出团的成员居无定所,但是在玛琳娜严厉而又因人而异的指导下,演员的水平仍在不断提高。

"帷幕一拉开,你就必须抓住观众。"这时候她总要习惯性地抓住演员的手腕。"先用目光稳住观众,再用声音攫取他们的心灵。充分利用你的声音,记住了吗?"说到这里她会大吼一声:"别吱吱响,也不要汪汪叫。"

她接着向演员分析舞台表演的技巧和容易出现的失误。比如表演死亡的时候,她解释说,不要表现得太轻飘太随意,也不要过分夸张。她还演示咳嗽、假装昏迷和祈祷时的表演技巧。一位怯场的演员一到舞台侧翼就感到痛苦不堪,她的办法是"到登台前最后一分钟才离开化妆间"。

"不要害怕上台,"她告诫道,"脸部表情可能泄露你心中的秘密,但从你的背影观众只能了解他们需要了解的东西。"

还有:"说话的时候不要摇头晃脑,这样你的脖子才会显得挺拔有力。"

还有:"不要降低音量,声音应该传送出去,除非是对着另一个演员说话。在公众面前,你的声音非常重要。"

每隔一段时间就会有人从旧金山的唐人街送来一些生姜。玛琳娜一再向她的演员灌输多饮姜茶的好处。她说,喝上一杯热乎乎的姜茶,吃下杯底的薄姜片,有助于解决最后阶段嗓音不济的问题。她还指出,在恐惧和激动时,男演员会感到浑身发热——"发热!"科灵格蕾小姐喊道,她对玛琳娜的发音极为欣赏——而女演员则会感到浑身发冷,所以男演员一定要注意不要让汗水浸透上装,出现印迹,而女演员上场表演前或在幕间休息时一定要注意扎紧戏装。

"但是,夫人,怯场的时候我怎么总觉得手脚冰凉呢?"男演员沃伦·班克罗夫特（在演出团第二次巡演中扮演过罗密欧、本尼迪克特、奥兰多、阿芒和莫里斯）问。

"没有的事。"玛琳娜说。

"演戏从来就不是一件容易的事。"她厉声说出"容易"这个词。"这就是说演戏的时候你忘记了自我，忘记你身处何地，但是，你千万、千万、千万不要忘记自己站在舞台上。所以你总会感到恐惧。虽然感到恐惧，但你是征服者。一旦你站在舞台上，无论扮演什么角色，你都是征服者。当你站在舞台上，你应该觉得自己非常高大，你体内的一切都要绷紧，把恐惧紧紧包裹起来。即便心情悲伤，悲伤使人伛偻，你仍然要像导线一样，将情感传送到最高一层大厅里最后一排观众。一定要抓住这条导线！把自己变成光源。你就是蜡烛，昂首挺胸，要感觉火苗从自己头顶升腾而起。"

首季演出后，阿贝勒·迪克西（曾扮演《皆大欢喜》中的杰奎斯、《第十二夜》中的马伏里奥，以及在《伊斯特·琳恩》中更加呆板地扮演过诡计多端的浪荡子列文森）即被解聘；谈及此事玛琳娜只是简短地说了句："他不能感染观众。演员必须具有感染力。"

"指导舞台表演的许多规则在现实生活中也同样适用。"她对演员们说。（"除非，"她欢快而又神秘地笑着加上一句，"这些规则的确不适用。"）其中一条规则是：决不要承认失误！有一次在特伦顿的泰勒歌剧院上演《一报还一报》，扮演克劳狄奥的演员被判处死刑后，为了保全性命，扑通一声跪在姐姐伊莎贝拉面前，乞求她答应安哲鲁卑鄙的要求（救他一命的代价），谁知一不小心打翻了监狱里的凳子。他一面继续照原样念完可怜的克劳狄奥的胡言乱语，一面灵敏地扶起凳子。完后，玛琳娜慷慨地和这位年轻演员一起，一次又一次地谢幕；幕布最后落定，她轻轻地对这位初来乍到的演员说："千万别弥补演出中出现的失误;这只会欲盖弥彰,更容易引起观众的注意。"

当然,有些失误很难让人漠然处之。有一次在芝加哥的麦克维科尔剧院演出《麦克白》,("难怪,那是场苏格兰戏!")在梦游那一幕,玛琳娜愚蠢地尝试闭着眼睛登场,结果绊了一下,扭伤了脚踝。她一声不吭,忍痛演完最后一幕,泰然自若,步态依旧。

你的批评总是那么公正、犀利,但也不乏母性的温柔。你的例子很有启发。

你从剧团的成员那里得到回报:他们的赞誉、敬畏和忠诚。

你自我炫耀,让他们惊羡。你如日中天,感觉权力无边。

在科罗拉多州,演出吸引了无数观众,场场爆满。在丹佛的塔贝尔大剧院的一周,演出剧目包括《朱丽叶》(演出节目单上《罗密欧与朱丽叶》的简称)、《阿德里安娜》、《茶花女》以及《冬天的故事》。演完最后一场,在下榻酒店空荡荡的酒吧间,皮博迪为剧团成员安排了晚宴,免费提供饮料。等到玛琳娜来看望他们时,大多数男演员,当然也不仅限于男演员,已经酩酊大醉。风骚的劳拉·菲奇曾在《辛白林》中扮演邪恶的英国女王、在《皆大欢喜》中扮演村姑奥德蕾、在《冬天的故事》中扮演宝丽娜,站在桌子上,正要结束朗诵:

> 我们还没有长大就已经明白,
> 什么样的故事让人惆怅悲哀。
> 那个时候妈妈就告诉过我们,
> 九泉下的爸爸独自寂寞清冷。
> 我们在她的床前守望了很久,
> 最后泪眼婆娑地看着她远走。
> 如今我们手牵着手四处游荡,

两个没有了爸妈的瑞士姑娘。

"啊,可怜的孩子。"热恋劳拉·菲奇的演员詹姆士·布雷吉大声叹道。布雷吉曾在《罗密欧与朱丽叶》中扮演茂丘西奥,在《皆大欢喜》中扮演小丑试金石,在《茶花女》中扮演忠心耿耿的加斯顿。"哪儿是我的舞台?"他像茂丘西奥一样灵巧地跳上吧台,拍着胸脯嚎叫:

> 银行家用一种虔诚的语调说道,
> 为了追求财富我毁了我的身体! ——

"哇!"他大叫一声跳下桌子。

众人看见玛琳娜到来,像是犯了错误的孩子,默不作声。

"继续吧,别让我打断表演。"

"我们只是在逗乐,夫人,背诵些打油诗。"年轻的女演员康妮拉·斯卡德尔说道。玛琳娜让康妮拉扮演过《皆大欢喜》中的西莉亚、《冬天的故事》中的潘狄塔、《无事生非》中的希罗,以及《弗鲁弗鲁》中那位纯洁无瑕的妹妹路易丝。

"那……我坚持要……你们继续表演。"玛琳娜特别喜欢康妮拉。她逐一打量了所有的演员。"谁也不愿意为我表演? 谁也不想逗我笑?"她面带微笑,看着忐忑不安的演员。"也好,"她严肃地点了点头说,"那么我为你们表演一段。用波兰语表演,我想你们仍会觉得特别有趣。"

她的声音开始像耳语,逐渐变得嘶哑,随后变得非常流畅圆润。最初是迟疑,似乎有满腹心事,浪漫、酸楚纠缠在一起,令她欲语还休。接着,语气增强,抑扬顿挫,充满讥讽;热情的喃喃低语被尖厉刺耳的声音取代,不时还夹杂着狂笑、抽泣和呻吟。她茫然地凝视着虚空,声音突然变得低沉嘶哑而又悲伤,令人心碎。最后,她的声音突然变得洪亮而高亢,像是在述说新的希望和坚定不移的决心。

好似中了玛琳娜的魔咒,所有演员都默默地凝视着她。科灵格蕾小姐坐在桌子对面,她迅速地在纸条上写了些东西递给她。玛琳娜皱了皱眉头。终于有人鼓起勇气打破沉默,惊叹道:"太精彩啦!"这是在《一报还一报》中扮演安哲鲁、在《麦克白》中扮演班柯的演员霍拉斯·佩特雷。

"太棒了!"玛伯尔·霍利也附和着说。玛伯尔一直扮演仆人(如《茶花女》中的奶娘和《伊斯特·琳恩》中的乔伊斯),最近为了安抚她日甚一日的不满,玛琳娜特意安排她扮演《阿德里安娜》中的德布里安公主。

"虽然我不明白表演的内容,但是,夫人,我为你精彩的表演而折服。"长着鬈发、身材魁梧的哈里·克洛格说。他来自马萨诸塞州新贝德福德一个捕鲸家庭,在《阿德里安娜》中扮演德布里安王子,在《弗鲁弗鲁》中扮演亨利·萨托雷斯,在《冬天的故事》中扮演里昂提斯,在《皆大欢喜》中扮演公爵。

"夫人,你朗诵的是一首诗吗?"玛伯尔问道,"是波兰古老悲剧中的一段独白吗?"

玛琳娜点燃一支烟,笑而不语。

"夫人,你表演的究竟是什么?"查尔斯·惠芬急不可待地大声问道。惠芬演出的角色包括《辛白林》中的艾奇莫,《一报还一报》中的克劳狄奥,《第十二夜》中的奥西诺,以及《伊斯特·琳恩》中蒙受冤屈的丈夫阿契波尔德·卡莱尔。

"我只是——"她说,随意地打开科灵格蕾小姐的纸条,上面写着:"你是在背诵波兰字母表。背诵了两次。"玛琳娜禁不住笑出声来。

"告诉我们,夫人,你表演的究竟是什么?"

"科灵格蕾小姐,你告诉他们我表演的是什么。"

"一段祷词。"科灵格蕾小姐大胆地说,脸上升起一团红晕。

"不错,演员的祷词。我的祖国灾难深重但笃信上帝,做什么都要有一段祷词。"玛琳娜说。

科灵格蕾小姐会心地笑了笑。

"科灵格蕾小姐,你背着我一直在学波兰语吗?"第二天早上,在前往利德维尔的列车上,玛琳娜问。晚上他们要演出《弗鲁弗鲁》。玛琳娜穿着一件真丝茶色睡衣,躺在一张长沙发上,慵倦地扬着手中的香烟。科灵格蕾小姐摇摇头。"若不是我这么了解你,我肯定会说你简直是个魔鬼。"

"玛菱娜夫人,这是我听到的最动听的话。"

"我的字母表,念得怎样?"

"英语的表达方式应该是'我的字母表怎样?'"

"知道啦。我朗诵的字母表怎么样?"玛琳娜说。

"漂亮极啦!"科灵格蕾小姐赞叹道。

玛琳娜无法理解为什么美国人对艺术顾虑重重,即便是受过良好教育的人也对戏剧充满偏见。在密尔沃基的普兰金顿大酒店,有人给玛琳娜介绍过一位妇女,她骄傲地宣称她从来没有进过戏院。"一看到剧院的大门,我就会绕到街对面去。"尽管如此,在美国的每一座城市,还是有许许多多的少女认为(或者说她们的母亲认为)自己是天生的演员。

也许她们当中有一两个会成为演员。但是在她看来——玛琳娜一直希望自己的标准不要太苛刻——没有人能成为明星。

明星必须具备傲视群芳的风姿、卓然独立的气质、丝般光滑的肌肤。当然你还需要有一副余音绕梁的好嗓子。一旦学会吐字的轻重缓急，你可以用声音征服一切。呼吸自如能使你达到为所欲为、游刃有余的境界：天衣无缝的台词节奏、明快丰腴的音域色彩、微妙的音质转换、突然的呼喊、清晰的耳语或者出人意料的停顿。你的声音徐徐升高，流畅自如，清亮圆润，使观众沉浸于无言的敬畏之中。听听伊莎贝拉高尚的祈求，此时此地，谁会感觉不到升华和净化呢？

> 可是世人，骄傲的世人，
>
> 掌握到短暂的权利，
>
> 却会忘记了自己
>
> 琉璃易碎的本来面目，像一头愤怒的猴子，
>
> 装扮出种种的怪相，
>
> 使天上的神明们
>
> 因为怜悯他们的痴愚而流泪——①

你能使观众感到忧郁，让他们深思，哪怕只有一刹那也行。比如当你说，这儿还有一股血腥气……匀称的手臂娴静地置于腰间，手指颤抖一下，眼睛凝视着这只因罪恶而变得麻木的手（没有必要去嗅、去舔你的手，也没有必要把手伸向蜡烛的火苗），呻吟、叹气，然后爆发出一串银铃般的声音，所有阿拉伯的香料都不能叫这只小手变得香一点。啊！啊！啊！② 你就能够，你的确使观众悚然心惊。

---

① 莎士比亚《一报还一报》第二幕第二场台词。
② 莎士比亚《麦克白》第五幕第一场台词。

为了帮助某个演员尽快适应新的角色,玛琳娜经常要通宵达旦地指导排练,凌晨五点才能上床睡觉,上午九点又有安排,一直忙到晚上演出开始。她从不显得困乏。经常有人问她美容的秘诀,她首先回答说:"幸福的生活……丈夫和孩子,我的朋友,我的戏剧生涯,适度的睡眠,还有上好的香皂和饮用水。"在美国,尽管明星享受着许多特权和优待,但是他们无不声称自己十分平常,和普通人没有两样。其他人对他们的特权和优待虽不甚了了,但都知道这些话不能当真。那些女性崇拜者尤其感到高兴的是,玛琳娜开始"认可"她们能够消费的某些商品:比如爱尔美容霜和天使之星洗发露。

　　她多么希望能找到自己喜欢的美容霜和洗发露,特别是在她不太情愿地使用新的油性化妆品以来,这样的渴望越来越强烈。现代生活中诸多的方面都逐渐标准化,新的化妆品也都制成圆柱状,标明序号,贴上商标。与无油性化妆品相比,油性化妆品易于使用;如果人们相信谣传,说一些化妆品实际上含有对人体有害的化学物质,如铋和铅,新的化妆品也就更加安全。(如果能同时使用油性和无油性的化妆品就更好——犹如大西洋上航行的轮船,巨大的烟筒冒着浓烟,但也准备了全套风帆,以防发动机失灵!)玛琳娜也不得不渐渐习惯舞台上新的照明设备①,尽管刺眼,毫无情趣,但没有气味,安全可靠(安全真的那么重要吗?),更加明亮(啊,的确非常明亮)——这些在大街上看起来激动人心的好处对舞台演出来说无异于一场灾难。那些柔和氤氲的煤气灯光带有可爱的斑点,无不编织出舞台必需的梦幻氛围。在刺眼的电灯光下面,梦幻氛围荡然无存,只剩下裸露的垃圾。玛琳娜听说亨利·欧文和艾伦·泰莉都坚决反对把兰心剧院

① 电灯引入戏剧舞台是在一八七八年,最早出现在旧金山。

的煤气灯改换成电灯。但是,在美国没有人能抗拒这一进步,哪怕其后果通常不太美妙。煤气灯过时了,它应该退出历史的舞台。美国人对新事物的偏爱决定了什么都需要完善,或者应该被取代。玛琳娜老早就忘记了自己是否在一封时间为一八八二年五月七日的信上签过名。她记不清自己签名仅仅是为了一笔签名费,还是真的一度使用过信中提到的新奇产品。这封信曾刊登在许多杂志上,标题为"玛菱娜·扎温斯卡盛赞美国的一项发明":

> 亲爱的先生:
>
> 　　去年十月我在堪萨斯州首府托皮卡购买了贵公司生产的几盒爽口片,从那以后我一直坚持服用。在此我很高兴地证明贵公司的产品的确物有所值,我相信你们的发明将最终取代用毛发做成的牙刷。过不了多久这些爽口片就要用完了。我现在惟一担心的是,一旦用完,在当地买不到该怎么办。
>
> 你真挚的
玛菱娜·扎温斯卡

　　她越来越分不清哪些是她说过的话,哪些只是自己的想法。玛琳娜暗忖,所有伟大的演员难道都像这样?记得她的朋友朗费罗去世以后,她中止演出,亲赴葬礼。在葬礼上她朗诵了一首诗"陨落的启明星",并高度赞扬他是"美国最伟大的诗人"。结果丈夫冒昧地诘问:"难道你真认为朗费罗跟惠特曼一样伟大?""我……我不知道,"玛琳娜嗫嚅着说,"波格丹,你认为我越来越愚昧了吗?那完全可能。或者变得非常因循守旧。我一点都不喜欢这样。"

在纽约大都会剧院举行义演的末尾,剧院要玛琳娜与艾德温·布斯联袂演出《哈姆雷特》。玛琳娜演唱奥菲利娅的唱词,这是多年前她在华沙演出的时候,莫尼斯库专门为她配的曲。演出开始一个小时之前,玛琳娜到布斯化妆间敲门,布斯高声嚷道:"啊,我父亲的鬼魂来了!"其实,玛琳娜是想让他欣赏这首旋律。布斯穿戴好戏装坐在黑暗中自斟自饮,她几乎看不清他那清癯傲慢的脸,化妆间里散发出一股尿骚味。她多次听人说,布斯生性抑郁悲伤,年轻时一直照顾专横古怪的父亲,从无欢欣之时。结婚三年,他深爱的妻子便撒手人寰。不久以后,弟弟约翰·布斯臭名远扬的行径更是加剧了他的抑郁悲伤。玛琳娜也有抑郁悲伤的种种理由,但是,与布斯相比,这些理由简直算不了什么。从此,她再也没有因布斯性情孤独而失去对他的敬重。

她感觉到宁静。她希望这不是衰老的象征。每天晚上,她化好妆,穿上戏服,习惯性地挑出一幕戏,温习里面的几句台词,随后她就会感觉思路清晰,意念集中,盼望着演出开始。在幕间休息的时候,她常常躲进更衣室,在戏装外罩一件洋红色的和服(她的戏迷、日本驻美大使在华盛顿送给她的礼物),在脖子上围上一条羊毛围巾,保护声带不致着凉,食指上戴着指环,指环上连着一个小金夹,夹着支香烟,然后对着膝盖上大小与大拇指差不多的专用扑克牌发呆……一直等到报幕员催她上场才会恋恋不舍地离开。

一个人玩牌无法作弊;但是,如果牌不好,你可以不要,你可以一把接一把地换牌,直到你发现稳操胜券(比如说,两张老 K 或者至少有一张 A)。在玩牌的时候,她有时也会陷入沉思,或者憧憬未来,或者想起某个人,比如想起里夏德。但是更多的时候她只有一种阴险的愿望,只想再玩一把。她得到一些有关里夏德的消息——他结婚了。亨利克最先写信告诉她,然后才通知其他人。她禁不住妒火中烧。(不错,她非常自负,一直认为他再也不会爱上别人。)她觉得心里空荡荡的,很是懊悔;随后气得浑身发冷。(她没有想过他的婚姻中还有没有爱情。)她给自己发好牌。输了。如果输了,你必须再玩一把。你会想,再玩一把,就一把。但是,即便赢了你仍然想再玩一把。

"我想跟扎温斯卡夫人和她的孩子说几句话。"一个幽灵般瘦高的身影站在玛琳娜的车厢门口。

一个小时前,他们的列车才抵达肯塔基州的列克星敦,准备在这里停留两个晚上。让玛琳娜吃惊的是,这个幽灵般的女人竟然避开了他们机警的行李搬运工梅尔维尔,因为她吩咐过,除了剧团的成员,其他人一概不见。她以前也知道(只要她在某个城镇有一周的演出),那些徘徊于剧院或她下榻宾馆门口的年轻女子,有时候会大胆地跑到幽暗的火车站附近,渴望一睹偶像的芳容。但是这个女人,她看得出来,不是狂热的戏迷。

"请问你有什么事?"玛琳娜起身问道。

"你就是扎温斯卡夫人吗?"来人淡蓝色的眼睛环顾坐在长凳上的波格丹、科灵格蕾小姐、皮博迪和六个坐下来准备和玛琳娜共进晚餐的演员。"这些是你的孩子?"

三十五岁的莫里斯·巴里莫尔①(天才的英国演员、有抱负的剧作家,长时间以来一直扮演罗密欧、奥兰多、克劳狄奥、莫里斯和阿

① 莫里斯·巴里莫尔(Maurice Barrymore,1847—1905),生于印度的美国演员,巴里莫尔戏剧世家的奠基人,一八七二年在伦敦首次登台演出,一八七五年后在美国曾同许多名演员同台演出。

芒）和六十岁的佛朗西斯·麦戈文（扮演过劳伦斯、安哲鲁、米古内特和阿芒之父）听到这句话禁不住哈哈大笑起来。

"安静,孩子们,再不听话我就打你们的屁股,罚你们饿着肚子上床睡觉!"玛琳娜说,"大家都知道,伟大的演员永远年轻。谢谢你的恭维,你是……"

"温顿夫人。"

"不过,我只有一个孩子,他不在身边,在波士顿附近的寄宿学校读书。"

"我指的是剧团的成员。他们也是你的孩子,你灵魂的孩子,他们只有仰仗你才能得到拯救。"

"你猜猜美国到底有多少宗教狂?"波格丹悄悄对科灵格蕾小姐说。

"孩子,你怎么能嘀嘀咕咕? 你应该听一听我对你妈妈说的话。"

"我不是演员,夫人,所以我的灵魂暂时还没有危险。我反对任何人把我和这位夫人的关系理解成母子关系。"

艾本·斯脱普福德(在《皆大欢喜》中扮演拳师查尔斯,在《麦克白》中扮演门房)的巨掌砰的一声拍在桌子上。

"我看她是在取笑我。"

"玛菱娜夫人,要不要我把这个女人赶出去?"

"不,不,艾本,没关系。"

温顿夫人露出胜利者的微笑。她走到桌子跟前,凝视着玛琳娜的脸说道:"请允许我单独和你谈谈,私下里谈谈。是我最心爱的人叫我来见你的,我肩负着神圣的使命。"

"私下里谈谈,可以。不过我想邀请这位先生也参加,他说过他不是演员。"

他们来到车厢尾部低于车厢地板的会客室。波格丹从书桌上取了本杂志，皱着眉头，跷着二郎腿坐在沙发上翻看。玛琳娜邀请不速之客坐在对面书架旁边的扶手椅上，梅尔维尔给他们端来咖啡。对于他的失职，玛琳娜决定不予追究。温顿夫人冷冷地摆了摆手，示意她不要咖啡。玛琳娜把一支香烟塞进嘴上叼着的黄色烟杆，波格丹起身划燃一根火柴，她俯身让波格丹点好烟，然后又靠在椅子上，将手扶在镶边的椅套扶手上。温顿夫人看得目瞪口呆。

"你从来没见过女士抽烟？"

"没有！"

"那你现在就见到了。"玛琳娜说，"请克制你的惊奇，告诉我你想说什么，要不然就让我们回去吃晚饭。"

"我现在可以开始了吗？你会听我说的话吗？"

"你可以开始了，风顿夫人。"

"我叫温顿。看见你口鼻冒烟，我不知道自己还能不能讲话。"

"你可以的，试试看吧。"玛琳娜说。

"昨天晚上，我儿子从天国回来看我。我年幼的儿子，三岁的时候淹死在我们家门口的小池塘里。他泪光闪烁地对我说：妈妈，求求你去见见扎温斯卡夫人吧，告诉她舞台的地板就是地狱的栅格，下面燃烧着地狱的烈火，警告她，妈妈，如果她继续扮演那些不贞的妇人，她将永世得不到怜悯。总会有一天她一迈步，就那么一小步，地板便会轰然断裂，她和其他演员将会坠入万劫不复的深渊。"温顿夫人泪眼蒙眬，带着祈求的眼光凝视着玛琳娜。

"听说你儿子死了，我很难过。什么时候发生的那次可怕的意外？"

"已经好多年了，但是他似乎一直在我的身边。昨天晚上他对我

376

说:'妈妈,以人类幸福的名义,乞求扎温斯卡夫人拯救自己,也拯救那些被她拖入堕落深渊的灵魂。'"

"玛琳娜,别——"

"堕落?我让谁堕落了?"

"是的,堕落!"温顿夫人洋洋洒洒地列举了玛琳娜不该演出的戏剧,她还专门挑出三部,说《阿德里安娜》美化了舞台;《茶花女》歌颂了交际花;而《弗鲁弗鲁》在为抛弃丈夫、扔下孩子的轻浮女人大唱赞歌。最后她总结说:"这三出戏都体现了法国作家罪恶的观念。"

"那些不幸的女人,阿德里安娜、玛格丽特以及可怜的吉尔伯特,在剧终都香消玉殒,你还不解恨吗?即便她们像你说的那样有罪,难道她们用生命还不能抵消她们的罪恶吗?这样的惩罚还不够吗?"

"但是在她们受到惩罚之前,你,扎温斯卡夫人,用你的艺术美化了她们,使她们看上去格外迷人。"

"就是说我也要受到相应的惩罚,是吗?这就是你想对我说的话?"

"玛琳娜,让我——"

"不,波格丹,我想听温顿夫人把话说完。我想弄清楚她究竟是什么意思。"

"没有什么高深的道理要你明白,扎温斯卡夫人。我是以道德和宗教的名义来跟你说这番话的。"

"我可以问问你说的宗教是什么吗?"

"我是福音使者。我信仰所有的宗教。"

"真的吗?听说美国有很多不同的宗教派别,就连一家人都可以信仰不同的宗教。而你信仰所有的宗教,温顿夫人,是吗?真不简单。我只信罗马天主教,严守罗马天主教贞洁和爱的信条。"

"幸亏我不是罗马教徒。但是，是不是罗马教徒并不重要，重要的是我们能否分清什么是善，什么是恶。上帝赋予你天赋，美丽的天赋，你干吗不把自己的天赋用在向善的一面呢？你为什么要演那些不道德的戏呢？"

"你肯定不会认为莎士比亚也道德败坏吧？"

"莎士比亚优秀的天赋也被毁灭性地滥用了！不是全部，但充满了猥亵和粗鲁！《罗密欧与朱丽叶》和《仲夏夜之梦》，把情欲称为爱情，一对对男女一起睡在地上。在《皆大欢喜》和《第十二夜》中，女人居然穿着紧身裤，在舞台上翻腾跳跃！还有一出戏竟然表现妻子听从女巫的预言，唆使丈夫谋杀国王——"

"请别说出名字。"玛琳娜说。

"说什么？"

"温顿夫人，你希望我演什么戏呢？《耶稣受难复活记》？"

"那又是一部低级的法国戏剧？从名字我就——"

"不，不是，这是奥地利上演的宗教题材戏剧，描写耶稣基督所受的苦难。"

"听我说，扎温斯卡夫人，你风度翩翩，嗓音迷人，富有感染力，这是女人的天赋。做一个圣坛上的女人吧，不要在舞台上涂脂抹粉，佯装另一个人。你能够表达出自己的内心世界。你应该做一个传道士！"

"那我的艺术怎么办？"

"艺术是幻觉！人间最迷人的幻觉。声誉也一样。"

"那金钱呢？"

"金钱不但是幻觉，而且是陷阱。"

"区别倒很微妙。"玛琳娜说，"但是我无法想像美国人会认为金钱纯粹就是幻觉。"

"这个伟大的国家对你如此友好,你为什么还要对它横加指责呢?"

"你说得对。"她掐灭香烟,站起身大声说,"你说得对,我是在批评美国,夸夸其谈,鹦鹉学舌。谁不是在用金钱抨击美国的浪漫爱情? 我有这样的权利,有美国人的权利来批评接纳我的这个国家。你也许知道,我和丈夫到美国已经七年了,今年我们已经成为美国公民。对这个国家我深怀感激。但是,老实说,我不认为金钱也是幻觉。"

"玛琳娜,你该——"波格丹说。

"是的,是的。能否问你一句,温顿夫人,你经常去看戏吗?"

"我必须去,"温顿夫人歪着头,抬眼望着玛琳娜说,"我要了解人究竟堕落到了什么程度。"

"那你肯定想看看我正在准备的这出戏,星期六在路易斯维尔的麦考利剧场演出,里面有这样一幕。妻子在年轻丈夫的面前,摇动手鼓,跳起热烈的塔兰台拉舞①,把丈夫逗得死去活来。"

温顿夫人霍地站起身。

"要不要我现在就为你跳一曲?"

"你是一意孤行,坚持罪恶的行径。"

"是的。"

"我的儿子一定会非常失望。他会对我说:'妈妈,你没能挽救扎温斯卡夫人。'但愿他不会因此而怨恨我。"温顿夫人转过身,准备离开,又回头对她说:"记住我说的话吧,地狱的大门已经敞开。"

---

① 意大利南部的民间舞蹈,6/8 拍子,因速度极快早先用以医治毒蜘蛛舞蹈症。

"但愿林肯先生没有倒在地狱的门口而在其他什么地方!"玛琳娜说,"我听说,林肯在福特剧院不幸遇难之后,所有的剧院都一度关门歇业数周。在此期间,北方的教士星期天在圣坛上以上帝的名义对我所从事的罪恶职业发起审判。"

"我也生于肯塔基,长于肯塔基,对林肯先生这位无神论者的遇难,我不会洒下半滴眼泪。反正死在剧院不是件好事。"

"我不介意死在剧院。"玛琳娜说,"事实上,死在其他地方我倒十分在意。"

"我将为你祈祷,可怜的、误入歧途的灵魂。"

"啊,温顿夫人,遇到你这样的人该怎么办呢? 你和你的那伙人只会把剧院变成国家浅薄的娱乐场所,你们只会毁了美国!"

"不管怎么说,"波格丹把手中的杂志狠狠地摔在地上,说道,"你毁了我们的晚餐。玛琳娜,走吧! 走吧!"

十二月三日。包含有塔兰台拉舞曲的戏剧。肉欲的煎熬。宗教狂热的炙烤。情感的威胁和长篇大论。炼狱之火。诅咒。玛的议论,令人着迷。

十二月四日。我百思不得其解,玛为什么对这出戏如此感兴趣。这戏完全是《弗鲁弗鲁》的倒置和翻版。仅仅是为了满足丈夫的愿望,年轻而又倍受娇宠的妻子便装出一副天真幼稚、憨态可掬的形象。结果却证明她天资聪颖,没有抛下家庭去追求不道德的恋情。问题在于:她被迫意识到,她嫁给了一个不配做自己丈夫的男人。错,错在她的丈夫,不能原谅。观众没有得到丝毫暗示她寻找自我的出走会是一场灾难。这出戏宽恕了她,宽恕了她遗弃家庭和孩子。三个孩子,像《伊斯特·琳恩》一样!

十二月五日。欲望受到压抑就会膨胀，总会宣泄。瘦瘦的月亮依稀地藏在云层后面。最后一次在加州逗留。斜躺着。流水潺潺。惶惶不安的微笑，柔和、紫铜色、同意……梦想中的一切变得确凿无疑，栩栩如生。我非常伤感。我好像失去了一切。模糊的欲望。开始梦见玛。无法离开她。永远。永远。永远。永远。

十二月六日。东部与西部。谨慎与鲁莽。家园与威胁。爱情与性欲。把胡安·玛雷接到东部演出团，当个挑夫或者招待？这是我想要的吗？

十二月七日。在路易斯维尔试演我们这出来自古老欧洲、早已臭名昭著的新剧可能是个错误。我对玛说，在肯塔基州，妻子是不会抛下丈夫和三个孩子离家出走的。肯塔基决不会允许那样的事发生。她必须留下来，呆在家中，竭尽全力。玛的表情。至少我们应该换个名字。美国人很实在，从字面上他们会认为这是出儿童剧。下周六，麦考利大剧场外的人行道将会停满婴儿车。莫里斯认为，给戏剧中的妻子取一个斯堪的纳维亚式的名字将有助于观众更好地理解该剧。他建议就叫索拉。索拉和她的丈夫托瓦尔德？会不会斯堪的纳维亚味太浓？

十二月八日。问题当然是在结尾。美国的观众真的能够接受女人这样的想法吗？她离开丈夫和孩子的原因不是她的邪恶，而是因为她太认真。不可能。我对玛说，在结尾妻子和丈夫和解是不是更好？他看上去的确有悔改之意。她应该再给他一次机会。如果她坚持要离家出走，在天寒地冻的冬夜出走也不太现实。差不多已是深夜。那时候她能去哪里呢？到旅店里去，那样的小村庄哪里有旅店？那是不是过于夸张？她不能等到天亮之后再离家出走？

十二月九日。我想你会喜欢皆大欢喜的结尾，我说。我想这是皆大欢喜的结尾，玛说。你难道不明白她想要出走的原因？非常明白，我说。谁都梦想着挣脱婚姻的枷锁和羁绊，开始新的生活。是的，玛说，但我现在不想出走。波格丹，你呢？你想知道我的回答？我说了我的想法。我想我们讨论的是这出戏的结尾。丈夫，丈夫，玛说，我们谈论其他事情的时候始终是在说我们自己。是的，答案。那么，结尾为什么就不能改变呢，我问道。我不会出走，我说。

　　十二月十一日。玛虽然同意，但不太情愿。娜拉——不，索拉！——想要出走，但不会出走。她会原谅丈夫。如果一切顺利，到纽约演出时我们可以恢复原来的结尾。

　　十二月十二日。《索拉》昨晚开演。玛有精彩的表演。莫里斯扮演的愚钝的丈夫也相当不错。可悲的观众。即便是皆大欢喜的结尾，评论家还是怒火中烧。正如我担心的那样。冒犯了基督教的伦理道德和美国家庭。啊，还有塔兰台拉舞曲。

　　玛琳娜在易卜生的戏剧《索拉》中扮演索拉，该剧在肯塔基州的路易斯维尔只上演了一场。

　　玛琳娜继续搜寻能供她演出的新剧。莫里斯说，他决定专门为她写一出戏，保证绝对受欢迎，主题就是玛琳娜经常跟他讲述的那些催人泪下的故事：在俄罗斯压迫者的统治下波兰爱国志士的献身精神。剧名为《娜杰耶达》，莫里斯为玛琳娜安排的两个角色之一就叫娜杰耶达，一个美丽的波兰女人，丈夫因为参加一八六三年反抗俄罗斯压迫的革命而身陷囹圄。当时的警察总长扎波洛夫亲王答应娜杰耶达，只要满足他的淫欲，就释放她的丈夫。然而扎波洛夫背信弃义，把娜杰耶达的丈夫送上了刑场，然后将满身弹孔的尸体还给了她。最后她服毒自杀，死在丈夫的身边。临终前她嘱咐年幼的女儿纳丁长大后一定要为父母报仇。玛琳娜同时又扮演美丽的女儿纳丁,她已长大成人。一天深夜,放荡不羁、色性不改的扎波洛夫邀请纳丁到官邸共进晚餐。正当扎波洛夫朝她扑过去的时候,纳丁从身边的餐桌上抄起一把刀刺向仇人。在剧终,纳丁发现自己的情人(莫里斯为自己安排的角色)竟然是仇人的儿子,于是服毒自杀,死在情人的怀中。

对于这样一出戏,玛琳娜实在无法拒绝:这是莫里斯·巴里莫尔献给她的礼物,更何况他是那样优秀的演员。她非常喜欢莫里斯。但愿他写出这么伤感的模仿剧来表现波兰人的爱国热情、深重灾难和骑士精神不是出于他对玛琳娜的爱。比如,在戏中有这样一幕,纳丁杀死扎波洛夫后并没有立即逃走,而是在他旁边点燃两支蜡烛,祈祷了一会儿……啊,莫里斯,你真是!

“伤感?不。你知道,我想表现的是她为自己的暴力行为感到忏悔。是的,应该说那种虔诚的姿态非常感人,玛菱娜夫人,你不这样认为?”

“我不这样看,莫里斯。这是伤感,不是虔诚。纳丁也许会对自己的暴力行为大吃一惊,但是她不应该为此而忏悔。为沙皇效忠的警察总长死有余辜。”

玛琳娜先在巴尔的摩演出了几场《娜杰耶达》,一八八四年二月转移到纽约的星星剧场演出。接下来在春季和夏季巡回演出中,这出戏总共上演了五十多场。

翌年,玛琳娜没有继续上演这出戏。心怀鬼胎的莫里斯·巴里莫尔于是把剧本寄给了萨拉·伯恩哈特,并且说如果伯恩哈特能读一读剧本便是他的荣幸。他不敢妄称剧本的两个主角就是专门为伯恩哈特定做。

后来证明伯恩哈特还是相当喜欢莫里斯的剧本。她把剧本交给了她的情人，也是专门为她创作的剧作家维克多·萨尔都①进行改编。两年以后，伯恩哈特在巴黎上演了萨尔都改编的新剧，剧情不能不令人想到《娜杰耶达》。事实上，萨尔都对剧本作了巧妙的改动。原来的故事跨越了二十多年，经过压缩，时间从前一天下午到第二天黎明。原故事背景是一八六三年起义失败以后的波兰，现在被巧妙地置换成十八世纪末期共和党人起义失败以后的罗马；高贵的波兰夫人娜杰耶达改头换面成了生性冲动的意大利歌剧演员，等待审判的丈夫也摇身一变成了狂热爱恋她的画家。在原来的剧本中两个女主角，母亲和女儿的结局都是自杀身亡，改编后的剧本只有一个女主角，即歌剧演员。在确认（她自己认为）丈夫获得自由以后，她杀死了罪恶的警察总长，然后爬上台伯河旁的一座古堡，去察看警察总长向她许诺执行的假枪决，谁知却亲眼看见丈夫死在枪口之下。她悲痛欲绝，跳楼身亡。

对于莫里斯的痛苦，玛琳娜无动于衷。是的，是她首先不再演出《娜杰耶达》，但是莫里斯不应该因此把剧本寄给伯恩哈特。他是咎由自取。

在改编后的剧本中，萨尔都仍然保留了那荒诞的一幕，即在警察总长的尸体两边点燃了两支蜡烛，但是在玛琳娜看来，改编后的剧本比莫里斯的原作的确高明许多。既然改编后的女主角不再是波兰的爱国者，她也就不免心痒，希望能演出此戏。皮博迪于是写信给萨尔都，希望他能授权给玛琳娜在美国演出该剧，并提出一些相应的条

---

① 维克多·萨尔都（Victorien Sardou，1831—1908），法国剧作家，主要作品有《祖国》、《费朵拉》、《托斯卡》等。

件。玛琳娜还没有来得及考虑这对莫里斯将是多么残忍的打击就收到了回函，萨尔都礼貌地拒绝了她的要求。他是否在担心莫里斯会指控他剽窃？更大的可能是伯恩哈特的反对，因为在他为伯恩哈特撰写的角色中，这是最成功的一个，她怎么会拱手让给玛菱娜·扎温斯卡呢？

《娜杰耶达》倒霉的作者莫里斯·巴里莫尔并没有意识到玛琳娜也在暗地里算计他。在起诉萨尔都剽窃著作一案搁浅后，他向玛琳娜建议再剽窃自己的著作，把萨尔都的剧本改编成一个美国内战时的故事。萨尔都故事中美丽的女主角托斯卡成了利狄娅——不，成了安娜贝拉，一个漂亮的女人，丈夫因为替北方联军收集情报，被佐治亚州军事法庭判处死刑。安娜贝拉于是前去向自己从前的男友、南部联军的唐纳德将军求情，请求赦免丈夫一死。贪图美色的唐纳德将军乘人之危，提出了可鄙的桃色交易，答应了她的请求，但是并不准备践约。在唐纳德将军的官邸，希腊式复兴大厦，和蔼的仆人乔治点燃餐桌上银色烛台上的蜡烛，桌子上摆放着牡蛎和香槟，他的主人正等待美丽的安娜贝拉前来，而天真的安娜贝拉心想——

不行，莫里斯！绝对不行！这次提出反对的是波格丹。玛琳娜已功成名就，也不愿再寻烦恼。

"听我说，波格丹。'美国舞台上最伟大的女演员是波兰人。事实上，除了萨拉·伯恩哈特之外，扎温斯卡夫人在当今舞台上无与伦比。但是在我看来，扎温斯卡夫人'——你听着！——'在许多方面都远远超过萨拉·伯恩哈特。'"

"谁写的这段话？该不是威廉·温特？……"

"不可能。"她笑了起来，一边模仿温特先生刺耳的声音说道，"'美国人民必须团结起来，坚定地捍卫舞台的纯洁，决不允许打着严肃艺术的幌子,宣扬非道德的勾当。当前,肮脏的"问题剧"成风,我就是对此而言。'当时他是多么痛恨我们上演易卜生的戏剧,你还记得吗?"

"是崇拜你的珍尼特·吉尔德写的?"

"不是!一个素未谋面的《戏剧》杂志评论家写的!"

"那就好了,玛琳娜。你胜利了。"

"剩下的就是要证明我看到的东西值得相信。"

明年她要和艾德温·布斯联手进行全国巡演:奥菲利娅和哈姆雷特、苔丝狄蒙娜和奥赛罗、鲍西娅和夏洛克。在利顿的戏剧《黎塞留》中,布斯获得的成功仅次于扮演哈姆雷特,而她将扮演另一个女性受害者,朱丽·德·莫特马尔,主教可怜无助的看护人!

"可怜的玛琳娜,"波格丹心想,"高度紧张的生活使她容易轻信别人。谄媚的评论家如今只有赞扬的份。我这个丈夫不够坦率,不敢据实相告,只有竭力暗示,不敢告诉她……有些真实太残酷,无法启齿。"

"如果你想要离开,你就走吧,"玛琳娜说,"现在我已经变得非常坚强。"

"打一个包袱,把结婚戒指取下扔还给你,拉开门,砰地甩上,走入雪夜?"

"这不是你惟一的生活道路。"

"这句话对许多人都适用。"

"但是,波格丹,我现在说的是你。"

"你以为我是懦夫。"

"不,我想你爱我。丈夫的爱。友情。但是,我们都知道,世界上还有其他形式的爱。"她伸手盘上头发。他递给她盛油脂签的盒子。

"我希望你相信,我一直都盼望你能找到自己需要的东西。"

"我不会找到。"

"不会?"

"我已经定型了,无法更改。木已成舟。你就是我的美国。始终是你。当我在……那里的时候,我——你无法想像我是多么想念你。"

"亲爱的波格丹,你无法想像我是多么爱你,因为我自己也不明白。你要我再次放弃舞台吗?"

"玛琳娜!"

"为了你,我宁愿放弃。"

"亲爱的,玛琳娜,我绝对不允许你有一丝念头,要为我做出那样的牺牲。"

"我不知道究竟算不算牺牲。"她往前额和面颊上涂抹着一层薄薄的可可油。"正如你所说,我已经胜利了,虽然我不喜欢用这个词。以后要做的不外乎是继续演出,重复自己,尽力保持声音不变得沙哑、表演不落俗套。全国巡演二十次以后,我会变成怎样一个怪物?三十次以后?四十次以后呢?"她像少女一样笑了起来。"我会不会沦落到扮演朱丽叶的奶娘? 不,我无论如何也不会扮演奶娘! 我宁愿扮演《麦克白》中的女巫。"

"玛琳娜!"

"我喜欢看见你惊骇的样子,波格丹。"她用尽可能低沉的喉音说道,"《麦克白》。我要再说一次,《麦克白》。你是不是在想我们要被闪电击死?"

"玛琳娜,你时时刻刻都让我着迷,让我心旌摇曳。我的确和胡安·玛雷、乔一起上天试飞过,后来又继续和他们一起飞行。"

"我想也是。你真勇敢。"她起身捧住他的脸。

"你真好!"波格丹说,"当时我想我会孤零零地消失。也许我希望飞行器直冲云霄,然后坠毁。"

"但是飞行器没有坠毁,亲爱的波格丹。"她亲吻着他的嘴唇。他紧紧地搂抱着她。"你看,没有电闪雷鸣。不过,能够死在一起该有多好。轰然坠毁,火焰升腾,灰飞烟灭。"

"玛琳娜!"

"现在,你把我逗哭了,你必须离开我这小小的房间。你呆呆地站在这里,我们两人都沉溺于和解的情绪之中,我还怎么化妆呢?去吧,亲爱的,你走吧!"她笑得十分灿烂。"记住"——她张着嘴,眼睛望着天花板,好像想起了什么——"记住把门锁上,我不想被人打扰。"

玛琳娜坐下,望着化妆镜。她肯定在哭泣,因为她太幸福了——如果幸福的生活是可能的话;常人能够指望的莫过于英雄般的生活。幸福有多种形式,但是能献身艺术是一种特权,是上帝的恩赐;而女人又懂得如何放弃男欢女爱。她听见化妆间的门吱的一声关上了,她侧耳倾听,等待门闩喀哒锁上的声音。

九

"嗨,亲爱的玛菱娜……既然我们俩单独在一起,不如省些麻烦,直呼名字好了。我已经精疲力竭,厌倦了掌声,酒也喝得差不多了……我要对你说,今晚你走下台来抚摸我时,我不敢苟同。你眼睛要一直盯着我,对法庭上的其他人视而不见,这没有异议。我们都同意,这句台词是鲍西娅对夏洛克说的:慈悲不是出于勉强;它像甘霖一样从天上降下尘世。① 不,不是这样。但是,那不是关键。我的意思,我的意思是……鲍西娅想尽力说服夏洛克,想感化他。不过要感化他谈何容易。他饱经风霜!鲍西娅自己倒有可能被这个可怜的家伙感化。但鲍西娅不应该抚摸夏洛克,哪怕是抚摸他的肩膀。抚摸他的肩膀,抚摸他身体的任何部位。不要抚摸!夏洛克正伤心。(盯着手中的酒杯。)伤心就容易……激动。(抬起头。)我想,你是为了表现身着红色律师服的鲍西娅女性温柔的一面,非常温柔的一面。不需要任何提示她就知道,夏洛克这个魔鬼也有感觉,也有情感,也有激情,也会受到伤害。但是,你的动作实在是过于伤感,近乎愚蠢。(摇摇头。)伤感得可怕,夫人,以前有人告诉过你吗?我个人喜欢姿势夸张,动作狂怒。这并不是说我今晚就不想抚摸你,但我得再喝一

① 莎士比亚《威尼斯商人》第四幕第一场台词。

点酒。不要对我说你是有夫之妇，也不要对我说你已经青春不再，诸如此类的话。如果你说的是实话，那你比我小十三岁。漂亮的女人都喜欢隐瞒自己的真实年龄，而且不露破绽。我们暂且不谈这些，不谈抚摸和其他的事。等待兴之所至。（站在壁炉旁边。）现在我只想请你和我一道喝酒。不要像淑女一样矜持，好吗？兆头不错。太好了。但是，你不能只是点点头，只是流露出明确无误、摄人魂魄的微笑，只是抚摸秀发，这还不够。我想听到你大声说：'好的，艾德温。好的……艾德温。'嗬！爽快！（把杯中的酒一饮而尽。）'爽快，'内德！（把酒杯放在壁炉架。）内德是我的小名，你不能叫我内德，你得先叫我艾德温，然后再叫我内德。称内德太暧昧，对不对？我们之间，你和我之间最好保持适度的距离，不要过于暧昧。我们是演员。（把右脚搁在壁炉围栏上。）玛菱娜，你是否希望回到童年？啊，你也不希望。我们有共同的地方。尽管我怀疑你和我，除了都是演员之外，还有许多相似的地方。权且认为我们有许多相似之处。玛菱娜，是吗？你能不能专心听我说话，玛菱娜？我看见你的目光闪烁，有些慌张，你的目光转向书架上面莎士比亚的半身像。把目光移开。这里每间屋里都能看见一幅莎士比亚的画像或半身像。要不我给你取下来？（走到书架边。）不要？你看，最好还是注视我。（拍了拍莎士比亚的头。）玛菱娜，我们惟一要做的就是演戏。今天晚上我们已经联袂为观众演出了一场。我要补充一句，配合得还可以。现在没有了观众，我们还要演下去吗？不过，我们当然要绝对、绝对真诚。（像在舞台上一样鞠躬。）我来演谁呢？我想，让我想想，我想我还是演我自己——艾德温·布斯。多好的主意！这家伙好像比夏洛克更有趣，浑身散发出与夏洛克一样的忧伤。众所周知的忧伤，忧郁，天生演悲剧的料。但是，你不会认为我太独断专横，我希望……今晚……

你别演玛菱娜·扎温斯卡。（从橱柜中取出一瓶威士忌。）不想来一口？助个兴。你肯定能演好多角色。我真觉得很有趣,过去十年间,人人都说英语世界最伟大的女演员居然是个波兰人,带有异域口音的波兰人。是的,玛菱娜,再也没有人提你的口音,那已经是你魅力的一部分,但是,波兰口音"非常"、"非常"明显。啊,我的上帝,你不要噘起嘴儿不高兴。我承认,不管你的发音怎样,你讲起话来还是比许多地道的美国人漂亮。再来一杯？好。我倒要看看你的酒量。（围着她走了几圈。）你真有魅力,玛菱娜·扎温斯卡。这也许是肺腑之言,也许是言不由衷的溢美之词。你觉得是哪一种？要么两者都不是。也许我只是鹦鹉学舌。（学鹦鹉叫了两声。）你不要吃惊,过去我父亲就常学鹦鹉叫。在舞台旁边傻笑、尖叫、聒噪。但就在登上舞台之前,他立刻变得高贵起来,口若悬河,声音婉转。我在说什么呢？哦,对了,他们在说'我们见过的最有魅力的人'。你从来没有为这句话烦恼过吗,玛菱娜？你从来没有问过自己,我到底做了些什么会使人们觉得我有如此的魅力？（吻了吻她的手。）你或许知道,我以前演过罗密欧,但不成功,不久我就把它从演出单中删掉了。至于演班尼迪克……我从来就不是一个优秀的班尼迪克！我这个人不够风流倜傥,总是超脱不了,永远也不能天马行空。啊,也好。我们必须扬长避短。你同意吗？我最喜欢演恶棍,遗憾的是这次巡演我们没有演《理查三世》。（扭曲身子,变得奇形怪状。）那是我父亲演的第一个成功的角色。你演过安夫人,尽管不是和我一起演的,如果是我父亲扮演安夫人的恋人迪克·克鲁克巴克,你也没法抵御他的魅力。（站直身。）说实话,你真的比我年轻那么多吗？别不好意思,夫人！你以为我们是在舞台上演出？好啦。你有什么秘密尽管对我说吧,我会为你保密。我知道你犹豫不定。我看得出来你想让我开心。我是这样认为的。好,你还是比我年轻,比我小七岁。花容月貌,女人的资本。我是不是太尖刻了?你是否需要一些慰藉?演员都需要别人的恭维。对这一点有谁比艾德温·布斯更清楚呢?让我想想,我怎样才能让你高兴还不说假话?啊,对了(指着她),你步态优美,我喜欢你今晚的步态。你没有忘记故事发生在威尼斯,鲍西娅像是在大理石上走路。我会记住这一点。也就是说,我从你身上学了一招。从现在起,夏洛克也会像在大理石上走路。(走过房间。走路变得扭扭捏捏。停下来。发笑。)你看,表演了这么多年,我还一直琢磨这个角色。我父亲演夏洛克的时候,他会一边走嘴里还嘀咕着希伯来语,要不就是听上去像希伯来语似的东西。有一次,在亚特兰大演夏洛克,他走进城里最好的餐馆,点了盘火腿炒青菜,侍者把菜端上桌的时候,失手把盘子掉到地上,他大声嚷嚷着'脏!呸!脏!呸!',然后怒气冲冲地拂袖而去。当然,我是个非常理智的人,如果不是在舞台上,如果不是穿着犹太人棕色的粗布长袍,戴上黄褐色的宽边毡帽,右手握着满是疙瘩的手杖,我才不会把自己想成是夏洛克。(朝她伸出手。)我也不会把自己想成是奥赛罗,除非把我化妆得像那个摩尔人①一样黑。甚至不会把自己当成理查三世,哪怕我最爱演这个角色。我也不会把自己想成是黎塞留。哈姆雷特……也许。你会说因为我身上的弱点我适合演哈姆雷特。不是因为人人都认为我像哈姆雷特。我,像哈姆雷特?如果是我父亲,他一定又会说:'呸!'但是,哈姆雷特使我注意到自己身上的某些东西。也许那是因为哈姆雷特是演员。是的,玛菱娜,他根本就是个演员。他在演戏。他表面上看起来是一回事,但在表面之下又潜藏着什么?虚无。虚无。虚无。

---

① 暗指《奥赛罗》中的男主角奥赛罗。

在第一幕第二场,城堡中的大厅,他穿着深黑色的外套,固执地炫耀对先王的哀悼。然而,正如母后乔特鲁德提醒他的,每个人的父亲都会死去——她说得没错,那么你为什么瞧上去好像总是这样郁郁寡欢呢?哈姆雷特痛哭流涕地回答道,你知道,他在痛哭:好像,母亲!不,是这样就是这样,我不知道什么'好像'不'好像'。但是他的确明白'好像'的含义,除此之外他一无所知。那就是他的问题所在。只要不当演员,哈姆雷特愿意放弃一切,一切。不过,他命中注定如此。命中注定要当演员!他一直等待时机,要挣脱'好像'与表演的束缚,达到存在的境界,但是在'好像'的背面是虚无,玛菱娜。除了虚无,只有死亡,死亡。(环顾室内。)我在找约利克骷髅。我可能放错了地方?约利克,我是说,菲洛!你在哪儿?我用骷髅干了些什么呢?(拉开卷盖式书桌,把里面的纸扔了一地。)一件道具,一件道具。用我的王国换取一件道具!如果手中挥舞着骷髅,我最后一句台词听上去气势就将更加恢弘。只有死亡,死亡。你能听出我说第二个'死亡'时加重了语气吗?伟大的表演要反复推敲这些细节。我相信你已经听出来了,玛菱娜。我是个潦倒的悲剧演员,有你做听众,我还能奢望什么?(向她伸出手。)我的小公主,我的波兰女皇。你多么仁慈,愿意陪伴酩酊大醉的内德。你知道他不会伤害你,因为他烂醉如泥,你的贞操不会受到玷污。但是,即便你是个受人尊敬的有夫之妇,即便你已青春不再,也最好提防内德这个老家伙,他是个阴险狡诈的家伙。(单脚着地转了一圈儿。)他也许在耍酒疯,也许已经神志错乱,所以有那么一丁点危险。就像哈姆雷特,他也是个阴险狡诈的家伙。他假装不是在演戏,实际上,他却在给别人上戏剧课。念这段台词,我请你们,要念得像我念给你们听的那样,轻溜溜的,从舌尖上吐出来。你难道不觉得这句话用意十分明显?是的,很明显。用动作配合字句,用字句配合动作。① 但是,他的表演像波洛涅斯一样平庸! 激情到哪里去了? 莽撞到哪里去了? 也许我可以小心翼翼地演哈姆雷特,从头演到尾,就像我父亲在布法罗演李尔王那样;或者轻言细语地演哈姆雷特,就像我父亲在费城演埃古②一样。当然我父亲那时疯了,或者醉了,或者兼而有之。人们很难看出其中的区别。像我现在这样,你肯定是这样想的,玛菱娜? 不是? 啊,我以为你会对老朋友坦诚相待。(紧挨着她坐在长沙发上。)话说回来,哈姆雷特疯了吗? 对此,人们写了不少文章,莫衷一是。我要说的是,哈姆雷特一定是疯了,因为只有疯子才会想到把自己伪装成疯子,可以伪装的形式多得很,任君选择。不过,也许他没有疯,也许没有那么多选择。假如装疯是惟一的选择,玛菱娜,你就会觉得,哈姆雷特的选择合情合理。一个最优秀、最理智、最迷人的……丹麦王子,我常这样说。不幸的年轻人,可以肯定。确实非常不幸。如果说不开心就一定要疯,那我们全都得疯。(脱下鞋,用手揉着脚。)我是不是让你觉得厌烦? 但愿没有;现在就要谈到你演的角色了。(站起来。)但是奥菲利娅也疯了,这就不有趣了。她对着鲜花语无伦次地倾诉。哈姆雷特对她不好。可怜的姑娘! 哈姆雷特挥剑刺死了她的父亲。母后弄得他心烦意乱。他觉得幕后有卑鄙小人在偷听。(从壁炉中抽出拨火棍,当剑舞起来。)她投水自杀了。你懂疯狂吗,玛菱娜? 我想你不懂。我敢打赌,你很善于排解悲伤,当然不是说排解得干干净净。我说得对吗? 有一丝悲伤。啊,你们这些欧洲人。你们发明了悲剧,自认为能垄断悲剧。我们这些美国人,全都是些天真幼稚的乐观主

---

① 《哈姆雷特》第三幕第二场台词。
② 《奥赛罗》中的人物。

义者。说得对。我现在就体验到天真幼稚的乐观主义。多么令人振奋！啊，啊……再来杯威士忌，玛菱娜？你知道，我看见你逼真地表现奥菲利娅的疯狂是上周在普罗维登斯。你有些心不在焉，你在第四幕出场的时候忘了带鲜花，也许是受到我的干扰，我在舞台的侧翼，站在你的身旁咬牙切齿。可是你空着手出场的时候，毫不慌乱，继续表演分发鲜花的姿势，把看不见的鲜花分给乔特鲁德、克劳狄斯和雷欧提斯。看不见的鲜花。我父亲也会羡慕你的机智。（给自己倒了一杯。）我跟你谈起过我父亲学鹦鹉叫吗？记得有一次在纳奇兹演哈姆雷特，演到奥菲利娅发疯那一幕，从舞台外突然传来了公鸡的打鸣声，肯定是我父亲在搞鬼，他蹲在舞台侧面高高的梯子上。（喔！喔！）就像这样。因此，亲爱的奥菲利娅，发疯以后一定要左右环顾，这会感染观众。父亲在外巡回演出的时候，母亲非常担心；我十四岁的时候，她就让我跟着他，为他管理服装，跟他做伴。不是跟他学表演，什么都学就是不学表演！我弟弟约翰才是他艺术的继承人。父亲说我应该成为细工木匠，所以在沃特伯里①的一天晚上，他要我一起品味莎士比亚作品，我觉得是个好兆头。味道很苦，我心想。味道好极了，他说。那是从《李尔王》中选出的几段。而哈姆雷特，我们谈到哈姆雷特，是个王子，他指望，他当然有理由指望成为王位的继承人。（回到壁炉前。）你不认为哈姆雷特的父亲也是疯子吗？照我看来，他把自己变成鬼魂，然后回来纠缠儿子，他一定是疯了。幸好哈姆雷特没有兄弟，不会变成鬼回来纠缠他。你知道，约翰开枪后，从总统包厢跳回到舞台，嘴里一直高呼着台词：去死吧，独裁者。你知道，他摔断了一条腿。（瘸着走到桌子前。）我要再喝一杯，玛菱娜。

---

① 美国康涅狄格州中西部城市。

可以吗？父亲喝酒接近癫狂的时候,总会做出这样奇特的姿势。(右手搁在脑后,茫然地望着天空。)如果我要阻止他继续喝下去,那是我的工作,他就会做出这种不祥的姿势,并且恶狠狠地吼道,'滚开,小子,给老子滚开！否则我把你送到国外当炮灰。'你知道,这些全是胡说八道。没有任何办法能阻止他喝酒。只有等他醉得不省人事以后,我才脱下他的衣服,擦净他身上的秽物。(端起酒杯。)为你干杯,老朋友。他是个伟大的演员。相信我说的话,玛蓤娜。一个真正杰出的演员。他二十一岁的时候就以演理查三世轰动伦敦,被誉为是基恩的劲敌和接班人。几年后,他以同样的角色第一次登上纽约舞台。父亲演的这个驼背恶棍就成了我孩提时生命的一部分。在暴风雨般热烈的掌声中他从舞台的左侧登台。人们最先看见的是从舞台左侧迈出来的脚,然后才是他佝偻着的身子。他慢慢地走到舞台中央的聚光灯下,若有所思地踢着斜挎在身前的长剑。四十年过去了,我仍然能听见长剑发出的当当声,仍然能感受到三千多名观众屏气凝神等待他开口说话:现在我们严冬般的宿怨——我想父亲的表演风格有些夸大其词、装腔作势。当然按照现在的标准来衡量确实如此。没有人称他为内省聪明的演员,现在的观众却这样评价我。(笑。)他受制于自己的恐惧。他意识到自身的邪恶。他发誓戒荤,称那是'死肉'。有一次破了戒,为示惩罚,他把干豌豆放进鞋子,还加上铅底,穿着这双鞋从巴尔的摩跋涉到华盛顿。他想自己疯了。他知道,有时候他知道自己疯了。有一次在锡拉丘兹的维汀剧院演出《李尔王》,戏刚刚演到一半,他就大叫起来,'我不识字！我是孤儿！我不识字！把我送到疯人院去！'观众席中一片哗然,他被轰下舞台。不过在舞台上发狂的情形并不多见。啊,我怎么啦？我竟然没有穿鞋！(重新穿上鞋。)我之所以喋喋不休地谈论父亲,是因为一提起我的兄弟就让人心疼。一提起约翰我就想哭。（蛮横地举起手。）别急，等一会儿。'杀死国王，那可是壮举。'约翰高声说道，'你会看到，布斯将名扬四海。'我想这就是约翰的心态。怎么能拿演员当真呢？全是谎言、虚荣和自夸。演员总要使自己显得很有趣。首先，自己觉得有趣，然后才让别人产生兴趣。你觉得自己有趣吗，玛菱娜？（寻找他的酒杯。）威胁，吉兆——我们只听我们愿意听的东西。当伟大的解放者林肯告诉他的妻子，说梦见自己沿着一条黑暗的河流漂流的时候，他的妻子留心过他说的话吗？没有，他们一起去了剧院。（笑。）约翰已经受到许多人的崇拜。要是他没有——要是他还活着的话，谁知道他会不会比我的名气更大，甚至比父亲的名气还大。他演的那些浪漫角色精彩极了，罗密欧之类的角色。他不适合演反面角色，比如理查三世、伊阿古和邓肯。他也不适合扮演那些了不起的自欺欺人者，像哈姆雷特和奥赛罗。他每周都要收到数百封暗恋他的妇人和少妇写来的信，更不要说那些有幸得到他恩宠的女人写给他的长篇手书。（开始哭泣。）约翰需要人爱他。（取出一条绣花手帕。）如果我现在泪流满面，你会不会认为那是演员虚假的泪水？是虚假的泪水，你知道。演员难道就没有眼睛？如果你刺他，他就不会流血？约翰刺杀林肯的时候，我正在波士顿演出。最初人们以为是布斯家族合谋刺杀总统，我的哥哥裘力斯被抓起来，但很快就被释放。我虽然没有被拘捕，但是警方一直在监视我的行踪。布斯家族的人都收到过死亡威胁信。（凝视着双手。）在政治上，我和约翰像魔鬼一样争吵不休，我支持联邦制，支持废奴。两次投票支持林肯。约翰却认为自己杀死了暴君，期待人们把他当做英雄来颂扬。他的死令人痛心。布斯家族的成员永远爱他。和弑君者，不，和谋害圣人的暗杀者相比，演员算得了什么？为什么不把我处以私刑？我做好了准备。多年后，的确有人想谋害我，可那时我反倒没有准备。据报纸披露，想暗杀我的人并非厌恶戏剧，恰恰相反，他是个戏剧爱好者。我想这就叫热爱戏剧的疯子。你知道这码事。不知道？（重新坐下。）事情发生在芝加哥的麦克威科剧院，当时我正在演《理查二世》。一个叫马克·格雷的人带了支手枪坐在第二层楼厅。我站在舞台上，正在表演邦弗雷特监狱中哀伤的年轻国王最后一段独白：

> 我一直在研究怎样将两相比较，
> 我所栖身的这间牢房和这世界；
> 可是这世上到处都是熙熙攘攘，
> 而这里却只有我自己孑然一身，
> 所以我无能为力。

他朝我开了两枪。我能活下来，是因为我变换了一贯的表演姿势。以前我念到'所以我无能为力'的时候，我总要把头埋在双手中。可是那一次，不知是什么原因，我站了起来。（站起来。）那倒霉的家伙没有打中我，后来呢？啊，真是精彩的演出。这位伟大的悲剧演员——也就是我，玛菱娜，你谦卑的仆人——平静地走到舞台的脚灯处，指着那个疯子说：'把他抓起来，但不要伤害他。'随后，他离开舞台去安慰妻子，她像往常一样站在舞台侧翼，已变得歇斯底里。之后他又迅速回到舞台上，镇定自若地坚持演完戏。（笑。）观众叹服我的沉着镇静。谁会知道当时我也吓得胆战心惊呢？谁又会知道过了一天一夜我的心还怦怦乱跳呢？我一直都——对了，我一直都显得——非常勇敢。但是，这件事也产生了负面效应。据几家报纸报道，这是我故意安排的谋杀，目的是在演出的那周造成轰动效应，具有广告效应的惊人表演。我的天！在一个什么都是商品、每个有价值的时刻都要宣传得耸人听闻的社会里，人们最终都会愤世嫉俗。我想，能够让观众相信，我并没有雇用疯子向我开枪的惟一办法就是自己必须严重受伤，最好是把我杀死。那时候人们就会兴高采烈地谈论说，布斯家族受到了诅咒，遭到了报应。（为自己又倒了杯酒。）那些子弹从我头边飞过，射中舞台布景，在上面绽开；后来我找到一颗弹头，把它安装在金弹壳上，上面刻着'送给布斯，马克·格雷赠'的字样。我把这枚子弹当成护身符，挂在表链上。想不想看看这枚不祥的纪念品？（取出表。）该死，时间不早了。我并不累。玛菱娜，有你在身边，我又……充满了活力。你第一次看见我，你说是什么时候？在加利福尼亚剧院，大约十二三年以前？那时我的状态要好得多。要好得多。你喜欢赞美人，是吗？我也一样。让我们一起为亨利·欧文干杯。不，你错了。他是一个非常优秀的演员。扮演哈姆雷特甚至比我还强。（举起酒杯。）你不想为欧文干杯？啊，上帝，你真了不起，夫人。我真有些感动。我不会说我演哈姆雷特一无是处。事实上，我首创了一些舞台动作来表现精神错乱的丹麦王子。那是在温特剧院，为了扮演哈姆雷特，我买了一把柄上镶有珠宝的宝剑，带回家挂在床边。整个晚上我不停地起床，点燃火柴观看，移动宝剑的位置，突然间就有了灵感——消灾赐福的诸天使保佑我们，不论你是神灵还是妖魔！——宝剑就是十字架，剑柄高高举起，可以用来保护哈姆雷特不受他父王鬼魂的打扰。当然，太多的创意有损莎翁的原作。但是，一点点创意，正如也许你会说，亲爱的玛菱娜……我一直就是大胆创新、真正疯狂的丹麦王子。据说有一次，大卫·加里克①的夫

①　大卫·加里克（David Garrick，1717—1779），英国演员，以演《理查三世》成名。

人对基恩说:'在《哈姆雷特》王后寝宫那一幕,大卫有个精彩的舞台动作:他看见鬼魂时掀翻了一张椅子。'基恩在表演中也如法炮制,一看见鬼魂他就站起来,把腿伸到椅子下把它弄翻。但是他一直都做不好。他总是在想,这样做可以吗? 致命的错误!(打翻一张椅子。)你知道,什么都不能重复。我可以在世界末日掀翻椅子,但我绝不会照搬加里克的方法。(把另一张椅子踢翻。)你愿意试试吗? 也许一个女人现在也可以做这个舞台动作。为什么悲痛的奥菲利娅不掀翻椅子呢? 快,快,玛菱娜,你现在学我这一招还来得及。如今一切都变得更加迅速。这就是现代生活。我一辈子也没法习惯。但是我并非一定要习惯。你也如此。记得年轻的时候,加利福尼亚剧院的舞台监督总爱对演员大声嚷嚷:'快! 快! 一点都不流畅。精神点! 再精神点! 不要等人提示!'我倒想看看他如何排练《哈姆雷特》。排练《哈姆雷特》你就得慢下来。啊……我……是一个……多么不中用的……蠢材! 因为生性懦弱,我才重返舞台。在那次……灾难之后,人们仇恨布斯家族情有可原,因此我决定永远退出舞台。我退出舞台不到半年。我得谋生。朋友们说我应该重返舞台。有人指责我是懦夫。我的确希望在听到布斯这个名字的时候,人们还会想到别的什么。我回到这里,温特剧院,扮演哈姆雷特。约翰所有的东西我保存了整整五年。那时我开始了耗资巨大、毫无效益的事业,创办了戏剧艺术的神殿。当然,我们跟法国不同,永远也不会有国家剧院,但是我们应该有严肃演员经营的剧院。艺术价值第一,商业价值其次。哈。你知道布斯剧院①坚持了多久。原因也许是,在经商方面我是个白痴,或者提倡艺术价值先于商业价值的理念在美国根本就行不

---

① 布斯剧院一八六九年开业,一八七三年倒闭。

通,要不就是两者兼而有之。对,两者兼而有之。(从煤筐中取出几块木头。)一天深夜,我找了个剧院的木工师傅帮忙,把约翰所有的衣服、书籍、纪念品,以及更衣室里所有剩下的戏装(有些戏装是爸爸留给他的)统统拿到布斯剧院的地下室,扔进一个熊熊燃烧的火炉。还有约翰的日记和一扎扎的信,每一封都出自不同女人的手笔,用线捆扎得非常精美。(把木头投进壁炉。)女人们都爱约翰。他昂首挺胸,脖颈坚挺,气宇轩昂。他有着白皙的皮肤、浓密的黑发、炯炯有神的眼睛、厚重的眼睑、丰润的嘴唇……(用拨火棍拨着炉火。)布斯家族具有东方人的特性。父亲过去就夸耀说我们有一些犹太血统,他的祖父是犹太银匠,他的祖先叫贝思,后来被赶出葡萄牙。我喜欢那样的说法。甚至真有其事。(转身看着玛琳娜。)我的父亲很矮,我也很矮。他是罗圈腿,那就是他的照片。不,别站起来看。(从墙上取下画像,拿到玛琳娜坐的地方。)父亲的嘴唇闭上时呈一条直线,不像照片上是条曲线。据说他美丽的鹰钩鼻子是他最突出的特征。我十岁那年,我、妈妈以及兄弟姐妹住在巴尔的摩附近的农场,爸爸在查尔斯顿演戏,他与一个马场老板发生了争斗。(他重新把照片挂好,回到壁炉边,靠着壁炉的围栏。)你看到了,我父亲的鼻梁骨被打断了。威廉·温特为他做了隆鼻手术。但是,你是知道那些批评家是多么挑剔的。我女儿埃德温娜小的时候常常把评论家称做蟋蟀①。'不要理那些蟋蟀,爸爸。'他们比观众好不了多少。你要取悦观众,嘲弄观众,不,你必须憎恨观众。我想,我应当感激观众,感激他们在一八六五年欢迎我重返舞台,但是,我才不。他们可以舔你的脸,哭哭啼啼,泪流满面……我打赌,《伊斯特·琳恩》让他们流的眼泪比他们在

---

① 在英语中,"批评家"和"蟋蟀"的发音很近似,所以儿童常常混淆。

内战期间洒下的还要多……然后他们会要你的命。（朝壁炉中唾了一口。）他们的实际感受真像看起来那样吗？他们是地道的白痴。所以演员根本用不着担心真诚不真诚。我希望随时都有灵感。但当然不是'感觉'我的角色。多么奇怪的想法！无论怎样，演员不可能随时都突发灵感而没有失误，不出现一些有伤大雅的事。有一次，我站在奥菲利娅的墓前撒了泡尿，当时只有雷欧提斯看见，他惊得目瞪口呆。还有一次，我躺在霍拉旭的怀中，眼看就要死去，他悲痛地贴着我的脸颊，说道，晚安，亲爱的王子。而我在他的耳边低语，说了一通淫词秽语，吓得他面无血色。不过我只是在男人面前才恶作剧，对于女人我会殷勤呵护。（坐在她对面，从椅子旁边小桌上的雪茄盒中取出一支烟。）想试试吗？肯定不？你一生中抽了多少支烟？（点燃雪茄。）一支也没抽，是吧？那也不会改变我的看法。一切都需要习惯，欢乐也好，悲伤也好。（把雪茄丢到地上。）不，不，你不要担心。（跳起来。）我还不想放火烧房子。（捡起地上的雪茄扔进壁炉。）我只是有点儿头晕。对，我还是坐下好。（坐到她的身边。）你会不会害怕老不死的内德？你知道他不会伤害你。醉醺醺的老内德。（抓住她的手。）不要害怕，深夜促膝谈心不会变成男欢女爱、颠鸾倒凤。看，我把你逗笑了。是不是我的法语太差？我只想让你注意我。你们欧洲人生来就会讲法语，是吗？当然我们有莎士比亚。莎士比亚使我们道德高尚。亨利八世说过，话说得好在一定意义上也是做了件好事。莎士比亚几乎使我变得高尚。没有他，我将是多么卑下。他的教导会时常把我带到更高的境界。但是，转念一想，根据莎士比亚来洞察自我，实际上就毁了莎士比亚。莎士比亚已经被我毒害。我在谋害莎士比亚。但是我又想，不，你这个疯子，你在说些什么呢？（他猛拍着额头。）不是你在谋害莎士比亚，是莎士比亚在谋害你。莎士比亚太高尚,我们无法企及。天堂的语言对今天的我们,对美国,有何意义?民主对艺术的美和高尚又有何用?没有用处,丝毫没有用处。重要的是我已经大获成功。我赚了许多钱,然后流水般地把钱花掉,扔进各种荒唐的冒险,比如开办剧院。盛名如流沙。我老是追名逐利,白日做梦,荒废了一生。玛菱娜,你已经洞悉我全部的精神状态。(站起身。)我现在感觉好多了。不,我能站起来。玛菱娜,我有个女儿,已经长大成人。你有个儿子,在念大学。我相信他不想当演员。不要让天才之树蓬勃生长。砍掉它,夫人,把它砍掉。(他开始摇晃。)不,我很好。你不想回波兰,是不是?绝不要走回头路。绝不。不,不……我只是想靠着点什么。(朝壁炉的围栏走去。)有个问题我们俩可以讨论一下:女人能否成为伟大的演员?内德认为:只要想成为女性的典范,她就不能成为伟大的演员。玛菱娜,你身上也有温柔宜人的一面。也许所有伟大的女演员都有这些东西,只有伯恩哈特是个例外。不要退缩,夫人。伯恩哈特只是尽力表现出不那么温柔罢了,有些夸张,毫无意义。她把狮子当宠物。我的上帝!睡在缎子覆盖的棺材里。我不相信她真这样做。但是,她说她这样做。不,一个伟大的演员会躁动不安,很少平易近人,深深地……愤怒。你愤怒的情绪在哪里,玛菱娜?(拿起拨火棍,摆出威胁的姿势。)你一点儿都不让人感到危险,玛菱娜。你还没有接受自己的灾难。你还在玩弄它,跟它讨价还价。你出卖灵魂,所以你才能够时刻想到自己很幸福。是的,你出卖了灵魂,玛菱娜。你真有洞察力,艾德温!(挥舞着拨火棍。)当然你不会这样想。你觉得我是在攻击你。是的,没有错。那是一个接受过灾难的人拥有的权利。(放下拨火棍。)啊,玛菱娜,我应当教你如何去诅咒。诅咒能够丰富沉静的性格。(开始来回踱步。)不要害怕失败,玛菱娜。失败对灵魂有好处。上帝呀,我们从事的职业多么腐朽！原以为我们在高扬美丽与真诚的旗帜，谁知道我们只是在宣扬虚荣与谎言。啊，你肯定认为我很像美国人。对，我是美国人。你现在也是美国人，是从波兰舞台上退位的皇后，如果不小心，你也会成为新英格兰永恒真理的俘虏。你将意识不到你的智慧已经进入迷途，你变得忧郁、挑剔。不过，你喜欢加利福尼亚，在欧洲人身上，这是好现象。你也许会幸免。我不知道是否会接受你的邀请去参观你的农场。我再也没有心思回到加利福尼亚。我需要囚禁起来，包裹起来，蛰居在城里。说说你丈夫在那里的情况吧！我们在密苏里演出那一周，他突然出现在你面前，你们俩如胶似漆。（从桌子上抽出一张小小的照片。）这里还有张照片。埃德温娜的母亲，玛丽。我的第一个妻子真是个天使。你知道什么叫天使：她一心为丈夫着想。我的第二个妻子后来疯了，她晚年的境况非常凄惨，她一直认为我还有个女人躲在某个地方，和那个女人在一起我才真正感到快乐。我真希望有那样的女人！我的父亲先后娶了两个老婆。他抛弃了第一个女人，把她留在了英格兰，另一个就是我母亲。（放下手中的照片。）玛菱娜，你喜欢大团圆的结局吗？我坚决反对。是的，反对。你也许喜欢英美舞台上乱七八糟演了几百年的《李尔王》式的结局：愚人遭到流放，爱德加与考狄利娅终成眷属，考狄利娅和李尔王继续活在人世。我一生都为之而骄傲的是我终结了这种结尾。我不喜欢大团圆的结局，一点都不喜欢。原因很简单，根本不存在大团圆结局。（坐下，握住玛琳娜的手。）最后一幕戏本质上应是令人沮丧的，你也这样认为？就像现实生活中那样。衰老令人沮丧。对于幸运的人而言，死亡也令人沮丧。一出戏不在最高潮的时候结束，谁会去指责呢？《哈姆雷特》不能在哈姆雷特说完他的遗言时就结束，那样结束行吗，玛菱娜？福丁布拉斯一定会出来，把观众的目光从哈姆雷特悲惨的命运上移开。那时候,如果我们愿意,我们可以为他感到悲伤。或者不用悲伤。(重新站起来。)夜阑人静,这种感觉是不是也有点沮丧呢?差不多快到半夜了。难道我还怕我自己吗?旁边并无别人呀,在波士委战场被幽灵追逐的理查王如是说。我不想让你离开,玛菱娜。我们已经听见夜半的钟声!……但美国人从来就听不到夜半的钟声。玛菱娜,在波兰你肯定听见过夜半的钟声。在美国,半夜从不敲钟。希望有一天,有一天我一句莎士比亚的台词也想不起来!该喝最后一杯令人沮丧的酒了。(又倒了些威士忌。)谁说莎士比亚的台词一直在我的头脑里翻来滚去,那不是真的。有好几天,我一言不发,也不背诵台词,什么都不想。我喝酒。我睡觉。我来回踱步。显得很阴郁。把手伸给我,玛菱娜。不,我有个好主意。闭上你的眼睛,玛菱娜。不要害怕。说变就变!胡言乱语!接着又像江湖郎中般叫嚷,傻呵呵地笑。睁开眼睛。看,骷髅!(挥舞着骷髅。)约利克骷髅。这可不是一个普通的可怜人的骷髅,玛菱娜,它是从一个义地①里挖出来的,后来卖给剧院的。这是一个罪犯的骷髅,我还知道他的名字。他叫菲洛·珀金斯,因为偷马被绞死。当然,没有什么慈悲像甘霖一样从天上降下尘世。他走上绞刑架,问他最后还有什么要求,你猜他说什么?既然死后脑袋几乎与脖子分家,不如干脆把头切下来,把头皮剥干净,把它作为礼物,连同他的问候,一起送给伟大的悲剧演员裘里斯·布鲁特斯·布斯,这东西的用途很明显。盗马贼是个狂热的戏迷。他尤其崇拜我父亲,一有机会就去看我父亲的演出。后来,刽子手爽快地完成了他的遗愿。于是这个灰色的、像木头一样的东西就成了父亲的约利克骷髅,他用了好多年,然后又

---

① 指埋葬穷人的公共墓地。

传给了我。人们说美国人不关心严肃的戏剧！哼，哼，哼……（把骷髅放在地毯的中央，站起身凝视它。）我是不是很痛苦？我听见人们在背后这样议论我。可怜的艾德温·布斯。可怜的艾德温·布斯。我不想让他们失望。所以我的确很痛苦。这是我扮演的角色。一辈子都显得那么阴郁，受尽折磨，形容枯槁。如果不受折磨，我可能会变成最恶毒的魔鬼。但是我不介意是不是最恶毒的魔鬼。玛丽死了，约翰……也死了。也许我并不痛苦。只是变得消瘦，瘦得像薄薄的书页。如果你能说'我很痛苦'，实际上你并没有真正感受到痛苦，玛菱娜。你是在演戏。（把灯盏放在骷髅旁边的地毯上。）有时候我想，我变得越来越像父亲。所有那些转变使我越来越像父亲，力量越来越强大、速度越来越快，像瀑布一样冲向岩石边缘，把我抛进幽暗的水中，我将在父亲的疯狂中溺毙。对此我深信不疑，除非我先死。即使那永生的真神已经制定出禁止自杀的法律①……我在演戏，玛菱娜。你肯定看出来了。淘气的内德。全是言不由衷，胡说八道。我不会自杀。我害怕自杀。父亲死的时候孤零零的，没有一个人在他身边。那时我已经十九岁。他把我留在旧金山，独自去了新奥尔良，在那里上船，沿密西西比河到辛辛那提。上船后的第五天，他就像这样倒在地上。（突然倒在地板上。）不，不要扶我。我已经失去了对时间和事情的正常判断，好像生活在迷雾中。有人告诉我现在比前段日子好多了。那不可能。哦，菲洛呢？（艰难地爬起来。）不过我们今晚过得很好，我想。你同意和我一起回演员之家。我能邀请一个受人尊敬的女人到我的寓所，是因为我住在演员之家。但你知道，这里就是我的家，你现在就在我的私人公寓里。我可以抚摸你的脸

---

① 这是在影射哈姆雷特的台词：或者那永生的真神未曾制定禁止自杀的法律。

庞吗？无论你愿意还是不愿意，我都要抚摸你的脸庞。我知道你愿意。你真有魅力，玛菱娜。（打嗝。）我告诉过你，我不是罗密欧。（嗝声不断。）你要忍受的痛苦太多，然后就是表演欲望喜剧的时间。哦，或者不是时候。哪有一个女子是这样让人求爱的？哪有一个女子是这样求到手的？① 有时候我真希望有足够的时间熟记那些星座的名字，就像熟记莎剧中的台词一样。当你走入黑暗的夜幕，玛菱娜，真难想像你走了之后光还会存在。是的，一旦我们明白，真正明白我们都要死亡，天文学就是惟一的慰藉。玛菱娜，遥望天堂的剧院吧。（推开窗。）让我们冷静一些。外面在飘雪。你很快就要想回到你下榻的克拉伦顿酒店。看，星星，玛菱娜。看，那些树，那些闪烁的灯光沿街而上。你冷吗？需要有人给你温暖吗？玛菱娜，到卧室来，我要给你看一个秘密。我的床边挂着约翰的照片，用镜框镶着。你可以上床和我睡在一起。也许我醉得还不太厉害，还能和你做爱。（玛琳娜站起身。）对，靠着我。不，他妈的，我要靠着你。等一等。等一等。你可能感到奇怪，我怎么对你那么熟悉。为什么，因为我和你演过戏，夫人。我早就看出来你也在演戏。那比什么都说明问题。在我眼中，你赤裸裸地如同我的新娘。我是你艺术上的丈夫。年长的丈夫，衰老的丈夫。身材矮小、嘴唇单薄、头发平直、神经错乱——"

"别说了，艾德温，"玛琳娜说，"亲爱的艾德温。"

"啊，女人的仁慈，受之有愧，感激不尽。你要我住口的请求，是女人慷慨大度、心地善良、不可理喻的请求。"

"别说了，艾德温。"

"好吧，不过，如果你不介意，现在有一件事我想谈谈。那就是你

---

① 《理查三世》第一幕第二场台词。

出场后,鲍西娅对我说……我的意思是,就是夏洛克对你——鲍西娅——说的时候……我的意思是,玛菱娜,我想我们可以完善表演的方式。也许,你可以抚摸我。我拿不定主意。在这里我不完全反对创新。我不是泥古不化的人。我也讨厌空洞的重复。但我不喜欢临场发挥。演员不能只是虚构。此时此地我们能否彼此承诺,要创新的时候,首先告诉对方一声?我们的旅途还很漫长。"

人性与艺术的不懈探索

——代译后记

苏珊·桑塔格(1933—2004)是当代美国文坛上"最令人瞩目"的女作家。由于她在社会文化界的深远影响,读者往往会忽略她在小说创作上的卓越成就。所以,对苏珊·桑塔格稍作介绍似乎对中国读者有所裨益。

苏珊·桑塔格生于纽约。父母是犹太人,长期在中国天津经营毛皮生意,桑塔格六岁时父亲因肺结核死于中国。她曾就读于加州大学伯克利分校、芝加哥大学、哈佛大学、牛津大学圣安学院和巴黎大学,并获得哈佛大学英国文学和哲学两个硕士学位。后常常在《党派评论》、《大西洋月刊》、《纽约书评》、《哈泼斯》、《时代周刊》等报刊上发表文章,对美国社会文化的各个方面提出尖锐批评,是美国社会"另一面"的代言人。她能"在混沌中看到秩序,在无意义中发现意义",被誉为"美国文坛的黑女士"、美国的西蒙娜·德·波伏瓦、美国的默多克①、年轻的麦卡锡②,以及年轻的苏珊·朗格③。桑塔格集文学评论家、小说家、专栏作家、电影脚本创作人、导演、社会活动家于一身。学术兴趣涉及文学、哲学、文化、政治、艺术、戏剧、摄影、电影,并对大众文化充满热情。她自称为"思想和艺术领域的漫游者"。有人把桑塔格比做文艺复兴时期的伟人伊拉斯谟④,认为她是"分崩离析、支离破碎世界的交流者"。她"头脑清晰、纵横捭阖、触类旁通",文章充满机警和火药味,哲学观念十分前卫。在生活上她清贫随意,家里甚至没有电视。她生性开朗豁达,虽两次患上癌症,但都从病魔手中挣脱出来。她说:"我热爱生命,要为生命而抗争。"

桑塔格于一九八七年担任国际作家、翻译家和编辑笔会美国分会主席;她的作品曾荣获美国艺术院英格拉姆·梅里尔基金奖(1976)、全国批评家协会奖(1977)、科学和文学院奖(德国,1979)和全国图书奖(2000)。二〇〇一年四月,桑塔格又获得耶路撒冷奖的桂冠,是继西蒙娜·德·波伏瓦之后第二位获此殊荣的女作家。

《在美国》是继《恩主》(1963)、《死亡匣子》(1967)、《火山情人》(1992)之后桑塔格的又一力作。小说一出版就引起热烈的反响,接连获得全国图书奖和耶路撒冷奖。《在美国》是一部历史传记,主人公的原型是波兰裔著名演员海伦娜·莫杰耶夫斯卡(1840—1909)。莫杰耶夫斯卡一八六八年在华沙崭露头角,一八七七年在旧金山主演《勒库弗勒》英文译剧,"虽英文很差,但仍十分成功"。她偶尔也到伦敦演出。然而,桑塔格的小说《在美国》却不是莫杰耶夫斯卡生

① 默多克(Iris Murdoch,1919—1999),英国杰出女作家,代表作有《在网下》、《逃避巫士》、《黑王子》等。

② 麦卡锡(Mary McCarthy,1912—1989),美国小说家,《党派评论》杂志编辑部成员。擅长对婚姻、两性关系以及知识分子的软弱予以辛辣的讽刺。

③ 苏珊·朗格(Susanne Langer,1895—1985),美国哲学家和教育家。在语言与艺术分析方面有不少作品面世,其《感觉与形式》、《精神:论人的感觉》对艺术符号的阐述尤为深刻,影响深远。

④ 伊拉斯谟(Desiderius Erasmus,1466—1536),文艺复兴时期荷兰人文主义者,《新约全书》希腊文的编订者,所著《愚人颂》被誉为北方文艺复兴运动的名著。

活经历的简单重复和记录，而是历史细节、情感刻画和现代意识的有机结合。主人公玛琳娜在波兰舞台上如日中天，被誉为波兰的舞台皇后、民族的希望。但是玛琳娜对自己周围的鲜花和欢呼赞扬已经感到厌倦，人到中年，开始出现生理和心理危机。一八七六年，三十五岁的玛琳娜与丈夫、儿子以及一群崇拜者一道移居美国，栖居在加利福尼亚一隅，希望在傅立叶式简朴的社区生活中完成"自我变革"和"精神复苏"。

波兰的理想主义者们购置农田，研究农事，开辟葡萄园，希望建立自己的种植园。经过几个月艰难而又美好的田园生活，牧歌式的乌托邦终因经营不善和内部分歧而夭折。一些人返回波兰，一些人转到另一社区，还有一些人在美国定居。为了渡过经济上的难关，玛琳娜顽强地克服了语言障碍，重返舞台。在从南到北、从城市到乡镇的巡回演出中，玛琳娜风靡美国，成为美国舞台上璀璨夺目的新星。故事在玛琳娜与美国演员布斯对人生和艺术的探讨中结束。

一、历史的真实与社会批评

《在美国》是历史真实与社会批评的有机结合。首先，桑塔格为我们展现了绚丽多彩的历史画卷，逼真地描绘了当时的历史环境、人物事件、风土人情和社会风貌。有评论家高度称赞该小说充满了"眼花缭乱的细节和历史知识"。

小说的主人公以波兰裔女演员海伦娜·莫杰耶夫斯卡为原型，许多细节都取自史实：为了迎合美国社会崇尚异国情调的需求，符合美国人的发音习惯，莫杰耶夫斯卡将自己姓名的拼写从 Modrzejewska（莫杰耶夫斯卡）改为 Modjeska（莫杰斯卡）；玛琳娜则将姓从 Zalenzowska（扎温佐夫斯卡）改为 Zalenska（扎温斯卡）。此外，波兰当时的历史背景也在小说中得到准确的再现:波兰一八三〇年和一八六三年反对俄国统治的起义、反对奥地利统治而掀起的自由民主革命、梅特涅对起义的残酷镇压、波兰三次被列强瓜分及波兰最后一位国王波尼亚托夫斯基在位时的政治状况。同时,小说还描写并涉及到数十位历史人物,美国总统林肯,著名演员埃德温·布斯,他的弟弟、刺杀林肯总统的演员约翰·布斯,政治家英格索尔,诗人朗费罗和惠特曼,作家詹姆斯,演员库什曼,巴里莫尔;英国首相迪斯累里,演员西登斯夫人,泰利,基恩,加里克;法国政治家托克维尔,剧作家萨尔都,女演员伯恩哈特;波兰诗人、革命家密茨凯维奇,爱国者普瓦斯基,作曲家库尔平斯基和奥金斯基等。桑塔格对费城百年庆典博览会的描述更是细致入微:

> 用棉花糖制成的教堂,有六米高,教堂周围是用糖果做成的历史人物;一只巧克力花瓶重达一百公斤;这里有乔治·华盛顿墓一半大小的复制品,华盛顿会定期从死亡中站立起来,接受玩具卫兵向他致敬……内壁绘有世界地理实境的空心大圆球:硕大无比、巧夺天工、刻画入微的巴黎和耶路撒冷的透视画,还有日本的房屋,遗憾的是里面没有家具。

再看看桑塔格对博览会上新发明的电话的描写:

> ……还有一个小匣子,能够通过电线传输人的声音,即所谓的电话。我们听说,电话能听见远方的人的声音,这种机器的发明者希望提高声音传输的清晰度:虽然传输的个别句子非常清晰,但在绝大多数情况下只有元音复制得比

较清楚,辅音几乎无法分辨。

桑塔格的描写不仅与电话发明的基本事实吻合,而且与当时电话的性能完全一致:一八七六年前后贝尔等人正孜孜不倦地为改进电话传输效果和音质埋头研究。

史学家S·伍德还敏锐地发现,《在美国》令人称奇地带有自白性,也就是说,小说的叙述者与桑塔格有着惊人的相似之处。故事一开始就这样描写叙述者的婚姻:"我有些冲动(我认识卡索邦才十天就和他结婚),喜欢冒险;但是我也……老是顾及责任和义务……(过了九年我才决定我有权,在道义上有权跟卡索邦离婚)。"这一细节正是桑塔格本人婚姻的写照:她十七岁(一九五〇年)认识芝加哥大学教师菲利普·里夫,不到十天后就与他结婚;九年后,即一九五九年与里夫离婚。

在回忆童年生活的时候,玛琳娜始终对自己的智力和天赋不太满意,她多次强调意志力对成功的影响。她说,我的天资并不"聪颖","我对自己的评价是……有些迟钝"。我"并不聪慧","但我明白,只要锲而不舍,只要比别人付出得更多,我总会成功"。一九九二年桑塔格在接受作家莱斯利·加里斯采访时曾坦言:"我并不认为自己很聪明。我想只是比其他人更加执著。我不认为自己是天才。"

此外,桑塔格、叙述者和玛琳娜都是语言天才:桑塔格能流利地讲法语、西班牙语和意大利语。叙述者"了解几门拉丁语系的语言",还略通日语和波斯尼亚语。而德语则是玛琳娜学习戏剧的语言,她能背诵席勒的诗篇;她的法语"充满活力,语调深沉,声音优美";此外,她还用英语征服了美国舞台。

然而,事实不等于真实,真实是"事实与某个观念构造的结合"。

传记既然是一种文学艺术形式，那它所描写的人物、事件和历史细节自然已不再是未加工的原始形式，必然带有艺术家的艺术理念，作家的"声音"不时会以叙述者的口吻流露出来。"作家的人格会出现在作品中，其本身会变成一种力量。"《在美国》的许多细节虽取自史实，但难免有杜撰，有想像，有作家对美国社会所持观点的"肆意抒发"，因为作品是作家意识和非意识的有机结合。书中人物作家里夏德在小说创作中就坚持认为：如果作家完全按事实描述，"不能做一些改动，那么把真实的事件改编成故事又有什么意义呢？"桑塔格对玛琳娜在美国舞台上大获成功的描写，就有类似"德莱塞式的杰出叙述"，充满"丰富的想像"。

不少评论家都指出，小说是作家批评意识的载体，《在美国》描写的社会文化与当今美国社会有惊人的相似之处。妇女争取解放虽有一百多年的历史，妇女的地位虽有明显的提高，但妇女的内心感受和生存状况似乎仍与一百多年前相去不远，社会对妇女的偏见和歧视依然如故。小说的主人公和作家本人都体验过做女人的艰难：

> 公众生活不适合女人。最适合女人的地方在家里……如果一个女人敢于鹤立鸡群，敢于伸出渴望的手去摘取桂冠，敢于毫不犹豫地将自己的灵魂，将自己的热情和失望袒露在大众面前，她无异于授权于公众，让他们对自己最隐秘的个人生活刨根问底……啊，主啊，难道我的一生就只能永无休止地赎罪，为自己、为他人赎罪？

> 天命难违，女人更难改变自己的命运。你们男人要容易得多。你们会因行为鲁莽、勇敢无畏、独树一帜、敢于冒

险而受到褒奖。而一个女人内心的顾虑就多得多，她必须
行动谨慎、和蔼可亲、胆小怯懦……我表现出勇敢无畏，那
不过是在做戏……

　　桑塔格的感受与玛琳娜不无相似。桑塔格在接受作家哈维·布
鲁姆采访的时候就激烈抨击当代美国社会的性别歧视："如果我是男
子，人们还会说我很聪明吗？我想不会。"

　　早在三十多年以前，桑塔格在接受作家卡罗琳·海尔布伦采访
时同样对性别偏见给予猛烈抨击。她说，"要给女人贴上标签"真是
太容易了，特别是"有魅力的女人"和"职业妇女"。一旦女人要批评
某些评论家，人们就会说她是在"利用性别角色。而人们从来不会这
样指责男人"。

　　桑塔格的批评意识还明显地表现在她对物化的纽约生活的细腻
刻画上：纽约是一座"冷酷无情、违反自然的"现代化城市；"将人世
间的一切关系都彻底改变，重新铸造成买卖关系"。到处是贫富不
均、商业铜臭、暴力和犯罪：

　　　　只要一走出豪华的大街，绝大多数人都显得非常贫
困。……那么多的乞丐和游民……每栋楼房上都挂满了招
牌，有些人胸前背后，甚至头上都挂满了广告，被当做活动
广告亭……到处是悲惨和穷困。再有就是犯罪：人们老是
提醒我们，不要莽撞行事，不要到贫民窟去，团伙袭击和抢
劫事件经常发生。

　　玛琳娜不禁感到自己"踏上了食人生番的孤岛"，闯入了"罪恶

的渊薮"。在接受作家哈维·布鲁姆的采访时,桑塔格表现出对资本主义发展的忧虑,她感到恐惧的是"资本主义的浪潮席卷一切","重商主义的价值观念和动机"如今成为"不言自明的绝对真理",人世间的一切都变成了财产。商业化的意识在扭曲友情、亲情和爱情。里夏德在与玛琳娜分手的时候就激烈抨击了玛琳娜的情爱观,指责她不过是"害怕流言飞语",渴望"安全"和"特权",屈从于传统——"自私、无情、浅薄"。

桑塔格的批判矛头还指向了等级偏见和趋炎附势的社会痼疾。"唐诺号"的船长对头等舱的旅客"曲意逢迎",百般讨好;而对底舱的贫穷乘客无比吝啬,剥夺了他们的"阳光、空气和自由"。移民局的官员亲自登上轮船为头等舱的旅客办理入境手续,欢迎他们"光临美国";而底舱的乘客则像牲口一样被赶下轮船,登上驳船,"顺流送回到克林顿堡",一一进行严格的卫生检疫,"等候命运的判决"。此外,桑塔格还对形形色色的社会陋习提出批评:知识分子崇尚空谈而毫无行动,原教旨主义者温顿夫人偏激的宗教信条和艺术理念,伊甸园乌托邦违反人性的生活戒律,庄园中骇人听闻的私刑,美国人的狂妄、自负和奢华,舞台老板的狡诈、精明,演员的相互妒忌,以及经纪人的惟利是图。桑塔格的刻画入木三分,鞭笞一针见血,让人感触良多。

二、自我变革和再生

桑塔格曾经说过,她所关心的全部内容就是"文学和社会"。她撰写这部小说的目的不仅仅是机械地再现波兰裔女演员辉煌的舞台生涯,甚至也不仅仅是刻画她丰富、细腻的内心世界和不屈不挠的抗争精神。历史哲学家海登·怀特认为,史料只有"化为历史话语的题材",并纳入某种"意义结构,这些关于过去的资料或源于过去的知识才能变为历史"。桑塔格正是从后现代主义文化批评的视角在重新审视似乎平凡的历史事件,从中体味文明的欧洲与发达的美国之间形成的冲突,洞悉主人公自我身份变革的艰难历程,并试图从中探索人生和艺术的本质。

评论家萨拉·克尔精辟地指出,《在美国》的主人公自始至终面临着亨利·詹姆斯的古典难题:即温文尔雅的波兰知识分子在辽阔、粗野而又朝气蓬勃的美国土地上面临的窘境。波兰是欧洲悠久文明的一部分,数百年来一直遭受外族的侵略与蹂躏,一次又一次的起义被镇压,波兰作为一个国家已经在欧洲版图上消失。波兰民族,特别是知识阶层,似乎成了殉难者的化身。在严峻的现实面前,波兰的知识界人物成了不合时宜的理想主义者和梦想家,他们热衷于"是非曲直"的论争,似乎缺少了"是"、"非"、"善"、"恶"这些道德标准,他们就会感觉"像赤裸着身子,毫无保护",并把这些观念当做"他们行动的准绳"。他们崇尚独立和自由,但在侵略面前,这个国家拥有的只是"书籍"、"报纸"和"雄辩的语言",并"不能激发出丝毫行动"。而美国不仅是革命志士,反抗封建桎梏、追求自由恋爱的青年男女,以及大胆创新的艺术家的避难所,而且是波兰理想主义者摆脱过去,脱胎换骨,完成自我身份变革的圣地:

> 他们从来没今天这种顶天立地、生气勃勃的感觉……
> 眼前出现一片纯净的景象,一望无际的荒漠最初似乎像是
> 威胁,随后变成刺激,变得麻木,变成全新的觉醒和激励。

这片神奇的土地不仅预示着无限的可能性,同时也从地理上割

断了与历史的联系,使人忘却了过去:波兰的一切都变得那么遥远,随风而逝。玛琳娜不再是波兰的舞台皇后,也不是伯爵夫人;没有鲜花,没有欢呼,甚至连自己的过去也变得朦胧虚无。他们在恬静的阿纳海姆日出而作,日落而息;如果说人们对她还有什么特殊的印象,那不过是星期天在教堂做礼拜时"戴了一顶新帽子"。在"远离文化和社会之外",玛琳娜发现自己变为阿纳海姆一名普通的移民,说得更确切一些,一名葡萄种植园的农妇。她在"克服文化与个人历史的束缚",逐渐完成某种形式的"自我超越"。

然而,这只是玛琳娜发现自我、完成再生的开始。乌托邦的解体为她的新生创造了机遇;当玛琳娜提出要为筹措资金重返舞台的时候,丈夫波格丹已经意识到阿纳海姆的农场生活"并不是她想要的生活,她需要的是新的自我"。同波兰宁静的扎科帕内山区一样,田园牧歌式的社区生活虽然可以成为玛琳娜逃避城市喧嚣、治疗心灵创伤或渡过中年心理、生理危机的避难所,但并不是玛琳娜追求的理想生活。自我变革、再生和精神复苏的进程必然要求玛琳娜"抛弃简朴和天真",重新选择"复杂的"生活和艺术。这是螺旋式的升华轨迹,而这一进程似乎永远也不会终止:"我们怎么能知道美国的哪些东西已经完成,哪些东西还正在进行呢?"

玛琳娜追求自我的历程始终充满了陌生与异化。古老的欧洲与新崛起的美国形成新旧文明的鲜明对照。欧洲代表了"过去,代表根,代表传统";而美国则"象征自由、新颖和变革"。波兰的理想主义者一踏上这片土地就被充满丑陋和活力的纽约市惊呆了:"对温文尔雅的同伴来说,曼哈顿太危险,他们盼望着赶快动身,盼望着等待已久的田园风光。"波兰的理想主义者像一群"天外来客":语言不通,不谙农事,"连挤奶这样简单的农活都无法应付",他们不仅是在

"折磨奶牛，而且是在折磨自己"。"原来期待的新生活意义异常丰富，现在突然少了许多，这对她来说就像氧气变得日益稀薄；她感到有些头晕。"在阿纳海姆这片世外桃源，一切都变得那么陌生。这里只有"引起肉欲的东西"，"新鲜畜粪刺鼻的气味和自己的汗味"，"拉伤的肌肉、酸痛的腰背、划伤的小腿和疼痛的晒伤"。难道他们"不是在欺骗自己，以为这就是真正需要的东西？"他们对生活的期待，对意义的追求似乎完全变得陌生，正如桑塔格自己也意识到的："不能将现实与自己的经历联系起来，似乎意义、感觉、重量、严肃性都——被抽空"，生活失去了意义，变得"肤浅和浅薄"。

三、艺术的情欲

显然，历史传记并不等于社会批评。桑塔格提醒读者要将她描写的东西与她赞同或支持的东西严格区别开来，坚决反对单一的、简单化的理解或诠释。她声称，"艺术品既然是艺术品，不论作者个人的主观意图如何，都不应该鼓吹某种观点。最伟大的艺术家能达到一种崇高的中立"。她主张培养一种"艺术的情欲"，读者应细心去体味艺术的复杂性、丰富性和似是而非。读者需要去剥开层层虚饰，探索其中的奥秘。

首先，美国就是一个意义丰富的象征，是一块"充满神话的土地"。这里有"无穷无尽的故事"：你可以"随心所欲地修改或重写自己的历史"，你可以"改名换姓"，"美化或抹去自身的某些特征"。而每个故事都可以有"种种不同的讲述方式，可以用不同的语言来叙述，可以变换叙述角度，强调不同的侧面"。久而久之，"你就分不清哪些是真，哪些是假。所有的故事似乎都对应着某种内在的真实"。可以说，桑塔格对艺术和人的本质的描述与后现代主义评论家哈桑有惊人的相似之处："历史就像书写在羊皮纸上那样,可以擦掉重写",这"取决于阐释人的角度"。玛琳娜认为美国社会就是一个隐喻,就像一个人在独自玩牌:

> 一个人玩牌无法作弊;但是,如果牌不好,你可以不要,你可以一把接一把地换牌,直到你发现稳操胜券(比如说,两张老 K 或者至少有一张 A)。……她给自己发好牌。输了。如果输了,你必须再玩一把。你会想,再玩一把,就一把。但是,即便赢了你仍然想再玩一把。

同时,桑塔格在创作中有意识地消解了真善美与假恶丑的二元对立,消解了作品内容的统一性和单一性。美国充满矛盾、冲突和悖论。艺术在欧洲是民族的象征,是净化人类灵魂的一剂良方;而在美国艺术家似乎只是一群取悦观众、"怪僻和糜烂的"逗乐者。他们必须"让观众欢呼,让他们又哭又笑,戳着肋骨打骂"。然而,在美国又有像布斯一样献身艺术、不惜耗费巨资创建"戏剧艺术的神殿"的演员世家。成千上万的观众只想从耸人听闻的闹剧或震耳欲聋的音乐和美妙绝伦的舞台布景中得到刺激;但在波士顿,对"莎剧颇有鉴赏能力的人比比皆是"。他们对莎剧了如指掌,演员哪怕是念错一个单词,或念错一个重音都会"招致满场观众的嘘声和喧嚣"。

美国一方面充满暴力,贫穷,道德沦丧;另一方面美国又生机勃勃,充满活力和希望,具有无限的可塑性。单薄的历史意识使美国人显得肤浅,但同时也使他们强健有力,充满自信;美国崇尚发明创造,处世精明,中庸适度;另一方面又愚昧偏执,热衷于古怪离奇的宗教派别和脱离现实的理想主义。

舞台和表演艺术同样是意义丰富的象征。人生就是舞台,社会就是舞台;"上帝也是演员。"表演就是变形和操控。演员要变换服装道具,要转变角色。演员要表现角色的本质,要强调角色"身上一贯的特征"。然而,演员是否应该有自己的本质,玛琳娜陷入了似是而非的两难处境。桑塔格以后现代主义特有的思维方式消解了人世的清晰性、意义的明确性、真理的永恒性和价值本身的终极性。她一方面认为演员在感染观众的同时自己也在变形,在经历与角色同样的情感变化:

> 伟大的戏剧让人变得更加完美……你会感到自己受到角色的感染,得到完善……觉得自己已经不再是原来的自我。古老的自我变形而引起的战栗消失了……需要与扮演的悲剧女主人公取得认同。和她们一起伤心难过,痛哭流涕,自己常常在帷幕落下以后还不能自持,木然地躺在化妆室内直到体力得到恢复。在整个戏剧生涯中,每次演出我都感受到角色的巨大痛苦。

但是,玛琳娜对演员自我本质的探索又陷入迷茫:演员本身的"本质又是什么? 如果要扮演自己,又该表现什么样的本质?",她进而认为,也许演员"根本就不需要本质,也许本质是演员的障碍,演员需要的只是一张面具"。就像布斯向玛琳娜坦言的:演员"表面上看起来是一回事,但表面之下又潜藏着什么? 虚无。虚无。虚无"。表演"并不需要出自真诚,甚至也不需要感觉","表演只是一种假象"。

桑塔格似乎将表演艺术的本质这个形而上的问题交给了读者,让读者自己去思考。其实,社会舞台上的个人又何尝不是如此? 玛琳娜能否脱胎换骨、改变自我？抑或人只是像演员一样转换角色，戴上另一副面具，逢场作戏？玛琳娜的舞台生涯和起伏的人生似乎给我们留下了更多的玩味和思考。

从艺术上看，《在美国》带有浓重的后现代主义的色彩。桑塔格在表现手法、叙述角度和审美范式上大胆创新，将叙述者的内心独白、个人回忆、日记、书信、广告、新闻报道，以及主人公的内心意识的涌动都纳入叙事结构，给人支离破碎、穿插跳跃、朦胧但又十分真切的感觉。小说超越了政治、经济对人的塑造意义，而上升到形而上的层面来探索人生的意义和人之所以为人的真谛。桑塔格在对主人公进行细致入微的刻画的同时，又有意有所保留，为读者留有想像的空间。桑塔格在《反对阐释》一文中就主张："伟大的思辨性艺术可以让观众意气风发，可以塑造出让人惊骇的形象，催人泪下"，但作品的感情力量应该含蓄，作者对作品应保持一定的"距离感，冷漠和不偏不倚"，这样才能使人物更加栩栩如生，富于生活气息。《在美国》就是这样一部"令人深思、明快活泼和令人惊异"的小说。小说开放式的结尾预示着玛琳娜的艺术追求犹如她在美国的巡回演出，永远不会停止；同样，玛琳娜螺旋式自我完善的过程也永远不会终止。

廖七一

图书在版编目(CIP)数据

在美国/(美)桑塔格(Susan Sontag)著;廖七一,李小均译.
—上海:上海译文出版社,2018.4
(苏珊·桑塔格全集)
书名原文:In America
ISBN 978 - 7 - 5327 - 7569 - 9

Ⅰ.①在… Ⅱ.①桑…②廖…③李… Ⅲ.①长篇小
说—美国—现代 Ⅳ.①I712.45

中国版本图书馆 CIP 数据核字(2017)第 216157 号

Susan Sontag
In America
Copyright ⓒ 2000 , Susan Sontag
Chinese Simplified Characters Copyright ⓒ 2018 by
Shanghai Translation Publishing House

图字:09 - 2010 - 244 号

在美国
〔美〕苏珊·桑塔格/著 廖七一 李小均/译
总策划/冯 涛 责任编辑/管舒宁 装帧设计/张志全工作室

上海译文出版社有限公司出版、发行
网址:www.yiwen.com.cn
200001 上海福建中路 193 号 www.ewen.co
南京爱德印刷有限公司印刷

开本 890×1240 1/32 印张 13.5 插页 6 字数 265,000
2018 年 4 月第 1 版 2018 年 4 月第 1 次印刷
印数:0,001—5,000 册

ISBN 978 - 7 - 5327 - 7569 - 9/I · 4633
定价:78.00 元